W0366297

Fantasy

Herausgegeben von Friedel Wahren

Von Guy Gavriel Kay erschienen
im WILHELM HEYNE VERLAG:

in der Reihe
Hardcover Belletristik:

Die Löwen von Al-Rassan · 43/37

in der
Heyne Allgemeinen Reihe:

Ein Lied für Arbonne · 01/9951

in der Reihe
Heyne Science Fiction & Fantasy:

Tigana: Der Fluch · 06/5291
Tigana: Der Hofnarr · 06/5292

Die Reise nach Sarantium

1. *Das Komplott* · 06/9141
2. *Das Mosaik* · 06/9142
3. *Herr aller Herrscher* · 06/9165
4. *Der Neunte Wagenlenker* · 06/9166

GUY GAVRIEL KAY

Das KOMPLOTT

Die Reise nach Sarantium

ERSTER ROMAN

Deutsche Erstausgabe

WILHELM HEYNE VERLAG
MÜNCHEN

HEYNE SCIENCE FICTION & FANTASY
06/9141

Titel der Originalausgabe
SAILING TO SARANTIUM
1. TEIL
Übersetzung aus dem kanadischen Englisch
von Irene Holicki
Das Umschlagbild malte Donato Giancola
Die Karte auf Seite 6/7 entwarf Martin Springett

Umwelthinweis:
Dieses Buch wurde auf chlor- und
säurefreiem Papier gedruckt

Deutsche Erstausgabe 6/2001
Redaktion: Friedel Wahren

Printed in Germany 2001
http://www.heyne.de
Umschlaggestaltung: Nele Schütz Design, München
Technische Betreuung: M. Spinola
Satz: Schaber Satz- und Datentechnik, Wels
Druck und Bindung: Nørhaven, Dänemark

ISBN 3-453-18806-3

INHALT

N
W
O
S
SAURADIA
Inicische
Stämme
BATIARA
Varena
Mylasia
Rhodias
Baiana

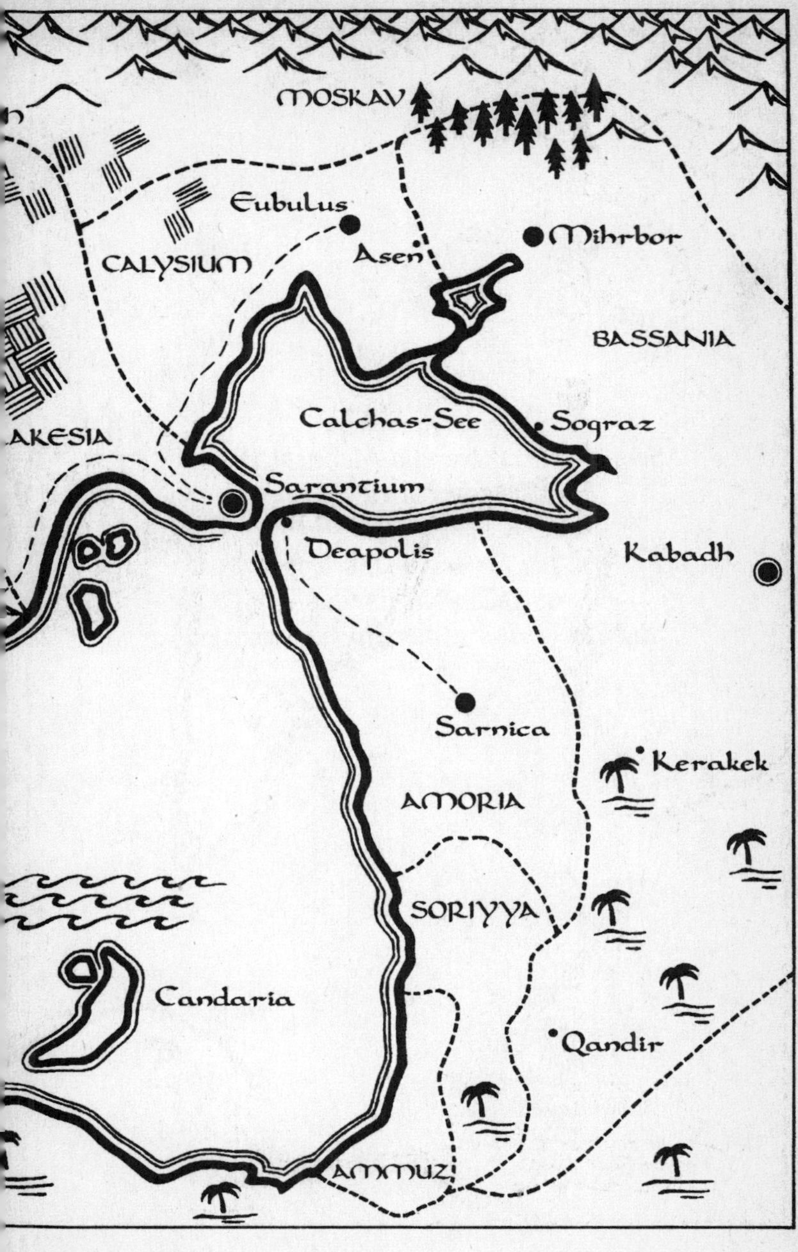
MOSKAV
Eubulus
Asen
Mihrbor
CALYSIUM
BASSANIA
Calchas-See
Sograz
AKESIA
Sarantium
Deapolis
Kabadh
Sarnica
Kerakek
AMORIA
SORIYYA
Candaria
Qandir
AMMUZ

Für meine Söhne
Samuel Alexander und Matthew Tyler.
In Liebe sehe ich zu, wie sie

›... Tag für Tag alles schaffen
aus dem Nichts und
die Morgensterne das Singen lehren.‹

DANKSAGUNGEN

Schon der Serientitel dieses Werks verrät wohl, dass ich William Butler Yeats vieles an Inspiration verdanke. Seine Betrachtungen in Lyrik und Prosa über die Mysterien von Byzanz führten mich in diese Stadt, lieferten mir eine Reihe von Grundmotiven und vermittelten mir das Gefühl, dass Fiktion und Geschichte in diesem Milieu friedlich zusammenleben könnten.

Ich bin seit langem der Ansicht, dass man eine historische Periode möglichst gut kennen sollte, bevor man daran gehen kann, sie literarisch zu variieren. Byzanz ist mit Historikern gut versorgt, sosehr sie sich auch untereinander bekriegen mögen. Ihre Werke und der persönliche Schriftwechsel – per E-Mail – mit vielen Geschichtswissenschaftlern, die auch mit Ermunterung nicht sparten, haben mir tiefe Einblicke in die Materie verschafft. Ich brauche hoffentlich nicht eigens darauf hinzuweisen, dass die hier genannten Personen in keiner Weise für meine Fehler oder für die absichtlichen Veränderungen in diesem Buch verantwortlich zu machen sind, das ja im Grunde als Phantasie über byzantinische Themen zu verstehen ist.

Dank schulde ich Alan Cameron für seine Schriften über Wagenrennen und die Zirkusparteien im Hippodrom; Rossi Nordhagen und L'Orange für ihre Arbeiten über Mosaiken; Lionell Casson für seine Schilderungen zum Thema Reisen in der Antike; Robert Browning besonders für seine Werke über Justinian und Theodora; Warren Treadgold für Informationen über das Militär; David Talbot Rice, Gervase Mathew und Ernst Kitzinger für ihre Arbeiten über die byzantinische Ästhetik; und Cyril Mango, H. W. Haussig, Mark Whittow, Averil Cameron und G. Ostrogorsky für ihre breiter angelegten historischen Studien. Ausdrücklich erwähnen möchte ich, wie viel Hilfe und Anregung ich den lebendigen und im besten Sinne kontroversen wissenschaftlichen Mailing Lists im Internet verdanke, die sich mit Byzanz und der Spätantike befassen. Sie haben mich an ganz neue Verfahren der Recherche herangeführt.

Im persönlichen Umfeld ist und bleibt Rex Kay mein erster und kritischster Leser. Martin Springett stellte seine beachtlichen Fähigkeiten beim Zeichnen der Karte unter Beweis, und dass Meg Masters, meine kanadische Lektorin, mir mit ihrer ruhigen Art nun schon beim vierten Buch den Rücken stärkte, ist ihr hoch anzurechnen. Linda McKnight und Anthea Morton-Saner in Toronto und London sind ebenso treue Freunde wie geschickte Agenten, und beides weiß ich als nicht immer ganz einfacher Autor sehr zu schätzen. Meine Mutter wusste schon in meiner Kindheit zuerst die Liebe zum Buch und dann die Überzeugung in mir zu wecken, dass ich auch selbst schreiben könne. Darin bestärkt sie mich heute noch. Und meine Frau schafft den nötigen Freiraum, in dem Worte und Geschichten wachsen können. Das Wort Dankbarkeit ist viel zu schwach, um meine Gefühle zu beschreiben.

…und wir wussten nicht, ob wir im Himmel waren oder auf der Erde. Denn eine solche Pracht und Herrlichkeit sind ohnegleichen auf Erden, und uns fehlten die Worte, sie zu beschreiben. Wir wissen nur, dass dort Gott unter den Menschen wohnt und dass die Art, wie sie ihm huldigen, die Gebräuche anderer Nationen übertrifft. Diese Schönheit wird uns unvergesslich bleiben.

– Aus dem Reisebericht des Großfürsten Vladimir über Konstantinopel

PROLOG

Nächtliche Sommergewitter suchten Sarantium so häufig heim, dass die oft wiederholte Geschichte, wonach Kaiser Apius zu seinem Gott eingegangen sei, während über der Heiligen Stadt ein heftiges Unwetter mit Blitz und Donner tobte, durchaus glaubwürdig war. Sogar Pertennius von Eubulus erwähnte diesen Umstand in seinem nur zwanzig Jahre später entstandenen Werk und schmückte die Anekdote mit einer umgestürzten Statue des Kaisers vor den Bronzetoren zum Kaiserlichen Bezirk und einer vom Blitz gespaltenen Eiche unmittelbar vor der Landmauer noch weiter aus. Geschichtsschreiber leiden an einer Berufskrankheit. Sie opfern gern die Wahrheit zugunsten der Dramatik.

In Wirklichkeit hatte es in der Nacht, als Apius im Porphyrsaal des Attenin-Palasts sein Leben aushauchte, in der Stadt nicht geregnet. Am frühen Abend wetterleuchtete es weit nördlich von Sarantium über Trakesias Kornfeldern, und ein- oder zweimal grollte der Donner. Im Rückblick hätte sich freilich schon die nördliche Himmelsrichtung als böses Omen deuten lassen.

Der Kaiser hinterließ keinen Sohn und seine drei Neffen hatten knapp ein Jahr zuvor bei einer Prüfung ihrer Würdigkeit kläglich versagt und waren entsprechend bestraft worden. So hatte Sarantium keinen Thronfolger, als Apius – vielleicht – in seinem Innern die Stimme des Gottes und mit ihr die letzten Worte seines langen Lebens vernahm: *Leg ab die Krone, der Herr aller Herrscher erwartet dich.*

Die drei Männer, die noch vor Tagesanbruch in der Kühle des Morgens den Porphyrsaal betraten, waren sich der Unsicherheit der politischen Lage nur allzu deutlich bewusst. Gesius der Eunuch, Oberster Kämmerer am Kaiserlichen Hof, faltete andächtig die langen, schmalen Hände, kniete schwerfällig nieder und küsste die bloßen Füße des toten Kaisers. Adrastus, der als Magister der Kaiserlichen Behörden die Beamtenschaft und die Verwaltung unter sich hatte, und Valerius, Kommandeur der Kaiserlichen Garde, auch Exkubitoren genannt, folgten seinem Beispiel.

»Man muss den Senat zusammenrufen«, murmelte Gesius mit seiner dünnen Stimme. »Die Beratungen sollten umgehend beginnen.«

»Umgehend«, pflichtete ihm Adrastus bei und rückte beim Aufstehen pedantisch den Kragen seiner knöchellangen Tunika zurecht. »Und der Oberste Patriarch muss die Trauerfeiern eröffnen.«

»Für Ordnung in der Stadt«, erklärte Valerius mit Kommandostimme, »wird gesorgt. Das übernehme ich.«

Die beiden anderen sahen ihn an. »Natürlich«, nickte Adrastus taktvoll und strich sich den sauber gestutzten Bart. Schließlich hatte man Valerius einzig und allein wegen der öffentlichen Ordnung als einen der Ersten von dem traurigen Ereignis in Kenntnis gesetzt, nur deshalb befand er sich in diesem Moment mit im Raum. Seine Entschiedenheit war also … eine Spur übertrieben.

Das Heer stand zur Zeit vor allem im Norden und

im Osten des Reiches, ein großer Verband bewachte die derzeitige bassanidische Grenze, ein zweiter, hauptsächlich aus Söldnern bestehender, verteidigte die trakesischen Ebenen gegen die Einfälle der barbarischen Karcher und Vrachae, wobei die sich in letzter Zeit ruhig verhalten hatten. Wenn der Senat zu lange zögerte, konnten die Feldherren oder Strategoi der beiden Truppenkontingente zum Zünglein an der Waage werden; womöglich ließ sich gar einer von ihnen selbst zum Kaiser ausrufen.

Der Senat war ein schwaches, unentschlossenes Gremium furchtsamer Männer und *würde* vermutlich zu lange zögern, wenn er nicht sehr klare Anweisungen bekam. Auch das wussten die drei Beamten nur zu genau.

»Ich werde«, bemerkte Gesius wie nebenbei, »die adligen Familien benachrichtigen lassen. Sie wollen dem Toten sicher die letzte Ehre erweisen.«

»Selbstverständlich«, sagte Adrastus. »Besonders die Daleinoi. Wie ich höre, ist Flavius Daleinus erst vor zwei Tagen in die Stadt zurückgekehrt.«

Der Eunuch war zu ausgekocht, um tatsächlich rot zu werden.

Valerius hatte sich schon zur Tür gewandt. »Verfahrt mit dem Adel, wie immer Ihr es für richtig haltet«, warf er über die Schulter zurück. »Aber in der Stadt werden fünfhunderttausend Menschen den Zorn des Heiligen Jad über das führerlose Reich hereinbrechen sehen, sobald sie vom Tod des Kaisers erfahren. Für sie fühle ich mich zuständig. Ich werde den Stadtpräfekten anweisen, seine Männer in Alarmbereitschaft zu versetzen. Wir können froh sein, dass es heute Nacht kein Gewitter gab.«

Damit verließ er den Saal, ein breitschultriger, energiegeladener Mann von sechzig Jahren, unter dessen Schritten der Mosaikboden erzitterte. Die Zurückbleibenden sahen sich an. Dann wanderte Adrastus' Blick zu dem Toten im Prunkbett und zu dem edelsteinbesetzten Vogel auf dem Silberast daneben. Keiner der beiden sprach ein Wort.

Valerius blieb in den Kaiserlichen Gärten vor dem Attenin-Palast kurz stehen, spuckte in die Büsche und stellte fest, dass bis zum Lobpreis der aufgehenden Sonne noch Zeit blieb. Der weiße Mond stand über dem Wasser. Der Morgenwind kam von Westen und trug das Rauschen des Meeres mit sich. Der salzige Geruch mischte sich mit den Düften der Sommerblumen und der Zedern.

Der Gardekommandeur schlug eine Richtung ein, die ihn vom Meer wegführte. Im Schein der letzten Sterne durchquerte er einen Irrgarten aus Palästen und Verwaltungsgebäuden, ließ drei kleine Kapellen, die Gildehalle und die Werkstätten der Kaiserlichen Seidenspinner, die Sportplätze, die Ateliers der Goldschmiede und den bombastischen Prunkbau der Marisischen Bäder hinter sich und erreichte schließlich die Exkubitoren-Kaserne an den Bronzetoren, die in die Stadt führten.

Der junge Leontes erwartete ihn draußen. Valerius gab dem Mann präzise Anweisungen. Er bereitete sich schon seit längerem auf diesen Tag vor und hatte sich die erforderlichen Maßnahmen sorgfältig eingeprägt.

Sein Präfekt verschwand in der Kaserne, und einen Augenblick später hörte Valerius, wie sich die Exkubitoren, die er seit zehn Jahren befehligte, zum Dienst bereit machten. Er holte tief Atem. Das Herz klopfte ihm bis zum Hals, zugleich wusste er, wie wichtig es war, seine Erregung zu verbergen. Er durfte nicht vergessen, Petrus, der nicht im Kaiserlichen Bezirk wohnte, durch einen Eilboten mitteilen zu lassen, dass Jads Heiliger Kaiser Apius tot war und das große Spiel begonnen hatte. Mit einem stummen Gebet dankte er dem Gott, dass sein eigener Schwestersohn Apius' drei Neffen so himmelweit überlegen war.

Leontes und die Exkubitoren verließen die Kaserne und verschwanden im Grau des frühen Morgens. Valerius sah ihnen nach. Sein Soldatengesicht blieb unbewegt.

Im Hippodrom waren Wettkämpfe angesetzt und am vorigen Renntag war Astorgus von den Blauen aus den letzten vier Rennen als Sieger hervorgegangen. Fotius der Sandalenmacher hatte eine Summe, die er sich eigentlich nicht leisten konnte, darauf gesetzt, dass der beste Wagenlenker der Blauen heute auch die drei ersten Rennen gewinnen würde. Zusammen ergäbe das die Sieben – eine Glückszahl. Fotius war in der Nacht zuvor die Zahl Zwölf im Traum erschienen; drei Quadriga-Rennen bedeuteten, dass Astorgus zwölf Pferde fuhr, und wenn man die Eins und die Zwei der Zwölf addierte… nun, dann kam wieder die Drei heraus! Hätte Fotius nicht gestern Nachmittag noch ein Gespenst auf dem Dach des Säulenganges gegenüber seinem Laden gesehen, er wäre sich seiner Wette völlig sicher gewesen.

Er hatte die Wohnung über dem Laden verlassen, ohne seine Frau und seinen Sohn zu wecken, und strebte nun vorsichtig – bei Nacht war es gefährlich in der Stadt, er wusste es aus Erfahrung – dem Hippodrom zu. Der Tag war noch weit; der weiße Mond war im Abnehmen begriffen und glitt im Westen dicht über den Türmen und Kuppeln des Kaiserlichen Palastes zum Meer hinab. Fotius konnte sich nicht jedes Mal einen Sitzplatz leisten, wenn er die Rennen besuchte, schon gar nicht im überdachten Teil der Tribüne. An Renntagen gab es für die Bürger nur zehntausend kostenlose Plätze. Wer nicht bezahlen konnte, musste eben früh aufstehen.

Als Fotius den Platz vor den hohen schwarzen Mauern des Hippodroms erreichte, warteten dort bereits zwei- bis dreitausend Leidensgenossen. Es herrschte eine prickelnde Atmosphäre, die auch die letzten Reste von Schläfrigkeit vertrieb. Eilends zog er die blaue Tunika aus seinem Ranzen, schlüpfte im Schutz der Dunkelheit verschämt aus seinem braunen Alltagskittel und zog sie über. Dann schloss er sich einer ebenfalls blau gewandeten Gruppe an. Der Sandalenmacher war vor zwei Jahren in einer besonders wilden Sommersaison von Anhängern der Grünen zusammengeschlagen worden, und seither machte er seiner Frau dieses eine Zugeständnis: Er trug neutrale Kleidung, bis er im Kreise seiner blauen Gesinnungsgenossen halbwegs in Sicherheit war. Nun begrüßte er einige seiner Bekannten und wurde fröhlich willkommen geheißen. Jemand reichte ihm einen Becher mit billigem Wein, er nahm einen Schluck und gab den Becher weiter.

Ein Tippgeber kam vorbei und pries seine Liste mit den Rennen des Tages und seinen Empfehlungen an. Fotius geriet gar nicht erst in Versuchung – er konnte ohnehin nicht lesen –, aber einige andere gaben bereitwillig zwei Kupfermünzen für das Blatt aus. Vor dem Hippodrom hatte ein halb nackter stinkender Heiliger Narr Posten bezogen und ließ eine flammende Rede gegen das Laster des Rennfiebers vom Stapel. Der Mann hatte eine gute Stimme und war ganz unterhaltsam… solange man nicht in Windrichtung stand. Straßenverkäufer boten Feigen, candarische Melonen und gebratenes Lamm feil. Fotius hatte sich ein Stück Käse und einen Teil seiner Brotration vom Vortag eingepackt, aber er hatte vor Aufregung ohnehin keinen Hunger.

Wenige Schritte weiter drängte sich eine ähnlich große Anhängerschar vor dem Eingang der Grünenpartei. Sicher war auch der Glasbläser Pappio darunter, obwohl Fotius ihn nicht sah. Er hatte gegen Pappio gewettet. Als es heller wurde, fragte sich der Sandalenmacher wie jedes Mal, ob er sich nicht doch zu weit vorgewagt hatte. Immerhin hatte er einen Geist gesehen, und das am helllichten Tag…

Die Nacht war für die Jahreszeit sehr mild. Der Wind wehte vom Meer herüber. Wenn erst die Rennen anfingen, würde es sehr heiß werden und in der Mittagspause würden die öffentlichen Bäder und die Tavernen überfüllt sein.

Die Wette ging Fotius nicht aus dem Kopf. Vielleicht hätte er unterwegs an einem Friedhof Halt machen und ein Zaubertäfelchen gegen Scortius, den besten Lenker der Grünen, niederlegen sollen? Der junge Scortius war heute Astorgus' gefährlichster Gegner und konnte ihm die Serie von sieben Siegen verderben. Beim letzten Mal war er nach einem halben Tag gestürzt und hatte sich die Schulter geprellt, deshalb war er nicht mehr im Rennen gewesen, als Astorgus am Ende dieses glorreichen Tages vier Siege hintereinander einfuhr.

Fotius empfand es als kränkend, dass dieser dunkelhäutige junge Spund aus der Wüste von Ammuz – oder woher auch immer –, dem noch kaum ein Bart sprießte, für seinen verehrten Astorgus eine solche Bedrohung darstellen sollte. Ich hätte das Amulett doch kaufen sollen, dachte er. Ein Lehrling der Leinenwebergilde war vor zwei Tagen in einer Hafenkneipe niedergestochen und eben erst begraben worden: Für Besitzer eines Zaubertäfelchens war das Grab eines Mordopfers der beste Ort, um die dunklen Mächte zu beschwören. Jedermann wusste, dass die eingeritzten Flüche dadurch noch wirksamer wurden. Fotius kam allmählich zu der Überzeugung, es sei ganz allein seine eigene Schuld, wenn Astorgus heute verlor. Und er hatte keine Ahnung, wovon er Pappio in diesem Fall bezahlen sollte. Am besten dachte er weder darüber noch über die Reaktion seiner Frau nach.

»Ein Hoch auf die Blauen!«, schrie er unvermittelt. Zwei Dutzend der Umstehenden nahmen den Ruf auf.

»Rammt sie den Blauen in die Ärsche!«, kam es erwartungsgemäß von der anderen Straßenseite.

»Als ob es einen Grünen gäbe, der ihn hochkriegt!«, brüllte der Mann neben Fotius zurück. Fotius stand im Schatten und lachte. Der weiße Mond war jetzt hinter den Kaiserlichen Palästen verschwunden. Der Morgen graute, Jad hatte seine lange Reise durch die Nacht unter der Welt beendet und stieg mit seinem Wagen im Osten empor.

Bald würden sich in der heiligen Stadt Sarantium die Streitwagen der Sterblichen im Namen des glorreichen Gottes ein Wettrennen nach dem anderen liefern, einen ganzen Sommertag lang. Und wenn Jad wollte, würden die Blauen über die stinkenden Grünen triumphieren, dieses Gesindel, das nicht besser war als die Barbaren, die heidnischen Bassaniden oder gar die Kindath – das wusste doch jeder.

»Seht doch!«, rief jemand und hob den Arm.

Fotius drehte sich um. Er hörte die schweren Tritte, noch bevor sich die Soldaten schemenhaft aus den Schatten lösten und durch das Bronzetor an der Westseite den Platz betraten.

Hunderte von Exkubitoren marschierten, bewaffnet und mit schweren Panzern unter den gold-roten Tuniken, vom Kaiserlichen Bezirk zum Hippodrom-Forum. Eine Parade zu dieser Stunde war höchst ungewöhnlich, ja geradezu Besorgnis erregend. Im vergangenen Jahr war es zweimal zu kleineren Krawallen gekommen, als rabiate Anhänger der beiden großen Zirkusparteien mit Messern und Knüppeln aufeinander losgingen, und man hatte die Exkubitoren gerufen, damit sie den Männern des Stadtpräfekten halfen, die Streitenden zu trennen. Aber die Kaiserliche Garde von Sarantium war nicht zimperlich. In beiden Fällen hatten hinterher Dutzende von Toten auf dem Pflaster gelegen.

Eine andere Stimme sagte: »Heiliger Jad, die Fahnen!« Und Fotius bemerkte erst jetzt, dass die Exkubitoren ihre Wimpel auf Halbmast gesetzt hatten. Ein kalter Wind blies durch seine Seele, ein Wind, der nicht von dieser Welt war.

Der Kaiser war tot.

Ihrer aller Vater, der Liebling des Gottes, hatte sie verlassen. Sarantium war führerlos und allein, den feindlichen Ungläubigen im Osten, Norden und Westen hilflos ausgeliefert. Wenn Jads Statthalter nicht mehr auf Erden weilte, kamen am Ende auch alle möglichen Geister und Dämonen aus der Zwischenwelt herabgestiegen, um mit den bedauernswerten Sterblichen ihren Schabernack zu treiben. Hatte er etwa *deshalb* den Geist gesehen? Fotius dachte an die Pest, an Krieg und Hungersnot. Er sah sein Kind tot vor sich liegen. Das Entsetzen zwang ihn in die Knie. Er sank auf das harte Kopfsteinpflaster und weinte um einen Kaiser, den er immer nur von weitem gesehen hatte, als priesterlich unnahbare Gestalt in der Kaiserlichen Loge des Hippodroms.

Doch dann begriff Fotius der Sandalenmacher, ein gewöhnlicher Mensch unter gewöhnlichen Menschen, dass die Rennen heute ausfallen würden. Dass seine leichtsinnige Wette mit dem Glasbläser hinfällig war. Erleichterung durchstieß seine Trauer und sein Entsetzen wie ein Sonnenstrahl. Drei Rennen in Serie? Eine aberwitzige Wette, aber er war noch einmal davongekommen.

Viele Menschen lagen jetzt auf den Knien. Der Heilige Narr sah seine Stunde gekommen und erhob anklagend die Stimme, doch der Lärm war so groß, dass Fotius kein Wort verstand und deshalb auch nicht wusste, worüber sich der Mann ereiferte. Über die Gottlosigkeit wahrscheinlich, die Genusssucht, die zerstrittene Geistlichkeit oder die Ketzer, die dem Heladikos-Glauben anhingen. Die übliche Litanei. Einer der Exkubitoren trat zu ihm und redete leise auf ihn ein. Der Heilige behandelte den Soldaten wie Luft, das war nichts Besonderes. Doch dann sah Fotius erstaunt, wie der Soldat dem Asketen seinen Speerschaft gegen die Schienbeine schmetterte. Der zerlumpte Mann schrie auf – mehr vor Überraschung als vor Schmerz –, fiel auf die Knie und verstummte.

Nun erhob sich eine andere Stimme über das Klagen der Menge, eine strenge, selbstbewusste Stimme, der man unwillkürlich Gehör schenkte. Dass der Sprecher als Einziger auf dem ganzen Forum auf einem Pferd saß, erleichterte es ihm, sich durchzusetzen.

»*Hört mich an!*«, rief er. »Niemand hat etwas zu befürchten, solange die Ordnung gewahrt bleibt. Ihr seht unsere Fahnen. Sie zeigen euch, was geschehen ist. Unser ruhmreicher Kaiser, Jads geliebtester Sohn, sein Dreifach Erhabener Statthalter auf Erden, hat uns verlassen, um hinter der Sonne in die Herrlichkeit des Gottes einzugehen. Die Wagenrennen fallen aus, aber man wird euch die Tore des Hippodroms öffnen, damit ihr euch gegenseitig Trost spenden könnt, während der Kaiserliche Senat zusammentritt, um den neuen Kaiser zu bestimmen.«

Das Gemurmel wurde lauter. Jeder wusste, dass es keinen Erben gab. Fotius sah die Menschen aus allen Himmelsrichtungen auf das Forum strömen. Nachrichten wie diese verbreiteten sich in Windeseile. Er holte tief Atem und kämpfte die erneut aufsteigende Panik nieder. *Der Kaiser war tot. Sarantium hatte keinen Herrscher mehr.*

Wieder gebot der Berittene mit erhobener Hand Schweigen. Aufrecht wie ein Speer saß er im Sattel. Er trug die gleiche Uniform wie seine Soldaten. Nur der Rappe und ein Silberstreifen am Umhang verrieten seinen Rang. Keine Spur von Prunksucht. Dieser Mann, ein Bauernsohn aus Trakesia, war als junger Bursche nach Süden gekommen und hatte sich mit harter Arbeit und beachtlichem Kampfesmut hochgedient. Seine Geschichte war allgemein bekannt. Ein Mann unter Männern, so lautete das Urteil über Valerius von Trakesia, den Kommandeur der Exkubitoren.

Jetzt sagte er: »In allen Gotteshäusern und Heiligtümern der Stadt stehen Priester bereit. Auch hierher werden Priester kommen, um im Hippodrom unter Jads Sonne die Trauerfeiern abzuhalten.« Er machte das Zeichen des Sonnenkreises.

»Jad schütze *dich*, Valerius!«, rief jemand.

Der Mann auf dem Pferd tat so, als habe er es nicht gehört. Der Trakesier gab sich rau und ruppig und versuchte nie, die Menge zu umwerben wie andere aus dem Kaiserlichen Bezirk. Seine Exkubitoren versahen ihren Dienst gewissenhaft und verhielten sich neutral. Auch wenn sie bisweilen Menschen zum Krüppel schlugen oder gar töteten, sie machten keinen Unterschied zwischen Grünen und Blauen, und auch Männer von Stand wurden nicht geschont, schließlich gehörten die Söhne von Aristokraten oft genug zu den zügellosesten Parteigängern. Man wusste nicht einmal, welche der Zirkusparteien Valerius unterstützte oder welcher der vielen Splittergruppen des jadditischen Glaubens er angehörte, wobei an Spekulationen darüber natürlich kein Mangel herrschte. Von seinem Neffen war bekannt, dass er sich zu den Blauen bekannte, aber dass nahe Verwandte verschiedene Parteien bevorzugten, war nicht ungewöhnlich.

Fotius überlegte, ob er zum Morgengebet in die

freundliche kleine Kapelle nahe dem Mezaros-Forum und danach zu seiner Frau und seinem Sohn nach Hause gehen sollte. Im Osten färbte sich der Himmel bereits grau. Er schaute zum Hippodrom hinüber und sah, dass die Exkubitoren wie versprochen die Tore öffneten.

Er zögerte. Doch dann entdeckte er etwas abseits von den anderen Grünen Pappio den Glasbläser. Er war allein und die Tränen liefen ihm über das Gesicht und in den Bart hinein. Von gänzlich unerwarteten Gefühlen bewegt, ging Fotius zu ihm. Als Pappio ihn sah, wischte er sich die Augen trocken. Ohne ein Wort betraten die beiden Seite an Seite das riesige Hippodrom. Östlich der dreifachen Landmauer von Sarantium erhob sich die Sonne des Gottes über Wälder und Felder und der Tag brach an.

Plautus Bonus hatte niemals Senator werden wollen. Die Berufung in seinem vierzigsten Lebensjahr hatte er vor allem als Ärgernis empfunden. Neben anderen Unannehmlichkeiten gab es ein rettungslos veraltetes Gesetz, das Senatoren verbot, mehr als sechs Prozent Zinsen auf Kredite zu erheben. Angehörige der ›Geschlechter‹ – jener Adelsfamilien, die im Register des Reiches verzeichnet waren – durften acht Prozent berechnen; alle anderen, auch Heiden und Kindath, sogar zehn. Bei der Finanzierung von Handelsfahrten zur See wurden die Sätze natürlich verdoppelt, aber man musste schon von einem Wahnsinnsdämon besessen sein, um für zwölf Prozent in eine Fernreise zu investieren. Verrückt war Bonosus sicher nicht, aber in seinen geschäftlichen Zielsetzungen fühlte er sich in letzter Zeit sehr eingeschränkt.

Senator des sarantinischen Imperiums. Welche Ehre! Seine Frau bildete sich eine Menge darauf ein, auch das ärgerte ihn, denn sie hatte keine Ahnung. Der

Senat tat, was der Kaiser oder seine Ratgeber sagten; nicht weniger und ganz sicher nicht mehr. Er hatte keine Macht und genoss kein besonderes Ansehen. Früher im Westen, zur Zeit der Gründung von Rhodias, mochte das anders gewesen sein. Während sich die mächtige Stadt auf dem Hügel immer weiter ausbreitete, hatten stolze Männer – Heiden, aber immerhin – in Ruhe und Gelassenheit die Gestaltung des Reiches erörtert. Doch als dann, vor etwa vierhundert Jahren, das batiaranische Rhodias zum Herzen wurde, zum Zentrum eines Weltreichs, war schon der dortige Senat nur noch ein willfähriges Werkzeug der Kaiser in ihrem Palast mit den berühmten Terrassengärten am Fluss gewesen.

Heute wucherte das Unkraut in den Palastgärten, soweit sie nicht unter Schuttmassen begraben waren, denn der Große Palast war vor hundert Jahren geplündert und gebrandschatzt worden. Rhodias war nur noch ein Schatten seiner selbst, Residenz eines schwachen Obersten Patriarchen des Gottes Jad, und der Antae, siegreicher Barbaren aus dem Norden und Osten, die sich, wie aus zuverlässigen Quellen berichtet, das Haar noch immer mit Bärenfett einschmierten.

Der Senat hier in Sarantium – oder Neu-Rhodias – war nicht weniger eitel und selbstgefällig als einst im Westreich. Möglicherweise, dachte Bonosus und sah sich grimmig im Senatssaal mit den kostbaren Mosaiken um, die Boden, Wände und auch die zierliche Kuppel bedeckten, möglicherweise wüteten die gleichen Wilden, die Rhodias geplündert hatten – oder andere, noch Schlimmere – bald auch in diesem Palast, dem Sitz der Imperatoren nach dem Verlust und der Abspaltung des Westens. Kämpfe um die Thronfolge machten jedes Reich verwundbar.

Apius hatte sechsunddreißig Jahre lang regiert. Es war kaum zu glauben. Der alte, müde Mann, der in den letzten Jahren völlig unter dem Einfluss seiner Chiromanten stand, hatte sich geweigert, einen Erben zu benennen, nachdem seine Neffen die von ihm gestellte Probe nicht bestanden hatten. Jetzt waren die drei außer Konkurrenz – kein Blinder oder sichtbar Gezeichneter konnte den Goldenen Thron besteigen. Indem Apius seine Schwestersöhne nicht nur verbannte, sondern ihnen auch die Nasen aufschlitzen und die Augen ausstechen ließ, hatte er sichergestellt, dass sie von den Senatoren nicht mehr in Betracht gezogen werden mussten.

Bonosus schüttelte verdrießlich den Kopf. Mit solchen Überlegungen unterstellte er, die fünfzig Männer in diesem Saal hätten tatsächlich eine Entscheidung zu treffen. Dabei würden sie nur das Ergebnis der Intrigen absegnen, die in diesem Moment hinter den Palastmauern gesponnen wurden. Bald würden Gesius der Kämmerer, Adrastus, der Magister der Kaiserlichen Behörden, oder Hilarinus, der Hüter des Kaiserlichen Schlafgemachs, kommen und ihnen mitteilen, was sie in ihrer Weisheit zu beschließen hätten. Es war eine Farce, das reine Schmierentheater.

Und Flavius Daleinus war erst vor zwei Tagen von seinem Familienbesitz südlich der Meerenge in die Stadt zurückgekehrt. Welch ein glücklicher Zufall!

Bonosus hatte keinen Streit mit den Daleinoi, jedenfalls war ihm nichts dergleichen bekannt, und das war gut so. Er *liebte* sie auch nicht unbedingt, doch Gefühle spielten im Verhältnis eines Kaufmanns von eher bescheidener Abstammung zu einer der reichsten und edelsten Familien des Reiches ohnehin keine Rolle.

Oradius, der Senatsälteste, hob die Hand, um die Sitzung zu eröffnen. Doch der Tumult im Saal war so groß, dass er nicht dagegen ankam. Bonosus trat zu seiner Bank, verneigte sich respektvoll vor dem Sitz des Ältesten und setzte sich. Das blieb nicht unbemerkt und andere folgten seinem Beispiel. Mit der Zeit kehrte Ruhe ein. Erst jetzt hörte Bonosus den Lärm des Pöbels von draußen.

Die Türen erzitterten unter heftigen Schlägen, dazu wurden aus Leibeskräften Namen geschrien. Sarantiums Bürger hatten offenbar eigene Kandidaten und suchten den erhabenen Senatoren des Reiches auf diese Weise ihre Wünsche nahe zu bringen.

Jetzt klang es, als würde draußen gekämpft. *Wer hätte das gedacht?*, dachte Bonosus zynisch. Fasziniert beobachtete er, wie die vergoldeten Türen zum Senatssaal – ein Teil der Illusion, dass sich hier Geschehnisse von großer Tragweite abspielten – unter den Schlägen tatsächlich nachgaben. Ein starkes Bild, dachte Bonosus: Türen von prächtigem Äußerem, die aber dem leisesten Druck wichen. Weiter unten auf der Bank begann ein Mann ganz unwürdig zu kreischen. Plautus Bonosus musste lachen. Er hatte einen etwas sonderbaren Humor.

Die Türen flogen krachend auf. Die vier Gardisten wichen zurück. Eine Horde Bürger – auch einige Sklaven waren darunter – drängte grölend in den Saal. Doch dann hielt die Vorhut eingeschüchtert inne. Mosaiken, Gold und Edelsteine sind manchmal doch ganz nützlich, dachte Bonosus spöttisch. Er genoss die Komik der Situation. Der fackeltragende Heladikos, der in seinem Wagen zu seinem Vater der Sonne fuhr – eine heutzutage durchaus umstrittene Darstellung –, schaute von der Kuppel herab.

Keiner der Senatoren war offenbar zu einer wie auch immer gearteten Reaktion auf diesen Überfall imstande. Die Menge verteilte sich; wer noch draußen war, drängte nach, die bereits im Saal Befindlichen verharrten, weil sie nicht wussten, wie es weitergehen sollte. Beide Zirkusparteien, die Blauen wie die Grünen, waren vertreten. Bonosus warf einen Blick auf den Ältesten. Oradius saß wie festgeschraubt auf seinem Sessel und regte sich nicht. Bonosus unterdrückte seine Erheiterung, zuckte unmerklich die Achseln und erhob sich.

»Bürger von Sarantium«, begann er feierlich und breitete die Arme aus, »seid uns willkommen! Ihr könnt uns in dieser kritischen Stunde bei unseren Beratungen sicher tatkräftig unterstützen. Würdet Ihr uns die Ehre erweisen, uns die Namen derer zu nennen, die Ihr für würdig erachtet, den Thron zu besteigen, und Euch dann zurückziehen, damit wir uns mit Jads Hilfe unserer schweren Aufgabe widmen können?«

Es ging eigentlich recht schnell.

Bonosus veranlasste, dass der Registrator des Senats jeden Namen, der gerufen wurde, brav wiederholte und aufzeichnete. Es gab nicht viele Überraschungen. Natürlich wurden die Strategoi oder Feldherrn genannt und, auch das war zu erwarten gewesen, verschiedene Aristokraten. Hohe Beamte der Kaiserlichen Verwaltung. Ein Wagenlenker. Bonosus ließ, ohne mit der Wimper zu zucken, auch den Namen ›Astorgus von den Blauen‹ auf die Liste setzen. Zum Lachen war hinterher noch Zeit.

Nachdem die Gefahr zunächst gebannt war, fasste sich Oradius so weit, dass er mit seiner vollen, geschulten Stimme eine überschwängliche Dankesrede halten konnte. Sie kam offenbar recht gut an, obwohl Bonosus bezweifelte, dass der Pöbel von den altertümlichen Phrasen, die da auf ihn niederprasselten, auch nur die Hälfte verstand. Anschließend bat Oradius die Garde, die treuen Untertanen des Reiches aus dem Saal zu geleiten. Und sie gingen tatsächlich – die Blauen und die Grünen, die kleinen Händler, die Lehrlinge, die Handwerker und die Bettler, Menschen verschiedenster Rassen, der Bodensatz einer Weltstadt.

Die Sarantiner sind eigentlich keine Rebellen, dachte Bonosus trocken, solange man ihnen kostenlos ihr täglich Brot liefert, sie nach Herzenslust über Religion streiten lässt und ihnen ihre geliebten Tänzer, Schauspieler und Wagenlenker nicht vorenthält.

Besonders die Wagenlenker. Jads allerheiligster Kaiser Astorgus der Wagenlenker. Eine köstliche Vorstellung! Vielleicht brächte er das Volk mit der *Peitsche* zur Räson, dachte Bonosus und musste sich schon wieder das Lachen verkneifen.

Sein jäh aufgeflammter Tatendrang war schon wieder erloschen. Plautus Bonosus stützte sich mit einem Arm auf die Bank und wartete mit schief gelegtem Kopf, dass die Abgesandten aus dem Palast kämen und den Senatoren mitteilten, was sie zu beschließen hätten.

Aber ganz so einfach war die Sache nicht. Auch in Sarantium konnte ein Mord bisweilen noch überraschen.

In den besseren Stadtvierteln war es in der letzten Generation Mode geworden, an Wohnungen im zweiten oder dritten Stockwerk eines Hauses so genannte Solare anzubauen, Sonnenräume in Form von geschlossenen Balkonen. Die überragten nun die schmalen Straßen und ließen, ein paradoxer, aber durchaus vorhersehbarer Effekt, so gut wie kein Sonnenlicht mehr durch. Alles nur aus Standesdünkel und um den Frauen der höheren Stände die Möglichkeit zu geben, durch Perlenvorhänge oder manchmal sehr aufwändig getarnte Fensterschlitze das Treiben auf der Straße zu beobachten, ohne sich selbst den Blicken der Passanten auszusetzen.

Unter Kaiser Apius hatte der Stadtpräfekt eine Verordnung herausgegeben, wonach solche Anbauten die Hauswände nur noch um einen bestimmten Abstand überragen durften. Im Anschluss daran hatte er eine Reihe von Solaren abreißen lassen, die den neuen Bestimmungen nicht entsprachen. Dass davon nicht die Straßen betroffen waren, an denen Stadthäuser der wirklich wohlhabenden und einflussreichen Bürger standen, versteht sich von selbst. Wenn der eine Patrizier mächtig genug war, um sich mit einer Beschwerde durchzusetzen, so glich dies ein anderer mit Bestechung oder mit Einschüchterung aus. Natürlich war Selbstjustiz nicht völlig zu verhindern und so war es im Lauf der Jahre selbst in den besten Gegenden zu einigen bedauernswerten Zwischenfällen gekommen.

In einer dieser Straßen – sie ist von ausnahmslos schönen Ziegelfassaden gesäumt, und an den Außenmauern der Häuser hängen kostspielige Laternen, die bei Nacht für ausreichende Beleuchtung sorgen – sitzt ein Mann in einem schamlos überdimensionierten Solar und beobachtet abwechselnd die Straße unter sich und die langsamen, anmutigen Bewegungen der Frau, die hinter ihm im Schlafgemach ihr langes Haar flicht und aufsteckt.

Ihre Unbefangenheit, denkt er, ist so etwas wie ein Kompliment für mich. Sie sitzt unbekleidet auf der Bettkante und stellt alle Wölbungen und Vertiefungen ihres Körpers zur Schau: den erhobenen Arm, die glatte Armbeuge, die üppigen, honiggoldenen Brüste und Hüften und das flaumig weiche Dreieck zwischen den Schenkeln, das ihn in der vergangenen Nacht so freudig aufnahm.

In derselben Nacht, in der ein Bote die Nachricht vom Tod des Imperators brachte.

In einem Punkt irrt er freilich: Ihre selbstversunkene, ungenierte Nacktheit hat mehr mit innerer Freiheit zu tun als mit irgendwelchen Gefühlen, die sie ihm in diesem Augenblick entgegenbrächte. Männerblicke, die ihren Körper mustern, sind ihr schließlich nicht völlig fremd. Er weiß das, aber manchmal zieht er es vor, es zu vergessen.

Ein schwaches Lächeln liegt auf seinem glatt rasierten runden Gesicht mit dem weichen Kinn und den scharfen grauen Augen. Es ist kein schönes und auch kein sonderlich ausgeprägtes Gesicht, aber es vermittelt den Eindruck von harmloser, freundlicher Offenheit. Das kann nur nützlich sein.

Er stellt fest, dass ihr dunkelbraunes Haar im Lauf des Sommers einen Stich ins Rötliche bekommen hat, und überlegt, wann sie wohl Gelegenheit hatte, so lange im Freien zu sein. Dann fällt ihm ein, dass die Farbe nicht unbedingt echt sein muss. Er fragt allerdings nicht nach. Er will gar nicht so genau wissen, was sie treibt, wenn sie sich nicht mit ihm in dieser Wohnung aufhält, die er ihr gekauft hat – an einer sorgfältig ausgewählten Straße.

Das erinnert ihn daran, warum er jetzt hier ist. Er wendet sich ab von der Frau auf dem Bett – sie heißt übrigens Aliana – und schaut wieder durch den Perlenvorhang auf die Straße hinaus. Es herrscht reger Verkehr, es ist später Vormittag und inzwischen dürfte die Nachricht wohl in ganz Sarantium herum sein.

Die Tür, die er beobachtet, ist immer noch geschlossen. Zwei Gardisten stehen davor, aber das ist so üblich. Er kennt die beiden und auch alle anderen und weiß über ihre Familienverhältnisse Bescheid. Solche Kleinigkeiten sind manchmal sehr wichtig. Meistens sogar. In diesen Dingen ist er sehr genau und gar nicht so freundlich, wie es auf den ersten Blick den Anschein hat.

Kurz vor Sonnenaufgang hatte ein Mann das Haus betreten, der sich so benahm, als hätte er eine wichtige Botschaft zu überbringen. Unser Mann hatte ihn im Schein der Außenfackeln beobachtet und auch die Livree erkannt. Dann hatte er gelächelt. Kämmerer Gesius hatte den ersten Zug gemacht. Nun wurde es ernst. Der Mann im Solar rechnet damit, das Spiel zu gewinnen, aber er hat genügend Erfahrung mit den Launen der Macht, um auch ein Scheitern nicht auszuschließen. Er heißt übrigens Petrus.

Die Frau bricht das lange Schweigen. *»Du hast genug von mir«*, sagt sie. Es klingt leise und belustigt, und sie fährt dabei fort, mit genau berechneten Bewegungen der Arme ihr Haar zu ordnen. »Ach ja, einmal musste dieser Tag ja kommen.«

»Dieser Tag wird niemals kommen«, sagt der Mann ruhig. Auch er amüsiert sich bei dem Spiel, das aus ihrer so unwahrscheinlich festen Beziehung entstanden ist. Aber jetzt wendet er den Blick nicht mehr von der Tür gegenüber.

»Ich werde wieder auf der Straße landen, ein hilfloses Opfer der Zirkusparteien. Ein Spielzeug, an dem die ungestümsten Mitglieder ihre barbarischen Gelüste austoben können. Eine abgehalfterte Schauspielerin, entehrt, verlassen, über die besten Jahre hinaus.«

Im Todesjahr des Kaisers Apius war sie zwanzig Jahre alt. Der Mann zählte schon einunddreißig Sommer; er war also nicht mehr jung, aber es hieß – vor diesem Jahr und auch danach –, er gehöre zu jenen, die niemals jung gewesen seien.

»In spätestens zwei Tagen«, murmelt er, »hätte ein blind verliebter ›Geschlechter‹-Spross oder ein aufstrebender Kaufmann, vielleicht für Seide oder Gewürze aus Ispahani, mit Schmuck und einem eigenen Badehaus dein treuloses Herz gewonnen.«

»Ein eigenes Badehaus«, nickt sie, »wäre eine *große* Versuchung.«

Lächelnd sieht er zu ihr hinüber. Sie hat damit gerechnet und präsentiert sich, keineswegs zufällig, von der Seite. Beide Arme sind erhoben, die Hände greifen ins Haar, der Kopf ist ihm zugewandt und die dunklen Augen sind weit geöffnet. Schließlich steht sie auf der Bühne, seit sie sieben Jahre alt ist. Sie hält die Pose für einen Augenblick, dann lacht sie.

Der Mann mit den weichen Zügen schüttelt den Kopf. Er trägt nach der Liebesnacht nur eine taubengraue Tunika und nichts darunter. Sein rotblondes Haar wird zusehends dünner, ist aber noch nicht grau. »Unser geliebter Imperator ist tot, kein Erbe in Sicht, Sarantium schwebt in Lebensgefahr und du treibst mit einem tief besorgten, trauernden Mann dein grausames Spiel.«

»Darf ich zu dir kommen und noch etwas weiter spielen?«, fragt sie.

Sie sieht, wie er tatsächlich überlegt. Das überrascht sie, erregt sie sogar: Wie stark muss sein Verlangen nach ihr sein, wenn er sogar an diesem Morgen…

Doch in dem Moment dringt eine Serie von Geräuschen von der Straße herauf. Ein Schlüssel wird umgedreht, eine schwere Tür öffnet sich und fällt wieder zu, aufgeregte, viel zu laute Stimmen, ein knapper Befehl. Der Mann hinter dem Perlenvorhang dreht sich rasch um und sieht wieder hinaus.

Die Frau hält inne. Dies ist ein wichtiger Moment in ihrem Leben und sie hat vieles abzuwägen. Doch im Grunde hat sie sich schon vor einiger Zeit entschieden. Sie vertraut ihm und sich selbst, so erstaunlich das auch sein mag. Nun hüllt sie sich wie zum Schutz in das Bettlaken. Sein Profil wirkt sehr entschlossen, der harmlos-freundliche Ausdruck ist verschwunden, als sie fragt: *»Was trägt er?«*

Eigentlich, so wird sich der Mann später denken, hätte ihn diese Frage, mit der ihm die Frau – ganz bewusst – viel über sich verraten hat, nicht so sehr überraschen dürfen. Schließlich haben ihn ihr Verstand und ihr scharfer Blick von Anfang an mindestens ebenso bezaubert wie ihre Schönheit und die schauspielerischen Fähigkeiten, mit denen sie die Sarantiner zu jeder ihrer Aufführungen ins Theater lockte und abwechselnd zu Begeisterungsstürmen, schallendem Gelächter und tobendem Applaus hinriss.

Aber er *ist* völlig verblüfft, und das passiert ihm nur selten. Gewöhnlich lässt er es nicht zu, dass ihm etwas die Fassung raubt. Aber über dieses Thema hat er ausnahmsweise nicht mit ihr gesprochen. Und wie sich herausstellt, hat die Kleidung, in der sich der silberhaarige Mann an diesem denkwürdigen Morgen in der immer noch schattigen Straße den Augen der Welt zeigt, viel zu bedeuten.

Petrus sieht sich nach der Frau um. Selbst in diesem Moment wendet er sich ihretwegen von der Straße ab und das werden sie beide nie vergessen. Er sieht, dass sie sich bedeckt hat und etwas ängstlich ist, obwohl sie das nie zugäbe. Seinen scharfen Augen entgeht nicht viel. Er ist gerührt – von dieser Angst und von dem tieferen Sinn, den er hinter ihrer Frage spürt.

»Du hast es gewusst?«, fragt er ruhig.

»Du hattest dich so sehr auf diese Wohnung versteift«, murmelt sie. »Es musste unbedingt ein Solar sein, das auf diese und keine andere Straße hinausging. Welche Hauseingänge man von hier aus überwachen kann, war nicht schwer festzustellen. Und im Theater oder in der Festhalle der Blauen erfährt man über die Machenschaften bei Hofe ebenso viel wie in den Palästen oder in der Kaserne. *Was trägt er denn nun, Petrus?*«

Sie pflegt, um ihre Worte zu betonen, die Stimme zu senken, anstatt sie zu heben: Das hat sie auf der Bühne gelernt. Es ist sehr wirkungsvoll. Wie so vieles an ihr. Er sieht wieder hinaus, hinunter auf die Straße, beobachtet durch den Vorhang das Grüppchen von Menschen vor der einen Tür, auf die es ankommt.

»Weiß«, sagt er und zögert, bevor er leise, fast flüsternd hinzufügt: »Mit Purpurbordüren von der Schulter bis zum Knie.«

»Aha«, sagt sie. Sie erhebt sich und geht auf ihn zu. Das Laken, das sie um sich geschlungen hat, nimmt sie mit, es schleift hinter ihr über den Boden. Sie ist nicht groß, aber sie bewegt sich so, als wäre sie groß. »Er trägt Porphyr. An diesem Tag. Und?«

»Und?«

»Und«, wiederholt er. Aber nicht als Frage.

Er streckt eine Hand durch den Perlenvorhang und gibt den Männern, die so lange in der Erdgeschosswohnung auf der anderen Straßenseite gewartet haben, mit einem kurzen und völlig unverfänglichen Sonnenkreiszeichen ein Signal. Sobald das Zeichen aus dem vergitterten Wachhäuschen erwidert wird, erhebt er sich und geht auf die wunderschöne kleine Frau zu, die nun die Schwelle zum Solar erreicht hat.

»Was geschieht jetzt, Petrus?«, fragt sie. »Wie geht es weiter?«

Sein Äußeres ist eher unscheinbar, doch das macht die ruhige Überlegenheit, die er manchmal ausstrahlt, umso eindrucksvoller und umso verwirrender.

»Vorhin hast du mir grausame Spiele versprochen«, murmelt er. »Nicht wahr? Jetzt hätten wir ein wenig Muße dafür.«

Sie zögert, dann lächelt sie. Das Laken hat seinen Zweck erfüllt und gleitet zu Boden.

Nicht lange danach erhebt sich auf der Straße lauter Tumult. Schrille Stimmen, wilde Entsetzensschreie, eilige Schritte. Diesmal verlassen sie das Bett nicht. Irgendwann mitten im Liebesakt erinnert er sie flüsternd an ein Versprechen, das er ihr vor etwas mehr als einem Jahr gegeben hat. Sie hat es natürlich nicht vergessen, aber nie so recht daran zu glauben gewagt. Doch als sie heute – an diesem denkwürdigen Morgen – seine Lippen auf den ihren und sein Geschlecht in sich spürt, als sie an den Kaiser denkt, der vergangene Nacht gestorben ist, und an den zweiten Mann, der soeben zu Tode kam, als sie erkennt, wie absolut unwahrscheinlich die Liebe an sich ist, da glaubt sie ihm. Jetzt glaubt sie ihm tatsächlich.

Sie erschrickt wie nie zuvor, dabei hat sie trotz ihrer Jugend schon einiges hinter sich, und Angst zu haben ist ihr nicht fremd, sie hatte oft genug Grund dazu. Dennoch sagt sie ihm wenig später, als die Zuckungen verebben und sie ruhig nebeneinander liegen und wieder Zeit zum Sprechen finden, Folgendes: »Vergiss nicht, Petrus. Ein eigenes Bad mit kaltem *und* warmem Wasser und mit Dampf, oder ich suche mir einen Gewürzhändler, der weiß, was er einer Dame von Stand schuldig ist.«

Mit Pferden dahinzujagen war immer schon sein einziger Wunsch gewesen.

Seit er die Welt zum ersten Mal bewusst wahrgenommen hatte, wollte er mit Pferden zusammen sein, er wollte sie im Galopp, im Trab und im Schritt beobachten und des Gottes lieben langen Tag und bis in die Nacht hinein mit ihnen und über sie, über die Streitwagen und über die Fahrer reden. Er wollte sie pflegen und füttern, ihnen ans Licht der Welt helfen, sie an Zaumzeug und Zügel gewöhnen, an die Peitsche, den Wagen und den Lärm der Zuschauer. Und dann wollte er – wenn Jad ihm gnädig war – zu Ehren Seines tapferen Sohnes Heladikos, der in seinem Streitwagen umkam, als er den Menschen das Feuer brachte, eine eigene Quadriga fahren, wollte, die Zügel um den Körper gewickelt, damit sie ihm nicht durch die schweißnassen Finger rutschten, das Messer im Gürtel, um sich bei einem Sturz notfalls loszuschneiden, hinter vier Pferden stehen und sich weit über ihre

Schwänze beugen, um sie zu immer größerer Eile anzutreiben und mit einer Eleganz um die Wendemarken zu dirigieren, die kein Außenstehender sich vorstellen konnte.

Aber Hippodrome und Kampfwagen waren irdische Dinge, Dinge der großen weiten Welt und im sarantinischen Reich war nichts mehr einfach und sauber, nicht einmal die Verehrung des Gottes. Allzu unbefangen von Heladikos zu sprechen, war hier in der Stadt inzwischen gefährlich. Vor einigen Jahren hatten der Oberste Patriarch im zerstörten Rhodias und der Patriarch des Ostens hier in Sarantium in seltener Einmütigkeit eine gemeinsame Erklärung herausgegeben. Darin wurde festgestellt, der Heilige Jad, der Gott in der Sonne und hinter der Sonne, besitze keine eigenen Kinder, weder sterbliche noch andere; aber *alle* Menschen seien Söhne des Gottes im Geiste. Jads Göttlichkeit sei über Fortpflanzung und Vermehrung erhaben. Einen Fleisch gewordenen Sohn anzubeten oder auch nur die Vorstellung zuzulassen, gelte fortan als Ketzerei und als Angriff gegen die überirdische Natur des Gottes.

Die Priester in Soriyya und anderswo hatten widersprochen. Wie sonst hätte der Goldene Herr der Welten in seinem strahlenden Glanz die Brücke zu den gemeinen Menschen schlagen können? Wenn Jad seine sterblichen Geschöpfe, seine Söhne im Geiste wahrhaft liebte, warum sollte er dann nicht auch einen Teil seiner selbst mit einer sterblichen Hülle umgeben, um diese Liebe zu besiegeln? Und das Siegel sei eben Heladikos, der Wagenlenker, sein Kind.

Dann waren da noch die Antae, die Batiara erobert und den Glauben an Jad – und an Heladikos – angenommen hatten, wobei sie Letzteren nicht nur als sterblichen Sohn, sondern als Halbgott verehrten. *Heidnische Barbarei,* wetterte jetzt die orthodoxe Geistlichkeit – soweit sie nicht in Batiara unter den Antae lebte. Denn seit auch der Oberste Patriarch mit ihrer Duldung in Rhodias residierte, fielen die Drohungen gegen die heladikische Ketzerei im Westen um einiges gedämpfter aus.

Doch hier in Sarantium wurde überall und unaufhörlich über Glaubensfragen debattiert, ob in Hafenkneipen oder Freudenhäusern, in Garküchen, im Hippodrom oder im Theater. Man konnte sich keine Mantelbrosche kaufen, ohne sich die Ansichten des Händlers über Heladikos oder die passende Liturgie für den Lobpreis der aufgehenden Sonne anhören zu müssen.

Es gab im Reich – und besonders in der Stadt selbst – zu viele Gruppen, die ihre Religion zu lange nach eigenem Gutdünken ausgeübt hatten, als dass Patriarchen und Priester an eine gewaltsame Verfolgung hätten denken können, aber Anzeichen für eine wachsende Entfremdung gab es überall und unter der Oberfläche gärte es.

In Soriyya, im Süden zwischen Sand und Meer gelegen, lebten die Jadditen gefährlich nahe der bassanidischen Grenze mit den Kindath sowie den wortkargen, grausamen Nomaden aus Ammuz und den benachbarten Wüstenregionen zusammen, wo jeder Stamm einen anderen Glauben hatte. Dort waren Heladikos-Schreine ebenso häufig wie Heiligtümer oder Kapellen für Jad, den Gott. An der Grenze zum Feindesland wurden der Mut des Sohnes und seine Opferbereitschaft von geistlichen und weltlichen Führern gleichermaßen gepriesen. Die Stadt hinter ihren dicken Dreifachmauern und der schützenden See könne sich leicht einen anderen Glauben leisten, hieß es bei den Wüstenvölkern. Und was hatte der Oberste Patriarch des Westens seit der Plünderung von Rhodias noch groß zu melden?

Scortius von Soriyya, der jüngste Wagenlenker, der

jemals als Rangerster für Sarantiums Grüne gefahren war, ein Mann, der eigentlich nichts anderes wollte, als einen Streitwagen zu lenken und seine Hengste zu größtmöglicher Schnelligkeit anzutreiben, betete nur stumm und in den Tiefen seiner Seele zu Heladikos und seinem goldenen Wagen, denn er war ein beherrschter, zurückhaltender junger Mann, ein halber Wüstensohn. Aber dass ein Wagenlenker den Großen Wagenlenker verehren müsse, hatte er schon als Kind entschieden. Und insgeheim war er bei aller Unerfahrenheit in solchen Dingen sogar fest überzeugt, dass seine Gegner, die dem Erlass der Patriarchen folgten und den Sohn des Gottes verleugneten, sich damit eines starken Fürsprechers beraubten, wenn sie vor achtzigtausend schreienden Bürgern durch die Starttore auf die tückische Sandbahn stürmten und dort ihr Leben einsetzten.

Aber das war ihr Problem.

Er war neunzehn Jahre alt, er fuhr im größten Stadium der Welt den Ersten Wagen für die Grünen, und er hatte gute Aussichten, als erster Fahrer seit Ormaez dem Esperaner noch vor seinem zwanzigsten Geburtstag am Ende des Sommers sein hundertstes Rennen zu gewinnen.

Aber jetzt war der Kaiser tot. Heute fielen die Rennen aus, und nur der Gott wusste, wie lange die Trauerfeiern dauern würden. Heute Morgen waren mehr als zwanzigtausend Menschen ins Hippodrom gekommen und hatten sogar die Bahn besetzt. Aber sie steckten nur ängstlich die Köpfe zusammen oder lauschten den liturgischen Gesängen der Priester in den gelben Roben, ohne die Streitwagen zu beachten, die in der Prozession mitfuhren. Vergangene Woche hatte er einen halben Renntag wegen einer Schulterverletzung verloren, heute war der ganze Tag vertan – und nächste Woche? Und die Woche danach?

Scortius wusste, dass er seine eigenen Sorgen in einem Augenblick wie diesem nicht so sehr in den Vordergrund stellen sollte. *Alle* Priester, ob Heladikier oder Orthodoxe, würden seine Haltung scharf kritisieren. In manchen Dingen waren sich die Religionen einig.

Auf den Tribünen und auf der Bahn standen Männer und weinten, andere gestikulierten heftig und redeten überlaut, während ihnen die Angst aus den Augen starrte. Die gleiche Angst, die manchmal seinen Kollegen im Gesicht stand, wenn sie ein Rennen fuhren. Er selbst hatte sie, wenn überhaupt, höchstens damals gespürt, als die plündernden Bassaniden-Horden über die Sandwüste heranjagten und er, auf den Stadtmauern stehend, aufblickte und in die Augen seines Vaters sah. Sie hatten kapituliert, ihre Stadt und ihre Häuser verloren, nur um vier Jahre später nach mehreren Siegen an der Nordgrenze einen Vertrag zu schließen, der ihnen alles zurückgab. Grenzgebiete wechselten ständig den Besitzer.

Er spürte, dass Gefahr für das Reich bestand. Imperien brauchten genau wie Pferde eine feste Hand. Doch im Unterschied zu den Menschen hier hatte er als Kind allzu oft die östlichen Heerscharen Shirvans gesehen, des Königs der Könige, und deshalb war seine Angst bei weitem geringer. Das Leben war so reich, so neu, so unglaublich aufregend, dass er sich selbst an diesem Tag den Mut nicht rauben ließ.

Er war neunzehn Jahre alt und er war Wagenlenker. In Sarantium.

Sein Traum war in Erfüllung gegangen, die Pferde waren sein Leben. Die Probleme der großen Welt... mochten doch andere sie lösen. Man würde irgendjemanden zum Kaiser ausrufen. Irgendjemand würde schon bald in der Kathisma, der Kaiserlichen Loge in der Mitte der Westseite des Hippodroms, sitzen und –

so der Gott wollte! – das weiße Tuch fallen lassen, um die Prozession zu eröffnen, und dann würden die Wagen erst die Parade und dann ihre Rennen fahren. Wer der Mann mit dem Tuch war, dachte Scortius von Soriyya, brauchte einen Wagenlenker nicht weiter zu kümmern.

Er war wirklich noch sehr jung, kaum ein halbes Jahr in der Stadt. Der Vorsteher der Grünen, ihr Faktionarius, hatte ihn dem kleinen Hippodrom in Sarnica abgeworben, wo er für die zweitrangigen Roten die elendesten Schindmähren gefahren – und Rennen gewonnen hatte. Bis er erwachsen war, musste er noch eine Menge lernen. Aber das sollte ziemlich schnell geschehen. Die Menschen ändern sich manchmal.

Scortius stellte sich in den Schatten eines Torbogens und beobachtete die Menge. Von hier aus hatte er freien Blick in einen Laufgang, der zu den inneren Werkstätten, den Stallungen und den kleinen Wohnungen der Hippodrom-Arbeiter unter den Tribünen führte. Im Tunnelinneren befand sich eine verschlossene Tür, durch die man in die höhlenähnlichen Zisternen mit einem großen Teil der städtischen Wasservorräte gelangte. Wenn nichts zu tun war, fuhren die jüngeren Reiter und die Stallburschen manchmal im Halbdunkel mit kleinen Booten zwischen den tausend Pfeilern, wo das Wasser jeden Laut zurückwarf, um die Wette.

Scortius überlegte, ob er seinen Platz verlassen und zu den Stallungen der Grünen auf der anderen Seite des Forums gehen sollte, um nach seinem besten Gespann zu sehen. Was scherten ihn die psalmodierenden Priester und die undisziplinierten Bürger, die sich noch während der Zeremonien die Namen irgendwelcher Thronanwärter zuschrien?

Einen oder zwei der Namen glaubte er schon einmal gehört zu haben. Aber er kannte längst nicht alle

Offiziere des Heeres und alle Aristokraten, ganz zu schweigen von Sarantiums unzähligen Hofschranzen. Wie sollte er denn? Er musste sich doch auf das Wesentliche konzentrieren! Bisher hatte er dreiundachtzig Siege und sein Geburtstag fiel auf den letzten Tag des Sommers. Es wäre zu schaffen. Er rieb sich die geprellte Schulter und blickte auf. Der Himmel war klar, die Regenwolken waren nach Osten abgezogen. Der Tag würde sehr heiß werden. Draußen auf der Bahn war das für ihn von Vorteil. Als gebürtiger Soriyyaner, braun gebrannt von der Sonne des Gottes, vertrug er die brennende Glut des Sommers besser als die meisten anderen Fahrer. Es wäre sicher ein guter Tag für ihn geworden. Aber jetzt war er verloren. Der Kaiser war gestorben.

Bis Mittag würde vermutlich mehr durch das Hippodrom fliegen als Worte und Namen. Menschenmassen wie diese blieben nicht lange ruhig, und die Umstände hatten dazu geführt, dass sich Grüne und Blaue gefährlich mischten. Mit den Temperaturen erhitzten sich auch die Gemüter. Kurz bevor er Sarnica verließ, war es im Hippodrom zu Krawallen gekommen, und als der Pöbel auf die Straßen hinausdrängte, hatte er das halbe Kindath-Viertel der Stadt in Brand gesteckt.

Aber heute waren die Exkubitoren mit ihren Waffen zugegen und hielten Wache und die Menge war eher ängstlich als aufgebracht. Vielleicht kam es doch nicht zu Gewalttätigkeiten. Scortius hätte sofort zugegeben, dass er nicht viel von der Welt wusste, es sei denn, es ging um Pferde. Erst vor zwei Nächten hatte ihm das eine Frau vorgehalten, aber sie hatte nicht böse geklungen, eher wie eine träge Katze. Er hatte sogar entdeckt, dass die Stimme, mit der er unruhige Pferde beruhigte, manchmal auch auf die Frauen wirkte, die nach einem Renntag auf ihn warteten oder ihm ihre Diener schickten.

Manchmal, wohlgemerkt, aber nicht *immer*. In der Nacht mit der Katzenfrau war es ihm irgendwann so vorgekommen, als würde sie lieber so behandelt wie eine Quadriga, wenn er sie durch die Zielgerade peitschte. Ein beunruhigender Verdacht. Er war ihm natürlich nicht nachgegangen. Frauen wurden zunehmend schwieriger zu durchschauen; wobei er zugeben musste, dass es sich lohnte, sich über sie den Kopf zu zerbrechen.

Bei Pferden lohnte es sich allerdings noch viel mehr. Es ging eben nichts über Pferde.

»Was macht die Schulter?«

Scortius sah sich rasch um und konnte seine Überraschung kaum verbergen. Der kräftige, gut gebaute Mann, der jetzt unter den Torbogen trat und sich neben ihn stellte, war der Letzte, von dem er diese mitfühlende Frage erwartet hätte.

»Fast wieder heil«, sagte er knapp. Der Neuankömmling war Astorgus von den Blauen, der ranghöchste Fahrer des Tages, sein stärkster Gegner, um dessentwillen ihn die Grünen aus Sarnica nach Norden geholt hatten. Die Gegenwart des Älteren machte Scortius verlegen, er fühlte sich schwerfällig und hatte keine Ahnung, wie er sich verhalten sollte. Zu Astorgus' Ehren standen nicht nur eine, sondern schon zwei Statuen an der Spina des Hippodroms und eine davon war aus Bronze. Berichten zufolge hatte er bereits ein halbes Dutzend Male im Attenin-Palast gespeist. Die Mächtigen im Kaiserlichen Bezirk fragten ihn bei innerstädtischen Schwierigkeiten um seine Meinung.

Astorgus lachte. Aufrichtige Belustigung malte sich in seinen Zügen. »Von mir hast du nichts zu befürchten, Junge. Kein Gift, kein Zauberamulett, keine Schläger, die dir vor dem Haus einer Dame im Dunkeln auflauern.«

Scortius wurde rot. »Das weiß ich«, murmelte er.

Ohne den Blick von dem Gedränge auf der Bahn und den Tribünen zu wenden, fuhr Astorgus fort: »Konkurrenz tut uns allen gut. Dann reden die Leute über die Rennen. Selbst wenn sie gar nicht da sind. Und sie schließen Wetten ab.« Er lehnte sich gegen einen der Stützpfeiler. »Irgendwann wollen sie mehr Renntage. Sie bestürmen den Kaiser. Der Kaiser will zufriedene Bürger. Also erhöht er die Zahl der Renntage im Kalender. Und das, mein Junge, bedeutet mehr Prämien für uns alle. Du verhilfst mir also dazu, dass ich mich früher zur Ruhe setzen kann.« Er wandte sich Scortius zu und lächelte. Sein Gesicht war von unzähligen Narben gezeichnet.

»Du willst dich zur Ruhe setzen?«, staunte Scortius.

»Ich bin neununddreißig Jahre alt«, erklärte Astorgus nachsichtig. »Und ob ich mich zur Ruhe setzen will.«

»Sie werden es nicht zulassen. Die Anhänger der Blauen werden verlangen, dass du zurückkommst.«

»Und ich werde zurückkommen. Einmal. Zweimal. Aber das hat seinen Preis. *Danach* bekommen meine alten Knochen den verdienten Lohn, und die Brüche, die Narben und die Stürze überlasse ich dir und noch Jüngeren. Hast du eine Vorstellung, wie viele Fahrer ich auf der Bahn habe sterben sehen, seit ich angefangen habe?«

Scortius hatte in seinem jungen Leben schon genügend tödliche Unfälle erlebt, um sich die Antwort sparen zu können. Für welche Farbe man auch fuhr, die fanatisierten Anhänger der gegnerischen Partei wünschten einem den Tod, abgetrennte Gliedmaßen, gebrochene Knochen. Die Menschen kamen nicht nur ins Hippodrom, um schnelle Pferde zu bewundern, sie wollten auch Blut sehen und Schreie hören. Wachstäfelchen mit Todeswünschen wurden in Gräber, Brunnen oder Zisternen geworfen, an Kreuzwegen vergraben oder bei Vollmond von den Stadtmauern ins Meer geschleudert. Bei Alchimisten und Chiromanten – echten Magiern und Scharlatanen – wurden grässliche Verwünschungen gegen namentlich benannte Fahrer und ihre Pferde in Auftrag gegeben. In den Hippodromen des Imperiums fuhr man ebenso sehr gegen den Tod – den Neunten Wagen – wie gegen die menschlichen Konkurrenten. Heladikos, der Sohn des Jad, war in seinem Streitwagen umgekommen und diese Wagenlenker leisteten ihm Gefolgschaft. Jedenfalls einige von ihnen.

Schweigend standen die beiden Männer im Schatten des Torbogens und beobachteten die aufgebrachte Menge. Wenn man sie entdeckte, wären sie sofort umlagert, das war Scortius bewusst.

Aber sie blieben unbemerkt. Nach einer Weile sagte Astorgus leise: »Der Mann. Die Gruppe gleich da drüben. Sind das alles Blaue? Er jedenfalls nicht. Er ist kein Blauer. Ich kenne ihn. Und ich frage mich, was er vorhat.«

Scortius' Neugierde hielt sich in Grenzen, aber er schaute rechtzeitig hinüber, um zu sehen, wie der Betreffende die Hände an den Mund legte und mit weit tragender Aristokratenstimme rief: *»Daleinus auf den Goldenen Thron! Die Blauen für Flavius Daleinus!«*

»Du meine Güte«, murmelte Astorgus, Erster Fahrer der Blauen, wie zu sich selbst. »Hier auch? Welch ein ausgekochter Schurke!« Scortius hatte keine Ahnung, wovon er redete.

Das sollte er erst viel später begreifen, im Rückblick, wenn er die einzelnen Teile zu einem Bild zusammenfügte.

Fotius der Sandalenmacher beobachtete den kräftigen, glatt rasierten Mann in der makellos geplätteten blauen Tunika schon länger.

Fotius stand in einer ungewöhnlich gemischten Gruppe aus Anhängern verschiedener Zirkusparteien und Bürgern, die sich zu keiner Farbe offen bekannten, wischte sich mit dem feuchten Ärmel über die Stirn und versuchte sich nicht darum zu kümmern, dass ihm der Schweiß über Brust und Rücken lief. Seine Tunika hatte schon dunkle, nasse Flecken. Die grüne von Pappio, der neben ihm stand, sah nicht besser aus. Der Glasbläser hatte sein schütteres Haar mit einer Mütze bedeckt, die einmal recht hübsch gewesen sein mochte, jetzt aber nur noch schlaff herunterhing und allseits Zielscheibe von Spötteleien war. Schon jetzt war es mörderisch heiß. Der Wind hatte sich mit Sonnenaufgang gelegt.

Der große, allzu elegante Mann beunruhigte Fotius. Er stand wie selbstverständlich bei einer Gruppe von Blauen, darunter mehreren Wortführern, die die Sprechchöre zu Beginn der Prozessionen und nach den Siegen dirigierten. Aber Fotius hatte ihn noch nie gesehen, weder auf den Tribünen der Blauen noch bei den Festmählern oder den Zeremonien.

Spontan stieß er Pappio in die Rippen. »Kennst du den?« Er deutete auf den Mann. Pappio tupfte sich die Oberlippe ab und blinzelte in die Sonne. Dann nickte er. »Einer von uns. Jedenfalls bis letztes Jahr.«

Fotius triumphierte. Er wollte schon zu den Blauen hinübergehen, als der Mann, den er beobachtete, die Hände an den Mund legte, lauthals den Namen Flavius Daleinus schrie und damit den allgemein bekannten Aristokraten im Namen der Blauen zum Kaiser ausrief.

Daran war nichts Ungewöhnliches, auch wenn er kein Blauer war. Doch als nur einen Herzschlag später derselbe Name auch aus anderen Bereichen des Hippodroms ertönte – für die Grünen, noch einmal für die Blauen, dann sogar für die zweitrangigen Farben Rot und Weiß und schließlich für eine Handwerkergilde, eine weitere und noch eine, da musste Fotius der Sandalenmacher doch laut lachen.

»In Jads heiligem Namen!«, rief Pappio neben ihm verbittert aus. »Hält er uns denn alle für dumm?«

Das Verfahren der ›spontanen Akklamation‹ war bei den Zirkusparteien nicht unbekannt. Ja, der Musikmeister jeder Farbe war unter anderem für die Auswahl und die Ausbildung der Männer verantwortlich, die an Renntagen in kritischen Momenten die Schreie aufnahmen und weitergaben. Für die Angehörigen einer Partei waren es die erhebendsten Augenblicke, wenn *›Allen Ruhm den ruhmreichen Blauen!‹* oder *›Ewiger Sieg dem Sieger Astorgus!‹* durch das Hippodrom schallte, wenn der mächtige Ruf genau im richtigen Moment von den Nordtribünen herabkam, um die Bahnkurve brandete und sich auf der anderen Seite fortsetzte, während der siegreiche Wagenlenker auf seiner Ehrenrunde an den schweigenden, geschlagenen Grünen-Anhängern vorbeifuhr.

»Wahrscheinlich«, sagte ein Mann neben Fotius mürrisch. »Was wissen die Daleinoi denn schon von uns?«

»Sie sind eine ehrenwerte Familie!«, warf ein anderer dazwischen.

Fotius war wütend und die Hitze machte ihm zu schaffen. Er ließ die Streithähne stehen, ging zu der Blauen-Gruppe hinüber und schlug dem Hochstapler auf die Schulter. Aus der Nähe verströmte der Mann einen intensiven Duft. Parfüm? Im Hippodrom?

»Bei Jads Licht, wer bist du?«, fuhr er ihn an. »Du bist kein Blauer, wie kommst du dazu, in unserem Namen zu sprechen?«

Der Mann drehte sich um. Er war kräftig, aber nicht fett und hatte merkwürdig fahlgrüne Augen. Jetzt musterte er Fotius wie einen Käfer, der aus einer Weinflasche gekrochen war. Fotius war in heftiger Erregung; trotzdem fragte er sich, wie man es anstellte, seine Tunika an einem solchen Morgen so sauber und adrett zu erhalten.

Die Umstehenden hatten Fotius' Frage gehört und drehten sich nach den beiden um, als der Fremde mit schneidender Stimme spottete: »Und in dir darf ich wohl den Schriftführer der sarantinischen Blauen vermuten, wie? Ha. Wahrscheinlich kannst du nicht einmal lesen.«

»Das mag schon sein«, sagte Pappio und trat mutig näher. »Aber letzten Herbst beim Festmahl zum Saisonende hast du noch eine grüne Tunika getragen. Ich habe dich gesehen. Du hast sogar einen Trinkspruch ausgebracht. Und du warst betrunken!«

Der Fremde ordnete Pappio offensichtlich der gleichen Gattung von Kriechtieren wie Fotius zu. Er rümpfte die Nase. »Ist es seit neuestem verboten, die Partei zu wechseln? Darf ich mich der Siege des hehren Asportus nicht erfreuen und sie bejubeln?«

»Wie bitte?«, fragte Fotius.

»Astorgus«, verbesserte sich der Mann schnell. »Astorgus von den Blauen.«

»Verschwinde«, sagte Daccilio, der bei den Blauen als Wortführer agierte, solange Fotius denken konnte. Er hatte dieses Jahr bei der Eröffnungszeremonie die Fahne durch das Hippodrom getragen. »Hinaus mit dir!«

»Zuerst ziehst du die blaue Tunika aus!«, fauchte ein anderer. Die Stimmen wurden lauter. Die Umstehenden drehten die Köpfe. Immer noch schrien die Claqueure auffällig gleichzeitig den Namen Flavius Daleinus durch das ganze Hippodrom. In jäh aufwallendem Zorn krallte Fotius geradezu lustvoll seine verschwitzten Hände in die adrette blaue Tunika des Hochstaplers.

Von wegen Asportus.

Ein harter Ruck, die Tunika zerriss an der Schulter; die edelsteinbesetzte Brosche fiel in den Sand. Fotius lachte; dann schrie er laut auf. Er hatte einen Schlag in die Kniekehlen bekommen. Taumelnd brach er zusammen und blieb im Staub liegen. *Wie ein Wagenlenker*, dachte er.

Mit Tränen in den Augen blickte er auf, der Schmerz nahm ihm den Atem. Die Exkubitoren. Natürlich. Sie waren zu dritt. Bewaffnet, unpersönlich, gnadenlos. Sie hatten ihm nur eins gegen die Kniekehlen gegeben, aber sie hätten ihn auch ohne weiteres töten können, ohne Strafe fürchten zu müssen. Man war in Sarantium. Hier tötete man jeden Tag einfache Bürger, um ein Exempel zu statuieren. Eine Speerspitze war auf seine Brust gerichtet.

»Der Nächste, der hier zuschlägt, kriegt die Spitze zu kosten, nicht nur den Schaft«, sagte der Mann mit der Waffe. Hohl klang seine Stimme unter dem Helm hervor. Er war völlig ruhig. Die Männer der Kaiserlichen Garde waren die bestausgebildeten Soldaten der Stadt.

»Dann habt Ihr einiges zu tun«, sagte Daccilio schlicht und ohne sich einschüchtern zu lassen. »Mir scheint, die von den erhabenen Daleinoi inszenierte spontane Demonstration des Volkswillens hat nicht ganz den gewünschten Erfolg.«

Die drei Exkubitoren schauten zu den Tribünen hinauf und der mit dem Speer begann zu fluchen. Jetzt war er nicht mehr so ruhig. Im Umkreis der Männer, die so planvoll den Namen in die Menge gerufen hatten, brachen Schlägereien aus. Fotius lag reglos im Staub und wagte nicht einmal, sich die schmerzenden Beine zu reiben. Endlich wurde die Speerspitze zurückgezogen. Der Hochstapler mit den grünen Augen und der zerrissenen blauen Tunika war verschwunden. Fotius hatte keine Ahnung, wo er hingegangen war.

Pappio kniete neben ihm nieder. »Geht es denn wieder, mein Freund?«

Fotius nickte mühsam und wischte sich Schweiß und Tränen aus dem Gesicht. Seine Tunika und seine Beine waren mit Staub bedeckt, mit dem Staub der heiligen Rennbahn der Wagenlenker. Plötzlich überschwemmte ihn eine Woge der Zuneigung zu dem alternden Glasbläser. Pappio war ein Grüner, gewiss, aber er war trotzdem ein anständiger Bursche. Und er hatte ihn bei der Aufdeckung des Betrugs unterstützt.

Asportus von den Blauen! *Asportus?* Übel kann einem werden, dachte Fotius. Das sah den Daleinoi ähnlich, diesen hochnäsigen Patriziern. Sie hatten so wenig Respekt vor den Bürgern, dass sie glaubten, mit dieser lächerlichen Farce Flavius' Hintern auf den Goldenen Thron hieven zu können!

Plötzlich stellten sich die Exkubitoren mit militärischer Präzision in einer Reihe auf. Fotius schaute an ihnen vorbei. Ein Reiter war in das Hippodrom gekommen und trabte langsam entlang der Spina auf den Mittelpunkt zu.

Auch andere hatten ihn bemerkt. Jemand rief seinen Namen, mehrere Stimmen fielen ein. Das *war* eine spontane Kundgebung. Ein Trupp Exkubitoren umringte ihn, als er sein Pferd zum Stehen parierte. Mit ihrer strengen Formation und ihrem eisernen Schweigen zogen sie alle Blicke auf sich und brachten auch die zwanzigtausend Zuschauer allmählich zur Ruhe.

»Bürger von Sarantium, ich habe Neuigkeiten!«, rief Valerius, Kommandeur der Kaiserlichen Garde mit seiner rauen, ehrlichen Soldatenstimme.

Natürlich konnten ihn nicht alle hören, aber seine Worte wurden weitergegeben, wie es hier Sitte war, und verbreiteten sich über den riesigen Platz, hinauf in die Tribünen, über die Spina mit ihren Obelisken und Statuen, durch die leere Kathisma, wo bei den Rennen der Kaiser saß, bis unter die Starttore, wo einige Wagenlenker und Bedienstete des Hippodroms geschützt vor der grellen Sonne das Geschehen beobachteten.

Fotius sah die Brosche neben sich im Sand liegen und nahm sie rasch an sich. Niemand schien es bemerkt zu haben. Als er sie wenig später verkaufte, konnte er mit dem Erlös ein neues Leben beginnen. Doch jetzt rappelte er sich auf. Er war staubig, schmutzig und schweißüberströmt, aber er wollte aufrecht stehen, wenn sein neuer Kaiser ausgerufen wurde.

Seine Einschätzung erwies sich als falsch, aber wie hätte er den Tanz durchschauen sollen, der an diesem Tag stattfand?

Der Magister der Kaiserlichen Behörden hatte den Quaestor des Kaiserlichen Nachrichtendienstes veranlasst, Ermittlungen einzuleiten, die sehr viel später zu einem unerwartet peinlichen Ergebnis führten: Man war nicht im Stande, den Mörder des prominentesten sarantinischen Aristokraten seiner Zeit dingfest zu machen.

Zwar fand man rasch heraus, dass der erst vor kurzem in die Stadt zurückgekehrte Flavius Daleinus am Morgen nach Kaiser Apius' Tod in Begleitung seiner zwei älteren Söhne, eines Neffen und eines kleinen Gefolges das Haus verlassen hatte. Familienmitglieder sagten aus, er sei auf den Weg zum Senatsaal gewesen, um die Senatoren seiner Unterstützung bei ihrer schweren Entscheidung zu versichern. Einiges wies darauf hin – ohne dass vom Kaiserlichen Bezirk eine Bestätigung vorgelegen hätte –, dass er sich dort mit dem Kämmerer verabredet hatte, um anschließend zusammen mit Gesius den Attenin-Palast aufzusuchen und dem Kaiser die letzte Ehre zu erweisen.

Als man den Toten auf einer Trage nach Hause brachte, um ihn später im Familien-Mausoleum zur letzten Ruhe zu betten, befanden sich Daleinus' Leiche und seine Kleidung in einem Zustand, der es nicht gestattete, die Richtigkeit der weit verbreiteten Gerüchte über die Wahl seiner Garderobe an diesem Morgen zu bestätigen.

Die Kleidung des vornehmen Aristokraten war – mit oder ohne den viel beredeten Purpurstreifen – restlos verbrannt und seine Haut war zum größten Teil verkohlt oder nicht mehr vorhanden. Was von seinem Gesicht noch übrig war, bot ein Bild des Grauens, die Züge unter dem einst so edlen Silberhaar waren bis zur Unkenntlichkeit entstellt. Sein ältester Sohn und der Neffe sowie vier Mann aus seinem Gefolge waren ebenfalls umgekommen. Der zweite Sohn hatte zwar überlebt, war aber angeblich blind und konnte sich nicht mehr in der Öffentlichkeit zeigen. Man ging davon aus, dass er die Stadt verlassen und in einen Orden eintreten werde.

Das Sarantinische Feuer war eine verheerende Waffe.

Es war eines der bestgehüteten Geheimnisse des Reiches, ihm verdankte die Stadt, dass sie bislang vor Angriffen vom Meer her verschont geblieben war. Dem feurigen Schmelzfluss, der Schiffe und Menschen in Brand setzte und auch auf dem Wasser brannte, gingen Angst und Schrecken voraus.

Niemand konnte sich erinnern, keine Militärchronik erwähnte, dass diese Waffe jemals innerhalb der Mauern oder bei einer Landschlacht eingesetzt worden war.

Das lenkte natürlich den Verdacht gut unterrichteter Kreise auf den Strategos der Marine beziehungsweise auf alle Feldherren mit der Möglichkeit, diejenigen

Marinetechniker zu bestechen, die das flüssige Feuer durch Schläuche schickten oder es durch die Luft auf Sarantiums seefahrende Feinde spritzten.

Im Lauf der Zeit unterzog man eine ganze Reihe von in Frage kommenden Personen einem scharfen Verhör. Doch ihr Tod trug nicht dazu bei, dem Ziel, der Feststellung nämlich, wer hinter dem grässlichen Anschlag auf den vornehmen Patrizier stand, auch nur einen Schritt näher zu kommen. Der Strategos der Marine, ein Mann der alten Schule, setzte seinem Leben selbst ein Ende, hinterließ jedoch einen Brief, in dem er erklärte, sich keines Verbrechens schuldig gemacht zu haben, sich aber zu Tode zu schämen, weil die ihm anvertraute Waffe in dieser Weise missbraucht worden sei. Auch sein Tod trug folglich nichts zur Aufklärung bei.

Nach zuverlässigen Berichten hatten drei Männer die Saughebeanlage bedient. Vielleicht aber auch fünf. Sie trugen die Farben und die bassanidische Kleidung, die barbarischen Schnurrbärte und das lange Haar extremer Anhänger der Grünen. Oder die Tracht der Blauen. Oder die hellbraune Tunika mit den schwarzen Borten der Männer des Stadtpräfekten. Es wurde gemeldet, sie seien in östlicher Richtung durch eine Gasse geflüchtet. Oder nach Westen. Oder durch die Hintertür eines Hauses an der vornehmen, schattigen Straße, an der auch das Stadtpalais der Daleinoi stand. ›Zeugen‹ behaupteten im Brustton der Überzeugung, die Meuchelmörder seien Kindath in silbergrauen Gewändern und blauen Mützen gewesen. Zwar hatten die Verehrer der zwei Monde kein erkennbares Motiv, aber wer wollte ausschließen, dass sie aus purer Bosheit gehandelt hatten? Vereinzelte Anschläge gegen das Kindath-Viertel im Anschluss an den Mord hielt der Stadtpräfekt für verzeihlich; die Spannungen in der Stadt brauchten schließlich ein Ventil.

Alle ausländischen Händler, die das Recht hatten, in Sarantium Geschäfte zu tätigen, bekamen den Rat, bis auf Weiteres in den Quartieren zu bleiben, die man ihnen zugewiesen hatte. Wer unbedacht genug war, sich nicht daran zu halten – aus Neugier vielleicht, um die Entwicklung in der Stadt in diesen Tagen zu verfolgen –, musste mit unerfreulichen Konsequenzen rechnen.

Flavius Daleinus' Mörder wurden nie gefunden.

Auf Betreiben des Magisters der Kaiserlichen Behörden hatte der Stadtpräfekt befohlen, während dieser unruhigen Zeit alle Todesfälle genauestens zu registrieren. Eine Patrouille, die im Zuge dieser Maßnahme vier Tage später den Küstenabschnitt östlich der dreifachen Mauern abging, fand drei angespülte Leichen. Sie waren nackt, die Haut grauweiß und vom Wasser aufgequollen, Gesichter und Gliedmaßen von Meerestieren angefressen.

Eine Verbindung zwischen diesem Fund und der Schreckensnacht, in der Kaiser Apius zu seinem Gott einging und der edle Flavius Daleinus ihm nur Stunden später folgte, wurde niemals hergestellt. Wie denn auch? Die Fischer fanden schließlich ständig irgendwelche Leichen im Wasser und an den östlichen Felsstränden.

Plautus Bonosus weidete sich auf die stille, vielleicht etwas kleinliche Art eines intelligenten Mannes ohne wahre Macht am Gesichtsausdruck des Kaiserlichen Kämmerers, als kurz nach dessen Eintreffen an diesem Morgen auch der Magister der Kaiserlichen Behörden vor dem Senat erschien.

Der große, dünne Eunuch faltete die Hände und senkte so ernst den Kopf, als sei ihm Adrastus' Anwesenheit Trost und Stütze. Aber Bonosus hatte ihn beobachtet, als die Gardisten die prächtigen Türen öffneten (die übrigens durch die Schläge des Pöbels sehr gelitten hatten).

Gesius hatte jemand anderen erwartet.

Bonosus hatte eine ziemlich klare Vorstellung, wer das gewesen sein könnte. Das kann noch richtig spannend werden, dachte er, wenn erst alle Personen des Dramas versammelt sind. Adrastus wollte sich eindeutig selbst empfehlen. Da die beiden mächtigsten – und gefährlichsten – Strategoi mit ihren Truppen jeweils mehr als zwei stramme Tagesmärsche von Sarantium entfernt standen, war für den Magister der Kaiserlichen Behörden der Weg zum Thron frei – wenn er entschlossen genug handelte. Er gehörte zu den ›Geschlechtern‹; an seiner Abstammung gab es also nichts auszusetzen. An Erfahrung und Ansehen wurde er von niemandem übertroffen und er verfügte über die übliche Mischung von Freunden. Und Feinden.

Gesius hatte natürlich keinerlei Aussicht, die Kaiserwürde für sich zu erringen, aber der Kämmerer konnte zumindest versuchen, für eine Thronfolgeregelung zu sorgen, die gewährleistete, dass er weiter im Zentrum der Macht blieb. Es wäre nicht das erste Mal gewesen, dass ein Kaiserlicher Eunuch bei der Wahl eines neuen Herrschers die Fäden gezogen hätte.

Bonosus ließ die glatten Phrasen seiner Senatskollegen – ausnahmslos Variationen über das Thema herber Verlust und Entscheidungen von großer Tragweite – an sich vorüber rauschen, winkte einem Sklaven, ihm einen Becher gekühlten Weins zu bringen, und fragte sich, ob wohl jemand zu einer Wette bereit sei.

Ein hübscher blonder Knabe – der Haut- und Haarfarbe nach aus Karch im hohen Norden – brachte ihm den Wein und kehrte zur Wand zurück. Bonosus sah ihm lächelnd nach. Dann überdachte er noch einmal den Stand seiner Beziehungen zu den Daleinoi. Er wusste von keinen Reibungspunkten. Etliche Jahre zuvor, noch vor seiner Berufung in dieses Amt, hatte man sich zweimal – mit gutem Gewinn – gemeinsam an einem Gewürzschiff nach Ispahani beteiligt. Seine Frau berichtete, dass ihr Gruß stets höflich und namentlich erwidert werde, wenn sie Flavius Daleinus' edle Gemahlin in dem Badehaus traf, das sie beide besuchten. Ein gutes Zeichen.

Bonosus rechnete damit, dass Gesius den Sieg davontragen werde. Sein aristokratischer Kandidat würde zum Thronfolger bestimmt und der Eunuch würde seine Stellung als Kaiserlicher Kämmerer behalten. Gegen eine Allianz des Kämmerers mit der wohlhabendsten Familie der Stadt kam Adrastus' Ehrgeiz nicht an, da nützten dem Magister der Kaiserlichen Behörden weder seine geschliffenen Manieren noch seine spinnwebfeinen Spionagenetze. Bonosus hätte darauf gern eine größere Summe gesetzt, es musste sich nur noch ein Wettpartner finden.

Als etwas später das Chaos ausbrach, sollte auch er im Stillen dankbar sein, dass diese Wette nicht zu Stande gekommen war.

Bonosus nippte an seinem Wein und beobachtete, wie Gesius mit einer kaum sichtbaren, aber äußerst eleganten Bewegung seiner langfingrigen Hand um das Wort bat. Der Senatsälteste wackelte sofort mit dem Kopf wie eine Marionette. *Er ist gekauft*, dachte Bonosus. Sicher hatte auch Adrastus seine Anhänger in diesem Raum. Und würde seinerseits bald das Wort ergreifen. Es versprach wirklich aufregend zu werden. Wer konnte den armen Senat stärker unter Druck setzen? Bisher hatte niemand versucht, Bonosus zu bestechen. Er wusste nicht, ob er sich geschmeichelt oder gekränkt fühlen sollte.

Als die nächste stumpfsinnige Lobeshymne auf den

dreifach erhabenen, strahlenden, auf ewig unübertrefflichen toten Kaiser mit einem letzten Gemeinplatz zu Ende ging, wies Oradius ehrerbietig auf den Kämmerer. Gesius verneigte sich huldvoll und trat in den Kreis aus weißem Marmor in der Mitte des Fußbodenmosaiks.

Doch bevor der Kämmerer beginnen konnte, wurde erneut an die Tür geklopft. Bonosus drehte sich erwartungsvoll um. Der Zeitplan war bemerkenswert, stellte er bewundernd fest. Makellos. Wie hatte Gesius das nur so hinbekommen?

Aber nicht Flavius Daleinus betrat den Saal.

Stattdessen berichtete ein aufgeregter Beamter der Stadtpräfektur dem versammelten Senat, jemand habe in der Stadt mit Sarantinischem Feuer hantiert und einen Aristokraten getötet.

Kurze Zeit später – der Kämmerer saß, grau im Gesicht und merklich gealtert, auf einer Bank und wurde von Senatoren und Sklaven betreut, und der Magister der Kaiserlichen Behörden zeigte sich in einer Weise verblüfft und ungläubig, die entweder aufrichtig oder brillant gespielt war – hörte der erhabene Senat des Reiches zum zweiten Mal an diesem Tag eine Menschenmenge gegen die misshandelten Türen hämmern.

Mit einem Unterschied. Diesmal wurde nur ein Name gerufen und aus den Stimmen sprach ein wildes, trotziges Selbstbewusstsein. Dann wurden die Türen stürmisch aufgerissen und der Pöbel der Stadt strömte herein. Wieder sah sich Bonosus den Vertretern der Zirkusparteien und unzähliger Gilden, Geschäftsleuten, Straßenhändlern, Schankwirten, Badewärtern, Tierbändigern, Bettlern, Huren, Künstlern und Sklaven gegenüber. Und Soldaten. Diesmal waren auch Soldaten darunter.

Und alle hatten nur einen Namen auf den Lippen.

Das Volk von Sarantium tat seinen Willen kund. Bonosus drehte sich, einem Instinkt folgend, gerade noch rechtzeitig um, um zu sehen, wie der Kämmerer seinen Becher Wein auf einen Zug hinunterstürzte. Gesius beruhigte sich mit einem tiefen Atemzug, stand ohne Hilfe auf und trat abermals in den Marmorkreis. Er hatte wieder Farbe im Gesicht.

Heiliger Jad, dachte Bonosus, und seine Gedanken drehten sich wie das Rad eines umgestürzten Streitwagens. *Wie kann man so schnell umschwenken?*

»Ehrenwerte Mitglieder des Kaiserlichen Senats«, begann der Kämmerer mit dünner, aber sehr ausdrucksvoller Stimme. »Seht nur! Sarantium kommt zu uns! Wollen wir der Stimme unseres Volkes lauschen?«

Das Volk vernahm es, und seine Stimme – seine Antwort – brachte den Saal zum Erzittern. Ein Name, immer und immer wieder. Zurückgeworfen von Marmor, Mosaiken, Edelsteinen und Gold, schraubte er sich in die Kuppel empor, wo Heladikos in seinem Wagen mit dem Feuer in den Untergang fuhr. Ein Name. Eigentlich eine absurde Wahl; andererseits, dachte Plautus Bonosus, vielleicht auch nicht. Er war selbst überrascht. Auf den Gedanken war er noch nie gekommen.

Hinter dem Kämmerer stand Adrastus, der stets verbindliche, hoch gebildete Magister der Kaiserlichen Behörden, der mächtigste Mann in der Stadt, im ganzen Reich, und wirkte immer noch wie benommen, von der Entwicklung überrollt. Anders als Gesius hatte er nicht reagiert, keinen Gegenzug getan. Am Ende sollte ihn dieses Zögern, mit dem er den Augenblick des Umschwungs versäumte, sein Amt kosten. Und sein Augenlicht.

Den Goldenen Thron hatte er bereits verloren. Vielleicht war es diese aufdämmernde Erkenntnis, die ihn förmlich an die Marmorbank fesselte, während die Menge brüllte und tobte, als wäre sie nicht im Senatssaal, sondern im Hippodrom. Seine Träume zerplatzten, das fein gesponnene Gewebe seiner raffinierten Pläne zerriss, als ihm ein vierschrötiger Schmied den Namen des Erwählten der Stadt in das aristokratische Antlitz schrie.

Vielleicht hörte der reglose Adrastus in diesem Moment etwas ganz anderes. Vielleicht hörte er die edelsteinbesetzten Vögel des Kaisers für einen neuen Tänzer singen.

»Valerius auf den Goldenen Thron!«

Der Schrei hatte, genau wie man es ihm verheißen hatte, das ganze Hippodrom durchlaufen. Er hatte abgelehnt, hatte entschieden den Kopf geschüttelt, hatte sein Pferd gewendet, um fortzureiten, als eine Kompanie der Stadtpräfektengarde, nicht seine eigenen Leute, auf ihn zugelaufen kam, sich vor sein Pferd kniete und ihm den Weg versperrte.

Dann hatten auch die Gardisten lauthals seinen Namen gerufen und ihn beschworen, den Thron nicht auszuschlagen. Wieder hatte er den Kopf geschüttelt und mit weit ausholender Gebärde abgewehrt. Aber die Menge war schon außer Rand und Band. Der Schrei, den sie angestimmt hatte, als er ihr die Nachricht von Daleinus' Tod brachte, schallte immer wieder durch das weite Rund, wo sonst die Streitwagen fuhren und die Zuschauer jubelten. Dreißig-, vielleicht vierzigtausend Menschen waren inzwischen hier versammelt, obwohl an diesem Tag kein Rennen stattfand.

Dafür näherte sich ein anderer Wettkampf seinem wohl einstudierten Ende.

Petrus hatte ihm vorhergesagt, was geschehen werde, und er hatte jeden Schritt mit ihm geprobt.

Sein Neffe hatte prophezeit, dass dieser zweite Todesfall Schock und Angst, aber keine Trauer auslösen, ja dass auf die allzu deutlich inszenierte Daleinus-Akklamation eine Art Gegenschlag folgen werde. Valerius hatte nicht gefragt, woher er von der Akklamation gewusst hatte. Über manche Dinge blieb man besser im Unklaren. Er hatte genug zu bedenken, mehr als genug, wenn er den vorgeschriebenen Ablauf einhalten wollte.

Alles war so präzise geplant wie eine Attacke der schweren Reiter auf freiem Gelände, und alles hatte sich genau so entwickelt, wie Petrus gesagt hatte. Jetzt saß er auf seinem Pferd, die Männer des Stadtpräfekten versperrten ihm den Weg und die Massen im Hippodrom schrien seinen Namen zur gleißenden Sonne des Gottes empor. Seinen und nur seinen Namen. Getreu den Anweisungen hatte er zweimal abgelehnt. Jetzt bestürmten sie ihn. Er sah Männer, die unter Tränen seinen Namen brüllten. Der Lärm war ohrenbetäubend, wie eine Mauer, kaum zu ertragen. Die Exkubitoren – seine eigenen Leute diesmal – rückten näher, umringten ihn, machten es einem bescheidenen, loyalen, von jedem Ehrgeiz freien Mann unmöglich, diesen Ort zu verlassen, sich in einer Zeit der Not und der Gefahr dem erklärten Willen des Volkes zu entziehen.

Er stieg vom Pferd.

Sofort war er von Männern umgeben, die sich an ihn drängten und ihn von der Menge abschirmten. Grüne und Blaue standen wahllos durcheinander, vereint in einem glühenden Wunsch, von dem sie bis zu diesem Augenblick nichts gewusst hatten. Alle, die sich im grellweißen Licht des Himmelsgestirns versammelt hatten, wollten, dass er ihnen gehöre. Er war ihre Rettung.

Und so ergab sich Valerius, Kommandeur der Exkubitoren, im Hippodrom von Sarantium unter sengender Sonne in sein Schicksal und ließ sich von seinen loyalen Gardisten den purpurgesäumten Mantel umlegen, den Leontes ganz zufällig bei sich hatte.

»Wird man das nicht merkwürdig finden?«, hatte er Petrus gefragt.

»Darauf kommt es in diesem Moment nicht mehr an«, hatte sein Neffe geantwortet. *»Du kannst mir vertrauen.«*

Nun machten die Exkubitoren Platz, der äußere Ring teilte sich langsam wie ein Vorhang und gab den Blick frei auf die innen Stehenden, die einen gewaltigen Rundschild in den Händen hielten. Und als sie, wie es alter Brauch war, wenn Soldaten einen Kaiser ausriefen, den Schild emporhoben, da stand Valerius der Trakesier darauf und streckte seinem Volk die Hände entgegen. Er drehte sich nach allen Seiten, während donnernder Beifall – der *einzige* Donner an diesem Tag – das Hippodrom erbeben ließ, und fügte sich bescheiden und huldvoll dem spontanen Wunsch des sarantinischen Volkes, ihn zu seinem Kaiserlichen Herrn zu machen, zu Jads heiligem Statthalter auf Erden.

Valerius! Valerius! Valerius!

Ruhm und Ehre dem Kaiser Valerius!

Valerius den Goldenen auf den Goldenen Thron!

Als er einst mit zwei anderen Jungen Trakesias Kornfelder verließ, hatte er tatsächlich goldenes Haar gehabt, aber das war lange her. Arm waren sie gewesen wie die steinige Erde, aber kräftig, arbeitswillig, kampfbereit. Barfuß waren sie durch den kalten, feuchten Herbst gewandert, verfolgt vom Nordwind, der den Winter brachte, bis sie das sarantinische Heerlager erreichten, und dort hatten sie dem fernen Kaiser in seiner unvorstellbar prächtigen Stadt ihre Dienste als Soldaten angeboten. Es war sehr, sehr lange her.

»Bleibst du hier und isst mit mir zu Abend, Petrus?«

Nacht. Der Wind kam von Westen über das Meer

und drang kühlend durch die offenen Fenster über dem Innenhof. Das Plätschern der Springbrunnen war zu hören und etwas weiter entfernt das leise Rauschen der Bäume in den Kaiserlichen Gärten.

Zwei Männer standen im Traversit-Palast. Der eine war Kaiser, der andere hatte ihn dazu gemacht. Im größeren, strengeren Attenin-Palast jenseits des Parks lag Apius feierlich aufgebahrt im Porphyrsaal, mit Münzen auf den Augen und einer goldenen Sonnenscheibe in den gefalteten Händen: Fahrgeld und Geleitbrief für die letzte Reise.

»Ich kann nicht, Onkel. Ich bin verabredet.«

»Heute Nacht? Mit wem?«

»Ich muss zu den Zirkusparteien. Die Blauen waren uns heute sehr nützlich.«

»Aha. Die Blauen. Und ihre beliebte Schauspielerin? War sie auch nützlich?«, fragte der alte Soldat boshaft. »Oder soll sie sich heute Abend erst noch nützlich machen?«

Petrus ließ sich nicht einschüchtern. »Aliana? Eine gute Tänzerin. Ihre komischen Einlagen auf der Bühne bringen mich jedes Mal zum Lachen.« Er grinste, das runde, glatte Gesicht war ein Bild treuherziger Aufrichtigkeit.

Doch der Blick des Kaisers blieb scharf. Er ließ sich nicht täuschen. Nach kurzer Pause sagte er ruhig: »Die Liebe ist gefährlich, Neffe.«

Der Ausdruck des Jüngeren veränderte sich. Er blieb schweigend an einer der Türen stehen. Endlich nickte er. »Manchmal schon. Ich weiß. Bist du… dagegen?«

Die Frage kam im richtigen Moment. Wie konnte sein Onkel irgendetwas missbilligen, was er heute Nacht tat? Nach allem, was an diesem Tag geschehen war?

Valerius schüttelte den Kopf. »Nicht unbedingt. Du wirst doch in den Kaiserlichen Bezirk ziehen? In einen der Paläste?« Es gab sechs Paläste auf dem Gelände und jetzt gehörten sie alle ihm. Er musste sie erst kennen lernen.

Petrus nickte. »Natürlich, es wird mir eine Ehre sein. Aber erst nach Abschluss der Trauerfeiern, der Krönung und der Zeremonie im Hippodrom zu deinen Ehren.«

»Willst du sie mit hierher bringen?«

Petrus beantwortete die direkte Frage mit einem ebenso direkten Blick. »Nur mit deiner Einwilligung.«

Der Kaiser fragte: »Gibt es nicht ein Gesetz dagegen? Ich erinnere mich, dass jemand so etwas erwähnte. Eine Schauspielerin…?«

»*Du* bist jetzt Quell und Ursprung aller Gesetze in Sarantium, Onkel. Gesetze lassen sich ändern.«

Valerius seufzte. »Darüber müssen wir noch ausführlicher sprechen. Auch über die derzeitigen Amtsträger. Gesius. Adrastus. Hilarinus traue ich nicht. Er war mir noch nie geheuer.«

»Dann muss er weg. Und Adrastus auch, fürchte ich. Bei Gesius… liegt der Fall nicht ganz so einfach. Du weißt, dass er sich im Senat für dich eingesetzt hat?«

»Du sagtest es. Hat es eine Rolle gespielt?«

»Wahrscheinlich nicht, aber wenn er sich auf Adrastus' Seite geschlagen hätte, so unwahrscheinlich das auch sein mag, wäre es vielleicht… ziemlich unerfreulich geworden.«

»Du vertraust ihm?«

Der junge Mann überlegte, und der Kaiser betrachtete das runde, trügerisch harmlose Gesicht. Petrus war kein Soldat. Und wie ein Höfling sah er auch nicht aus. Am ehesten, entschied Valerius, hatte er noch etwas von einem Gelehrten aus den alten heidnischen Akademien. Aber er war nicht ohne Ehrgeiz. Ganz im Gegenteil, er besaß genügend Ehrgeiz für ein ganzes Imperium. Das wusste niemand besser als er selbst, sonst wäre er jetzt nicht hier gewesen.

Petrus hob unschlüssig die weichen Hände. »Vollkommen? Ich weiß nicht so recht. Wie gesagt, ein schwieriger Fall. Wir müssen uns wirklich noch ausführlicher darüber unterhalten. Aber heute hast du dir einen freien Abend verdient, und für mich gilt das Gleiche, mit Verlaub. Ich habe mir die Freiheit genommen, Bier für dich bringen zu lassen, Onkel. Es steht auf der Anrichte neben dem Wein. Gestattest du mir jetzt freundlicherweise, mich zu entfernen?«

Valerius hätte ihn gern zurückgehalten, aber was sollte er tun? Er konnte ihn doch nicht bitten, die ganze Nacht bei ihm zu sitzen, seine Hand zu halten und ihm immer wieder zu versichern, es werde schon alles gut gehen. Er war doch kein Kind mehr!

»Natürlich. Willst du eine Exkubitoren-Eskorte?«

Petrus wollte schon den Kopf schütteln, doch dann hielt er inne. »Wahrscheinlich gar kein schlechter Einfall. Vielen Dank.«

»Geh zur Kaserne. Sag Leontes Bescheid. Von heute an bekommst du rund um die Uhr sechs Mann Geleitschutz. Immerhin wurde heute ein Anschlag mit Sarantinischem Feuer verübt.«

Petrus' rascher Blick verriet, dass er diese Bemerkung nicht recht zu deuten wusste. Gut so. Er musste darauf achten, für seinen Neffen nicht *völlig* durchschaubar zu sein.

»Möge Jad dich behüten und beschützen alle Tage, mein Kaiser.«

»Sein ewiges Licht leuchte über dir.« Zum ersten Mal spendete Valerius der Trakesier einem anderen Menschen den Kaiserlichen Segen.

Sein Neffe kniete nieder und berührte, die Hände flach neben den Kopf gelegt, dreimal mit der Stirn den Boden. Dann erhob er sich und verließ, gelassen wie immer, den Raum. Alles hatte sich verändert, nur er war der Gleiche geblieben.

Valerius, Kaiser von Sarantium, Nachfolger des Stadtgründers Saranios des Großen und einer langen, fast sechshundert Jahre weit zurückreichenden Reihe von Kaisern nach ihm und davor in Rhodias, stand allein in dem eleganten Saal. Öllampen hingen von der Decke und steckten in den Wandhaltern, außerdem brannten, welch unerhörter Luxus, etwa fünfzig Kerzen. Das Gemach, wo er heute Nacht schlafen sollte, war nicht weit. Aber er wusste nicht genau, wo. Dieser Palast war ihm fremd. Als Kommandeur der Exkubitoren hatte er keinen Anlass gehabt, ihn zu betreten. Er sah sich um. Vor dem Fenster zum Innenhof stand ein goldener Baum mit künstlichen Vögeln in den Zweigen. Sie waren mit Edelsteinen und Halbedelsteinen besetzt und funkelten, wenn das Licht darauf fiel. Wahrscheinlich sangen sie auch, wenn man den Trick kannte. Der Baum war aus Gold gefertigt. Aus reinem Gold. Er holte tief Atem.

Dann trat er zur Anrichte und öffnete eine Flasche Bier. Beim ersten Schluck lächelte er. Ehrliche trakesische Braukunst. Auf Petrus war eben Verlass. Dann fiel ihm ein, dass er in die Hände klatschen und einen Sklaven oder einen Kammerdiener hätte rufen sollen, aber das dauerte alles viel zu lange, und er hatte Durst. Das kam nicht von ungefähr. Es war ein Tag aller Tage gewesen, wie die Soldaten sagten. Petrus hatte Recht: Er hatte sich einen freien Abend ohne Planungen und Verpflichtungen verdient. Jad wusste, dass es in den nächsten Tagen genug zu tun geben würde. Einige Personen mussten beseitigt werden – falls sie nicht schon tot waren. Er kannte die Namen der Männer nicht, die in der Stadt flüssiges Feuer verspritzt hatten, er *wollte* sie auch gar nicht wissen – aber sie durften nicht am Leben bleiben.

Er trat zu einem dick gepolsterten Sessel mit hoher Lehne und ließ sich hineinsinken. Der Bezug war aus Seide. Bisher war er in seinem Leben noch nicht oft mit Seide in Berührung gekommen. Jetzt fuhr er mit schwieligem Finger über den Stoff. Weich und glatt fühlte er sich an, eben... *seidig*. Valerius grinste. Nicht schlecht nach so vielen Jahren als Soldat, so vielen Nächten auf hartem, steinigem Boden, in eisiger Winterkälte oder in den Sandstürmen des Südens. Er streckte die Beine in den Stiefeln aus, nahm einen tiefen Zug aus der Flasche und wischte sich mit dem narbenbedeckten breiten Handrücken über die Lippen. Dann schloss er die Augen und trank noch einmal. Jemand sollte ihm die Stiefel ausziehen. Vorsichtig stellte er die Bierflasche auf ein unglaublich zierliches Elfenbeintischchen mit drei Beinen, richtete sich auf, holte tief Atem und klatschte dreimal in die Hände, wie es Apius – Jad sei seiner Seele gnädig! – zu tun pflegte.

Sofort flogen drei Türen auf.

Zwanzig Menschen *stürmten* in den Raum und warfen sich flach vor ihm auf den Boden. Er erkannte Gesius und Adrastus, den für das Rechtswesen verantwortlichen Quaestor des Heiligen Palastes, den Stadtpräfekten, den Hüter des Kaiserlichen Schlafgemachs, diesen Hilarinus, dem er nicht traute, und den Quaestor des Kaiserlichen Schatzamtes. Damit lagen alle höchsten Beamten des Reiches vollzählig vor ihm auf dem grünblauen Mosaikboden mit den Meerestieren und -pflanzen.

Einen Augenblick lang war alles still, dann begann einer der künstlichen Vögel zu singen. Kaiser Valerius lachte laut auf.

Dieselbe Nacht, sehr viel später. Der Wind war längst zu einem schwachen Lüftchen abgeflaut. In der Stadt schliefen die meisten Menschen, aber einige wachten. Zu ihnen gehörten die Mönche des Heiligen Ordens der Schlaflosen, die mit leidenschaftlicher und unerschütterlicher Überzeugung daran glaubten, sie alle müssten – mit wenigen Ausnahmen – in ihren schmucklosen Gotteshäusern im Gebet verharren, bis Jad in seinem Sonnenwagen die gefährliche Reise durch die Dunkelheit und die bittere Kälte unter der Welt beendet habe.

Auch die Bäcker waren wach, sie mussten ja das Brot backen, das auf Kosten des Reiches an alle Bewohner der ruhmreichen Stadt Sarantium verteilt wurde. Im Winter lockten die brennenden Öfen viele Menschen aus der Dunkelheit, die nach Wärme suchten; Bettler, Krüppel, Straßenmädchen, Obdachlose und solche, die neu waren in der Heiligen Stadt und noch keine Bleibe gefunden hatten. Wenn der kalte graue Tag anbrach, zogen sie weiter zu den Glasmachern und Schmieden.

Jetzt in den Sommernächten standen die Bäcker fast nackt vor ihren Öfen und verwünschten die brütende Hitze, ihre Körper glänzten vom Schweiß und sie schütteten Unmengen von gewässertem Bier in sich hinein. Vor ihren Türen lauerten nur die Ratten, und die huschten davon, sobald das Licht sie traf.

In den besseren Straßen brannten Fackeln an den Häusern der Reichen und die Patrouillen der Stadtpräfektur vertrieben mit ihren Schritten und ihren Stimmen die lichtscheuen Elemente in andere Viertel der nächtlichen Stadt. Die Rotten der Zirkusparteien – gewaltbereite Gruppen gab es bei den Grünen wie bei den Blauen – schenkten den Soldaten keine Beachtung, genauer gesagt machten sich einzelne Streifengänger lieber unsichtbar, wenn die grell gekleideten Randalierer mit den auffallenden Frisuren aus irgendeiner Schenke taumelten.

Frauen, mit Ausnahme derjenigen, die sich verkauften, oder der Patrizierinnen in ihren Sänften, waren im Dunkeln nicht mehr unterwegs.

In dieser Nacht waren jedoch alle Schenken – sogar die übelsten Kaschemmen für Seeleute und Sklaven – geschlossen. Immerhin war heute ein Kaiser gestorben und ein neuer ausgerufen worden, bestürzende Ereignisse, die sogar den Übermut des Fußvolks der Zirkusparteien dämpften. Die Straßen waren leer, nirgendwo trieben sich grölende Betrunkene in weiten, bassanidischen Gewändern und mit einer Haartracht wie die westlichen Barbaren herum.

In einem der Rennställe am Hippodrom wieherte ein Pferd, und nicht weit davon drang aus einem offenen Fenster über einem Säulengang eine Frauenstimme, die den Refrain eines keineswegs frommen Liedes sang. Ein Mann lachte, dann lachte auch die Frau, und schließlich kehrte auch hier Stille ein. In einer dunklen Gasse kreischte eine Katze. Ein Kind weinte. Irgendwo weinte im Dunkeln immer ein Kind. Das war der Lauf der Welt.

Die Sonne des Gottes fuhr in ihrem Wagen durch die Eiseskälte unter der Welt, vorbei an heulenden Dämonen. Im Westen waren die beiden Monde, die – welche Perversion! – von den Kindath als Göttinnen verehrt wurden, bereits in den Weiten des Meeres versunken. Nur die Sterne, die von niemandem verehrt wurden, funkelten diamantengleich über der Stadt, die Saranios einst als Neu-Rhodias gegründet hatte, auf dass sie größer werde, als Rhodias je gewesen war.

Oh, du Stadt aller Städte, du Zierde der Erde, du Auge der Welt, du Kleinod in Jads Schöpfung, ob ich dich noch einmal sehe, bevor ich sterbe?

So hatte Lysurgos Matanias geseufzt, als er vor zweihundert Jahren als Gesandter an den bassanidischen Hof versetzt worden war. Trotz der Pracht und des Reichtums von Kabadh hatte er in den Tiefen seines Herzens nie aufgehört, sich nach Sarantium zurückzusehnen. *Oh, du Stadt aller Städte.*

In allen Landen, die dieser Stadt untertan waren, dieser Stadt mit ihren Kuppeln und Türen aus Bronze und Gold, mit ihren Palästen, Gärten und Statuen, ihren Plätzen, Theatern und Säulengängen, ihren Badehäusern, Geschäften und Gildehallen, ihren Schenken, Hurenhäusern und Heiligtümern, mit ihrem großen Hippodrom, mit der dreifachen Landmauer, die nie ein Feind durchbrochen hatte, mit dem tiefen, geschützten Hafenbecken und dem bewachten, schützenden Meer, überall gab es eine altertümliche Redewendung, die in jeder Sprache, in jedem Dialekt dieselbe Bedeutung hatte.

Wenn von einem Mann gesagt wurde, er reise nach Sarantium, dann hieß das, dass er sich an einem Wendepunkt seines Lebens befand: an der Schwelle zu Ruhm, Macht und Reichtum – oder am Rand eines bodenlosen, tödlichen Abgrunds, vor einer Herausforderung, die seine Kräfte überstieg.

Valerius der Trakesier war Kaiser geworden.

Heladikos, von vielen als Jads Sohn verehrt und in den Mosaiken der heiligen Kuppeln abgebildet, war in seinem Wagen umgekommen, als er das Feuer von der Sonne holte.

Teil I

Der Reise nach Sarantium

DAS KOMPLOTT

Miracle, bird or golden handiwork,
*More miracle than bird or handiwork…**

* Aus: William Butler Yeats, *Byzantium*. Etwa: Ein Wunderwerk, ein Vogel oder gülden Kleinod, doch Wunder mehr als Vogel oder Kleinod. – *Anm. d. Übers.*

KAPITEL I

Als der Neffe Valerius' I. nach dem Tod seines Onkels unter einem neuen und mit Bedacht gewählten Namen den Goldenen Thron bestieg, unterstand neben den meisten anderen Zivilbehörden im sarantinischen Reich auch die Kaiserliche Post dem Magister der Kaiserlichen Behörden.

Die Post verband Esperana und die erst kürzlich eroberte Majriti-Wüste im äußersten Westen mit der langen, sich ständig verändernden Grenze zu Bassania im Osten und die Steppenwildnis von Karch und Moskav im Norden mit Gebieten, die noch jenseits der Sandwüsten von Soriyya lagen. Sie zu organisieren, war unglaublich kompliziert und erforderte einen beträchtlichen Aufwand an Arbeitskräften und Material. Die ländlichen Gemeinden, die sich der zweifelhaften Ehre einer Kaiserlichen Poststation am Ort oder im näheren Umkreis erfreuten, hatten in nicht geringem Umfang Pferde und Dienstleistungen zu stellen.

Die Tätigkeit eines Kaiserlichen Kuriers, der mit der Beförderung von Privatbriefen und amtlichen Schreiben des Hofes betraut war, wurde nur mäßig entlohnt und war mit schier endlosen, strapaziösen Reisen verbunden, die manchmal, wenn sich Barbaren oder Bassaniden in einer Saison besonders aktiv zeigten, auch durch unsichere Gebiete führten. Dennoch war der Posten samt den dazugehörigen Bestechungsgeldern heiß begehrt, ein Zeichen dafür, wie weit man es als Kurier in wenigen Jahren bringen konnte.

Von den Kurieren der Kaiserlichen Post wurde stillschweigend erwartet, dass sie nebenher auch Spitzeldienste für den Quaestor des Kaiserlichen Nachrichtendienstes verrichteten. Wer auf diesem Gebiet – wo die Bestechungsgelder noch höher waren – besonderen Eifer an den Tag legte, konnte früher oder später damit rechnen, selbst in den Nachrichtendienst berufen zu werden. Mit der Beförderung waren höhere Risiken, weniger lange Reisen und eine erhebliche Verbesserung der Einkünfte verbunden. Ganz zu schweigen von der Möglichkeit, endlich an die enormen Summen heranzukommen, die hier von Hand zu Hand gingen.

Gegen Ende des aktiven Dienstes konnte man sich mit einer weiteren Versetzung etwa auf eine der einträglicheren Poststationen ein ordentliches Ruhegehalt sichern – besonders, wenn man es geschickt anstellte und ein Gasthaus wählte, das weit genug von der Stadt entfernt lag, damit man den Wein nach Belieben wässern oder seine Einnahmen dadurch steigern konnte, dass man Reisende ohne die zwingend vorgeschriebenen Geleitbriefe aufnahm.

Kurzum, für einen Mann, der über ein gewisses Startkapital, nicht aber über reiche Angehörige verfügte, die ihm eine aussichtsreichere Stellung zuschanzen konnten, war eine Stellung als Kaiserlicher Kurier durchaus begehrenswert.

Herkunft und Eignung des Pronobius Tilliticus entsprachen dieser Beschreibung ziemlich genau. Der Ärmste war mit einem Namen geschlagen, der allseits für Erheiterung sorgte (ein häufig verfluchtes Erbe, das er seinem Großvater mütterlicherseits sowie der

Tatsache verdankte, dass seine Mutter mit dem aktuellen Soldatenjargon nicht vertraut war). Seine Fähigkeiten auf dem Gebiet des Rechtswesens oder der Mathematik waren eher bescheiden und die Familie seines Vaters stand auf der Stufenleiter der sarantinischen Gesellschaft ziemlich weit unten. So bekam Tilliticus immer wieder zu hören, wie glücklich er sich preisen könne, dass ihm der Vetter seiner Mutter zu diesem Kurierposten verholfen habe. Besonders sein feister Vetter, der mit seinem fetten Arsch fest und sicher zwischen den Schreibern im Kaiserlichen Schatzamt hockte, ließ es sich nicht nehmen, bei jedem Familientreffen eine diesbezügliche Bemerkung fallen zu lassen.

Tilliticus blieb dann nichts anderes übrig, als ihm mit einem Lächeln zuzustimmen. Immer und immer wieder, denn er hatte eine versammlungsfreudige Familie.

Die Situation war so bedrückend – seine Mutter lag ihm inzwischen ständig in den Ohren, sich eine passende Frau zu suchen –, dass er manchmal froh war, Sarantium verlassen zu können. Jetzt war er wieder mit einem Bündel Briefe unterwegs. Sein Ziel war, nach einigen Zwischenstationen, Varena in Batiara, die Hauptstadt der barbarischen Antae. Außerdem hatte er eine Kaiserliche Sendung in seinem Gepäck, die – höchst ungewöhnlich – direkt vom Amt des Obersten Kämmerers zusammengestellt worden war und dessen kunstvolles Siegel trug. Er hatte Anweisung, die Übergabe besonders feierlich zu gestalten.

Man hatte durchblicken lassen, der Empfänger sei irgendein wichtiger Handwerker. Der Kaiser plante den Wiederaufbau des Tempels von Jads Heiliger Weisheit und ließ dazu Arbeitskräfte aus allen Teilen des Reiches und sogar von jenseits der Grenzen in die Stadt holen. Tilliticus fand es empörend, dass Barbaren und ungehobelte Provinzbewohner in aller Form in die Hauptstadt eingeladen wurden und das Drei- bis Vierfache seiner eigenen Bezahlung erhalten sollten, nur um die jüngste Laune des Kaisers zu befriedigen.

Doch niemand, der im Frühherbst auf guten Straßen erst nord- und dann westwärts durch Trakesia wanderte, konnte auf Dauer Trübsal blasen. Das Wetter war so herrlich, dass sogar Tilliticus seinen Groll vergaß. Warm schien die Sonne vom Himmel. Die Getreidefelder im Norden waren bereits abgeerntet, und als er sich westwärts wandte, prangten die Hänge im tiefen Rot der reifenden Trauben. Schon der Anblick machte durstig. Er kannte alle Poststationen an dieser Straße und wusste, dass man die Kuriere hier nur selten betrog. In einem der Gasthöfe blieb er mehrere Tage (*Sollte der verdammte Farbkleckser ruhig noch etwas länger auf seine Einladung warten!)* und ließ sich die Spezialität des Hauses schmecken: mit Trauben gefüllten, am Spieß gebratenen Fuchs. Ein Mädchen, das er nicht vergessen und das offenbar auch ihn in guter Erinnerung behalten hatte, widmete sich ausschließlich ihm. Der Posthalter berechnete ihm zwar den doppelten Preis für ihre Dienste, aber Tilliticus durchschaute die Gaunerei und sah darin nur eine von vielen Sondervergünstigungen einer Stellung, von der er selbst träumte.

Dass das Mädchen allerdings am letzten Abend mit der Bitte an ihn herantrat, es doch mitzunehmen, ging einfach zu weit.

Tilliticus lehnte entrüstet ab und belehrte das dumme Ding – beflügelt durch ein ordentliches Quantum kaum gewässerten Weines – in wohlgesetzten Worten über den Stammbaum seiner Familie mütterlicherseits. Er übertrieb nur in Maßen; mehr war bei einer kleinen Hure vom Land nun wirklich nicht erforderlich. Sie schien von der Standpauke nicht gerade angetan, und als Tilliticus am nächsten Morgen davonritt, hatte er den leisen Verdacht, sie sei seiner Zuneigung nicht würdig gewesen.

Wenige Tage später erhielt er Gewissheit. Dringende medizinische Gründe zwangen ihn, ein bekanntes, etwas weiter nördlich gelegenes Galinus-Hospiz aufzusuchen. Die Hure hatte ihm eine Geschlechtskrankheit angehängt und deren Behandlung kostete ihn noch einmal mehrere Tage.

Man ließ ihn zur Ader, gab ihm ein Mittel, das Magen und Gedärm unsanft entleerte, und flößte ihm verschiedene widerwärtige Säfte ein. Man rasierte ihm die Leistengegend und trug zweimal täglich eine brennende, übel riechende schwarze Salbe auf. Man verordnete ihm Schonkost und riet ihm, für unzumutbar lange Zeit auf jede erotische Betätigung sowie auf den Genuss von Wein zu verzichten.

Alle Hospize waren teuer und für diese berühmte Anstalt galt das ganz besonders. Tilliticus musste den Verwalter bestechen, damit der ihm als Grund für den Aufenthalt einen in Ausübung seines Dienstes erlittenen Unfall bescheinigte – sonst hätte er die Rechnung aus eigener Tasche bezahlen müssen.

Aber war ein Weibsstück mit Filzläusen in einer Kaiserlichen Poststation nicht tatsächlich ein Dienstunfall? Auf diese Weise konnte der Hospizverwalter die Kosten der Kaiserlichen Post direkt belasten – wobei er sicher ein halbes Dutzend Behandlungen aufschrieb, die Tilliticus nie erhalten hatte, um den Überschuss in die eigene Tasche zu stecken.

Anschließend hinterlegte Tilliticus zu Händen des nächsten, nach Osten reitenden Kuriers einen sehr förmlich gehaltenen Brief an den Wirt des Gasthofs, den er vier Tage zuvor verlassen hatte. Wenn die Hure sich nicht sauber halten konnte, sollte sie hinter irgendeiner Kneipe Sklaven und Landarbeiter vögeln.

Die Poststationen an den Straßen des Reiches unterhielten die besten Gasthöfe der Welt, und Pronobius Tilliticus sah es geradezu als seine *Pflicht* an, dafür zu sorgen, dass er sie bei seinem nächsten Besuch dort nicht mehr antraf.

Er stand im Dienst des Kaisers von Sarantium. Solche Vorfälle schadeten dem Ansehen des erhabenen Kaisers Valerius II. und seiner ruhmreichen Kaiserin Alixana. Wobei man im gegenwärtigen Stadium der politischen Entwicklung besser nicht öffentlich erwähnte, dass die Kaiserin in ihrer Jugend ganz genauso gekauft und benützt worden war wie das Weibsstück in der Poststation. Aber denken konnte man schließlich, was man wollte. Gedanken waren kein todeswürdiges Verbrechen.

Einen Teil der verordneten Abstinenzzeit hielt er ein, doch in der Hafenstadt Megarium, dem Verwaltungszentrum für das westliche Sauradia, kannte er eine Schenke, der er natürlich nicht fernbleiben konnte. Diesmal war ihm kein Mädchen in Erinnerung geblieben, aber sie waren alle quicklebendig, und der Wein war gut. Sauradia mochte ein barbarisches Land sein, aber Megarium war bekannt dafür, dass es einen ordentlichen Tropfen ausschenkte.

Eines Abends bescherte ihm ein unerfreulicher Zwischenfall – ein flegelhafter Lehrling und ein Händler mit Heladikos-Figuren hatten sich über seinen Namen mokiert – eine Platzwunde am Kinn und eine ausgerenkte Schulter. Er musste sich erneut in ärztliche Behandlung begeben und sich länger als erwartet in der Schenke einquartieren. Leider traten nach den ersten, durchaus angenehmen Tagen bei zwei der so bereitwilligen Mädchen Beschwerden auf, die verdächtige Ähnlichkeit mit dem Leiden hatten, von dem er inzwischen kuriert sein sollte, und sie machten kein Hehl daraus, dass sie Tilliticus für den Urheber hielten.

Man wies ihm natürlich nicht die Tür – immerhin *war* er Kaiserlicher Kurier, und die Mädchen waren nur käufliches Fleisch, sogar eine Sklavin war darunter –, aber von da an war sein Essen häufig kalt oder verkocht, und trotz seiner steifen Schulter beeilte sich niemand, ihm behilflich zu sein, wenn er mit Tellern oder Flaschen hantierte. Als Tilliticus sich endlich so weit genesen fühlte, dass er seine Reise fortsetzen konnte, war er tief gekränkt und warf die Post, die ihm der aus Rhodias stammende Wirt für seine Verwandten in Varena mitgab, am Hafen auf den nächsten Müllhaufen.

Inzwischen neigte sich das Jahr dem Ende zu und die Herbstregen hatten eingesetzt. Tilliticus erwischte gerade noch eines der letzten kleinen Fährschiffe zum batiaranischen Mylasia an der Westseite der Bucht und wurde dort, nachdem er sich mehrmals über die Reling übergeben hatte, von Kälte, Sturm und Regen empfangen. Tilliticus war kein Freund des Meeres.

Die Stadt Varena mit dem jämmerlich kleinen Hof der barbarischen Antae, die immer noch halbe Heiden waren, obwohl sie schon vor hundert Jahren Rhodias geplündert und ganz Batiara erobert hatten, lag drei Tagesritte weiter westlich. Wenn Tilliticus sich beeilt hätte, wäre sie auch in zwei Tagen zu erreichen gewesen, aber dazu sah er keinerlei Veranlassung. Lieber saß er missmutig im Hafen, betrank sich und wartete, bis der Regen aufhörte. Bei seinem Zustand hielt er das für sein gutes Recht. Die Reise war wirklich *sehr* anstrengend gewesen. Die Schulter schmerzte noch immer.

Und er hatte die Kleine in Trakesia wirklich *gern* gehabt.

Solange das Wetter noch schön war, stand Pardos draußen am Ofen und brannte Kalk für das Mosaikbett. Wenn der Wind auffrischte, war es am Feuer angenehm warm, und er hielt sich gern im Hof des Heiligtums auf. Vor den Toten in ihren Gräbern fürchtete er sich nicht, jedenfalls nicht bei Tag. Alle Menschen mussten sterben, das war Jads Wille. Krieg und Pest waren Teil der Welt, die der Gott geschaffen hatte. Pardos sah zwar keinen Grund dafür, aber das erwartete er auch nicht. Alle Priester, auch wenn sie sich in Fragen der Lehre noch so uneins waren oder sich Heladikos' wegen gegenseitig auf den Scheiterhaufen schickten, predigten bedingungslosen Glauben und blinden Gehorsam und geißelten jeden Versuch, das Göttliche begreifen zu wollen, als frevelhaften Hochmut. Pardos wusste, dass er für diese Art von Hochmut nicht klug genug war.

Am Nordende des Hofes erhob sich hinter den behauenen Grabsteinen für die namentlich bekannten Toten ein schwarzer Erdhügel, auf dem noch kein Gras wuchs. Darunter lagen die Pesttoten. Die Pest war vor zwei Jahren gekommen und vergangenen Sommer zurückgekehrt und hatte so viele Opfer gefordert, dass man die Leichen von Kriegsgefangenen in Massengräber werfen lassen musste. Dann wurden sie mit einer Mischung aus Kalkasche und anderen Bestandteilen bedeckt, um die verbitterten Seelen und das, woran sie gestorben waren, an der Wiederkehr zu hindern. Jedenfalls hinderte das Zeug das Gras am Wachsen. Zusätzlich hatte die Königin drei Hof-Chiromanten und einem vor den Mauern lebenden alten Alchimisten befohlen, die Gräber mit Fesselzaubern zu belegen. Nach der Pest war einem jedes Mittel recht, sosehr sich die Priester oder der Oberste Patriarch auch über die Magie der Heiden ereifern mochten.

Pardos tastete nach seiner Sonnenscheibe und dankte dem Gott, dass er noch am Leben war. Er beobachtete, wie der schwarze Rauch vom Kalkofen zu den rasch vorüberziehenden weißen Wolken aufstieg, und freute sich am Rot und Gold des herbstlichen Waldes im Osten. Die Vögel sangen am blauen Himmel, und das Gras war grün, verfärbte sich aber dicht vor dem eigentlichen Heiligtum, wo die Schatten der neu errichteten Mauern das Licht der Nachmittagssonne verschluckten, zu einem dumpfen Braun.

Die Welt war voller Farben. Crispin ermahnte ihn immer und immer wieder, sich diese Farben aufmerksam anzusehen. Sich bewusst zu machen, wie sie gegen- und miteinander spielten; was passierte, wenn – wie gerade jetzt – eine Wolke über die Sonne zog und das Gras unter seinen Füßen verdunkelte. Wie würde er diesen Farbton benennen? Wo würde er ihn verwenden? In einer Meereslandschaft? Einer Jagdszene? Einem Mosaik, in dem Heladikos über einem Herbstwald zur Sonne emporstieg? Sieh dir das Gras an – jetzt! Bevor das Licht zurückkommt. Stell dir die Farbe in Glas vor, in Steinwürfeln. Bette sie ein in dein Gedächtnis, als wolltest du sie in ein Kalkbett legen, um an einer Mauer, einer Kuppel eine Mosaikwelt zu erschaffen.

Immer vorausgesetzt natürlich, im unterworfenen Batiara entstünde jemals wieder eine Glashütte, die wirklich rotes, blaues und grünes Glas herstellte, nicht den trüben, blasigen, von Streifen durchzogenen Schund, wie er erst heute aus Rhodias geliefert worden war.

Martinian, der sich nie aus der Ruhe bringen ließ und vielleicht auch auf das Debakel gefasst war, hatte nur einen Seufzer ausgestoßen, als die sehnsüchtig erwarteten neuen Scheiben ausgepackt wurden. Crispin hatte sich in einen seiner berüchtigten gotteslästerlichen Wutanfälle hineingesteigert und sich in die Hand geschnitten, als er die oberste der schmutzigbraunen Scheiben zerschlug, die eigentlich rot sein sollten. »*Das* ist Rot! Nicht diese Mistfarbe!«, hatte er geschrieen und sein Blut auf die bräunliche Platte tropfen lassen.

Manchmal war er in seiner Wut ganz unterhaltsam, solange man nicht selbst den Anstoß gegeben hatte, dass er die Beherrschung verlor. Am Mittag bei Bier und hartem Brot oder nach Feierabend, wenn Handlanger und Lehrlinge bei Sonnenuntergang auf die Mauern von Varena zuschlenderten, unterhielten sie sich oft über Crispin und was er sagte oder tat, wenn ihn wieder einmal der Zorn packte. Martinian hatte den Lehrlingen erklärt, Crispin sei ein großer Mann und ein begnadeter Handwerker. Vielleicht gehört bei solchen Menschen der Jähzorn einfach dazu, dachte Pardos.

Heute Morgen hatte er mit geradezu erschreckendem Einfallsreichtum beschrieben, wie mit dem Aufseher der Glashütte zu verfahren sei. Von selbst wäre Pardos nie auf den Gedanken gekommen, einen Menschen so mit Glasscherben zu traktieren, wie Crispin es – begleitet von wilden Flüchen, und das auf geweihtem Boden – vorgeschlagen hatte.

Martinian hatte seinen jüngeren Partner nicht weiter beachtet, sondern sich seufzend daran gemacht, die Scheiben sorgfältig zu untersuchen und die brauchbaren auszusortieren. Sie konnten nicht einfach alle zurückschicken. Erstens war kaum damit zu rechnen, dass die Ersatzlieferung von besserer Qualität wäre. Zweitens standen sie unter Zeitdruck, denn die Königin hatte die Umbettung ihres Vaters Hildric und die dazugehörige Trauerfeier auf den ersten Tag nach dem Dykania-Fest angesetzt. Die Zeremonie sollte hier im Heiligtum stattfinden, das man zu diesem Zweck vergrößert hatte, und dazu musste die Innendekoration fertig sein. Man war mitten im Herbst, die Weinlese war abgeschlossen. Die Straßen nach Süden waren nach den Regenfällen der letzten Woche aufgeweicht. Es bestand so gut wie keine Aussicht, dass eine neue Glaslieferung von Rhodias rechtzeitig einträfe.

Martinian machte wie üblich gute Miene zum bösen Spiel. Sie mussten sich eben behelfen. Crispin war das natürlich ebenfalls klar. Aber er ist ein Hitzkopf, dachte Pardos. Und er legte Wert darauf, dass *alles* stimmte. Zu viel Wert vielleicht, denn die Welt, die Jad seinen sterblichen Kindern zur Wohnstatt gegeben hatte, war nun einmal unvollkommen. Wieder machte Pardos der Lehrling rasch das Sonnenkreiszeichen und schürte das Feuer, um möglichst viel Hitze zu erzeugen. Dann rührte er mit einer langen Stange den Brei im Kessel um. Gerade heute wäre es nicht ratsam, aus Unachtsamkeit den Kalk zu verderben.

Crispins Einfälle für die Verwendung von Bruchglas waren allzu phantasievoll.

Pardos war so vertieft in die brodelnde Kalksuppe, dass er heftig zusammenfuhr, als er – in unbeholfenem Rhodianisch mit starkem Akzent – angesprochen wurde. Rasch drehte er sich um und sah sich einem hageren Mann mit hochrotem Kopf gegenüber, der die grauweiße Uniform der Kaiserlichen Kuriere trug. Sein Pferd graste hinter ihm neben dem Tor. Erst jetzt bemerkte Pardos, dass alle Lehrlinge und Handlanger vor dem Heiligtum die Arbeit eingestellt hatten und zu ihm herübersahen. Einen kaiserlichen Kurier aus Sarantium bekam man nicht jeden Tag zu Gesicht.

»Bist du taub?«, zeterte der Mann. Er hatte eine Wunde am Kinn, die noch nicht verheilt war. Der östliche Akzent war sehr ausgeprägt. »Ich sagte, mein Name ist Tilliticus. Kaiserliche Post Sarantium. Ich suche nach einem Mann namens Martinian. Handwerker. Es hieß, er sei hier zu finden.«

Pardos war so eingeschüchtert, dass er nur stumm auf das Heiligtum deuten konnte. Martinian saß auf seinem Hocker in der Tür, hatte sich seinen schäbigen Hut zum Schutz vor der Nachmittagssonne tief in die Stirn gezogen und schlief.

»Ich sehe schon, nicht nur taub, sondern auch noch stumm«, höhnte der Kurier und stapfte durch das Gras auf das Heiligtum zu.

»Das ist nicht wahr«, sagte Pardos, aber so leise, dass niemand es hörte. Dann machte er zwei anderen Lehrlingen hinter dem Rücken des Kuriers aufgeregt Zeichen, damit sie Martinian weckten, bevor sich dieser unfreundliche Mensch vor ihm aufbauen konnte.

Martinian von Varena hatte nicht geschlafen. Vom Eingang des Heiligtums, wo er – jedenfalls an schönen Tagen – am liebsten saß, hatte er den Kurier schon von weitem bemerkt. Bei Sonnenschein hoben sich Grau und Weiß vor Grün und Blau sehr deutlich ab.

Er und Crispin hatten diese Farbzusammenstellung vor vielen Jahren sogar schon einmal verwendet, in Baiana, für eine Prozession von Heiligen Blutzeugen an den langen Wänden einer Hauskapelle. Es war kein voller Erfolg gewesen – bei Nacht im Kerzenschein war die Wirkung nicht ganz so, wie Crispin es sich erhofft hatte –, aber sie hatten einiges dabei gelernt, und aus Fehlern zu lernen war das ganze Geheimnis des Mosaiklegens, das predigte Martinian seinen Lehrlingen immer wieder. Hätten die Auftraggeber genügend Geld gehabt, um die Kapelle bei Nacht ausreichend zu beleuchten, wäre es vielleicht anders gewesen, aber sie hatten die Verhältnisse gekannt, als sie den Entwurf anlegten. Es war ihre eigene Schuld. Zeit und Geld setzten Grenzen, an die man sich halten musste. Diese Lektion galt es zu lernen – und zu lehren.

Als der Kurier bei Pardos am Kalkofen stehen blieb, zog sich Martinian den Hut über die Augen und stellte sich schlafend. Eine unerklärliche Angst hatte ihn befallen. Er wusste nicht, warum. Auch hinterher konnte er sich nicht erklären, warum er sich an diesem Herbstnachmittag so und nicht anders verhalten und damit das Leben so vieler Menschen verändert hatte. Manchmal, so lehrten die Priester, ergriff der Gott von einem Menschen Besitz. Manchmal lenkten ihn auch Geister oder Dämonen. In der Zwischenwelt gab es Mächte, die der Verstand eines gewöhnlichen Sterblichen nicht zu fassen vermochte.

Einige Tage später sollte er seinem gelehrten Freund Zoticus bei einem Becher Kräutertee erzählen, es hänge wohl damit zusammen, dass er sich an diesem Tag so alt gefühlt habe. Nach einer Woche Dauerregen waren seine Fingergelenke angeschwollen und schmerzten. Aber das war nicht die Wahrheit. Noch war er nicht so schwach, dass er sich von solchen Beschwerden zu einer Riesentorheit verleiten ließe. Was ihn allerdings *dann* bewogen hatte, sich – ohne jede Überlegung – zu verleugnen, wusste er nicht.

Ob die Menschen immer verstanden, warum sie so und nicht anders handelten? Das fragte er Zoticus, als sie im Bauernhaus des Alchimisten zusammensaßen. Sein Freund gab ihm die erwartete Antwort und schenkte ihm noch eine Tasse von dem Tee ein, in den er ein Mittel gegen die Schmerzen in seinen Händen gemischt hatte. Der unfreundliche Kurier war zu diesem Zeitpunkt längst fort, um andere Sendungen zuzustellen. Und auch Crispin war nicht mehr da.

Martinian von Varena stellte sich schlafend, als der Mann aus dem Osten mit der roten Nase und den roten Wangen eines Trinkers zu ihm trat und schnarrte: »Heda! Aufgewacht! Ich suche einen Mann mit Namen Martinian. Der Kaiser lässt ihn nach Sarantium rufen!«

Er sprach laut und arrogant wie alle Sarantiner, die nach Batiara kamen. Sein Akzent war zum Schneiden dick. Jedes Wort war weithin zu hören und das war auch ganz in seinem Sinne. Im Innern des Heiligtums, das derzeit erweitert wurde, um den Gebeinen König Hildrics von den Antae, der vor gut einem Jahr der Pest erlegen war, eine würdige Ruhestätte zu bieten, stand die Arbeit still.

Martinian tat so, als erwache er langsam aus einem Nickerchen in der Herbstsonne, und blinzelte den Kaiserlichen Kurier verschlafen an, dann wies er mit steifem Finger nach drinnen – auf das Gerüst unter der Kuppel, wo sein langjähriger Freund und Kollege Caius Crispus stand. Crispin wollte den schlammbraunen Glas-Tessellae den strahlenden Glanz des heiligen Heladikos-Feuers verleihen und diese Aufgabe nahm ihn vollkommen in Anspruch.

Noch während Martinian die Hand ausstreckte, brachen die Fragen über ihn herein. Man ließ ihn rufen? In die *Stadt?* Und er spielte Verstecken wie ein Knabe? Niemand hier würde ihn an den eingebildeten Sarantiner verraten, aber trotzdem…

Es war ganz still geworden, als sich plötzlich mit unseliger Klarheit eine Stimme vernehmen ließ, die alle kannten. Das Heiligtum hatte eine ausgezeichnete Akustik.

»Bei Heladikos' Schwanz, ich schneide ihm mit diesem *unbrauchbaren* Schrott den Hintern in Scheiben und stopfe sie ihm ins Maul. Der heilige Jad ist mein Zeuge!«

Der Kurier machte ein empörtes Gesicht.

»Das ist Martinian«, erklärte Martinian hilfsbereit. »Da oben. Er hat schlechte Laune.«

Tatsächlich war der Anfall schon vorüber. Der lästerliche Fluch war Crispin fast unbewusst über die Lippen gekommen. Wenn ihn ein technisches Problem sehr beschäftigte, führte er manchmal laute Selbstgespräche, ohne es zu merken. Im Augenblick war er wie besessen von der Idee, Heladikos' Fackel rot glühen zu lassen, obwohl er nichts Rotes zur Verfügung hatte. Mit etwas Blattgold hätte er das Glas vor einen goldenen Hintergrund setzen können, um die Farbe wärmer zu machen, aber Gold für Mosaiken, das war hier in Batiara nach den Kriegen und der Pest nur ein schöner Traum.

Jetzt war ihm allerdings doch etwas eingefallen. Caius Crispus von Varena stand in schwindelnder Höhe auf dem Gerüst, drückte rötlich geäderte Marmorwürfel aus Pezzelana in die weiche, klebrige Kalkschicht über dem Kuppelinnern und fügte dazwischen die besten Tessellae ein, die sie aus den miserablen Glasscheiben hatten gewinnen können. Die Glasstücke setzte er schräg in das Bett, damit sie das Licht einfingen und reflektierten.

Wenn er Recht hatte, würde die Mischung von flachen Steinen mit schrägen, blinkenden Glas-Tessellae ein Flimmern erzeugen, das an der hohen Flamme emportänzelte. Von unten sollte das nicht nur dann zu sehen sein, wenn Sonnenlicht durch die Fenster am Fuß der Kuppel fiel, sondern auch im Schein der Kerzen an den Wänden und der eisernen Hängeampeln entlang der Längsachse des Heiligtums. Die junge Königin hatte Martinian versichert, sie werde die Priester so großzügig unterstützen, dass für entsprechende Beleuchtung am Abend und im Winter gesorgt sei. Crispin hatte keinen Anlass, daran zu zweifeln – dies war das Grabmal ihres Vaters und unter dem neuen Jadditenglauben war der Ahnenkult der Antae nach wie vor sehr stark.

Er hatte sich ein Tuch um die verletzte linke Hand gebunden und das behinderte ihn. Ein guter Stein fiel ihm in die Tiefe, er sah ihm nach und griff, abermals fluchend, nach einem anderen. Unter der Flamme und der Fackel wurde der Untergrund bereits hart. Er musste sich beeilen. Die Fackel war aus Silber. Sie verwendeten dafür weißen Marmor und glatte Flusskiesel – das sollte glücken. Er hatte gehört, im Osten könne man mattiertes Glas herstellen, das fast reinweiße Tessellae ergebe, so weiß wie Schnee, außerdem sei für Kronen und Geschmeide Perlmutt erhältlich. Ein Luxus, an den er hier im Westen, inmitten von Ruinen, nicht einmal *denken* durfte, um nicht noch unzufriedener zu werden.

Solchen Überlegungen hing er ausgerechnet in dem Moment nach, als die gereizte, überlaute Stimme mit dem östlichen Akzent in seine Konzentration und in sein Leben eindrang. War das Zufall, oder hatte ihn der sarantinische Akzent im Geist durch die berühmte Fahrrinne in die weite Bucht getragen, wo in Gold, Silber und Seide die Stadt des Kaisers erglänzte?

Er schaute nach unten.

Die Stimme gehörte einem Menschen, der von hier oben so klein war wie eine Schnecke und ihn Martinian nannte. Gewöhnlich wäre das nur ein lästiges Missverständnis gewesen, hätte nicht Martinian selbst – er stand wie üblich zu dieser Stunde an der Tür – zu Crispin heraufgesehen, als der Mann aus dem Osten den falschen Namen blaffte und im ganzen Heiligtum die Arbeit störte.

Crispin verkniff sich zwei würde Bemerkungen und eine Antwort, die den Schwachkopf an die richtige Adresse verwiesen hätte. Irgendetwas ging hier nicht mit rechten Dingen zu. Möglich, dass man nur den Kurier narren wollte – obwohl das seinem Partner gar nicht ähnlich sähe –, aber vielleicht steckte auch etwas ganz anderes dahinter.

Darum würde er sich später kümmern.

»Ich komme hinunter, sobald ich fertig bin!«, rief er, *viel* höflicher, als die Umstände es erforderten. »Ihr könnt ja solange für irgendeine unsterbliche Seele beten. Aber leise.«

Der Mann mit dem roten Gesicht schrie zurück: »Einen Kaiserlichen Kurier lässt man nicht warten, du ungehobelter Provinzbewohner! Ich habe einen Brief für dich!«

Das war zweifellos interessant, aber Crispin fiel es leicht, den Kurier nicht zu beachten. Er wünschte sich nur, er hätte ein Rot, das so leuchtend war wie dessen Wangen. Die waren selbst hier oben noch zu erkennen. Seltsam, dass er nie versucht hatte, diese Wirkung bei einem Mosaikgesicht zu erzielen. Er verwahrte den Einfall mit vielen anderen in einem Winkel seines Bewusstseins und widmete sich von Neuem der Aufgabe, mit den zur Verfügung stehenden Mitteln die heilige Flamme zu gestalten, die Heladikos der Menschheit zum Geschenk gemacht hatte.

Tilliticus hatte leider sehr genaue Anweisungen erhalten, sonst hätte er die Kaiserliche Sendung einfach zwischen den Bauschutt auf den staubigen Boden geworfen und wäre aus dem schäbigen kleinen Heiligtum gestürmt, in dem es so penetrant nach heladikischer Ketzerei der schlimmsten Sorte stank.

Selbst hier in Batiara war es *nicht* die Regel, dass sich die Leute endlos Zeit ließen, um eine Einladung aus dem Kaiserlichen Bezirk in Sarantium entgegenzunehmen. Üblicherweise kamen sie begeistert angelaufen. Sie knieten nieder. Sie umfassten die Knie des Kuriers. Einer der Glücklichen hatte ihm sogar einmal die schlammigen, kotbeschmierten Stiefel geküsst und vor Freude geweint.

Auf alle Fälle konnte der Kurier als Träger einer derart überwältigenden Botschaft mit einer großzügigen Belohnung rechnen.

Als der rotblonde Mann namens Martinian endlich

von seinem Gerüst herunterkletterte und bedächtig auf ihn zukam, wurde Pronobius Tilliticus klar, dass man ihm diesmal nicht die Stiefel küssen werde. Und ein Dankgeschenk hatte er wohl auch nicht zu erwarten.

Das bestätigte ihn nur in seiner Meinung über Batiara unter der Herrschaft der Antae. Sie mochten, wenn auch nur äußerlich, an Jad glauben, sie mochten laut eines Vertrages, den der Oberste Patriarch in Rhodias vermittelt hatte, tributpflichtige Verbündete des Reiches sein, sie mochten vor hundert Jahren diese Halbinsel erobert und einen Teil der damals geschleiften Mauern wieder aufgebaut haben, aber sie waren und blieben Barbaren.

Und sie hatten mit ihren ungeschliffenen Manieren und ihren ketzerischen Ansichten auch jene reinblütigen Nachkommen des rhodianischen Reiches verdorben, die noch ein gewisses Ansehen genossen.

Das Haar dieses Martinian war von einem geradezu aggressiven Rot. Nur der Kalkstaub, der auch in seinem zottigen Bart hing, dämpfte die Farbe. Die durch nichts gedämpften Augen erstrahlten in einem harten, äußerst unangenehmen Blau. Gekleidet war er in eine unscheinbare, fleckige Tunika und faltige braune Gamaschen. Er war von kräftiger Gestalt, aber seine zornig geduckte Haltung wirkte abstoßend. Die Hände waren breit und kräftig und die eine trug einen blutbefleckten Verband.

»Er hat schlechte Laune«, hatte der Narr an der Tür gesagt.

Er saß übrigens immer noch auf seinem Hocker und beobachtete die beiden. Auf dem Kopf hatte er ein unförmiges Gebilde, das einmal ein Hut gewesen sein mochte. Der taubstumme Lehrling war inzwischen mit allen anderen von draußen hereingekommen. Eigentlich sollte es ein erhebender Moment sein, wenn

Tilliticus nun mit schallender Stimme seine Botschaft verkündete und im Namen des Kämmerers und der Kaiserlichen Post huldvoll die gestammelten Dankesbezeugungen des Handwerkers entgegennahm, um dann mit einer Tasche voller Münzen das beste Gasthaus von Varena aufzusuchen und sich etliche Becher Würzwein und eine Frau zu gönnen.

»Und? Da bin ich nun. Was wollt Ihr?«

Die Stimme des Mosaikmeisters war so hart wie seine Augen. Sein Blick blieb feindselig, auch als er sich von Tilliticus abwandte und den älteren Mann in der Tür ansah. Ein äußerst unangenehmer Mensch.

Tilliticus war von der barschen Anrede aufrichtig entsetzt. »Soll ich ganz ehrlich sein? Ich will überhaupt nichts mit dir zu tun haben.« Er griff in seine Tasche, zog die fette Kaiserliche Sendung heraus und warf sie dem Handwerker verächtlich zu. Der Mann reagierte schnell und fing das Päckchen mit einer Hand auf.

Tilliticus zischte ihn an: »Du bist offensichtlich Martinian von Varena und dieser Ehre nicht würdig. Dennoch habe ich dir mitzuteilen, dass Kaiser Valerius II., Jads Dreifach Erhabener Liebling, dich schnellstmöglich in Sarantium zu sehen wünscht. Das Paket in deinen Händen enthält eine Summe Geldes, um die Reisekosten zu decken, einen Geleitbrief, der vom Obersten Kämmerer eigenhändig gesiegelt und unterzeichnet wurde und dich berechtigt, die Dienste der Kaiserlichen Poststationen in Anspruch zu nehmen und in den dortigen Gasthöfen zu nächtigen, und ein Schreiben, das dir sicher irgendjemand vorlesen kann. Darin steht, dass sich der Kaiser bei der Ausgestaltung des neuen Tempels von Jads Heiliger Weisheit, den er in *seiner* erhabenen Weisheit derzeit errichten lässt, deiner Mitwirkung zu versichern wünscht.«

Ein Raunen durchlief das Heiligtum. Tilliticus hörte

es mit Genugtuung. Wenigstens die Lehrlinge und die Gesellen hatten die Bedeutung seiner Worte erfasst. Vielleicht sollte man amtliche Bekanntmachungen in Zukunft immer in diesem barschen Ton vortragen. Sie bekamen dadurch eine ganz eigene Wirkung.

»Was ist aus dem alten geworden?« Der rothaarige Handwerker schien völlig ungerührt. Allmählich zweifelte Tilliticus an seinem Verstand.

»Was meinst du mit dem alten, du primitiver Barbar?«

»Keine Beleidigungen, oder Ihr kriecht hier auf allen Vieren hinaus. Ich meine natürlich den alten Tempel.«

Tilliticus blinzelte überrascht. Der Mann war wirklich nicht ganz richtig im Kopf. »Du drohst einem Kaiserlichen Kurier? Man wird dir die Nase aufschlitzen, wenn du auch nur die Hand gegen mich erhebst. Der alte Tempel ist bei den Unruhen vor zwei Jahren verbrannt. Hast du denn gar keine Ahnung, was in der Welt geschieht?«

»Hier hat zuerst die Pest gewütet«, sagte der Mann tonlos. »Zweimal. Und dann ein Bürgerkrieg. In solchen Zeiten ist ein Brand am anderen Ende der Welt nicht so wichtig. Vielen Dank für das Paket. Ich werde den Brief lesen und mich dann entscheiden.«

»Entscheiden?«, kreischte Tilliticus. Er hasste es, wenn ihm vor Überraschung die Stimme überschnappte. Genauso war es ihm ergangen, als ihn die verfluchte Dirne in Trakesia gebeten hatte, sie mitzunehmen. Es war nicht einfach gewesen, den richtigen Ton für den dringend notwendigen Vortrag über die Herkunft seiner Mutter zu finden.

»Warum denn nicht?«, fragte der Mosaikleger. »Ich darf doch annehmen, dass es sich um ein Angebot handelt, um eine Einladung, und um keinen Befehl wie an einen Sklaven.«

Tilliticus verschlug es die Sprache.

Er richtete sich auf, stellte zufrieden fest, dass seine

Stimme ihm wieder gehorchte, und bellte: »Nur ein Sklave könnte missverstehen, was eine solche Einladung bedeutet. Du bist offenbar ein Feigling ohne jeden Ehrgeiz. In diesem Fall kannst du dich auch wie ein Sklave in dieser elenden Hütte vergraben und im Dreck scharren, solange du willst. An dir hat Sarantium gewiss nichts verloren. Doch ich bin in Eile. Deinen Brief hast du erhalten. Ich wünsche dir im Namen des Dreifach Ruhmreichen Kaisers einen guten Tag.«

»Guten Tag«, gab der Mann abweisend zurück und wandte sich ab. »Pardos«, sagte er, »der Kalk für das Bett war heute genau richtig. Und Radulf und Couvry haben ihn ordentlich aufgetragen. Ich bin zufrieden.«

Tilliticus stapfte hinaus.

Das Reich, die Zivilisation, der Glanz der Heiligen Stadt… an gewisse Leute ist einfach alles *vergeudet*, dachte er. Vor dem älteren Mann, der immer noch in der Tür saß und milde zu ihm aufsah, blieb er stehen und funkelte ihn wütend an.

»Dein Hut«, sagte er, »ist die lächerlichste Kopfbedeckung, die ich je gesehen habe.«

»Ich weiß«, sagte der Alte vergnügt. »Das sagt jeder.«

Pronobius Tilliticus war der Wind aus den Segeln genommen. Immer noch wütend holte er sein Pferd und sprengte so wild auf Varenas Mauern zu, dass der Staub in Wolken hinter ihm aufwirbelte.

»Wir müssen miteinander reden«, sagte Crispin und schaute auf den Mann hinab, der ihm fast alles beigebracht hatte, was er wusste.

Martinian machte ein reumütiges Gesicht. Er stand auf, rückte sich den exzentrischen Hut zurecht – das Ding hatte ihm einmal das Leben gerettet, aber das wusste von den Anwesenden nur Crispin – und ging nach draußen. Der Kaiserliche Kurier stürmte, beflügelt von seinem Groll, auf die Stadtmauern zu. Das

Heiligtum lag, von eigenen Mauern geschützt, gleich östlich des Tors.

Sie sahen ihm noch einen Moment nach, dann ging Martinian zu einem Buchenwäldchen, das südlich des Hofes unmittelbar hinter dem Grabhügel begann. Die Sonne stand jetzt tief und der Wind hatte aufgefrischt. Crispin kniff, nach dem Halbdunkel im Heiligtum geblendet, die Augen zusammen. Eine weidende Kuh hob den Kopf und schaute ihnen nach. Crispin trug die Kaiserliche Sendung, auf der in schwungvoller großer Kursivschrift der Name ›Martinian von Varena‹ geschrieben stand. Das kunstvolle Siegel war dunkelrot.

Gleich hinter der Pforte, die vom Hof auf die Straße führte, blieb Martinian am Rand des Wäldchens stehen und setzte sich auf einen Baumstumpf. Sie waren ganz allein. Von links stieß eine Amsel herab und verschwand zwischen den Bäumen. Der Tag neigte sich dem Ende zu, die Sonne ging unter und es wurde kalt. Der blaue Mond stand bereits über den Wipfeln. Crispin lehnte sich gegen die Holzpforte, sah hinauf und stellte fest, dass er voll war.

Ilandra war bei Sonnenuntergang gestorben und auch damals war der blaue Mond voll gewesen. Noch in der gleichen Nacht waren ihr die Mädchen – mit aufgebrochenen Geschwüren, besudelten Körpern und grauenvoll verzerrten Gesichtern – zum Gott gefolgt. Als Crispin ins Freie trat, hatte dieser Mond wie eine Wunde am Himmel gestanden.

Er reichte Martinian das schwere Paket, und der alte Mosaikleger nahm es wortlos entgegen, betrachtete einen Moment lang seinen Namen und erbrach dann das Siegel des Kämmerers von Sarantium. Schweigend entnahm er Stück für Stück den Inhalt. Für das Gewicht war eine Filigranbörse mit den versprochenen Silber- und Kupfermünzen verantwortlich. Der Brief wiederholte nur, was der Kurier gesagt hatte, dass nämlich beim Wiederaufbau des großen Tempels viele Mosaikarbeiten anfielen, und schloss mit Komplimenten an die Adresse des berühmten Mosaikmeisters Martinian von Varena. Ein amtlich aussehendes Dokument auf kostbarem Papier war, wie sich zeigte, der Geleitbrief, die Berechtigung zur Einkehr in den Poststationen. Martinian zeigte Crispin das Pergament und pfiff leise durch die Zähne: Es war von keinem Geringeren als dem Kämmerer persönlich unterzeichnet. Sie waren mit den Gepflogenheiten höherer Kreise – wenn auch nur hier in Batiara unter den Antae – weit genug vertraut, um diese Ehre würdigen zu können.

Ein weiteres, dreifach gefaltetes Dokument entpuppte sich als Landkarte. Darauf waren alle Poststationen und die einfacheren Herbergen auf der Kaiserlichen Straße durch Sauradia und Trakesia bis zur großen Stadt verzeichnet. Beigefügt war außerdem eine Liste von Schiffen, die Mylasia an der Küste anliefen und, falls sie im Hafen lagen, für eine Weiterreise zu Wasser empfohlen wurden.

»Für die Kauffahrer ist es schon zu spät im Jahr«, sagte Martinian nachdenklich, als er dieses letzte Blatt studierte. Wieder nahm er den Brief heraus, entfaltete ihn und wies auf das Datum am oberen Rand. »Der wurde zu Beginn des Herbstes geschrieben. Unser rotwangiger Freund hat sich viel Zeit gelassen. Du hättest wohl ein Schiff nehmen sollen.«

»*Ich* hätte ein Schiff nehmen sollen?«

»Nun ja, natürlich unter meinem Namen.«

»Martinian. Was um Jads…?«

»Ich will die Reise nicht unternehmen. Ich bin alt. Meine Hände tun mir weh. Ich möchte den Winter im Kreis meiner Freunde verbringen, meinen Würzwein trinken und hoffen, dass es so schnell keinen Krieg mehr gibt. Mich zieht nichts nach Sarantium. Die Einladung geht an *dich*, Crispin.«

»Sie trägt nicht meinen Namen.«

»Das sollte sie aber. Du verrichtest schon seit Jahren den größten Teil der Arbeit.« Martinian grinste. »Eigentlich ist es höchste Zeit.«

Crispin erwiderte das Lächeln nicht. »Überleg es dir gut. Der Kaiser gilt als großzügiger Mäzen. Als Baumeister. Kannst du mehr vom Leben erwarten als eine solche Gelegenheit, die Große Stadt zu sehen und dort in Ehren deine Arbeit zu verrichten? Etwas zu schaffen, das von Dauer ist und dich berühmt macht?«

»O ja. Einen Krug mit warmem Wein und einen Platz am Feuer in Galderas Schenke«, gab Martinian zurück. *Und für die Nacht ein Bett, in dem meine Frau neben mir liegt, bis ich sterbe,* dachte er bei sich.

Der andere prustete ungläubig.

Martinian schüttelte den Kopf. »Crispin, die Einladung gilt dir. Es steht nur der falsche Name darauf, aber das darf dich nicht beirren. Sarantium will einen Meister der Mosaikkunst. Man hat gehört, dass wir in der Tradition der rhodianischen Mosaiken arbeiten. Es leuchtet ein, dass man trotz aller Spannungen zwischen Ost und West bei diesem Auftrag jemanden aus Batiara dabei haben möchte, und du weißt auch, wer von uns beiden der richtige Mann für diese Reise ist.«

»Ich weiß, dass man nicht nach mir verlangt hat, sondern nach dir. Namentlich. Ich könnte nicht reisen, selbst wenn ich wollte, was nicht der Fall ist.«

Martinian antwortete, ganz gegen seine Gewohnheit, mit einer Zote, die Crispins Anatomie, den Donnergott der Bassaniden und einen Blitz miteinander in Zusammenhang brachte.

Crispin blinzelte überrascht. »Willst du jetzt etwa meine Ausdrucksweise übernehmen?«, fragte er mit finsterer Miene. »Um den Rollentausch komplett zu machen?«

Der Ältere war rot geworden. »Ich nehme dir nicht ab, dass dich die Reise nicht reizt. Warum hast du behauptet, nichts von dem Tempel zu wissen? *Jedermann* hat von den Siegeskrawallen und der Feuersbrunst in Sarantium gehört.«

»Warum hast du dich selbst verleugnet?« Es wurde still zwischen den beiden. Der andere schaute zu den fernen Wäldern hinüber. Dann sagte Crispin: »Martinian, ich *will* nicht reisen. Das ist keine Pose. Ich habe keine Wünsche mehr und das weißt du genau.«

Sein Freund sah ihn wieder an. »Gerade deshalb musst du gehen, Caius. Du bist noch zu jung, um mit dem Leben abzuschließen.«

»Sie waren jünger als ich und doch nicht zu jung. Sie haben Schluss gemacht.«

Hastig und barsch stieß er die Sätze hervor. Martinians Mahnung hatte ihn unvorbereitet getroffen. Er *musste* lernen, auf dieses Thema gefasst zu sein.

Es war sehr still hier draußen. Die Sonne des Gottes versank blutrot im Westen, um ihre lange Reise durch die Dunkelheit anzutreten. Bald begannen in allen batiaranischen Heiligtümern die Sonnenuntergangslitaneien. Im Osten stand der blaue Mond hoch über den Bäumen. Noch war kein Stern zu sehen. Ilandra hatte Blut gespuckt, bevor sie starb, dann waren die schwarzen Geschwüre aufgebrochen, die ihren Körper bedeckten. Wie Wunden. Die Mädchen. Die Mädchen waren im Dunkeln gestorben.

Martinian nahm seinen formlosen Hut ab. Sein Haar war grau und in der Mitte schimmerte die Kopfhaut durch. Er sagte freundlich: »Und ihnen zu Ehren machst du es ebenso? Soll ich dich noch weiter beschimpfen? Zwing mich nicht dazu. Ich tue es nicht gern. Diese Einladung nach Sarantium ist ein Himmelsgeschenk.«

»Dann nimm sie an. Wir sind hier fast fertig. Es fehlen nur noch die Kanten und die Polierarbeiten. Der Rest ist Sache der Maurer.«

Martinian schüttelte den Kopf. »Hast du Angst?«

Crispin zog die Stirn in Falten, bis sich seine Augenbrauen berührten. »Wir sind alte Freunde. Bitte sprich nicht so mit mir.«

»Wir sind alte Freunde. Niemand sonst spricht so mit dir«, gab Martinian unerbittlich zurück. »Letzten Sommer ist hier ein Viertel der Menschen gestorben und im Sommer zuvor war es ebenso. Anderswo sollen es noch mehr gewesen sein. Die Antae verehrten einst die Toten mit Kerzen und Gesängen. Wahrscheinlich tun sie es immer noch, nicht mehr in Eichenwäldern oder an Kreuzwegen, sondern in Jads Heiligtümern, aber nicht… Caius, *nicht,* indem sie als lebende Leichname ihrem Beispiel folgen.«

Martinian verstummte und betrachtete den zerdrückten Hut in seinen Händen.

Ein Viertel der Bevölkerung. Zwei Sommer hintereinander. Crispin wusste es. Der Grabhügel hinter ihnen war nur einer von vielen. In Varena und anderen batiaranischen Städten standen immer noch viele Häuser, ja ganze Viertel leer. Selbst Rhodias, das sich von der Plünderung durch die Antae nie ganz erholt hatte, war wie ausgestorben, auf den leeren Foren, unter den Säulengängen hallte jeder Schritt wider. Angeblich wandelte der Oberste Patriarch in seinem Palast bei Nacht durch die Gänge und sprach mit Geistern, die kein Menschenauge sehen konnte. Die Pest hatte den Wahnsinn im Gefolge. Obendrein war unter den Antae ein kurzer, aber heftiger Krieg entbrannt, als König Hildric starb und nur eine Tochter hinterließ. Allenthalben hatte man Gehöfte und Felder aufgegeben, weil die Überlebenden sie nicht mehr bewirtschaften konnten. Es gab Berichte, wonach Eltern ihre Kinder in die Sklaverei verkauften, als der Winter kam und sie weder Essen noch Feuerholz hatten.

Ein Viertel. Und nicht nur hier in Batiara. Auch im Norden bei den Barbaren von Ferrieres, im Westen in Esperana, im Osten in Sauradia und Trakesia, im gesamten sarantinischen Reich und bis tief nach Bassania hinein und vermutlich noch weiter, doch darüber war nichts mehr bekannt. Auch Sarantium selbst sollte hart betroffen sein. Der Tod hatte in seiner Gier die Welt abgefischt bis auf den Grund.

Für Crispin hatte Jads Schöpfung drei Menschenseelen bereitgehalten, die er liebte und mit denen er leben konnte, und alle drei waren ihm genommen worden. Konnten fremde Verluste seine eigene Trauer lindern? Manchmal, wenn er im Halbschlaf in seinem dunklen Haus lag, die leere Weinflasche neben dem Bett, glaubte er, nebenan Atemzüge zu hören, eine Stimme, eins der Mädchen, das im Traum laut aufschrie. Dann wollte er aufstehen, um es zu trösten. Manchmal verließ er tatsächlich sein Bett und wurde erst vollends wach, wenn er nackt im Zimmer stand und sich der Totenstille bewusst wurde, die über seiner Welt lag.

Seine Mutter hatte ihm vorgeschlagen, zu ihr zu ziehen. Auch Martinian und seine Frau hatten ihn eingeladen. Es sei ungesund, sagten sie, allein mit den Dienstboten in einem Haus voller Erinnerungen zu leben. Er hätte sich auch Räume über einer Schenke oder einem Gasthaus mieten können, wo man von unten oder in den Gängen die Geräusche des Lebens hörte. Gegen Ende des Trauerjahres hatte ihn alle Welt beschworen, ja geradezu bedrängt, wieder zu heiraten. Genügend Witwen lagen, Jad wusste es, in zu großen Betten, genügend junge Mädchen suchten einen anständigen, erfolgreichen Mann. Das behaupteten jedenfalls seine Freunde. Denn er hatte immer noch Freunde, obwohl er alles tat, um sie zu vertreiben. Er sei begabt und berühmt, sagten sie, er habe noch das ganze Leben vor sich. Warum konnten die Leute nicht verstehen, wie belanglos das alles war? Obwohl er doch immer wieder versuchte, es ihnen begreiflich zu machen.

»Gute Nacht«, wünschte Martinian.

Das galt nicht ihm. Crispin schaute auf. Die anderen hatten Feierabend und wollten in die Stadt zurückkehren, auf derselben Straße wie zuvor der Kurier. Der Tag war zu Ende. Die Sonne ging unter. Es war jetzt ziemlich kalt.

»Gute Nacht«, sagte auch er und grüßte mit lässig erhobener Hand die Männer, die für ihn und Martinian arbeiteten, und die Maurer, die am Gebäude beschäftigt waren. Fröhliche Stimmen antworteten ihm. Warum sollten sie auch nicht fröhlich sein? Sie hatten ein Tagewerk vollbracht, der Regen hatte vorerst aufgehört, die Ernte war in den Scheuern, der Winter ließ noch auf sich warten und heute Abend gab es in den Schenken und an den Herdfeuern viel zu erzählen. Von der Kaiserlichen Botschaft, die Martinian in die Große Stadt rief, und von dem lustigen Spielchen, mit dem man den aufgeblasenen Kurier aus dem Osten genarrt hatte.

Aus diesem Stoff war das Leben gemacht, Gespräche, gemeinsame Mutmaßungen, Gelächter und Wortwechsel waren die blanke Münze, mit der man es sich erkaufte. Klatsch, auf den man trinken, mit dem man sein Ehegespons, Bruder oder Schwester, den treuen Diener erfreuen konnte. Einen Freund, einen Elternteil, einen Schankwirt. Oder ein Kind.

Zwei Kinder.

Wer kennt die Liebe?
Wer glaubt, er kenne die Liebe?
Was ist die Liebe, sag an.

»Ich kenne die Liebe«,
Sagt der Kleinste…

Das war ein Lied der Kindath. Ilandra war im Weinland südlich von Rhodias aufgewachsen, wo sich viele Kindath angesiedelt hatten, und hatte ein Kindermädchen aus den Reihen der Mondverehrer gehabt. In ihrer Familie war es Tradition gewesen, den Nachwuchs von den Kindath betreuen zu lassen und sich aus ihren Reihen auch einen Arzt zu wählen. Sie stammte aus besseren Verhältnissen als er, obwohl auch seine Mutter eine angesehene Frau mit guten Beziehungen war. Er habe eine gute Partie gemacht, hatten die Leute in ihrer Unwissenheit gesagt. Sie verstanden gar nichts. Wie sollten sie auch? Jedenfalls hatte Ilandra dieses Lied am Abend oft den Mädchen vorgesungen. Er brauchte nur die Augen zu schließen, um ihre Stimme wieder zu hören.

Wenn er starb, wurden sie vielleicht im Licht des Gottes wieder vereint. Er, seine Frau und seine Töchter.

»Du *hast* Angst«, wiederholte Martinian. Eine Menschenstimme, die das Halbdunkel der Welt störte. Diesmal klang sie zornig. Das kam bei diesem gütigen Menschen selten vor. »Du willst dich nicht damit abfinden, dass du weiterleben darfst, und du hast Angst, mit dieser Gnade etwas anfangen zu müssen.«

»Es ist keine Gnade«, sagte er und bedauerte es sofort. Die Worte klangen bitter, voller Selbstmitleid. Rasch hob er die Hand, um einen Vorwurf abzuwehren. »Was muss ich tun, um euch alle zufrieden zu stellen, Martinian? Das Haus für ein Almosen an einen Bodenspekulanten verschleudern? Zu dir ziehen? *Und* zu meiner Mutter? Eine Fünfzehnjährige heiraten, damit sie mir Kinder wirft? Oder eine Witwe, die bereits Land und Söhne hat? Oder gleich beides? Soll ich mich Jad weihen und Priester werden? Oder zum Heidentum übertreten? Ich könnte auch den Heiligen Narren spielen.«

»Reise nach Sarantium«, sagte sein Freund.

»Nein.«

Sie sahen sich an. Crispin merkte, dass er außer Atem war. Die Stimme des Älteren drang sanft aus den länger werdenden Schatten. »Dieses Nein ist mir zu endgültig für eine so wichtige Entscheidung. Wiederhole es morgen früh und ich verliere nie wieder ein Wort über die Sache. Das schwöre ich dir.«

Crispin schwieg, dann nickte er stumm. Er lechzte nach einem Schluck Wein. Im fernen Wald sang klar und rein ein Vogel. Martinian stand auf und drückte sich zum Schutz vor dem Abendwind den Hut auf den Kopf. Gemeinsam kehrten sie zurück. Sie erreichten Varena, bevor die Abendglocke läutete und die Tore geschlossen wurden, um alles auszusperren, was in den Wäldern, auf den nächtlichen Feldern und den gesetzlosen Straßen herumstrolchte, auch die Dämonen und bösen Geister, die mit Sicherheit im Schein des Mondes und der Sterne ihr Unwesen trieben.

Die Menschen lebten hinter Mauern, wo immer sie konnten.

Im letzten Tageslicht betrat Crispin sein Lieblingsbad, das zu dieser Stunde fast verlassen war. Die meisten Menschen suchten die Bäder am Nachmittag auf, aber Mosaikleger brauchten Licht zu ihrer Arbeit und inzwischen hatte Crispin die Stille am Ende des Tages schätzen gelernt. Ein paar nackte Männer warfen sich den schweren Ball zu, keuchten und schwitzten vor Anstrengung. Er nickte nur flüchtig zu ihnen hinüber, blieb aber nicht stehen. Zuerst setzte er sich in den Dampfraum, dann ging er ins heiße und ins kalte Wasser, und schließlich ließ er sich abreiben und mit Öl salben – sein Lieblingsmittel gegen die herbstliche Kälte. Im Aufenthaltsraum am Ausgang ließ er sich einen Becher Wein an sein gewohntes Ruhebett bringen, sprach aber bis auf einen höflichen Gruß mit niemandem. Als er fertig war, holte er die Kaiserliche Sendung ab, die er bei einem der Wärter hinterlegt hatte, verzichtete auf die angebotene Begleitung und ging nach Hause, um das Päckchen abzulegen und sich zum Essen umzuziehen. Er hatte nicht vor, an diesem Abend noch einmal über die Sache zu sprechen.

»Du gehst also fort. Du reist nach Sarantium.«

In Gegenwart seiner Mutter verloren manche Vorsätze so gut wie jede Bedeutung. Daran hatte sich nichts geändert. Auf ein Zeichen Avita Crispinas hin gab die Dienerin ihrem Sohn noch eine Kelle voll Fischsuppe. Dann verschwand die junge Frau leichtfüßig in der Küche und Crispin sah ihr im Kerzenschein nach. Sie hatte den klassischen Teint der Karcherinnen. Frauen aus Karch waren bei den Antae und bei den gebürtigen Rhodianern als Haussklavinnen sehr geschätzt.

»Woher weißt du?« Sie waren beim Essen allein und lagen einander auf zwei Ruhebetten gegenüber. Seine Mutter hielt sich streng an die alten Traditionen.

»Ist das wichtig?«

Crispin zuckte die Schultern. »Vermutlich nicht.« Ein ganzes Heiligtum voller Männer hatte die Worte des Kuriers mit angehört. »Und warum soll ich fortgehen, Mutter? Kannst du mir das sagen?«

»Weil du nicht willst. Du tust immer das Gegenteil von dem, was du für richtig hältst. Aus reiner Querköpfigkeit. Ich habe keine Ahnung, von wem du das hast.«

Sie war kühn genug, bei diesen Worten zu lächeln. Ihr Gesicht hatte heute eine gesunde Farbe, vielleicht schmeichelte ihr auch das Kerzenlicht. Von seinen Tessellae war kein einziger auch nur annähernd so weiß wie ihr Haar. In den Kaiserlichen Glashütten von Sarantium hatte man angeblich ein Verfahren zur Herstellung…

Er verfolgte den Gedanken nicht weiter.

»Das ist einfach nicht wahr. So leicht bin ich nun wirklich nicht zu durchschauen. Ich mag allerdings – manchmal – etwas voreilig sein, wenn man mich herausfordert. Der Kurier heute war ein ausgemachter Dummkopf.«

»Und das musstest du ihm natürlich gleich vorhalten.«

Crispin musste lächeln. »Eigentlich war es eher umgekehrt.«

»Wenn er so scharfe Augen hat, kann er so dumm gar nicht sein.«

»Heißt das, man sieht es *nicht* sofort?«

Jetzt lächelte sie. »Ein Punkt für dich.«

Er schenkte sich von dem Weißwein nach und mischte ihn zur Hälfte mit Wasser, wie er es immer tat, wenn er mit seiner Mutter speiste.

»Ich gehe nicht«, sagte er. »Warum sollte ich so kurz vor Winteranfang eine so weite Reise unternehmen?«

»Weil«, sagte Avita Crispina, »du eben kein ausgemachter Dummkopf bist, mein Junge. Es geht immerhin um *Sarantium,* liebster Caius.«

»Ich weiß, worum es geht. Du redest schon wie Martinian.«

»Er redet wie ich.« Ein alter Scherz. Diesmal lächelte Crispin nicht. Die Fischsuppe war ausgezeichnet, er aß noch ein paar Löffel davon.

»Ich gehe nicht«, wiederholte er später an der Tür und beugte sich nieder, um ihr einen Kuss auf die Wange zu drücken. »Dein Koch ist zu gut, wie sollte ich ohne ihn leben?« Sie roch wie immer nach Lavendel. Dieser Duft war seine früheste Erinnerung. Eigentlich müsste es eine Farbe sein, dachte er. In seiner Phantasie verband er Gerüche, Geschmacksvarianten oder Töne oft mit bestimmten Farben, aber nicht in diesem Fall. Lavendelblüten mochten violett sein, fast wie Porphyr – die königliche Farbe –, nicht aber ihr *Duft*. Der war untrennbar mit seiner Mutter verbunden.

Draußen warteten zwei mit Knüppeln bewaffnete Diener, um ihn im Dunkeln nach Hause zu geleiten.

»Im Osten gibt es noch bessere Köche. Du wirst mir fehlen, mein Kind«, antwortete sie gelassen. »Ich erwarte, dass du mir regelmäßig schreibst.«

Crispin war Kummer gewöhnt. Trotzdem schnaubte er gereizt durch die Nase, als er sich entfernte. Einmal sah er sich noch um. Sie stand in ihrem dunkelgrünen Gewand in der erleuchteten Tür, winkte ihm zu und ging hinein. Er bog, flankiert von ihren beiden Männern, um die Ecke. Bis zu seinem Haus war es nicht weit. Er entließ die Diener, blieb noch einen Moment lang draußen stehen und schaute zum herbstlichen Himmel empor. Sein Umhang schützte ihn vor der Kälte.

Der blaue Mond war auf dem Weg nach Westen. So voll wie einst sein Herz. Am Ostende der Straße ging zwischen den letzten Häusern und über der Stadtmauer eine bleiche Sichel auf. Der weiße Mond war im Abnehmen begriffen. Für die Chiromanten hatten solche Konstellationen ihre Bedeutung. Sie hielten alles für bedeutsam, was am Himmel geschah.

Crispin überlegte, ob er auch sich selbst eine Bedeutung beimessen konnte. Dem Mann, zu dem er geworden war in dem Jahr, seit er den zweiten Pestsommer überlebt und mit eigenen Händen Frau und Töchter bestattet hatte. Im Familiengrab, neben seinem Vater und seinem Großvater. Nicht unter Kalkasche in einem Hügel. Es gab eine Grenze des Erträglichen.

Er dachte an die Heladikos-Fackel, die er heute in der kleinen Kuppel gelegt hatte. Der Stolz, die Liebe zu seinem Beruf hatten sich erhalten wie ein verblasster Farbfleck. Liebe. War das noch das richtige Wort?

Er hätte sein neuestes Werk gern bei Kerzenlicht gesehen: im Schein vieler Kerzen und Öllampen, die in verschwenderischer Fülle im ganzen Heiligtum verteilt waren und ihr Feuer hinaufschickten, um das Feuer aus Glas und Stein zu entzünden, das er geschaffen hatte. Sein Gefühl – durch Erfahrung geschärft – sagte ihm, dass sein Plan wenigstens in Ansätzen gelungen sein könnte.

Und mehr, so pflegte Martinian zu sagen, könne kein Mensch in dieser unvollkommenen Welt erwarten.

Am letzten Herbsttag würde er sich mit eigenen Augen davon überzeugen können, bei der Einweihung, wenn die junge Königin, ihre Priester und die blasierten Abgesandten des Obersten Patriarchen in Rhodias – womöglich kam der Patriarch sogar persönlich – König Hildrics Gebeine feierlich zur letzten Ruhe betteten. An diesem Tag würde man weder an Kerzen sparen noch an Öl. Dann konnte er sein Werk prüfen, um es für gut zu befinden oder zu verwerfen.

Doch der Lauf der Dinge war ein anderer. Er sollte seine Mosaik-Fackel in der Kuppel des Heiligtums vor Varenas Mauern nie zu sehen bekommen.

Ein Rascheln warnte ihn, als er sich, den Schlüssel in der Hand, der Tür seines Hauses zuwandte – seine Diener hatten wie üblich Anweisung, nicht auf ihn zu warten. Aber es war zu spät.

Crispin landete noch einen Fausthieb und traf einen Mann hart an der Brust. Ein dumpfes Ächzen war zu hören. Er holte tief Luft, doch bevor er schreien konnte, wurde ihm ein Sack über den Kopf gezogen und so gekonnt am Hals zugebunden, dass er weder sehen noch atmen konnte. Beim Husten drang ihm Mehl in Mund und Nase. Mit einem kräftigen Fußtritt erwischte er ein Knie oder ein Schienbein. Wieder war ein unterdrückter Schmerzenslaut zu hören. Crispin zappelte, schlug um sich, riss an der würgenden Schnur. Der Sack verhinderte, dass er sie mit den Zähnen zerriss. Seine Angreifer blieben stumm und unsichtbar. Wie viele es wohl sein mochten? Drei? Vier? Sie hatten es mit ziemlicher Sicherheit auf das Geld in der Kaiserlichen Sendung abgesehen, der verfluchte Kurier hatte ja laut genug davon erzählt. Ob sie ihn wohl töten würden, wenn sie feststellten, dass er es nicht bei sich hatte? Anzunehmen, dachte er. Und fragte sich in einem Winkel seines Bewusstseins, warum er sich eigentlich so verzweifelt wehrte.

Sein Messer fiel ihm ein, und er tastete mit einer Hand danach, während er mit der anderen den Arm an seiner Kehle packte. Er setzte die Fingernägel ein wie eine Katze oder eine Frau und spürte darunter das Blut hervorquellen. Nach vielen Verrenkungen fand er endlich den Messergriff und riss die Klinge heraus.

Er kam nur langsam zu sich. Flackerndes Licht, das seinen Augen wehtat, ein Hauch von Parfüm. Kein Lavendel. Kopfschmerzen, wie nicht anders zu erwarten. Man hatte ihm – offensichtlich – den Mehlsack abgenommen: Er erkannte verschwommene Kerzenflammen, unscharfe Gestalten. Offenbar konnte er die Hände frei bewegen. Er fasste sich an den Hinterkopf und betastete vorsichtig eine eiförmige Beule.

Am Rande seines Blickfeldes – seine Augen waren nicht in bester Verfassung – bewegte sich etwas. Jemand stand von einem Ruhebett, einem Stuhl auf. Ein Eindruck von Gold und Lapislazuli.

Der Duft – mehr als einer, wie er jetzt erkannte – verstärkte sich. Er drehte den Kopf. Die Bewegung nahm ihm den Atem. Er schloss die Augen. Ihm war sterbensübel.

Jemand – eine Frauenstimme – sagte: »Sie hatten

Anweisung, vorsichtig zu sein. Ihr habt wohl Widerstand geleistet.«

»Ich… bedauere sehr«, würgte Crispin heraus. »Eine unverzeihliche Angewohnheit.«

Er hörte sie lachen. Schlug wieder die Augen auf. Die Umgebung war ihm fremd.

»Willkommen im Palast, Caius Crispus«, sagte die Stimme. »Wir sind allein. Kann ich Euch trauen oder muss ich die Wachen rufen?«

Crispin unterdrückte eine besonders starke Welle von Übelkeit und kämpfte sich zum Sitzen hoch. Im nächsten Moment stand er schwankend auf den Beinen. Das Herz klopfte ihm bis zum Hals. Er wollte sich verneigen, aber es war zu früh. Hastig griff er nach einem Tisch und hielt sich fest, um nicht umzufallen. Alles drehte sich um ihn und sein Magen machte die Bewegung mit.

»Die anspruchsvolleren Höflichkeitsbezeugungen sind Euch hiermit erlassen«, sagte das einzige Kind des verstorbenen Königs Hildric.

Gisel, Königin über die Antae und Batiara, für ihn Jads allerheiligste Stellvertreterin auf Erden, die dem sarantinischen Kaiser symbolisch den Treuschwur geleistet hatte und außer dem Obersten Patriarchen keinen lebenden Menschen als geistlichen Führer anerkannte, betrachtete ihn ernst. Ihre Augen standen auffallend weit auseinander.

»Das ist sehr… außerordentlich… gütig von Euch, Majestät«, murmelte Crispin. Er strengte seine Augen an, um im Kerzenschein etwas schärfer sehen zu können. Mit mäßigem Erfolg. Leider schwebten immer noch irgendwelche Dinge in der Luft herum. Auch das Atmen fiel ihm schwer. Er war allein in einem Raum mit einer Königin, die er bis zu diesem Augenblick allenfalls aus der Ferne gesehen hatte. Handwerker, mochten sie noch so erfolgreich, noch so berühmt sein, wurden gewöhnlich *nicht* von ihrem Herrscher zu nächtlichen Privataudienzen empfangen. Jedenfalls nicht in Crispins Welt.

Ein Hämmerchen pochte hartnäckig gegen das Innere seines Schädels. Er war völlig verwirrt, desorientiert. Hatte sie ihn nun entführt oder gerettet? Und wenn, *warum*? Er wagte nicht zu fragen. Plötzlich spürte er unter dem Parfum wieder den Mehlgeruch. Der kam wohl von ihm selbst. Von dem Sack. Er schaute an seiner guten blauen Tunika hinab und verzog das Gesicht. Überall grauweiße Flecken und Streifen. Demnach waren auch sein Haar und sein Bart…

»Man hat die schlimmsten Spuren beseitigt, während Ihr noch ohne Bewusstsein wart«, sagte die Königin freundlich. »Ich ließ meinen Leibarzt rufen. Er hielt einen Aderlass nicht unbedingt für erforderlich. Würde Euch vielleicht ein Glas Wein helfen?«

Crispin tat mit einem gedämpften und hoffentlich manierlichen Laut seine Zustimmung kund. Diesmal lachte sie nicht, sie lächelte nicht einmal. Er begriff plötzlich, dass diese Frau nicht zum ersten Mal erlebte, wie sich Gewalt auf Menschen auswirkte. Unwillkürlich kam ihm eine Reihe von Vorfällen in den Sinn, die Stadtgespräch waren. Einige hatten erst vor kurzem stattgefunden. Der Gedanke trug nicht zu seiner Beruhigung bei.

Die Königin regte sich nicht, und Crispin erkannte mit einiger Verzögerung, dass er ihre Worte wörtlich zu nehmen hatte. Sie *waren* allein in diesem Raum. Keine Diener, nicht einmal Sklaven. Einfach unerhört. Da konnte er wohl kaum erwarten, dass sie ihn auch noch bediente. Er sah sich um und entdeckte eher zufällig auf dem Tisch neben sich eine Weinflasche und mehrere Becher. Vorsichtig füllte er zwei davon und goss Wasser dazu. Vielleicht war das vermessen. Er war mit den Sitten am Hof der Antae nicht vertraut.

Martinian hatte stets alle Aufträge entgegengenommen, zuerst von König Hildric und dann von seiner Tochter, und er hatte auch über die Baufortschritte berichtet.

Crispin schaute auf. Sein Blick klärte sich, das Hämmern war nicht mehr ganz so stark und der Raum stellte gnädigerweise das Schwanken ein. Sie lehnte den Becher, den er für sie eingeschenkt hatte, mit einem Kopfschütteln ab. Er stellte ihn beiseite. Wartete. Sah sie abermals an.

Die Königin von Batiara war ziemlich groß für eine Frau und bestürzend jung. Aus der Nähe sah Crispin, dass sie die gerade Nase der Antae und die kräftigen Wangenknochen ihres Vaters mitbekommen hatte. Er wusste, dass das Blau ihrer weit auseinanderstehenden Augen weithin berühmt war, obwohl er es im Kerzenschein nicht deutlich erkennen konnte. Das goldene Haar war natürlich hochgesteckt und wurde von einem rubinbesetzten Goldreif gehalten.

Als die Antae kamen, um die Halbinsel zu besiedeln, hatten sie sich noch Bärenfett ins Haar geschmiert. Von solchen Traditionen hielt diese Frau eindeutig nichts. Ohne es zu wollen, stellte sich Crispin die Rubine aus dem Diadem in seiner Mosaikfackel in der Kuppel des Heiligtums vor und sah förmlich, wie sie im Kerzenschein funkelten.

Die Königin trug eine goldene Sonnenscheibe mit einem Bild des Heladikos um den Hals. Ihr blaues Seidengewand war mit feinen Goldfäden durchwirkt und an der linken Seite führte ein Purpurstreifen vom Stehkragen bis zum Knöchel. Getreu einer Überlieferung, die bis auf die Anfänge des rhodianischen Reiches vor sechshundert Jahren zurückging, war Purpur den Angehörigen des Königshauses vorbehalten.

Er war mit den schlimmsten Kopfschmerzen seines Lebens und einer – seiner – Königin allein in einem

Raum des Palastes und wurde mit sanftem, aber festem Blick gemustert.

Auf der batiaranischen Halbinsel war man sich einig, dass die Königin den Winter wahrscheinlich nicht überleben würde. Crispin hatte mehrfach gehört, wie darauf hohe Wetten abgeschlossen wurden. Die Antae mochten in den letzten hundert Jahren das Bärenfett und die heidnischen Rituale abgelegt haben, aber sie waren ganz entschieden nicht gewöhnt, von einer Frau regiert zu werden. Welchen Mann – und König – Gisel auch wählen mochte, sie würde sich unweigerlich in einem unvorstellbar dichten Geflecht von Stammeshierarchien und Stammesfehden verstricken. Andererseits war sie nur deshalb noch am Leben, mehr als ein Jahr nach dem Tod ihres Vaters und dem grausamen Bürgerkrieg, der im Anschluss daran ohne Ergebnis zu Ende gegangen war. So hatte es Martinian eines Abends beim Essen dargestellt. Sie stand im Zentrum der verschiedenen Antae-Fraktionen und hielt die Kräfte im Gleichgewicht; mit ihrem Tod ginge dieses Gleichgewicht verloren und es käme – erneut – zum Krieg.

Crispin hatte nur die Achseln gezuckt. Wer immer das Land regierte, würde zum eigenen Ruhm im Namen des Gottes Heiligtümer errichten lassen. Das bedeutete Arbeit für Mosaikmeister. Er und Martinian waren sehr bekannt, genossen in höheren Kreisen einen guten Ruf und konnten sich auf ihre Gesellen und Lehrlinge verlassen. Was zählte es da, hatte er den Älteren gefragt, was im Palast von Varena passierte? Welche Rolle spielten solche Fragen nach der Pest?

Die Königin sah ihn immer noch unverwandt an und wartete. Crispin begriff mit einiger Verspätung, was er zu tun hatte, hob seinen Becher und trank ihr zu. Der Wein war ausgezeichnet. Ein Sarnicier der besten Sorte. Eine derartige Vielfalt im Geschmack hatte er noch nie erlebt. Gewöhnlich hätte…

Rasch stellte er den Becher ab. Nach dem Schlag auf den Kopf konnte ihm der Wein rasch zum Verhängnis werden.

»Ein vorsichtiger Mann, wie ich sehe«, murmelte sie.

Crispin schüttelte den Kopf. »Eigentlich nicht, Majestät.« Er hatte keine Ahnung, was sie von ihm erwartete oder was er zu erwarten hatte. Eigentlich müsste ich empört sein, dachte er… Immerhin war er vor seinem eigenen Haus überfallen und entführt worden. Aber er spürte nur Interesse, Neugier, und er besaß genügend Selbsterkenntnis, um sich einzugestehen, dass solche Empfindungen seinem Leben schon seit längerem abhanden gekommen waren.

»Darf ich davon ausgehen«, fragte er, »dass die Wegelagerer, die mir einen Mehlsack über den Kopf zogen und mir fast den Schädel einschlugen, vom Palast geschickt waren? Oder haben mich Eure treuen Gardisten vor gemeinen Dieben gerettet?«

Sie lächelte. Sie ist nicht älter als Anfang zwanzig, dachte Crispin. Vor einigen Jahren hatte sie Verlobung gefeiert, erinnerte er sich, doch dann war ihr Zukünftiger bei einem Unfall ums Leben gekommen.

»Es waren meine Gardisten. Wie gesagt, sie hatten Anweisung, höflich zu sein, Euch aber auf jeden Fall hierherzubringen. Auch sie scheinen einiges abbekommen zu haben.«

»Freut mich zu hören. Sie sind nicht gerade schonend mit mir umgegangen.«

»Sie haben aus Treue und zum Wohle ihrer Königin gehandelt. Fühlt Ihr Euch in gleicher Weise gebunden?«

Unverblümter konnte man kaum sein.

Sie ging zu einer Bank aus Elfenbein und Rosenholz und setzte sich, ohne sich anzulehnen. Crispin sah, dass der Raum drei Türen hatte. Vermutlich standen hinter jeder Tür Gardisten in Alarmbereitschaft. Er fuhr sich mit den Händen durch das Haar – eine Unart, der er sein stets zerzaustes Aussehen verdankte – und sagte leise: »Ich bemühe mich, nach besten Kräften und mit unzulänglichen Mitteln, zu Ehren Eures Vaters ein Heiligtum auszugestalten. Genügt Euch das als Antwort, Majestät?«

»Keineswegs, Rhodianer. Das ist der reine Eigennutz. Ihr werdet großzügig entlohnt und besseres Material haben wir im Moment nicht zu bieten. Wir hatten Pest und Krieg im Land, Caius Crispus.«

»Was Ihr nicht sagt«, entfuhr es ihm.

Sie zog die Augenbrauen hoch. »Ihr werdet doch nicht unverschämt?«

Ihre Stimme und ihr Blick brachten ihm jäh zu Bewusstsein, dass er sich bestimmt nicht so benahm, wie es bei Hofe angebracht war. Und für ihre Geduld waren die Antae noch nie berühmt gewesen.

Er schüttelte den Kopf. »Ich habe beides miterlebt«, murmelte er. »Es bedarf keiner Erinnerung.«

Wieder sah sie ihn lange schweigend an. Crispin spürte überrascht ein Kribbeln im Rücken bis hinauf zu den Nackenhaaren. Die Stille dehnte sich. Dann holte die Königin tief Luft und sagte übergangslos: »Ich habe dem Kaiser in Sarantium eine sehr persönliche Botschaft zu übermitteln. Kein Mann – keine Frau – darf den Inhalt erfahren. Es darf nicht einmal bekannt werden, dass es die Botschaft gibt. Aus diesem Grund ließ ich Euch bei Nacht zu mir bringen und empfing Euch allein.«

Crispin wurde der Mund trocken. Wieder schlug ihm das Herz bis zum Hals. »Ich bin nur ein einfacher Handwerker, Majestät. Mit höfischen Intrigen habe ich nichts zu schaffen.« Jetzt wünschte er, das Weinglas doch nicht abgestellt zu haben. »Und außerdem«, fügte er viel zu spät hinzu, »gehe ich nicht nach Sarantium.«

»Natürlich geht Ihr«, sagte sie verächtlich. »Wer würde eine solche Einladung ablehnen?« Sie wusste also Bescheid. Natürlich. Wenn sogar seine *Mutter* davon gehört hatte.

»Die Einladung gilt nicht mir«, sagte er spitz. »Und mein Partner Martinian gibt zu erkennen, dass er ihr nicht folgen will.«

»Er ist ein alter Mann. Ihr nicht. Und in Varena gibt es nichts, das Euch halten könnte.«

Es gab tatsächlich nichts, das ihn halten könnte. Gar nichts.

»Er ist nicht alt«, widersprach er.

Sie überhörte es. »Ich habe Erkundigungen über Euch eingezogen, über Eure Familie, Eure Verhältnisse, Euren Charakter. Wie man hört, seid Ihr von aufbrausendem Temperament, oft schlecht gelaunt und ziemlich respektlos. Andererseits versteht Ihr Euer Handwerk, Ihr genießt einen gewissen Ruf und habt Euch einigen Wohlstand erworben. Das alles ist für mich nicht von Belang. Aber wenn Ihr ein Feigling ohne jeden Ehrgeiz wäret, hätte ich auch das erfahren. Natürlich werdet Ihr nach Sarantium reisen. Wollt Ihr der Überbringer meiner Botschaft sein?«

Ohne sich die Tragweite dieses Ansinnens wirklich vor Augen zu halten, fragte Crispin: »Welcher Botschaft?«

Von diesem Augenblick an – doch das erkannte er erst viel später, als er auf dem langen Weg nach Osten das Gespräch immer und immer wieder an sich vorüberziehen ließ – hatte er eigentlich keine Wahl mehr, es sei denn, er hätte sich doch für den Tod und für das Wiedersehen mit Ilandra und seinen Töchtern hinter Jads Sonne entschieden.

Die junge Königin über die Antae und Batiara, die,

von Gefahren umringt, in ihrer Not nach jeder Waffe griff, die ihr der Zufall in die Hände spielte, sagte leise: »Ihr werdet dem Kaiser Valerius II. und keinem anderen Folgendes mitteilen: Falls er den Wunsch hat, nicht nur leere Worte zu machen, sondern dieses Land und damit Rhodias tatsächlich zurückzuerobern, so erwartet ihn hier eine unvermählte Königin, die von seinem Mut und seiner Macht gehört hat und beides zu würdigen weiß.«

Crispin fiel die Kinnlade herunter. Die Königin errötete nicht und ihr Blick blieb fest. Er spürte, dass sie seine Reaktion genau beobachtete. »Aber der Kaiser ist vermählt«, stammelte er. »Seit Jahren schon. Er hat sogar die *Gesetze* geändert, um die Kaiserin Alixana heiraten zu können.«

Sie saß ruhig auf ihrer Elfenbeinbank und sagte gleichmütig: »Von Gatten oder Gattinnen kann man sich scheiden lassen. Manchmal sterben sie auch, Caius Crispus.«

Das wusste er nur zu gut.

»Aber ein Reich«, murmelte sie, »überlebt uns. Desgleichen ein Name. Sei er gut oder schlecht. Valerius II., der einst Petrus von Trakesia hieß, will Rhodias und diese Halbinsel zurückgewinnen, seit er vor zwölf Sommern seinem Onkel auf den Goldenen Thron verhalf. Nur aus diesem Grund hat er den König der Könige in Bassania bestochen. Der Waffenstillstand mit König Shirvan wurde erkauft, damit Valerius freie Hand hätte, um zu gegebener Zeit ein Heer gegen den Westen zu sammeln. Soweit ist alles klar. Doch wenn er dieses Land mit Gewalt erobert, kann er es nicht halten. Die Halbinsel liegt zu weit entfernt, und wir Antae wissen, wie man Kriege führt. Und seine Feinde im Osten und im Norden – die Bassaniden und die nördlichen Barbaren – werden nicht lange tatenlos zusehen, so viel er ihnen auch bezahlen mag. Valerius ist sicher von Männern umgeben, die dies alles wissen und es ihm vielleicht sogar sagen. Aber er kann sich seinen… Wunsch auf anderem Wege erfüllen. Das ist mein Angebot.« Sie hielt inne. »Ihr könnt ihm auch sagen, Ihr hättet die Königin von Batiara aus der Nähe gesehen, in Blau, Gold und Porphyr gekleidet, und sollte er mehr wissen wollen, dann könnt Ihr ihm auch… eine wirklichkeitsgetreue Beschreibung liefern.«

Jetzt war sie doch rot geworden, aber sie wich seinem Blick noch immer nicht aus und reckte sogar das Kinn ein wenig höher. Crispin spürte, dass seine Hände schweißnass geworden waren, und wischte sie an seiner Tunika ab. Verwundert nahm er wahr, wie sich ein Verlangen in ihm regte, das lange geschlummert hatte. Ein Wahnsinn, aber die Triebe waren selten vernünftig. Natürlich war die Königin von Batiara keine Frau, für die man derartige Gedanken hegen durfte. Sie bot ihr Gesicht und den prächtig gekleideten Körper nur deshalb seinen prüfenden Blicken dar, damit er einem Kaiser am anderen Ende der Welt davon erzählen konnte. Nie hätte er sich träumen lassen, sich einmal in dieser Welt königlicher Schatten und Intrigen zu bewegen – nie hatte er den Wunsch danach verspürt –, aber jetzt arbeitete sein Verstand so rasend schnell wie sein Herz und schon konnte er erste Teile des Bildes erkennen.

Kein Mann – keine Frau – darf davon erfahren.

Keine Frau. Das war deutlich genug. Er sollte dem Kaiser einen Heiratsantrag überbringen, obwohl der längst in festen Händen war, in den Händen der mächtigsten und gefährlichsten Frau der bekannten Welt.

»Der Kaiser und seine kleine Schauspielerin haben bedauerlicherweise keine Kinder«, sagte Gisel leise. Crispin begriff, dass sie in seinem Gesicht gelesen hatte wie in einem offenen Buch. Er war hier *nicht* in seinem Element. »Eine traurige Folge ihres… Berufes, könnte man vermuten. Und sie ist nicht mehr jung.«

Ich aber schon, lautete die unterschwellige Botschaft, die er weitergeben sollte. *Rette mein Leben und meinen Thron, und ich gebe dir dafür das Kernstück des rhodianischen Reiches, das du so heiß begehrst. Ost und West werden wieder vereint, und du bekommst die Söhne, die du brauchst. Ich bin jung und schön… frag den Mann, der dir meine Nachricht überbringt. Er wird es dir bestätigen. Du kannst ihn getrost fragen.*

»Ihr glaubt…«, begann Crispin. Hielt inne. Beherrschte sich mit Mühe. »Ihr glaubt, das ließe sich geheim halten? Majestät, sobald sich herumspricht, dass man mich hierhergebracht hat…«

»Lasst das nur meine Sorge sein. Wenn man Euch unterwegs oder bei Eurer Ankunft tötet, seid Ihr mir nicht mehr von Nutzen.«

»Das beruhigt mich sehr«, murmelte er.

Zu seiner Überraschung lachte sie erneut. Was mochten wohl die Lauscher hinter den Türen davon halten? Was mochten sie sonst noch gehört haben?

»Ihr könntet keinen offiziellen Boten entsenden?«

Er kannte die Antwort im Voraus: »Kein Abgesandter bekäme Gelegenheit, mit dem Kaiser… unter vier Augen zu sprechen.«

»Und ich hätte diese Gelegenheit?«

»Möglicherweise. Ihr seid durch beide Eltern reinblütiger Rhodianer. Das wird in Sarantium noch immer geschätzt, sosehr man sich auch über Euresgleichen beklagt. Es heißt, Valerius liebe Elfenbein und Fresken… Eure Bilder aus Glas und Steinen. Man weiß, dass er sich mit seinen Handwerkern bespricht.«

»Sehr lobenswert. Und wenn er erfährt, dass ich nicht Martinian von Varena bin? Wie wird sich das Gespräch dann gestalten?«

Die Königin lächelte. »Das hängt doch wohl von Eurer Geistesgegenwart ab.«

Crispin holte noch einmal tief Luft. Doch sie fuhr fort, bevor er zu Wort kam. »Ihr habt noch nicht gefragt, wie eine neu gekrönte Kaiserin dem Boten, der sich seines Auftrags mit Erfolg entledigt hat, ihre Dankbarkeit zu beweisen gedenkt. Könnt Ihr lesen?« Er nickte. Sie griff in den Ärmel ihres Gewandes, zog eine Pergamentrolle heraus und hielt sie ihm hin. Er trat näher, atmete ihren Duft und sah, dass ihre Wimpern dezent betont und verlängert waren. Dann nahm er das Pergament aus ihrer Hand entgegen.

Sie nickte. Er erbrach das Siegel. Entrollte das Papier. Und las.

Das Blut wich ihm aus den Wangen. Dem Staunen folgte Bitterkeit, der tiefe Schmerz brach auf, der ihn auf Schritt und Tritt begleitete.

»Der Reichtum wäre vergeudet, Majestät. Ich habe keine Kinder, die ihn erben könnten.«

»Ihr seid noch jung«, gab die Königin freundlich zu bedenken.

»Ach ja!«, brauste er auf. »Warum steht dann hier nichts von einer hübschen Anta aus Eurem Hofstaat oder einer reinblütigen rhodianischen Aristokratin? Wo ist die Zuchtstute, die mir die versprochenen Häuser füllt und das Vermögen ausgibt?«

Sie war eine Prinzessin gewesen, nun war sie Königin, und sie hatte ihr ganzes Leben in Palästen verbracht, wo das Überleben davon abhing, dass man Menschen richtig einschätzte. Nun sagte sie: »Ich wollte Euch nicht mit einem solchen Vorschlag kränken. Ich hörte, Ihr hättet eine Liebesehe geführt. Eine Seltenheit. Ihr könnt Euch glücklich preisen, auch wenn Euch nur wenig Zeit beschieden war. Ihr seid ein gut aussehender Mann, und wie das Pergament zeigt, würde es auch an den nötigen Mitteln nicht fehlen. Ich denke, Ihr könntet Euch selbst eine Zuchtstute aus bestem Hause kaufen, wenn das der einzige Weg wäre, eine zweite Frau zu finden.«

Viel später – die Monde waren längst untergegangen und der Morgen nicht mehr weit – kam Crispin in seinem eigenen Bett zu dem Schluss, genau diese Antwort, der Ernst darin und die ironische Spitze am Ende hätten die Entscheidung herbeigeführt. Hätte sie ihm auf dem Papier oder mit Worten eine Frau angeboten, so sagte er sich, er hätte rundweg abgelehnt, auch wenn sie ihn dafür getötet hätte.

Und das hätte sie getan, dessen war er fast sicher.

Dieser Gedanke kam ihm erst kurz vor Tagesanbruch, noch bevor er sich mit den Lehrlingen zum Lobpreis der aufgehenden Sonne am Heiligtum traf und von ihnen erfuhr, dass in Varena in der Nacht sechs Soldaten der Palastgarde mit durchschnittener Kehle tot aufgefunden worden waren.

Crispin entfernte sich von den vielen Stimmen, die aufgeregt das Rätsel zu lösen versuchten, betrat allein das Heiligtum und stellte sich unter seinen Wagenlenker und die Fackel. Soeben fiel das erste Licht durch den Fensterkreis am Fuß der Kuppel und traf die schrägen Glaswürfel. Vor seinen Augen geriet die Mosaikfackel in Bewegung, ein weiches, aber unübersehbares Flackern, gedämpft, aber wie von einer echten Flamme. Im Geiste sah er sie im Schein von Kerzen und Laternen… wenn genug davon brannten, müssten sie die gewünschte Wirkung erzielen.

Er hatte etwas begriffen. Die Königin der Antae kämpfte um ihr Leben, und sie hatte eines ganz deutlich gemacht: Sie ließ nicht zu, dass das Geheimnis ihrer Botschaft von irgendeiner Seite gefährdet wurde, nicht einmal durch ihre vertrauenswürdigsten Gardisten. Sechs Tote. Diese Flamme wurde durch nichts gedämpft.

Er wusste selbst nicht mehr, wie er sich fühlte. Nein, er wusste es durchaus: Er kam sich vor wie ein viel zu kleines Schiff, das sich viel zu spät im Jahr und ungenügend bemannt aus dem Hafen in die tobenden Winterstürme hinauswagte.

Er würde nach Sarantium reisen. Trotz allem.

Lange zuvor, noch mitten in der Nacht, war es in jenem Raum im Palast sehr still geworden, und Crispin hatte zu der Frau auf der geschnitzten Elfenbeinbank gesagt: »Euer Vertrauen ehrt mich, Majestät. Ich möchte nicht, dass es in diesem Land noch einmal zum Krieg kommt, weder unter den Antae noch durch eine sarantinische Invasion. Hier sind genug Menschen gestorben. Ich bin bereit, Eure Botschaft nach Sarantium zu bringen, und falls man mich nicht als Betrüger tötet, will ich auch versuchen, sie dem Kaiser zu übermitteln. Es ist ein verrückter Plan, aber ist nicht alles verrückt, was wir tun?«

»Nein«, widersprach sie unerwartet. »Aber ich rechne nicht damit, Euch überzeugen zu können.« Sie wies auf eine der Türen. »Dahinter steht ein Mann, der Euch nach Hause geleiten wird. Mich werdet Ihr nicht wiedersehen, die Gründe liegen auf der Hand. Wenn Euer Zustand es erlaubt, dürft Ihr mir den Fuß küssen.«

Er kniete vor ihr nieder. Berührte den schmalen Fuß in der goldenen Sandale. Küsste den Spann. Dabei spürte er, wie ihm lange Finger durchs Haar fuhren und die Stelle berührten, wo ihn der Schlag getroffen hatte. Er erschauerte. »Meine Dankbarkeit ist Euch gewiss«, hörte er sie sagen. »Was auch geschieht.«

Die Hand wurde zurückgezogen. Er stand auf, verneigte sich noch einmal, trat durch die Tür, die sie ihm gezeigt hatte, und wurde von einem glatt rasierten Hünen ohne Zunge bei kräftigem Wind durch die nächtlichen Straßen nach Hause gebracht. Sein Verlangen hielt auch noch an, als er im Dunkeln den Raum, den Palast verließ. Er konnte es kaum fassen.

Nachdem er fort war, saß die junge Frau noch lange in dem prächtigen kleinen Audienzsaal. So ganz allein zu sein, war eine seltene, aber nicht unangenehme Erfahrung. Alles war sehr schnell gegangen, seit ihr einer ihrer geheimen Informanten von dem Kaiserlichen Kurier erzählt hatte, der einem Handwerker am Grabmal ihres Vaters ein Schreiben überbracht und lauthals verkündet hatte, was es enthielt. Für protokollarische Feinheiten war keine Zeit geblieben, sie hatte erkannt, dass sich hier ganz unerwartet eine flüchtige Gelegenheit bot – und hatte zugegriffen.

Nun mussten bedauerlicherweise Menschen sterben. Das Spiel wäre von vorne herein verloren, wenn Agila, Eudric oder einer der anderen, die ihren Thron umlagerten, erführe, dass sie unter vier Augen mit einem Handwerker gesprochen hatte, eine Nacht vor dessen Abreise nach Osten. Der Mann, der den Mosaikleger in diesem Moment begleitete, war der Einzige, dem sie voll vertraute. Erstens konnte er nicht sprechen. Zweitens gehörte er ihr, seit sie fünf Jahre alt war. Wenn er zurückkäme, würde er weitere Befehle erhalten. Es wäre nicht das erste Mal, dass er für sie töten musste.

Irgendwann schickte die Königin der Antae ein stummes Gebet zum Himmel, in dem sie unter anderem um Vergebung bat. Sie wandte sich zunächst an den heiligen Jad und an seinen Sohn, den Wagenlenker, der den Sterblichen das Feuer brachte und dabei sein Leben ließ, und danach – sie wollte so sicher gehen wie nur irgend möglich – auch an die alten Götter und Göttinnen. Diese Gottheiten hatte ihr Volk verehrt, als es noch als loser Verband primitiver Stämme die rauen Gefilde des Nordens und Ostens durchstreifte, bevor es zuerst die Berge und dann Sauradias Eichenwälder verließ, um ins fruchtbare Batiara einzuwandern, einen Teil des großen Reiches zu erobern und den Glauben an Jad, den Sonnengott, zu übernehmen.

Große Hoffnungen machte sie sich nicht. Dieser Caius Crispus hatte sie ein wenig überrascht, aber letzten Endes war er doch nur ein Handwerker, ein zorniger, zutiefst verzweifelter Mensch. Hochmütig, wie es so viele Rhodianer immer noch waren. Niemand, auf den man sich bei einem so tollkühnen Unternehmen wirklich verlassen konnte. Der Plan war mit an Sicherheit grenzender Wahrscheinlichkeit zum Scheitern verurteilt, aber einen Versuch musste sie zumindest wagen. Sie hatte ihm erlaubt, ihr nahe zu kommen. Sie hatte ihm den Fuß zum Kuss gereicht. War ihm bewusst langsam durch das mehlverklebte rote Haar gefahren… Vielleicht ließ sich die Ergebenheit dieses Mannes gewinnen, indem man sein Verlangen weckte. Sie glaubte nicht daran, aber sie war sich nicht sicher, und hatte nur so wenige Instrumente, so wenige Waffen, die sie einsetzen konnte.

Gisel von den Antae rechnete nicht damit, im nächsten Frühling die Blumen blühen oder zur Sommersonnenwende die Feuer auf den Hügeln brennen zu sehen. Sie war neunzehn Jahre alt, aber eigentlich war es einer Königin nicht gestattet, so jung zu sein.

KAPITEL II

Als kleiner Junge hatte Crispin an einem jener freien Tage, wie sie nur kleine Jungen im Sommer erleben, morgens die Stadt verlassen. Nachdem er eine Weile Steine in einen Bach geworfen hatte, war er an einem ummauerten Obstgarten vorbeigeschlendert. Das zugehörige Bauernhaus war bei der Jugend von Varena als Spukhaus verschrien. Nach Einbruch der Dunkelheit geschehen dort angeblich die schrecklichsten Dinge.

Doch jetzt schien die Sonne. In einem Anfall von jugendlichem Übermut kletterte Crispin auf die raue Steinmauer und sprang von dort auf einen Baum. Dann setzte er sich zwischen den Blättern auf einen dicken Ast, pflückte sich einen Apfel und ließ ihn sich schmecken. Das Herz klopfte ihm vor Stolz bis zum Hals. Seine Freunde würden ihm ganz sicher nicht glauben. Wie könnte er ihnen die Tat beweisen? Er beschloss, seine Initialen – er hatte eben erst schreiben gelernt – in den Baumstamm zu ritzen; dann konnten die anderen ja herkommen und sie sich ansehen.

Gleich darauf traf ihn der schwerste Schock seines jungen Lebens.

Aus der Erinnerung war ein Traum geworden, der ihn noch im Erwachsenenalter verfolgte, als Ehemann und Vater. Bis vor kurzem war er deshalb nachts aus dem Schlaf geschreckt. Mit der Zeit hatte er sich eingeredet, das Ganze sei von Anfang an nur ein Traum gewesen, gesponnen aus übertriebenen Kindheitsängsten, der glühenden Mittagshitze und den unreifen Äpfeln, die er so hastig hinuntergeschlungen hatte. Die kindliche Phantasie war schließlich der beste Nährboden für Albträume.

Vögel *konnten* nicht sprechen.

Auf keinen Fall erörterten sie im blasierten Tonfall rhodianischer Aristokraten gelangweilt von Baum zu Baum, welches Auge man dem jugendlichen Eindringling zuerst aushacken und verspeisen sollte oder wie man durch die leere Augenhöhle am besten an die glitschigen Gehirnhappen im Schädelinnern gelangte.

Caius Crispus, acht Jahre alt und mit einer überaus lebhaften bildlichen Vorstellungskraft gesegnet – oder geschlagen –, war nicht geblieben, um diesem unerhörten Phänomen genauer auf den Grund zu gehen. Allem Anschein nach saß eine ganze Reihe von Vögeln in den dicht belaubten Ästen und unterhielt sich munter über sein Schicksal. Er ließ drei Äpfel fallen, spuckte das halb zerkaute Fruchtfleisch eines vierten aus, schnellte sich mit einem verzweifelten Satz, bei dem er sich einen Ellbogen aufschürfte und das Schienbein prellte, auf die Mauer zurück und verletzte sich noch mehr, als er ziemlich unglücklich im dürren Sommergras neben dem Weg landete.

Den Tränen nahe, rannte er nach Varena zurück. Schadenfrohes Gelächter schallte hinter ihm her.

So war es jedenfalls in seinen Träumen.

Fünfundzwanzig Jahre später verließ Crispin auf derselben Straße die Stadt und wanderte nach Süden. Seine Gedanken kreisten um die Macht der Erinnerungen, die einen so heftig und unerwartet überfallen konnten. Manchmal genügten ein Duft, ein rauschender Bach, der Anblick einer Steinmauer neben dem Weg.

Auch an den Tag im Baum und seine Schrecken dachte er zurück und dabei kam ihm ein Bild aus noch ferneren Tagen in den Sinn: das Gesicht seiner Mutter, als die Reservetruppen der Bürgermiliz vom Frühlingsfeldzug gegen die Inicier zurückkehrten – ohne seinen Vater.

Der Steinmetz Horius Crispus war ein lebensfroher, liebenswerter Mensch gewesen, ein allseits geachteter, erfolgreicher Handwerker und Geschäftsmann. Doch seinem einzigen Sohn fiel es nach all den Jahren schwer, sich von dem Rotbart mit dem offenen Lächeln und dem kraftvollen Schritt, der damals mit den anderen nach Norden an die Grenze und weiter nach Ferrieres gezogen war, ein klares Bild zu machen. Er war noch zu klein gewesen, als der stellvertretende Kommandeur der Bürgermiliz nur den Schild und das Schwert seines Vaters zurückbrachte.

Im Gedächtnis geblieben waren ihm der Bart, der immer kratzte, wenn er den Vater auf die Wange küsste, die blauen Augen – die Leute behaupteten, er habe die gleichen – und die großen, Vertrauen erweckenden, stets verkratzten Hände mit den vielen Narben. Auch die mächtige Stimme, die im Haus, wenn Crispin oder seine zierliche, nach Lavendel duftende Mutter in der Nähe waren, so sanft wurde. Lauter… Bruchstücke, einzelne Elemente, die ihm irgendwie entglitten, wenn er sie zu einem Bild zusammenfügen wollte. So wie ihm damals auch der Mann entglitten war.

Natürlich hatte er Geschichten gehört, von seiner Mutter und ihren Brüdern, manchmal auch von seinen eigenen Auftraggebern, von denen sich viele noch gut an Horius Crispus erinnerten. Und er konnte die Arbeit studieren, mit der sich der Vater an Häusern und

Tempeln, in Friedhöfen und öffentlichen Gebäuden in ganz Varena verewigt hatte. Aber wenn er ein Gesicht heraufbeschwören wollte, zerrann es ihm zu einem leeren Fleck. Das war hart für jemanden, der Bilder und Farben liebte, der sich nur in der Welt des Sichtbaren heimisch fühlte.

Jedenfalls hatte er das früher so empfunden. Doch die Zeit war unberechenbar, manchmal vertiefte sie eine Wunde, manchmal heilte sie auch. Und manchmal schlug sie neue Wunden, die so schmerzhaft waren, dass man glaubte, daran zugrunde gehen zu müssen.

Es war ein schöner Morgen. Der Wind in seinem Rücken brachte schon einen Hauch von Winter mit. Solange die Sonne schien, war er jedoch erfrischend und vertrieb den Nebel über den Wäldern im Osten und den Hügeln im Südwesten. Crispin war allein auf der Straße. Das war manchmal nicht ungefährlich, doch im Moment fühlte er sich sicher, und südlich der Stadt war das Gelände so weit und offen, dass man glaubte, bis ans Ende der Welt sehen zu können.

Hinter ihm glänzten Varenas Bronzekuppeln und seine roten Ziegeldächer in der Morgensonne und die Stadtmauern leuchteten fast weiß. Östlich der Stadt kreiste ein Habicht über den Stoppelfeldern und warf einen verräterischen Schatten. Die kahlen Weinstöcke auf den Hängen wirkten verwildert, doch die Trauben waren längst abgeerntet und wurden gerade in der Stadt gekeltert. Königin Gisel hatte, praktisch wie immer, die städtischen Arbeiter und Sklaven zur Getreideernte und zur Traubenlese mit herangezogen, um – soweit das möglich war – die Lücken zu füllen, die die Pest gerissen hatte. Bald fanden in Varena und in den kleinen Dörfern die ersten Herbstfeste statt. Höhepunkt und Abschluss bildete das ausgelassene Treiben in den drei Dykania-Nächten. Doch in diesem

Jahr, dachte Crispin, wird sich die rechte Feierstimmung wohl nicht so leicht einstellen. Aber vielleicht täuschte er sich auch. Vielleicht waren die Feste nach allem, was geschehen war, sogar *noch* wichtiger geworden. Vielleicht ließ man im Angesicht des Todes eher die Hemmungen fallen.

Zu beiden Seiten der Landstraße lagen verlassene Bauernhäuser und Wirtschaftsgebäude. Varena war umgeben von fruchtbaren Äckern und Weinbergen, aber das allein genügte nicht, man brauchte auch Menschen, die das Land bearbeiteten, die säten und ernteten, und zu viele Arbeitskräfte lagen in den Massengräbern. Ein harter Winter stand bevor.

Doch bald vertrieb der prächtige Herbstmorgen die trüben Gedanken. Angesichts von hellem Licht und klaren, leuchtenden Farben lebte Crispin auf, und beides schenkte ihm dieser Tag. Ob er wohl jemals eine Waldszene in den Braun-, Rot- und Goldtönen, dem tiefen Grün des sich neigenden Jahres zu Stande brächte, wie er sie jetzt jenseits der kahlen Felder sah? Mit Tessellae, Stein- und Glaswürfeln, die diesen Namen verdienten, und einer Kuppel mit ausreichend Fenstern, für die – ein Gottesgeschenk – auch gutes, klares Glas zur Verfügung stand, vielleicht. Vielleicht.

In Sarantium könnte er aus dem Vollen schöpfen. Die Leute behaupteten, in Sarantium finde man alles, was das Herz begehre, sei es der Tod oder das höchste Glück.

Es sah ganz so aus, als würde er doch reisen. Eine Reise nach Sarantium. Wohl eher ein Fußmarsch, denn für ein Schiff war es zu spät im Jahr. Aber die alte Redensart bezog sich ja auf die Tatsache der Veränderung, nicht auf das Verkehrsmittel. Sein Leben war an einem Scheideweg angelangt, nun blieb abzuwarten, was ihm die neue Straße brachte und was ihn an ihrem Ende erwartete.

Sein Leben. Er hatte ein Leben. Daran zu glauben, war manchmal ungeheuer schwer. Es hieß, die Räume zu verlassen, wo seine Frau und seine beiden Kinder gestorben waren – unter grausamen Qualen, aller Würde und Schönheit beraubt; es hieß, sich wieder dem Licht zu öffnen, es anzunehmen wie ein Geschenk, wie diese Morgensonne.

In diesem Moment sah er die Steinmauer aus seinen Erinnerungen vor sich. Der Pfad machte eine Biegung und führte geradewegs darauf zu. Crispin fühlte sich fast wieder wie ein Kind. Er lächelte über sich selbst, doch zugleich war er tief beunruhigt und verlängerte die Liste von Vorwürfen gegen Martinian, der ihn zu diesem Besuch gedrängt hatte, um einige deftige Verwünschungen.

Offenbar wohnte der Alchimist Zoticus, bei dem Bauern, Kinderlose, unglücklich Verliebte und gelegentlich sogar Angehörige des Königshauses Rat suchten, ausgerechnet in dem Bauernhaus hinter diesem Obstgarten. Dort, wo der achtjährige Crispin einst mehrere Vögel belauscht hatte, wie sie in wohlgesetzten Worten ihrer Freude Ausdruck verliehen, sich alsbald an seinen Augäpfeln und seiner Hirnmasse gütlich tun zu können.

»Ich schicke einen Boten und melde dich an«, hatte Martinian kategorisch erklärt. »Zoticus weiß viele nützliche Dinge, und es wäre ausgesprochen töricht, sich auf eine so lange Reise zu begeben, ohne zuvor mit gesprochen zu haben. Außerdem stellt er ganz vorzügliche Kräutertees her.«

»Ich mag keine Kräutertees.«

Martinian hatte nur mahnend »Crispin!« gesagt und ihm den Weg beschrieben.

Und nun war er hier und marschierte in seinem warmen Mantel vor der rauen Steinmauer auf und ab. Der Erwachsene in den schweren Stiefeln trat in die

Fußstapfen des barfüßigen Kindes, das vor langer Zeit an einem Sommertag allein die Stadt verlassen hatte, um der Trauer in seinem Elternhaus zu entfliehen.

Auch jetzt war er wieder allein. Auf beiden Seiten der Straße flatterten Vögel von Ast zu Ast. Er beobachtete sie. Der Habicht war verschwunden. Zu seiner Linken sprang ein brauner Feldhase in raschen, exakten Haken über ein Feld, das keine Deckung bot. Der lang gezogene Schatten einer Wolke, die sich vor die Sonne geschoben hatte, glitt über dasselbe Feld. Als er den Hasen erreichte, verharrte dieser reglos auf einem Fleck und rannte erst weiter, als das Licht zurückkehrte.

Zur Rechten begleitete ihn, solide gebaut und gut instand gehalten, die Mauer aus schweren grauen Steinen. Vor ihm lag das Hoftor, gegenüber erhob sich ein Grenzstein. Die Straße stammte, auch wenn sie inzwischen kaum noch benützt wurde, noch aus den großen Tagen des rhodianischen Reiches und mündete nur einen halben Tagesmarsch entfernt in die Hauptverbindung nach Rhodias, die südwärts durch die ganze Halbinsel bis zum Meer führte. Als Kind hatte sich Crispin gern vorgestellt, er befände sich auf derselben Straße wie jemand, der auf die Wasser des fernen Ozeans blickte.

Er blieb kurz stehen und schaute an der Wand empor. An jenem Morgen vor vielen Jahren hatte er sie mühelos erklommen. Noch hingen dahinter Äpfel an den Bäumen. Crispin schob die Lippen vor und überlegte. Dies ist nicht der rechte Moment, um sich mit Kindheitserinnerungen auseinander zu setzen, ermahnte er sich streng. Er war ein erwachsener Mann, ein bekannter und geachteter Handwerker, ein Witwer. Und er wollte nach Sarantium reisen.

Achselzuckend fasste er einen Entschluss. Er legte das Päckchen, das Martinians Frau ihm für den Alchimisten mitgegeben hatte, in das braune Gras neben dem Weg, stieg über den kleinen Graben, fuhr sich mit der Hand durch das Haar und schickte sich an, die Mauer ein zweites Mal zu besteigen.

Die Jahre hatten ihn nicht völlig einrosten lassen; offenbar war er doch noch kein Greis. Zufrieden mit seiner Leistung zog er erst ein, dann das zweite Knie über die obere Mauerkante, richtete sich auf und suchte sich einen festen Stand auf der breiten, unebenen Fläche. Dann trat er – nur kleine Jungen erledigten so etwas im Sprung – auf einen kräftigen Ast, suchte sich einen bequemen Platz und ließ sich nieder. Ohne Hast traf er seine Wahl, streckte die Hand aus und pflückte einen Apfel.

Überrascht spürte er, dass sein Herz wie rasend schlug.

Wenn seine Mutter, Martinian und ein halbes Dutzend anderer Bekannter ihn jetzt sähen, würden sie so bekümmert den Kopf schütteln wie der Chor in den Tragödien der alten trakesischen Dichter, die nur noch selten aufgeführt wurden. Wieder einmal hatte Crispin nur deshalb etwas getan, weil er es nicht tun *sollte*. Aus reiner Querköpfigkeit, wie seine Mutter zu sagen pflegte.

Vielleicht hatten sie ja Recht. Er sah es allerdings anders. Der Apfel war reif. Und er schmeckte gut.

Er warf den Rest für die kleinen Tiere zum Fallobst ins Gras und stand auf, um auf die Mauer zurückzusteigen. Er war kein unersättliches Kind mehr. Tiefe Genugtuung durchströmte ihn. Er hatte sich etwas bewiesen. Er hatte gewissermaßen eine Rechnung mit seiner Kindheit beglichen.

»Manche lernen es wirklich nie.«

Ein Fuß noch auf dem Ast, der zweite auf der Mauer. Crispin schaute hastig nach unten. Kein Vogel, kein Tier, kein Geist aus der Zwischenwelt aus Luft und Schatten. Im Garten stand, aus diesem Blickwinkel grotesk verkürzt, ein bärtiger Mann mit altmodisch langem grauem Haar, stützte sich auf einen Stab und sah zu ihm herauf.

Crispin errötete wie ein ertappter Sünder und murmelte tödlich verlegen: »Früher hieß es, dass es in diesem Garten spukt. Ich... wollte mich auf die Probe stellen.«

»Und? Habt Ihr bestanden?«, erkundigte sich der Alte freundlich. Es musste Zoticus sein.

»Ich denke schon.« Crispin stieg vollends auf die Mauer hinüber. »Der Apfel hat gut geschmeckt.«

»So gut wie damals, vor vielen Jahren?«

»Schwer zu sagen. Ich kann mich wirklich nicht...«

Crispin unterbrach sich. Er hatte eine Gänsehaut.

»Wie... woher wisst Ihr, dass ich schon einmal hier war? Damals?«

»Ihr seid doch Caius Crispus, nehme ich an? Martinians Freund?«

Crispin zog es vor, sich hinzusetzen. Er fühlte sich plötzlich schwach in den Knien. »Der bin ich. Ich habe ein Geschenk für Euch. Von seiner Frau.«

»Carissa. Eine Prachtweib! Hoffentlich ist es ein Halswärmer. So einen könnte ich gebrauchen, jetzt, da der Winter kommt. Alt zu werden ist schrecklich, das könnt Ihr mir glauben. Woher ich weiß, dass Ihr schon einmal hier wart? Dumme Frage. Nun kommt schon herunter. Was haltet Ihr von einem Kräutertee mit Pfefferminzblättern?«

Crispin fand die Frage ganz und gar nicht dumm. Aber das ließ sich später noch klären. »Ich hole das Geschenk«, sagte er und kletterte – ein Sprung hätte ihn den letzten Rest von Würde gekostet – an der Außenseite der Mauer hinab. Er hob das Päckchen auf und befreite es von einigen Ameisen. Während er über die Straße zum Hoftor ging, atmete er tief durch, um sich wieder zu beruhigen.

Zoticus wartete schon am Tor, auf seinen Stab gestützt, zwei große Hunde neben sich, und öffnete ihm. Crispin trat ein. Die Hunde beschnupperten ihn, ließen aber auf ein Wort ihres Herrn sofort von ihm ab. Zoticus führte ihn durch einen kleinen gepflegten Vorgarten zum Haus. Die Tür stand offen.

»Jetzt könnten wir ihn aber doch fressen!«

Crispin blieb stehen. Kindheitsängste der schlimmsten Art. Stoff für lebenslange Albträume. Er blickte auf. Die träge Aristokratenstimme aus seiner Erinnerung gehörte einem Vogel, der neben der Tür in einer Esche saß.

»Benimm dich, Linon. Er ist unser Gast«, tadelte Zoticus.

»Ein Gast? Der auf die Mauer klettert? Um Äpfel zu stehlen?«

»Ihn dafür aufzufressen stünde wohl in keinem Verhältnis zu seinem Vergehen, und die Philosophen lehren uns, dass Verhältnismäßigkeit die Grundlage eines tugendhaften Lebens sei, nicht wahr?«

Verstört und ganz mit seiner Angst beschäftigt, hörte Crispin, wie der Vogel gekränkt die Luft durch den Schnabel stieß. Bei näherem Hinsehen erkannte er plötzlich, dass das Tierchen gar nicht echt war. Neuerliches Entsetzen. Der Vogel war künstlich. Von Menschenhand gemacht.

Aber er redete. »Oder…«

»Ihr redet für ihn!«, sagte er schnell. »Ihr leiht ihm Eure Stimme? Wie es manchmal die Schauspieler auf der Bühne tun?«

»*Blut und Mäuse!* Jetzt beleidigt er uns auch noch!«

»Er hat mir einen Halswärmer von Carissa gebracht. Und nun benimm dich, Linon.«

»Nimm ihm das Halsding ab und dann wird er gefressen.«

Crispin packte der Zorn und er sagte schroff: »Du

bist bloß ein mit Leder überzogenes Eisengerippe. Du wirst niemanden fressen. Also spiel dich nicht auf.«

Zoticus warf ihm einen überraschten Blick zu, dann lachte er laut auf. Seine unerwartet kräftige Stimme erfüllte den Raum vor dem Eingang.

»Lass dir das eine Lehre sein, Linon!«, sagte er. »Wenn du überhaupt zu belehren bist.«

»Ich lerne daraus nur, dass unser heutiger Gast keine Manieren hat.«

»Du wolltest ihn fressen. Hast du das vergessen?«

»Ich bin nur ein Vogel. Hast du das vergessen? Eigentlich nicht einmal das. Ich bin nur ein mit Leder überzogenes Eisengerippe.«

Das kleine graubraune Ding mit den Glasaugen vermittelte doch tatsächlich den Eindruck, tödlich gekränkt zu sein. Hätte es sich bewegen können, es hätte Crispin empört den Rücken zugedreht oder wäre davongeflogen.

Zoticus ging zum Baum hinüber, löste an jedem der dünnen Beinchen eine Schraube und hob den Vogel von seinem Ast. »Kommt herein«, sagte er. »Das Wasser kocht schon, und die Minze wurde heute morgen frisch gepflückt.«

Der mechanische Vogel kuschelte sich in seine Hand und schwieg. Er sah aus wie ein Spielzeug für Kinder. Crispin folgte den beiden ins Haus. Die Hunde blieben im Hof und legten sich nieder.

Der Tee schmeckte sogar. Crispin beruhigte sich so unerwartet schnell, dass er den Verdacht hatte, der alte Alchimist hätte nicht nur Minze hineingetan, aber er fragte nicht. Zoticus stand an einem Tisch und studierte die Karte des Kuriers, die Crispin aus der Innentasche seines Mantels gezogen hatte.

Crispin sah sich um. Ein behaglicher Raum, wie die Stube eines reichen Bauern. Keine sezierten Fledermäuse, keine Töpfe, in denen grüne oder schwarze Tränke brodelten, keine Kreide-Pentagramme auf den Holzdielen. Die vielen Bücher und Schriftrollen verrieten, dass der Bewohner nicht nur gebildet, sondern auch wohlhabend sein musste, doch gab es kaum Hinweise auf Magie oder Chiromantie. Nur ein halbes Dutzend künstlicher Vögel aus verschiedenen Materialien saß auf Regalen und Stuhllehnen und das gab zu denken. Gesprochen hatte bisher keiner, auch der kleine Vogel namens Linon lag stumm auf dem Tisch neben dem Feuer. Crispin bezweifelte jedoch nicht mehr, dass jeder einzelne ihn anreden könnte, wenn er nur wollte.

Er wunderte sich, dass er das alles so ruhig hinnahm. Allerdings hatte er fünfundzwanzig Jahre lang Zeit gehabt, sich daran zu gewöhnen.

»Kehrt wenn möglich in den Gasthöfen der Kaiserlichen Poststationen ein«, murmelte Zoticus. Er beugte sich immer noch über die Karte. In einer Hand hielt er ein gewölbtes, poliertes Vergrößerungsglas. »Überall sonst lassen Unterkunft und Verpflegung zu wünschen übrig.«

Crispin nickte. Er war immer noch nicht ganz bei der Sache. »Hundefleisch an Stelle von Pferd oder Schwein, ich weiß.«

Zoticus sah mit spöttischem Lächeln auf. »Hund ist *gut*«, sagte er. »Menschenfleisch in der Wurst, das ist die Gefahr.«

Crispin beherrschte seine Gesichtszüge nur mit Mühe. »Verstehe«, sagte er. »Vermutlich stark gewürzt.«

»Manchmal«, sagte Zoticus und wandte sich wieder der Karte zu. »In Sauradia ist besondere Vorsicht geboten. Der Herbst ist dort eine unruhige Jahreszeit.«

Crispin beobachtete ihn. Zoticus hatte nach einem Federkiel gegriffen und schrieb etwas auf die Karte. »Stammesrituale?«

Der Alchimist blickte kurz auf und zog die Augenbrauen in die Höhe. Er hatte kräftige Züge, die blauen Augen lagen tief in den Höhlen, und er war nicht so alt, wie sein graues Haar und der Stab vermuten ließen. »Ja, das auch. Außerdem wissen die Eingeborenen, dass man sie bis zum Frühjahr zumeist in Ruhe lässt, trotz des Heerlagers nahe der trakesischen Grenze und der Garnison in Megarium. Die sauradischen Stämme sind berüchtigte Winterräuber. Aber wenn ich mich recht erinnere, haben sie sehr temperamentvolle Frauen.« Er lächelte versonnen und schrieb weiter.

Crispin zuckte die Achseln, trank seinen Tee und verbot sich energisch, an Würste zu denken.

Für manch einen wäre die lange Herbstreise ein willkommenes Abenteuer gewesen. Nicht so für Caius Crispus. Er schätzte die Mauern seiner Stadt, ein festes Dach über dem Kopf, einen Koch, bei dem er wusste, woran er war, und das Badehaus seines Vertrauens. Ein neues Fass Wein aus Megarium oder den Weinbergen südlich von Rhodias anzustechen, war ihm Aufregung genug. Der Entwurf, die Ausführung eines Mosaiks, das war ein Abenteuer... jedenfalls hatte er es früher so empfunden. In Sturm und Regen über Sauradias und Trakesias Straßen zu wandern, ständig bedroht von menschlichen und anderen Räubern, die es kaum erwarten konnten, ihn zu Wurst zu verarbeiten, das hatte für ihn *keinen* Reiz, und daran konnte auch dieser Graubart mit seinem Gefasel von temperamentvollen Frauen nichts ändern.

»Ich warte übrigens noch immer auf eine Antwort auf meine angeblich so dumme Frage«, sagte er. »Woher wisst Ihr, dass ich vor vielen Jahren schon einmal hier war?«

Zoticus legte den Federkiel aus der Hand und setzte sich in einen schweren Sessel. Einer der mechanischen Vögel – ein Falke aus Silber und Bronze mit gelben

Bernsteinaugen, ganz anders als Linon, der eher an einen graubraunen Spatzen erinnerte – saß mit fest gezogenen Beinschrauben auf der hohen Lehne und musterte Crispin mit tückisch glitzernden Augen.

»Ihr wisst doch, dass ich Alchimist bin.«

»Martinian erwähnte es. Ich weiß aber auch, dass sich hinter diesem Namen meist Betrüger verstecken, die arglosen Einfaltspinseln ihr Geld und Gut abschwindeln.«

Crispin hörte ein Geräusch. Es kam vom Feuer her. Vielleicht hatte sich nur ein Scheit bewegt. Vielleicht aber auch nicht.

»Ihr habt ganz Recht«, sagte Zoticus ungerührt. »Die meisten sind Betrüger. Aber es gibt Ausnahmen und eine davon bin ich.«

»Aha. Das heißt, Ihr könnt in die Zukunft sehen, leidenschaftliche Liebe wecken, die Pest heilen und Wasser finden?« Es klang gehässig, Crispin hörte es selbst. Aber er konnte nicht anders.

Zoticus sah ihn gleichmütig an. »Eigentlich nur das Letzte, und auch das nicht immer. Nein. Es heißt nur, dass ich bisweilen mehr sehe und mehr bewirken kann als die meisten Menschen, aber mit so wechselhaftem Erfolg, dass man verzweifeln könnte. Und es heißt, dass ich *in* den Menschen Dinge sehe, die anderen verborgen bleiben. Woran ich Euch erkannt habe, wollt Ihr wissen? Jeder Mensch hat eine Aura, eine bestimmte Präsenz, die sich vom Kind bis zum Greis kaum verändert. Kaum jemand wagt es, in meinen Obstgarten einzudringen, was – wie Ihr Euch sicher denken könnt – sehr nützlich ist, wenn man wie ich allein auf dem Lande lebt. Ihr wart einmal hier. Heute Morgen habe ich Eure Präsenz wiedererkannt. Dem Kind von einst fehlte Euer Zorn, doch die Trauer war auch damals schon zu spüren. Sonst hat sich kaum etwas verändert. Die Erklärung«, schloss er freundlich, »ist also gar nicht so schwierig, oder?«

Crispin nahm seinen Becher in beide Hände und sah den Alten an. Dann wanderte sein Blick zu dem Falken auf der Sessellehne. »Und die Vögel?«, fragte er, ohne auf die Bemerkungen zu seiner Person einzugehen.

»Ach ja, die Vögel. Was ist denn das Ziel der Alchimie? Eine Substanz in eine andere zu überführen und gewisse Vermutungen über die Natur der Welt zu beweisen. Alchimisten verwandeln Eisen in Gold und erwecken die Toten zum Leben. Ich habe gelernt, die unbelebte Materie zum Denken und zum Sprechen zu bringen und ihr eine Seele zu geben.« Es klang wie das Rezept für seinen Pfefferminztee. Crispin sah nacheinander alle Vögel im Raum an. »Warum… Vögel?«, fragte er, obwohl ihm ein Dutzend Fragen auf die Lippen drängten. *Alchimisten erwecken die Toten zum Leben.*

Zoticus sah zu Boden. Wieder spielte dieses rätselhafte Lächeln über seine Züge. Nach einer Pause sagte er: »Ich wollte selbst einmal nach Sarantium reisen. Ich war ehrgeizig und wollte vorwärts kommen in der Welt, ich wollte den Kaiser sehen, um mich mit Ruhm und Reichtum überhäufen und mit schönen Frauen beschenken zu lassen. Bald nach seiner Thronbesteigung brachte Apius mechanische Tiere in Mode. Brüllende Löwen im Thronsaal. Bären, die sich auf die Hinterbeine stellten. Und Vögel. Besonders Vögel. In allen seinen Palästen sollten Vögel singen. Automatenbauer aus aller Welt schickten ihm ihre Meisterstücke: Wenn man sie aufzog, trällerten sie jämmerlich falsch eine Hymne an Jad oder ein Volksliedchen, immer und immer wieder. Irgendwann hätte man sie am liebsten so lange an die Wand geworfen, bis ihnen die Rädchen herausfielen. Habt Ihr einmal einen solchen

Vogel gehört? Manche sind wunderschön. Auch die Musik kann einem gefallen – jedenfalls eine Zeit lang.«

Crispin nickte. Er hatte mit Martinian in Rhodias das Haus eines Senators ausgestaltet.

»Ich beschloss«, berichtete Zoticus, »etwas Besseres zu schaffen. Etwas sehr viel Besseres. Vögel nämlich, die selbst sprechen konnten. Und denken. Mit diesen Vögeln, der Frucht langwieriger Studien, harter Arbeit und… mancherlei Gefahren, gedachte ich mir einen Namen zu machen.«

»Was geschah dann?«

»Wisst Ihr das nicht mehr? Nein, wie solltet Ihr auch? Apius geriet unter den Einfluss des Östlichen Patriarchen und ließ alle Alchimisten und Chiromanten und anfangs auch die einfachen Astrologen blenden. Die Priester des Sonnengottes fürchten alle anderen Wege zu Macht und Erkenntnis in dieser Welt. Das war schon immer so. Ich musste einsehen, dass ich nur mit Vögeln in die Stadt zu kommen brauchte, die eine Seele hatten und selbst sprechen konnten, wenn ich auf schnellstem Wege mein Augenlicht, wenn nicht mein Leben verlieren wollte.« Es klang sarkastisch.

»Also seid Ihr hiergeblieben?«

»Also blieb ich hier. Nachdem ich… etliche lange Reisen unternommen hatte. Übrigens meistens im Herbst. Zu dieser Zeit packt mich heute noch die Unruhe. Auf den Reisen habe ich gelernt, so zu leben, wie ich es wollte. Ihr seht es ja selbst. Nach Sarantium bin ich nie gekommen. Ein wenig bedaure ich das. Aber jetzt bin ich dafür zu alt.«

Crispin ließ die Worte des Alchimisten im Geiste noch einmal an sich vorüberziehen und dabei fiel ihm etwas auf. *Die Priester des Sonnengottes.* »Ihr seid kein Jaddit, nicht wahr?«

Zoticus schüttelte lächelnd den Kopf.

»Seltsam«, bemerkte Crispin trocken. »Ihr seht gar nicht aus wie ein Kindath.«

Zoticus lachte. Wieder war vom Feuer her dieses Geräusch zu hören. Es musste ein Holzscheit sein. »Auch das hat man mir schon unterstellt«, sagte er. »Aber warum sollte ich eine Irrlehre gegen eine andere eintauschen?«

Crispin nickte. Im Grunde war er nicht überrascht. »Also Heide?«

»Ich verehre die alten Götter, jawohl. Und ihre Philosophen. Wie sie halte ich es für falsch, die unendliche Fülle des Göttlichen in ein – vielleicht auch zwei oder drei – Bilder zwängen zu wollen, so stark deren Wirkung auf einer Kuppel oder Scheibe auch sein mag.«

Crispin setzte sich dem Alchimisten gegenüber auf einen Hocker und trank einen Schluck Tee. Heiden waren in Batiara unter den Antae keine Seltenheit und vielleicht konnte Zoticus deshalb so unbehelligt in dieser Gegend leben. Dennoch war es ungewöhnlich, dass jemand sich so offen zu solchen Anschauungen bekannte. »Vermutlich«, sagte er, »hätten die Lehrer der Jadditen – oder auch der Kindath, über die ich freilich nicht viel weiß – darauf eine einfache Antwort. Sie würden sagen, alle Erscheinungsformen des Göttlichen ließen sich durchaus in einer Gottheit zusammenfassen, wenn diese eine nur mächtig genug sei.«

»Das ist richtig«, nickte Zoticus gleichmütig. »Die reinen Heladikier würden vielleicht an zwei Gottheiten denken – und die Kindath an drei, nämlich an die Sonne und die beiden Monde. Aber sie würden so argumentieren und für mich hätten sie Unrecht. Wollt Ihr jetzt eine Diskussion über das Wesen des Göttlichen vom Zaun brechen, Caius Crispus? Dafür würden wir mehr als Pfefferminztee brauchen.«

Crispin musste lachen. »Und um mehr Zeit, als wir

haben. Ich breche in zwei Tagen auf und muss noch eine Menge erledigen.«

»Natürlich. Und um die philosophischen Ergüsse eines alten Mannes werdet Ihr Euch, wenn überhaupt, gerade jetzt kaum kümmern. Ich habe auf Eurer Karte alle annehmbaren Herbergen eingezeichnet, die mir bekannt sind, und alle, die Ihr unbedingt meiden solltet. Seit meiner letzten Reise sind mehr als zwanzig Jahre vergangen, aber ich habe nach wie vor meine Quellen. Ich werde Euch auch zwei Personen in der Stadt nennen, an die Ihr euch wenden könnt. Ich halte sie beide für vertrauenswürdig, aber Ihr solltet Ihnen vielleicht nicht *alles* erzählen.«

Er blickte ihn fest an. Crispin sah wieder die junge Königin im Kerzenschein vor sich und machte sich seine Gedanken. Aber er sagte nichts. Zoticus trat zum Tisch und schrieb etwas auf ein Pergament. Dann faltete er das Blatt zweimal zusammen und reichte es Crispin.

»Am Ende dieses und am ersten Tag des nächsten Monats müsst Ihr Euch in Acht nehmen. Wenn Ihr im Gasthof einer Kaiserlichen Poststation unterkommen könnt, wäre es klüger, an diesen Tagen nicht unterwegs zu sein. Sauradia ist dann… völlig verändert.«

Crispin sah ihn fragend an.

»Am Fest der Toten sollte man als Fremder in dieser Provinz das Haus nicht verlassen. Wenn Ihr Trakesia erreicht, habt Ihr zunächst das Schlimmste hinter Euch. Jedenfalls bis Ihr in die Stadt kommt und erklären müsst, wieso Ihr nicht Martinian seid. Das könnte amüsant werden.«

»Und wie«, sagte Crispin. Er hatte es bisher vermieden, darüber nachzudenken. Dafür blieb immer noch Zeit. Über Land war die Reise lang. Er entfaltete das Papier und las die Namen.

»Der erste ist ein Arzt«, sagte Zoticus. »Kann man immer gebrauchen. Die zweite ist meine Tochter.«

»Eure was?« Crispin blinzelte.

»Meine Tochter. Die Frucht meiner Lenden. Ein Mädchen.« Zoticus lachte. »Und nicht das Einzige. Wie gesagt, ich bin als junger Mann viel herumgekommen.«

Im Hof schlugen die Hunde an. Aus den Tiefen des Hauses erschien ein Diener mit langem Gesicht und hängenden Schultern, schlurfte gemächlich zur Tür hinaus und beruhigte die Tiere. Von draußen waren Stimmen zu hören. Gleich darauf kam der Diener mit zwei Krügen zurück.

»Das war Silavin, Meister. Sein Schwein ist wieder gesund. Er hat Euch Honig gebracht. Und einen Schinken versprochen.«

»Großartig!«, sagte Zoticus. »Stell den Honig in den Keller.«

»Da stehen schon dreißig Krüge, Meister«, gab der Diener mit Trauermiene zu bedenken.

»Dreißig? So viele? Du meine Güte. Nun… dann soll unser Freund hier zwei davon mitnehmen, für Carissa und Martinian.«

»Bleiben immer noch sechsundzwanzig«, klagte der Diener.

»Mindestens«, nickte Zoticus. »Sie werden uns den Winter versüßen. Das Feuer brennt gut, Clovis, du kannst gehen.«

Clovis zog sich ins Innere des Hauses zurück. Crispin erhaschte einen Blick auf die Küche am Ende des Ganges, dann fiel die Tür wieder zu.

»Eure Tochter lebt in Sarantium?«, fragte er.

»Eine von ihnen. Ja. Sie ist Prostituierte.«

Crispin blinzelte wieder.

Zoticus lächelte spöttisch. »Nun ja, nicht ganz. Tänzerin. Aber wenn ich das Theater dort richtig einschätze, ist der Unterschied nicht groß. Genaueres weiß ich nicht. Ich habe sie nämlich nie gesehen. Aber hin und wieder schreibt sie mir. Sie kann lesen und schreiben.«

Crispin sah sich den Namen noch einmal an. *Shirin.* Zoticus hatte auch eine Straße darunter geschrieben. Er blickte auf. »Trakesierin?«

»Ihre Mutter stammte von dort. Wie gesagt, ich war viel unterwegs. Einige von meinen Kindern schreiben mir hin und wieder.«

»Nur einige?«

»Die anderen kümmern sich nicht um ihren armen alten Vater, der sein Leben einsam unter den Barbaren fristet.«

Seine Augen funkelten und der Tonfall strafte seine Worte Lügen. Crispin unterdrückte zunächst seine Erheiterung, dann gab er den Kampf auf und lachte.

»Ihr habt eine abenteuerliche Vergangenheit.«

»Es hält sich in Grenzen. Meine Studien finde ich inzwischen sehr viel aufregender. Früher hatten mich die Frauen sehr abgelenkt, davon bin ich inzwischen weitgehend frei, den hohen Göttern sei Dank. Heute glaube ich, die Lehren einiger Philosophen richtig verstanden zu haben, und *das* ist ein Abenteuer des Geistes. Wollt Ihr einen von den Vögeln mitnehmen? Als Geschenk von mir?«

Crispin stellte seinen Becher so heftig ab, dass der Tee über den Tisch spritzte, und nahm rasch die Karte an sich, damit sie nicht nass wurde. »Was? Wie kommt Ihr dazu…?«

»Martinian ist mir ein teurer Freund. Ihr seid sein Partner, fast wie ein Sohn. Die Reise ist lang und voller Gefahren. Ihr müsst den Vogel nur gut verstecken, dann kann er sehr hilfreich sein. Meine Vögel können hören und sehen. Zumindest leisten sie einem Gesellschaft.« Der Alchimist zögerte. »Ich… würde mich freuen, wenn eines meiner Geschöpfe durch Euch doch noch nach Sarantium käme.«

»Großartig. Soll ich mich etwa mit einem Falken mit Bernsteinaugen unterhalten, während ich allein durch die Arkaden der Stadt wandle? Wollt Ihr, dass ich an Eurer Stelle geblendet werde?«

Zoticus lächelte schwach. »Auf ein solches Geschenk könntet Ihr verzichten. Nein. Ihr müsst schon Vorsicht walten lassen, aber man kann mit meinen Vögeln auch auf andere Weise sprechen. Falls Ihr einen von ihnen innerlich *hören* könnt. Sicher ist das nicht, Caius Crispus, denn Ihr seid nicht ausgebildet. Ich fürchte, in meinem Gewerbe gibt es keine Sicherheit. Solltet Ihr aber einen der Vögel hören können, dann gehört er Euch. Die Schenkung würde mit dem Vorgang des Hörens vollzogen. Ob dem so ist, lässt sich gleich feststellen.« Seine Stimme veränderte sich. »Jeder richtet einen Gedanken an unseren Gast.«

»Unsinn!«, fauchte eine Eule, die an eine Stange bei der Eingangstür geschraubt war.

»Absurder Einzelfall!«, zischte der Falke auf Zoticus' Sessellehne. Crispin glaubte, die Bernsteinaugen erbost funkeln zu sehen.

»Genau!«, sagte ein Habicht am anderen Ende des Raumes, den Crispin bisher noch nicht bemerkt hatte. »Das ist einfach unanständig.« Diese übersättigte Stimme hatte Crispin noch immer im Ohr. Nach fünfundzwanzig Jahren. Sie klangen alle völlig gleich. Ein Schauer überlief ihn. Der Habicht fuhr fort: »Er ist doch nur ein kleiner Dieb. Keines Wortes würdig. Ich verweigere ihm diese Ehre.«

»Genug! Das ist ein Befehl!«, sagte Zoticus. Er sprach immer noch leise, aber jetzt klirrte es wie Eisen in seiner Stimme. »Sprecht zu ihm, innerlich. Sofort!«

Zum ersten Mal ahnte Crispin, dass dieser Mann Furcht und Schrecken verbreiten konnte. Die harten, verwitterten Züge des Alchimisten veränderten sich, wenn er so sprach, und seine Augen, seine Haltung verrieten überdeutlich, dass finstere Mächte in seinem Leben und Handeln eine Rolle spielten. Und er hatte diese Vögel geschaffen. Künstliche Wesen, die sehen und hören konnten. Und mit ihm sprechen sollten. Crispin merkte, wie er die Hände ineinander verkrallte. Erst jetzt begriff er, was Zoticus da vorgeschlagen hatte.

Es war still im Raum. Crispin sah den Alchimisten unsicher von der Seite an und wartete.

Dann hörte er etwas. Oder glaubte, etwas zu hören.

Zoticus nippte in aller Ruhe an seinem Tee. »Und? Was ist?« Jetzt war seine Stimme wieder sanft und freundlich.

Kein Laut war zu hören gewesen.

Crispin überlief es kalt, aber er achtete nicht darauf und sagte nachdenklich: »Mir war so… ja, ich glaube, da war tatsächlich… etwas.«

»Und was?«

»Es… klang so, als würde jemand *Blut und Mäuse* sagen.«

Vom Tisch neben dem Feuer kam ein Aufschrei der Empörung.

»*Nein! Nein, nein, nein!* Bei den abgenagten Gebeinen einer Wasserratte, ich *will* nicht mit ihm gehen! Wirf mich ins Feuer! Ich möchte lieber *sterben*!«

Linon, wer sonst. Der graubraune kleine Spatz, nicht der Habicht, nicht die Eule, nicht der herrische Falke mit den gelben Augen, nicht einmal einer der Raben mit dem Orakelblick, die auf dem unaufgeräumten Bücherbord hockten.

»Du bist gar nicht richtig lebendig, Linon, also mach kein Theater. Es wird dir nicht schaden, wieder einmal eine kleine Reise zu machen. Vielleicht bessern sich dabei deine Manieren.«

»Manieren? Er schiebt mich nach all den Jahren an einen Fremden ab und beklagt sich über meine Manieren?«

Crispin schluckte. Dann sendete er, obwohl ihm vor den Folgen himmelangst war, einen stummen Gedanken: *»Ich habe das nicht gewollt. Soll ich sein Geschenk ablehnen?«*

»Pah! Schwachkopf.«

Damit war immerhin eines erwiesen.

Er sah den Alchimisten an. »Könnt Ihr... habt Ihr gehört, was der Vogel zu mir sagte?«

Zoticus schüttelte den Kopf und sah ihn merkwürdig an. »Ich muss gestehen, es ist sonderbar. Ich habe es bisher erst einmal getan, und damals war es anders.«

»Ich... ich sollte mich wohl geehrt fühlen. Ich meine, es ist natürlich eine Ehre. Aber ich bin noch ganz durcheinander. Ich wollte das nicht.«

»Nur zu. Demütige mich weiter!«

»Das kann ich mir denken«, sagte Zoticus. Diesmal lächelte er nicht. Und er hatte den Vogel offenbar wieder nicht gehört. Er spielte mit seinem irdenen Becher. Der Falke auf der Sessellehne starrte Crispin mit seinen harten Glitzeraugen böse an. »Wie könnt Ihr etwas wollen, was Ihr nicht begreift? So etwas kann man auch nicht stehlen wie einen Apfel.«

»Das war gemein«, sagte Crispin und kämpfte seinen aufschießenden Jähzorn nieder.

Zoticus holte tief Atem. »Ihr habt Recht. Verzeiht.«

»Das ist doch noch nicht endgültig, oder? Ich will mit der Zwischenwelt nichts zu tun haben. Besitzen alle Chiromanten in Sarantium solche Geschöpfe? Ich bin Mosaikleger. Und mehr *will* ich gar nicht sein. Ich will auch in der Stadt nur Mosaiken legen. Vorausgesetzt, man lässt mich am Leben.«

Das war nicht die ganze Wahrheit. Er sollte auch noch eine Botschaft überbringen. Falls er Gelegenheit dazu fand.

»Ich weiß. Verzeiht mir. Nein, die Scharlatane am Kaiserlichen Hof oder die Zauberer, die im Auftrag des Hippodrom-Pöbels die Wagenlenker verfluchen, sind dazu nicht fähig. Das ist ziemlich sicher.«

»Keiner von ihnen? Kein Einziger? Von allen Sterblichen auf Jads weiter Erde könnt nur Ihr allein... so etwas wie diese Vögel schaffen? Wenn Ihr dazu im Stande seid...«

»...warum dann niemand sonst? Natürlich. Die Frage liegt nahe.«

»Die Antwort auch?« Sein alter Freund, der Sarkasmus, der ihm in letzter Zeit nicht von der Seite wich.

»Die Antwort lautet: Es ist nicht unmöglich, aber unwahrscheinlich, dass jemand so weit gekommen ist, und ich glaube nicht daran. Ich glaube, den... einzigen Zugang zu einer bestimmten Kraft entdeckt zu haben. Ich fand ihn auf einer meiner Reisen, unter großen Gefahren, an einem... streng bewachten Ort.«

Crispin verschränkte die Arme. »Ich verstehe. Eine Schriftrolle mit Zaubersprüchen und Pentagrammen? Man koche das Blut eines gehängten Diebes und laufe im Schein der zwei Monde siebenmal um einen Baum herum? Und wenn man den kleinsten Fehler macht, wird man in einen Frosch verwandelt?«

Zoticus ließ sich nicht provozieren. Er zog nur die dichten Augenbrauen zusammen und sah Crispin schweigend an. Crispin war beschämt. Die unerwartete, ja, erschreckende Begegnung mit dem Übernatürlichen mochte ihn verwirrt haben, aber der alte Mann hatte ihm ein Geschenk angeboten, ein unglaublich großzügiges Geschenk, und was der Alchimist hier geleistet hatte, war...

»Wenn Euch das gelungen ist... wenn diese Vögel aus eigenem... Antrieb... denken und sprechen können, dann müsstet Ihr der berühmteste Mann unserer Epoche sein!«

»Ruhm? Ein klangvoller Name, Unsterblichkeit für alle Zeiten? Eine erfreuliche Vorstellung, ein Trost im Alter, aber nein, es kann nicht sein... denkt nach.«

»Das tue ich. Warum nicht?«

»Macht zieht im Allgemeinen größere Mächte an. Mein magisches Werk kann niemanden... abschrecken. Keine Feuerkugeln aus der Zwischenwelt, kein Todeszauber. Ich gehe nicht durch Wände oder fliege unsichtbar darüber hinweg. Ich baue nur künstliche Vögel... Vögel, die eine Seele und eine Stimme haben. Nichts Großes, aber wie könnte ich mich oder sie schützen, wenn alle Welt wüsste, dass es sie gibt?«

»Aber warum sollte...?«

»Was würden wohl der Patriarch in Rhodias oder die Priester des Heiligtums von Varena, an dem Ihr gerade baut, davon halten, dass jemand mit heidnischer Magie künstlichen Vögeln eine Seele verleiht? Würden sie mich verbrennen oder steinigen, was meint Ihr? Eine schwierige theologische Entscheidung. Und die Königin? Könnte sich Gisel bei aller Frömmigkeit nicht doch mit dem Gedanken anfreunden, ihre Feinde von versteckten Vögeln belauschen zu lassen? Oder der Kaiser in Sarantium? Valerius II. unterhält angeblich das größte Spionagenetz in der Geschichte des Reiches, im Osten wie im Westen. Wie schätzt Ihr meine Aussichten ein, in Frieden hier draußen zu leben, ja, zu überleben, wenn die Existenz dieser Vögel bekannt würde?« Zoticus schüttelte den Kopf. »Nein, ich hatte Jahre Zeit, darüber nachzudenken. Manche Erkenntnisse und Errungenschaften sind offenbar dazu verurteilt, sang- und klanglos unterzugehen, ohne dass die Welt jemals davon erfährt.«

Crispin war nachdenklich geworden. »Ist es schwer?«, fragte er und sah den anderen an.

»Was? Die Vögel zu erschaffen? Das war nicht einfach.«

»Das kann ich mir denken. Nein, ich meinte, ist es schwer, sich damit abzufinden, dass die Welt von Eurer Leistung nichts wissen darf?«

Zoticus nippte wieder an seinem Tee. »Natürlich ist es schwer«, sagte er endlich. Dann zuckte er die Achseln. Sein Blick war voller Ironie. »Aber die Alchimie gehört zu den geheimen Künsten, und das wusste ich von Anfang an. Ich habe mich damit... ausgesöhnt. Ich werde eben im Stillen frohlocken, in den Tiefen meiner Seele.«

Darauf wusste Crispin nichts zu sagen. Menschen wurden geboren und starben, aber jeder wollte, dass irgendetwas von ihm weiterlebte – mehr als der Hügel des Massengrabs, mehr auch als die gemeißelte Inschrift auf einem Grabstein, die nur allzu schnell verblasste. Ein guter Name, ein Bild, vor dem man Kerzen aufstellte, Kinder, die diese Kerzen entzündeten. Die Mächtigen strebten nach Ruhm. So mancher Handwerker träumte davon, ein Werk zu schaffen, das Bestand hatte und seinen Namen verewigte. Wovon träumte ein Alchimist?

Zoticus beobachtete ihn. »Linon... ist eine gute Wahl, wenn ich es recht bedenke. Unauffällig, geradezu unscheinbar. Keine Edelsteine, um Begehrlichkeiten zu wecken, und klein genug, um als Familienandenken durchzugehen, als Talisman. Niemand wird ein Wort darüber verlieren. Und eine Geschichte lässt sich leicht erfinden.«

»Unscheinbar? *Unscheinbar?* Bei den *Göttern*! Es reicht!«, zeterte Linon. »Hiermit bestehe ich darauf, ins Feuer geworfen zu werden. Ich habe nicht den Wunsch, noch mehr davon zu hören. Ich will gar nichts mehr hören. Mein Herz ist gebrochen.«

Von den anderen Vögeln kam ein vornehm gedämpftes Kichern.

Crispin nahm allen Mut zusammen und sendete:

»Ich glaube nicht, dass er dich kränken wollte. Ich glaube, er ist... unglücklich, dass es so gekommen ist.«

»Du hältst den Schnabel«, befahl die Vogelstimme in seinem Kopf.

Zoticus wirkte ungeachtet seiner sachlichen Kommentare ziemlich betroffen. Er hatte sichtlich damit zu kämpfen, dass sein Gast ausgerechnet die Stimme dieses Vogels in der tiefen Stille gehört hatte.

Und Crispin stritt sich im Geiste mit einem feindseligen, mimosenhaft empfindlichen Gebilde aus Leder und – woraus? – Zinn oder Eisen herum. Dabei hatte er wahrhaftig kein Geschenk verlangt. Er war überhaupt nur hier, weil Martinian sich erst gegenüber einem Kaiserlichen Kurier verleugnet und dann darauf *bestanden* hatte, dass er den Alchimisten aufsuchte, um sich Aufklärung über die Straßen nach Sarantium zu holen. Zorn und Angst erfüllten ihn, und er wusste nicht, was stärker war.

»Noch einen Becher Tee?«, fragte der Alchimist nach einer Weile.

»Nein danke, lieber nicht«, sagte Crispin.

»Ich sollte Euch wohl noch einiges erläutern. Um Klarheit zu schaffen.«

»Klarheit. Ja. Ich bitte darum«, sagte Crispin.

»Mein Herz«, wiederholte Linon, diesmal in seinem Geist, *»ist gebrochen.«*

»Du hältst den Schnabel«, gab Crispin prompt und mit unverhohlener Genugtuung zurück.

Linon sagte nichts mehr. Aber Crispin spürte den Vogel in seinem Bewusstsein. Sein verletzter Stolz lag auf der Lauer wie ein Raubtier im Dunkeln außerhalb des Feuerscheins. Er wartete, während sich Zoticus noch einen Becher Tee einschenkte. Als der Alchimist mit dem Sprechen anhob, lauschte er andächtig. Währenddessen überschritt die Sonne an diesem Herbsttag in Batiara den höchsten Punkt ihrer Bahn und sank der Kälte und der Finsternis entgegen. *Alchimisten verwandeln Eisen in Gold und erwecken die Toten zum Leben…*

Der alte Heide, der künstliche Vögel schuf, die mit aristokratischer Stimme sprachen, ohne Augen sahen, ohne Ohren hörten und eine Seele hatten, teilte ihm einiges mit, was er in Zusammenhang mit seinem Geschenk für wissenswert hielt.

So manches andere sollte Crispin erst später erfahren.

»Sie hat es auf dich abgesehen, die schamlose Hure! Willst du ihr den Willen tun? Ja?«

Crispin schritt neben der Tragsänfte der edlen Massina Baladia von Rhodias einher, der vornehmen und eleganten Gemahlin eines Senators. Er verzog keine Miene, doch bei sich stellte er fest, dass es ein Fehler gewesen war, Linon wie ein Schmuckstück an einem Lederriemen um den Hals zu tragen. Morgen würde er den Vogel in einer der Reisetaschen auf dem Rücken des Maultiers verstauen, das hinter ihnen her trottete.

»Ihr müsst ja zu Tode erschöpft sein«, sagte die Frau des Senators. Honigsüßes Mitleid klang aus ihrer Stimme. Crispin hatte ihr erklärt, er wandere gern durch das weite Land und sei kein Freund von Pferden. Das Erste war eine glatte Lüge, das Zweite nicht. »Hätte ich doch nur eine größere Sänfte mitgebracht, dann könnten wir beide darin sitzen. Mit einem von meinen Mädchen, versteht sich… wir könnten uns *unmöglich* ganz allein in einer Sänfte aufhalten!« Die Gemahlin des Senators kicherte. Es war unglaublich.

Ihr weißer Leinen-Chiton, als Reisebekleidung denkbar ungeeignet, war – natürlich ohne dass die Dame es bemerkt hätte – so weit nach oben gerutscht, dass ihr wohl geformter Knöchel sichtbar wurde. Sie trug einen goldenen Fußreif und ihre Füße ruhten nackt auf den Schafwollteppichen in der Sänfte. Der Nachmittag war sehr mild. Gestern in den Sandalen waren ihre Zehennägel noch nicht so dunkelrot, fast violett gewesen. Offenbar hatte sie – oder ihre Dienerin – am Abend im Gasthaus noch eifrig Schönheitspflege betrieben.

»Blut und Mäuse, ich wette, sie stinkt nach Parfüm! Stimmt's? Crispin, habe ich Recht?«

Linon hatte keinen Geruchssinn. Crispin würdigte den Vogel keiner Antwort. Tatsächlich verströmte die Dame heute einen geradezu berauschenden Gewürzduft. Ihre Sänfte war aufs Prächtigste ausgestattet und die Träger und Begleitsklaven waren in ihren hellblauen Tuniken und den dunkelblau gefärbten Sandalen deutlich besser gekleidet als Crispin. Der Rest der Gruppe war zu Fuß oder auf Maultieren vor oder hinter ihnen auf der breiten, gut befestigten Straße unterwegs – Massinas junge Kammerzofen, drei Weinhändler und ihr Gefolge, die nur bis Mylasia mitkamen, um dann auf der Küstenstraße weiterzureisen, ein Priester, der nach Sauradia wollte, und zwei andere Reisende, die das gleiche Heilbad zum Ziel hatten wie die Dame. Massina Baladias bewaffnete und berittene Eskorte, ebenfalls in zartblauen Monturen, die diesen Männern allerdings weniger gut standen, bildete die Vor- und Nachhut.

Niemand von der Reisegesellschaft kam unmittelbar aus Varena, und so konnte auch niemand wissen, wer Crispin wirklich war. Die Mauern der Stadt lagen drei Tagereisen hinter ihnen, aber sie befanden sich noch in Batiara. Auf diesem Straßenabschnitt herrschte reger Verkehr. Sie hatten schon mehrmals auf den gekiesten Seitenstreifen ausweichen müssen, um Bogenschützen- und Infanterietrupps auf dem Weg ins Manöver passieren zu lassen. Die Straße war nicht völlig sicher, zählte aber auch nicht zu den am meisten gefährdeten. Der Führer der Eskorte hielt den rotbärtigen Mosaikleger ganz offensichtlich für die fragwürdigste Gestalt im näheren Umkreis.

Am Abend zuvor hatten Crispin und die Dame im Gasthof der Kaiserlichen Poststation zusammen gespeist.

Im Zuge einer vorsichtigen Annäherung an das sarantinische Reich hatten die Antae die Einrichtung von drei solchen Stationen an einer eigenen Straße zwischen der sauradischen Grenze und der Hauptstadt Varena gestattet. Weitere Poststationen befanden sich entlang der Küste und an der Hauptverbindungsstraße nach Rhodias. Als Gegenleistung bezahlte das Reich eine stattliche Summe in die Schatztruhen der Antae und übernahm den Postdienst nach Osten bis zur bassanidischen Grenze. Mit den Poststationen hatte sich Sarantium dezente, bescheidene Stützpunkte auf der Halbinsel gesichert. Der Handel verlangte nach Herbergen, das war schon immer so gewesen.

Die übrigen Mitglieder der Reisegesellschaft mussten sich in Ermangelung eines Kaiserlichen Geleitbriefs mit einem schmuddeligen Rasthaus etwas abseits der Straße begnügen. Die abweisende Haltung der edlen Massina gegenüber dem Handwerker, der nicht einmal ein Reittier hatte, sondern zu Fuß durch die Lande zog, hatte sich schlagartig gewandelt, als sie erfuhr, dass dieser Martinian von Varena berechtigt war, in den Gasthöfen der Kaiserlichen Poststationen einzukehren. Obendrein war sein Geleitbrief vom Kämmerer Gesius persönlich unterzeichnet; demnach reiste der Mann auf persönlichen Wunsch des Kaisers nach Sarantium.

Daraufhin hatte sie ihn eingeladen, mit ihr zu Abend zu speisen.

Als sich bei gebratenem Kapaun und einem durchaus trinkbaren Wein aus der Region des Weiteren herausstellte, dass der Handwerker mit etlichen vornehmen Persönlichkeiten in Rhodias und dem eleganten Küstenbadeort Baiana bekannt war, für die er hübsche Mosaiken gelegt hatte, schmolz ihre Zurückhaltung vollends dahin. Sie gestand ihm sogar den Grund ihrer Reise in das Heilbad: Sie wollte etwas gegen ihre Kinderlosigkeit unternehmen.

Das Übel sei natürlich weit verbreitet, fügte sie mit einer herrischen Kopfbewegung hinzu. Manche jungen Frauen suchten, eine alberne Mode, die warmen Quellen und die Hospize schon auf, wenn sie wenige Monate nach der Hochzeit noch nicht in der Hoffnung waren. Sogar die Kaiserin Alixana sei mehrfach an Heilstätten in der Nähe von Sarantium gereist. Hatte Martinian das gewusst? Eigentlich war es kein Geheimnis. Daraus war die Mode ja überhaupt entstanden. In Anbetracht ihres Vorlebens – war ihm eigentlich bekannt, dass sie unter... anderem auch ihren Namen geändert hatte? – konnte man sich unschwer vorstellen, woran es lag, dass sie dem Kaiser keinen Erben schenken konnte. Ein blutiger Eingriff in irgendeinem Hinterhof vermutlich. Stimmte es übrigens, dass sie sich inzwischen das Haar färbte? Und kannte Martinian die Würdenträger im Kaiserlichen Bezirk auch *persönlich*? Das musste doch ungeheuer aufregend sein.

Er verneinte. Ihre Enttäuschung war unübersehbar, aber nur von kurzer Dauer. Offenbar war es ihr unmöglich, ihre Füße in den Sandalen so unter den Tisch zu stellen, dass sie dabei nicht gegen seinen Knöchel stieß. Auf den Kapaun folgte ein Fischgericht mit zu viel Sauce und Oliven, dazu wurde Weißwein serviert. Käse, Feigen und Trauben schlossen das Mahl ab. Inzwischen war die Dame noch zutraulicher geworden. Sie selbst sei überzeugt, teilte sie ihrem Tischgenossen mit, an den unerklärlichen Schwierigkeiten, mit denen sie und ihr erhabener Gemahl zu kämpfen hätten, völlig unschuldig zu sein.

Natürlich, fuhr sie fort und sah ihn im Feuerschein der Gaststube vielsagend an, sei das schwer zu *beweisen.* Deshalb habe sie sich bereit gefunden, das langweilige Rhodias zu verlassen und durch die bunte Herbstlandschaft in das bekannte Hospiz mit seinen Heilquellen in der Nähe von Mylasia zu reisen. Manchmal – natürlich nicht *immer* – lerne man unterwegs die interessantesten Menschen kennen.

Das habe Martinian doch gewiss auch schon festgestellt.

»Vergiss nicht, das Bett auf Wanzen zu untersuchen.«

»Das weiß ich selbst, du lästiges Metallgerippe.« Er hatte soeben zum zweiten Mal mit der Dame zu Abend gegessen. Diesmal hatten sie eine dritte Flasche Wein bestellt und Crispin spürte die Wirkung.

»Und rede im Kopf mit mir, sonst halten dich die Leute für verrückt.«

Es wäre nicht das erste Mal gewesen. Linon hatte Recht. Auch was die Wanzen anging. Crispin zog die Decke zurück und hielt mit einer Hand die Kerze dicht über die Laken. Auf diese Weise konnte er mit der anderen Hand ein Dutzend der kleinen Plagegeister zerdrücken.

»Und das will eine Kaiserliche Poststation sein! Ha!«

Crispin hatte schon zu Anfang der Reise gemerkt, dass Linon zu allem eine Meinung hatte und sich auch nicht scheute, sie zum Besten zu geben. In ruhigen Momenten fand er es immer noch erschreckend, im Geiste lange Gespräche mit einem launischen spatzenähnlichen Vogel zu führen. Man stelle sich das vor! Ein Zinngerippe mit blauen Glasaugen, einer Haut aus verblichenem braunem Leder und der Stimme eines rhodianischen Patriziers, das sich nicht nur in seinem Kopf, sondern auch laut zu Wort meldete.

Er hatte eine andere Welt betreten.

Bislang hatte er sich weiter keine Gedanken über die so genannte Zwischenwelt gemacht: jene Sphäre also, zu der angeblich nur Chiromanten, Alchimisten, weise Frauen und Astrologen Zugang hatten. Er wusste natürlich – das war Allgemeingut –, dass Jads sterbliche Kinder ihren Lebensraum mit Geistern und Dämonen teilten, mächtigen Wesen, die gleichgültig, bösartig, aber auch freundlich sein konnten. Aber es war nicht seine Art, sich das in jeder wachen Minute vor Augen zu führen. Er sprach seine Morgen- und Abendgebete, wenn er daran dachte, aber er suchte dazu nur selten ein Heiligtum auf. Wenn eine Kapelle in der Nähe lag, zündete er an den heiligen Tagen auch Kerzen an. Den Priestern begegnete er mit Respekt, wenn sie ihn verdienten. Manchmal glaubte er sogar daran, dass der Sonnengott Jad nach dem Tod über seine Seele richten werde und dass sein Schicksal im nächsten Leben von diesem Urteil abhänge.

Doch in letzter Zeit dachte er öfter an das schreckliche Grauen der beiden Pestsommer, und das machte ihn in tiefster Seele zornig und weckte schwere Zweifel an allem, was mit Religion zusammenhing. Noch vor wenigen Tagen hätte er alle Alchimisten als Betrüger gescholten und einen Vogel wie Linon rundheraus zum Schwindel, zur plumpen Bauernfängerei erklärt.

Das widersprach zwar seinen eigenen Erinnerungen an den Obstgarten, aber für diese Kindheitsängste hatte er leicht eine Erklärung gefunden. Es war ein Gauklertrick gewesen; ein Bauchredner hatte sich einen Scherz mit ihm erlaubt. Hatten nicht alle Vögel mit der gleichen Stimme gesprochen?

Das stimmte zwar, dennoch lag kein Betrug vor.

Zoticus' künstlicher Vogel war nicht nur sein Reisebegleiter, sondern sollte ihn – grundsätzlich jedenfalls – auch beschützen. Manchmal schien es ihm, als sei dieses reizbare, lächerlich empfindliche Ding – oder Geschöpf – schon immer bei ihm gewesen.

»Einen freundlichen Geist habe ich mir jedenfalls nicht ausgesucht«, hatte er an jenem Tag im Bauernhaus beim Abschied zu Zoticus gesagt.

»Das sind sie alle nicht«, hatte der Alchimist wehmütig geantwortet. »Ihr könnt Euch nicht vorstellen, was ich zu leiden habe. Merkt Euch nur den Schweigebefehl und wendet ihn an, sooft es nötig ist.« Nach einer kurzen Pause hatte er spöttisch hinzugefügt: »Ihr seid auch nicht gerade ein Ausbund an Liebenswürdigkeit. Vielleicht passt ihr beiden ja zusammen.«

Crispin war darauf nicht eingegangen.

Er hatte den Schweigebefehl bereits mehrmals ausgesprochen, obwohl es sich eigentlich nicht lohnte... Sobald er den Vogel aus Finsternis und Schweigen befreite, war Linon noch zänkischer als vorher.

»Noch eine Wette«, ertönte es jetzt in seinem Kopf. *»Schließ die Tür nicht ab und du verbringst diese Nacht nicht allein.«*

»Dummes Zeug!«, schalt Crispin laut. Dann erschrak er und fügte stumm hinzu: *»Wir befinden uns in einem voll belegten Kaiserlichen Gasthof und sie ist eine rhodianische Aristokratin. Und außerdem«,* schloss er mürrisch, *»hast du albernes Stoffbündel ohnehin nichts, was du einsetzen könntest.«*

»Das war nur bildlich gemeint, Schwachkopf. Aber lass den Riegel ruhig offen. Du wirst ja sehen. Ich achte auf Diebe.«

Das war natürlich einer der Vorzüge, wenn man mit dem Vogel reiste. Zoticus' Geschöpf brauchte keinen Schlaf, und solange er es nicht zum Schweigen verdammte, weckte es ihn sofort, wenn sich jemand in feindseliger Absicht näherte. Aber Crispin war gereizt, und es ärgerte ihn, dass er sich von einem künstlichen Vogel hatte provozieren lassen.

»Wieso glaubst du eigentlich, du könntest dich in eine solche Frau hineinversetzen? Glaub mir: Sie langweilt sich, deshalb treibt sie bei Tag oder beim Essen ihre Spielchen. Aber nur ein Dummkopf würde mehr dahinter vermuten.« Er wusste selbst nicht, warum er so aufgebracht war.

»Kann man denn wirklich so ahnungslos sein?«, gab Linon in einem Tonfall zurück, den Crispin nicht deuten konnte. *»Meinst du, das Essen vertreibt die Langeweile? Jeder Stallbursche versteht mehr von Frauen als du. Spiel du nur weiter mit deinen Glassteinchen, Schwachkopf, die Menschenkenntnis überlässt du besser mir.«*

Crispin erteilte mit tiefer Genugtuung den Schweigebefehl, blies seine Kerze aus, ging zu Bett und fand sich damit ab, den Parasiten, die ihm entgangen waren, ein nächtliches Festmahl zu bieten. In dem einfachen Rasthaus, wo der Rest der Reisegesellschaft Quartier genommen hatte, war es sicher noch viel schlimmer. Aber das war ein schwacher Trost. Reisen war eben kein Vergnügen.

Er warf sich hin und her, kratzte sich, wann immer er glaubte, eine Wanze zu spüren, und fluchte laut, als er tatsächlich gebissen wurde. Wenig später stand er, erstaunt über seine eigene Unentschlossenheit, wieder auf, lief über den kalten Boden zur Tür und legte den Riegel vor. Dann kroch er ins Bett zurück.

Er hatte seit Ilandras Tod keiner Frau mehr beigewohnt.

Nach einiger Zeit – er war immer noch wach und beobachtete, wie die Sichel des blauen Mondes vor dem Fenster vorüberglitt, drückte jemand die Klinke nieder und klopfte leise an die Tür.

Er lag ganz still und schwieg. Das Klopfen wiederholte sich noch zweimal: leicht, lockend. Dann kehrte wieder Stille ein in der Herbstnacht. Crispin hing weiter seinen Erinnerungen nach. Vor dem Fenster verschwanden erst der Mond und dann die Sterne und endlich schlief er ein.

Er erwachte, als die ersten Morgengeräusche vom Hof heraufdrangen. Sobald er aus einem schon wieder vergessenen Traum auftauchte und die Augen öffnete, überfiel ihn eine Erkenntnis, die Zoticus' Vogel betraf. Erstaunlich, dass er erst jetzt darauf kam.

Er ging hinunter, um sich einen Krug gewässertes Bier und etwas zu essen zu bestellen. Es überraschte ihn nicht allzu sehr, dass sich die Gemahlin des Senators, die edle Massina Baladia von Rhodias, mit ihrer berittenen Eskorte und ihren Dienern bereits bei Tagesanbruch auf den Weg gemacht hatte.

Unerwartet traf ihn nur das leise Bedauern, das die Nachricht in ihm auslöste. Die Vorstellung, sich – noch dazu unter falschem Namen – in einem Landgasthof eine übersättigte rhodianische Aristokratin ins Bett zu holen, war ihm unerträglich gewesen. Dennoch hätte es vielleicht manches vereinfacht, auf diesem Wege in diese Sphäre seines irdischen Lebens zurückzukehren. Aber dafür war er nicht genügend… abgestumpft.

Ein kühler Morgenwind wehte, als er sich wieder auf den Weg machte. Bald traf er die Händler und den Priester, die vor ihrem Rasthaus auf ihn gewartet hatten. Während er gleichmäßig einen Fuß vor den anderen setzte, kam ihm die Erkenntnis vom frühen Morgen wieder in den Sinn. Er holte tief Atem, hob den Schweigebefehl auf und stellte Linon, die sich in der Reisetasche auf dem Rücken des Maultiers befand, eine Frage.

»Wie überaus genial von dir«, fauchte der Vogel. *»Ich hatte also Recht? Sie ist letzte Nacht doch gekommen?«*

Der Nordwind trieb die weißen Wolken vor sich her. Der Himmel war von einem hellen, fernen Blau. Die Sonne hatte ihre Reise durch die eisige Kälte auf der dunklen Seite der Welt beendet und ging unmittelbar vor ihnen auf wie eine strahlende Verheißung. Auf den Stoppelfeldern saßen schwarze Krähen. Das braune Gras neben der Straße glitzerte im ersten Raureif. Crispin betrachtete die morgendliche Welt und überlegte, wie sich dieser Glanz, dieses Schillern in allen Regenbogenfarben in Glas und Stein einfangen ließen. Ob wohl schon einmal jemand versucht hatte, reifbedecktes Herbstgras auf einer Kuppel darzustellen?

Er zögerte, dann seufzte er und gab eine ehrliche Antwort. *»Sie ist gekommen. Du hattest Recht. Aber ich hatte die Tür verriegelt.«*

»Pah! Schwachkopf. Zoticus hätte sie die ganze Nacht bearbeitet und sie dann völlig erschöpft auf ihr Zimmer zurückgeschickt.«

»Ich bin nicht Zoticus.«

Das klang ziemlich matt, er wusste es selbst. Der Vogel lachte nur zynisch. Aber Crispin hatte an diesem Morgen keine Lust, mit ihm zu streiten. Zu viele Erinnerungen bedrängten ihn.

Es war kälter geworden, man spürte es besonders, wenn die Morgensonne hinter einer Wolke verschwand. Er fror in seinen Sandalen. Morgen ziehe ich Stiefel an, dachte er. Die kahlen Felder und Weinberge nördlich der Straße konnten den Wind natürlich nicht abhalten. Im Nordosten tauchte ein erster dunkler Streifen am Horizont auf: der sagenhafte Wald, der bis zur Grenze und nach Sauradia hinein reichte. Im Lauf des heutigen Tages würden sie an eine Straßengabelung kommen. Der südliche Ast führte nach Mylasia. Wäre es früher im Jahr gewesen, dann hätte er dort ein Schiff besteigen können und wäre rasch in Sarantium gewesen. Über Land war der Weg sehr viel weiter, die Kaiserliche Straße strebte zunächst nordwärts jenem wilden Wald zu, um dann an seinem südlichen Rand entlang nach Osten zu führen.

Er blieb ein wenig zurück, öffnete eine seiner Taschen und holte seinen braunen Wollmantel heraus. Das Maultier ließ sich nicht stören und trottete weiter über die präzise verlegten Steinplatten. Nach kurzem Zögern griff Crispin noch einmal in die Tasche, zog den Vogel an seinem Lederriemen heraus und hängte ihn sich wieder um den Hals. Wie um sich zu entschuldigen.

Nachdem er Linon so lange stumm und blind gemacht hatte, rechnete er mit giftigen, zänkischen Kommentaren. Daran hatte er sich allmählich gewöhnt. Jetzt gilt es, dachte er, während er die Tasche schloss, die Bänder verschnürte und sich den Mantel umlegte, sich mit anderen Besonderheiten dieser Reise auseinander zu setzen. Immerhin war er unter falschem Namen unterwegs, im Kopf eine Botschaft der Königin der Antae an den Kaiser und um den Hals ein Wesen aus der Zwischenwelt. Doch zuallererst musste er seine neueste Erkenntnis verarbeiten: Der künstliche Vogel, der ihn begleitete, war unbestreitbar und sehr ausgeprägt weiblichen Geschlechts.

Gegen Mittag erreichten sie eine kleine Kapelle am Straßenrand. *Zum Gedenken an Clodius Paresis,* stand über dem Torbogen geschrieben. *Er weilt in Jads Licht.*

Die Händler und der Priester wollten beten. Crispin schloss sich an, obwohl er selbst nicht wusste, warum. Die Diener blieben draußen und bewachten die Maultiere und das Gepäck. Hier gab es kein Mosaik. Mosaik war teuer, ein Luxus. Er machte das Zeichen des Sonnenkreises vor dem abblätternden Fresko hinter dem Altarstein, das einen blonden, glattwangigen Jad darstellte. Dann kniete er sich hinter dem Priester auf den Steinboden und stimmte mit den anderen in den Lobpreis der aufgehenden Sonne ein.

Eigentlich war es dafür schon ziemlich spät, aber der Gott würde es wohl so genau nicht nehmen.

KAPITEL III

Kasia nahm den Krug – das Bier war kaum gewässert, denn die vier Händler am großen Tisch waren Stammgäste – und verließ die Küche, um ihn in die Gaststube zu tragen.

»Kätzchen, wenn du fertig bist, kümmerst du dich um unseren alten Freund im oberen Zimmer. Deine Tische kann heute Deana mit übernehmen.« Morax deutete mit vielsagendem Lächeln zur Decke. Sie hasste dieses Lächeln. Wenn er sich so aufdringlich um Freundlichkeit bemühte, bedeutete das meistens Ärger.

Diesmal bedeutete es mit ziemlicher Sicherheit noch Schlimmeres.

Das obere Zimmer lag direkt über der warmen Küche und war für die zuverlässigsten oder großzügigsten Gäste des Hauses reserviert. Heute Nacht war Zagnes dort untergebracht, ein Kaiserlicher Kurier aus Sarnica, der seit vielen Jahren auf der Straße verkehrte, nicht aus der Rolle fiel und die Mädchen nicht über Gebühr strapazierte. Im Herbst und Winter verlangte er manchmal nicht mehr, als dass sie ihm das Bett wärmten.

Kasia hatte als neueste und jüngste Kellnerin stets die unangenehmsten Gäste zu betreuen. Zu ihm hatte man sie *noch nie* geschickt. Wenn er hier nächtigte, wurde er abwechselnd von Deana, Syrene oder Khafa betreut. Die drei rissen sich förmlich darum, mit Zagnes von Sarnica eine ruhige Nacht zu verbringen.

Kasia überließ man die Grobiane. Sie hatte die helle Haut der meisten Inicier und bekam leicht blaue Flecken, sodass Morax schon gewohnheitsmäßig Schadensersatz von den Männern verlangen konnte. Wer im Gasthof einer Kaiserlichen Poststation einkehrte, hatte entweder Geld oder musste auf seine Stellung achten. An sich kümmerte es niemanden, wenn eine Kellnerin zu Schaden kam, aber die meisten Gäste wollten – anders als echte Aristokraten, denen das völlig gleichgültig war – vor ihren Mitreisenden nicht wie ungehobelte Barbaren dastehen. Und Morax verstand es, sich im Namen des gesamten Kaiserlichen Postwesens als Verteidiger der bedrängten Unschuld zu gebärden.

Wenn man ihr also zugestand, die Nacht mit Zagnes im besten Zimmer zu verbringen, dann nur deshalb, weil Morax ihr gegenüber ein schlechtes Gewissen hatte. Oder – der Gedanke war ihr noch gar nicht gekommen – weil er zurzeit blaue Flecken vermeiden wollte.

Schon seit Tagen verstummte das Getuschel, wenn sie einen Raum betrat, kleine Grüppchen lösten sich auf, und wenn sie ihre Arbeit tat, fühlte sie sich von Blicken verfolgt. Sogar Deana verzichtete darauf, sie zu schikanieren. Schon seit mindestens zehn Tagen hatte man ihr keinen Kübel mit Schweinetrank mehr über den Strohsack gekippt. Und Morax selbst war viel zu freundlich – seit eines Nachts im Sternenschein eine Gruppe von Dorfbewohnern mit brennenden Fackeln zum Gasthof gezogen war.

Kasia wischte sich den Schweiß von der Stirn, strich sich das strohblonde Haar aus dem Gesicht und trug das Bier an den Tisch der Händler. Zwei griffen ihr an die Brust, tätschelten ihr das Hinterteil und fassten ihr beim Einschenken unter die Tunika, aber daran war sie gewöhnt. Als sie so tat, als wolle sie dem Nächstsitzenden auf den Fuß treten, erntete sie sogar Gelächter. Es waren Stammgäste, die Morax unter der Hand ein hübsches Sümmchen dafür bezahlten, dass er sie ohne Genehmigung hier wohnen ließ. Solange sie nicht sehr viel mehr Bier intus hätten, würden sie nicht wirklich unangenehm werden.

Sie schenkte den letzten Becher ein, schlug (nur immer weiter lächeln!) die Hand weg, die ihr immer noch den Busen knetete, und wandte sich zum Gehen. Es war noch früh am Abend, Speisen und Getränke mussten aufgetragen, Tische abgeräumt und sauber gewischt, das Feuer geschürt werden. Wieso wurde sie da von der Plackerei befreit und in ein warmes Zimmer zu einem Mann geschickt, der keine großen Ansprüche stellte? Unsicher verließ Kasia die Gaststube und trat auf den dunklen, kalten Gang hinaus.

Als sie im Schein der flackernden Kerze die Treppe hinaufstieg, überfiel sie plötzlich würgende Angst. Sie musste stehen bleiben und sich gegen das Geländer lehnen. Hier oben war es still, der Lärm aus der Gaststube drang nur gedämpft herauf. Auf der Stirn und im Nacken brach ihr der kalte Schweiß aus und lief ihr an den Seiten herunter. Sie schluckte. Ein säuerlicher Geschmack füllte Mund und Kehle. Ihr Herz raste, ihr Atem ging flach. Die Läden waren nicht geschlossen und in den Schatten der Bäume vor dem schmutzigen Fenster verbargen sich namenlose, formlose Schreckgespenster.

Am liebsten hätte sie nach ihrer Mutter gerufen – kindisch, diese Panik, unvernünftig und primitiv –, aber ihre Mutter lebte zwanzig Tagereisen weiter nördlich in einem Dorf jenseits des riesigen Alten Waldes und hatte sie im letzten Herbst an einen karchischen Sklavenhändler verkauft.

Auch beten konnte sie nicht. Gewiss nicht zu Jad, zu dem sie auf Befehl ebendieses Sklavenhändlers, der sie nach Süden gebracht hatte, in einer Kapelle am Wegesrand kurzerhand bekehrt worden war. Und den Waldgott Ludan brauchte sie erst recht nicht zu bitten, sie vor dem Schicksal zu bewahren, das man ihr zugedacht hatte.

Eigentlich wäre eine Jungfrau erforderlich, und früher hatte man sich auch daran gehalten, aber die Welt blieb nicht stehen. Sauradia war jetzt dem Namen nach jadditisch, es war eine Provinz des sarantinischen Imperiums und zahlte Steuern. Es gab zwei Heerlager im Land und den Truppenstützpunkt in Megarium. Zwar hielt man sich insgeheim noch immer an die alten Stammesrituale – was die jadditischen Priester geflissentlich übersahen, wenn man sie nicht gerade mit der Nase darauf stieß –, aber niemand fühlte sich mehr verpflichtet, dafür seine jungfräuliche Tochter zu opfern.

Eine Hure aus der Poststation erfüllte den gleichen Zweck.

Es gibt keinen Zweifel mehr, dachte Kasia in hilfloser Empörung. Sie stand immer noch auf halber Höhe der Treppe, klammerte sich an das Geländer und schaute durch das kleine Fenster in die Nacht hinaus. Neben der Schmiede hatte sie ein Messer versteckt, aber was konnte ihr ein Messer schon nützen? Selbst weglaufen war nicht mehr möglich. Sie wurde beobachtet, und wohin sollte sie als Sklavin schon fliehen? In die Wälder vielleicht? Und wenn sie auf der Straße blieb, hetzte man nur die Hunde hinter ihr her.

Sie konnte den Wald durch das verschmierte Glas nicht sehen, aber sie spürte ihn im Dunkeln. Er war ganz nahe. Sie durfte sich nichts vormachen. Das

Getuschel, die lauernden Blicke, die unerklärlichen Freundlichkeiten, die beispiellose Sanftmut in den Augen dieser Hexe Deana, die Gier im Gesicht von Morax' fetter Frau, die Art, wie sie sich allzu schnell abwandte, wenn Kasia sie in der Küche ansah...

In zwei Tagen, am Fest der Toten, musste sie sterben.

Crispin hatte sich mit Hilfe seines Geleitbriefs an der ersten Poststation in Sauradia, gleich hinter den Grenzsteinen zu Batiara, einen Diener genommen. Jetzt war er zum ersten Mal in seinem Leben im sarantinischen Reich. Er zog auch ein zweites Maultier in Betracht, aber er ritt wirklich nicht gern, und da er sich gute Stiefel gekauft hatte, waren seine Füße den Strapazen erstaunlich gut gewachsen. Es gab auch die Möglichkeit, stattdessen einen zweirädrigen kleinen Karren zu mieten, eine so genannte Birota mit einem Pferd oder einem Maultier, aber die Auslagen hätten die mit dem Kaiserlichen Geleitbrief gewährte Summe überschritten, und außerdem waren solche Gefährte sprichwörtlich unbequem.

Der Diener hieß Vargos und war ein großer, schweigsamer Mann mit schwarzem Haar – eine Seltenheit für einen Inicier – und einer tiefen, wulstigen Narbe auf einer Wange. Sein Stab war noch schwerer als der von Crispin. Die Narbe sah aus wie ein heidnisches Symbol; Crispin hatte nicht den Wunsch, mehr darüber zu erfahren.

Crispin hatte es abgelehnt, einen von den Lehrlingen mitzunehmen, obwohl Martinian ihm das dringend ans Herz gelegt hatte. Wenn er sich schon darauf einließ, mit dieser verrückten Reise unter falschem Namen ein neues Leben zu beginnen, dann wollte er dabei *nicht* von einem Jungen aus seiner Heimat begleitet werden. Es war schon schwierig genug, auf unsicheren Straßen einem unsicheren Ziel entgegenzugehen, ohne auch noch die Verantwortung für ein junges Leben übernehmen zu müssen.

Andererseits war er kein Narr oder Schwachkopf, wie Linon ihm nur allzu gern vorhielt, der um jeden Preis allein reisen wollte. Er fühlte sich außerhalb von Stadtmauern ohnehin nicht wohl und hier im Westen Sauradias zwischen dem finsteren Wald im Norden und den sturmutosten Bergen im Süden war die Straße ganz anders als im dicht besiedelten, verkehrsreichen Batiara. So hatte er den Mann kraft des Geleitbriefs in seine Dienste genommen, nicht ohne sich zu vergewissern, dass Vargos den Weg zur trakesischen Grenze kannte und offensichtlich nicht nur über beträchtliche Körperkräfte, sondern auch über ausreichend Erfahrung verfügte. Die Kaiserliche Post würde dem Amt des Kämmerers seinen Lohn in Rechnung stellen. Alles war bestens geregelt. Aber der Wald nördlich der Straße war immer noch unheimlich *schwarz*.

Die Händler waren mit ihrem Wein lange vor der Grenze nach Süden abgebogen und der edlen Massina Baladia gefolgt, die ihnen einen halben Tagesmarsch voraus war. Der Priester, ein anständiger, gutmütiger Mensch, wollte zu einem Kloster gleich hinter der sauradischen Grenze. So hatten sie eines Morgens nach einem gemeinsamen Gebet Abschied genommen und der Priester hatte die Straße verlassen. Crispin konnte sich nun anderen Reisegruppen nach Osten anschließen – von Megarium müssten etliche heraufkommen –, und das würde er sicher auch versuchen, aber bis dahin war es nur vernünftig, sich wenigstens nach einem kräftigen und fähigen Begleiter umzusehen. In solchen Dingen war die Post vorzüglich organisiert: Man konnte an jeder Poststation an der Straße einen Mann wie Vargos anheuern und ihn an irgendeiner anderen wieder entlassen. Dort wartete er dann auf

Reisende in die gleiche oder in die Gegenrichtung. Das sarantinische Reich von heute mochte nicht *ganz* an Rhodias in seiner Glanzzeit heranreichen, aber es war auch nicht allzu weit davon entfernt.

Und wenn Gisel, die junge Königin der Antae, Recht hatte, war Valerius II. ohnehin bestrebt, das Westreich in irgendeiner Form wieder erstehen lassen.

Für den rhodianischen Mosaikmeister Caius Crispus von Varena, der frierend und verdrossen durch den Herbstregen stapfte, waren alle Maßnahmen, die in Gegenden wie dieser Ordnung und *Kultur* stärkten, in höchstem Maße förderungswürdig.

Der Wald war wirklich Furcht erregend.

Es war erstaunlich zu beobachten, wie sein Unbehagen mit jedem Tag zunahm, seit er ihn ständig im Blickfeld hatte. Sosehr es ihn kränkte, er musste einsehen, dass er ein noch ausgeprägterer Stadtmensch war, als er gedacht hätte. Städte bargen Gefahren, aber immerhin hatten sie Mauern. Und alles, was wild war – ob es nun Raubtiere oder Menschen ohne Gesetze waren –, blieb im Allgemeinen draußen. Wer sich in Acht nahm, im Dunkeln nicht allein das Haus verließ oder in die falsche Gasse einbog, fiel allenfalls auf dem Markt einem Taschendieb in die Hände oder wurde von einem Heiligen Mann in blindem Eifer bespuckt und beschimpft.

Außerdem gab es in Städten öffentliche und private Gebäude: Paläste, Bäder und Theater, Villen reicher Kaufherren, Mietshäuser, Kapellen und Heiligtümer. Sie alle hatten Wände und Fußböden und manchmal sogar Kuppeln, die wohlhabende Menschen bisweilen mit Mosaiken schmücken lassen wollten.

Und davon konnte wiederum ein erfahrener Mann mit gewissen Fähigkeiten gut leben.

In diesem Wald oder in den wilden Bergen südlich davon bestand dagegen so gut wie kein Bedarf für

Crispins Fähigkeiten. Sauradias kriegerische Stämme waren seit der Frühzeit des rhodianischen Reiches berüchtigt für ihre barbarische Grausamkeit. Nicht weit nördlich von hier hatte ein rhodianisches Heer noch vor dem langsamen Verfall und dem endgültigen Zusammenbruch des Westreichs die schlimmste Niederlage aller Zeiten erlitten. Beim Versuch, einen Stammesaufstand niederzuschlagen, war eine ganze Legion zwischen Sumpf und Wald in die Zange genommen und niedergemetzelt worden.

Danach, so berichteten die Geschichtsbücher, waren sieben Jahre lang Vergeltungsschläge auf das Land niedergeprasselt. Und irgendwann war der Sieg errungen worden. Für Phalanx und Kolonne war Sauradia kein einfaches Gelände. Und Feinde, die in nebelverhangenen Wäldern unter Trommelwirbel gespenstergleich mit den Bäumen verschmolzen und bei blutigen Ritualen ihre Gefangenen zerstückelten und auffraßen, waren auch den diszipliniertesten Soldaten nicht geheuer.

Doch auch die Rhodianer zögerten nicht, hart durchzugreifen. Wie anders hätten sie den größten Teil der bekannten Welt unter ihre Herrschaft gebracht? Außerdem hatten sie ein ganzes Reich im Rücken. Am Ende hingen – ohne Gliedmaßen und Geschlechtsteile – die Leichen von Stammeskriegern und ihren Frauen und Kindern an fettigem Blondhaar von den heiligen Bäumen der sauradischen Wälder.

Das mag lange her sein, dachte Crispin eines Morgens, dennoch eignet sich die Geschichte nicht zum Gegenstand friedlicher Betrachtungen. Sogar Linon schwieg. Der dunkle Wald rückte hier sehr dicht an die Straße heran und schien kein Ende zu nehmen. Ob Crispin vorwärts nach Osten oder zurück nach Westen schaute, er sah nichts als Eichen, Eschen, Ebereschen, Buchen und andere Bäume, die er nicht kannte. Das

Laub war welk oder bereits abgefallen. In Abständen stieg fettiger schwarzer Rauch auf: Am Waldrand waren die Kohlenbrenner an der Arbeit. Im Süden stieg das Land stufenweise an, ein hoher Gebirgszug versperrte den Blick auf Küste und Meer. Außer einigen Schafen, Ziegen und Hunden sowie einer Schäferhütte mit rauchendem Schornstein wies nichts darauf hin, dass hier Menschen lebten. Der Tag war grau und verhangen, ein feiner, kalter Regen fiel vom Himmel, Wolken verhüllten die Gipfel der Berge.

Crispin hatte sich die Kapuze seines Reisemantels über den Kopf gezogen und überlegte, warum er das alles auf sich nahm. Eine befriedigende Antwort fand er nicht.

Dann versuchte er, im Geiste leuchtend bunte Bilder von Sarantium heraufzubeschwören: die berühmten Sehenswürdigkeiten der Kaiserlichen Stadt im Zentrum von Jads Schöpfung, die so oft als ›Auge und Zierde der Welt‹ bezeichnet wurde. Vergeblich. Zu weit war sein Ziel entfernt, zu wenig war es ihm vertraut. Zu bedrückend, zu aufdringlich gegenwärtig waren der schwarze Wald, der Nebel und der kalte Nieselregen. Zu unübersehbar fehlte *alles*, was für Behaglichkeit oder gar Schönheit stand: Mauern, Wärme, Menschen, Geschäfte und Märkte, Schenken und Badehäuser.

Er war ein Stadtmensch, das war nicht zu leugnen. Und diese Reise zwang ihn, auch alles andere auf sich zu beziehen, was sich mit dem Begriff verband; Dekadenz, Verweichlichung, Korruption, übertriebener Luxus. Die letzten zynischen Karikaturen von Rhodias vor dem Sturz: weibische Aristokraten in Heldenpose, die sich für ihre Kriege Barbaren anheuerten und hilflos zusehen mussten, wie die eigenen Söldner sich gegen sie wandten. Er hatte mit der edlen Massina Baladia mit ihrer gepolsterten Sänfte, der erlesenen Reisegarderobe, dem Parfüm und den bemalten Zehennägeln doch mehr gemeinsam, als er sich hatte eingestehen wollen. Ihre wie seine Welt war von Stadtmauern begrenzt. Wenn Crispin ehrlich war, hatte er im Augenblick vor allem einen Wunsch: ein Bad, eine fachmännische Massage mit duftendem Öl und danach einen warmen Raum, ein Ruhebett und ein Glas heißen Würzweins bei gepflegter Konversation. Hier draußen in der Wildnis fühlte er sich unsicher, orientierungslos, *ungeschützt*. Und er hatte noch einen weiten Weg vor sich.

Wenigstens war das nächste Bett in erreichbarer Nähe. Ein strammer Marsch durch den Dauerregen, nur unterbrochen für ein kurzes Mittagsmahl aus Brot und Käse und einer Flasche sauren Weins in einer verräucherten, nach Abfällen riechenden Schenke in einem Weiler, und schon kam am späten Nachmittag die nächste Kaiserliche Poststation in Sicht. Inzwischen hatte sogar der Regen aufgehört, und die Wolken rissen auf, wenn nicht über den Wäldern, so doch im Süden und im Westen. Die Gipfel einiger Berge wurden sichtbar. Dahinter läge das Meer. Wäre der Kurier rechtzeitig gekommen, dann hätte er ein Schiff nehmen können. Aber solche Überlegungen führten zu nichts.

Hätte die Pest sein Haus verschont, dann hätte er noch eine Familie.

Als er mit Vargos und dem Maultier durch das nächste Dorf zog, kam hinter ihnen zum ersten Mal an diesem Tag die Sonne heraus. Sie stand tief über dem Horizont und beleuchtete mit blassem Schein die Berghänge und die Unterseite der dichten Wolken über den Gipfeln. Im Straßengraben glitzerten kalt die Regenwasserpfützen. Sie kamen an der Schmiede, dem Backofen und zwei heruntergekommenen Rasthäusern vorbei, ohne die neugierigen Blicke einer

Hand voll Schaulustiger und den derben Zuruf einer mageren Hure in einem Durchgang neben der zweiten Herberge zu beachten. Nicht zum ersten Mal war Crispin dankbar für den Geleitbrief, den er in einer Ledertasche am Gürtel trug.

Der Gasthof der Poststation lag, wie auf der Karte vermerkt, am Ostrand des Dorfes. Crispin liebte diese Karte und verließ sich darauf, dass die Landmarken seiner Wanderung jeden Tag genau da auftauchten, wo sie es sagte. Ein beruhigendes Gefühl.

Es war ein großer Gasthof mit Stallungen, eigener Schmiede und dem üblichen Innenhof, aber ohne die verrottenden Abfälle neben der Tür. Ein kleines Tor führte in einen gepflegten Gemüse- und Kräutergarten, dahinter schloss sich eine Wiese mit weidenden Schafen und einer festen Schäferhütte an. Ein Hoch auf das sarantinische Imperium, dachte Crispin spöttisch, und auf die großartige Kaiserliche Post. Aus den breiten Schornsteinen stieg der Rauch. Man konnte sich auf eine warme Stube freuen.

»Hier bleiben wir zwei Nächte«, sagte Linon.

Er trug sie wieder an ihrem Riemen um den Hals. Linon hatte seit dem Morgen nicht mehr gesprochen. Crispin zuckte zusammen, als er plötzlich ihre Stimme hörte.

»Meinst du? Warum? Hast du dir etwa die Füßchen müde gelaufen?«

»Blut und Mäuse! Du bist so dumm, dass man dich ohne Amme nicht aus dem Haus lassen dürfte. Sieh auf den Kalender und denk an Zoticus' Warnung. Du bist in Sauradia, Schwachkopf. Und morgen ist das Fest der Toten.«

Crispin hätte sich ohrfeigen können. Das hatte er tatsächlich vergessen. So unvernünftig es war, er ärgerte sich jedes Mal, wenn der Vogel Recht hatte.

»Und was soll schon passieren?«, fragte er mürrisch. *»Lande ich im Suppentopf, wenn man mich im Freien an-*

trifft? Oder werden meine Gebeine am nächsten Kreuzweg vergaben?«

Linon würdigte ihn keiner Antwort.

Crispin hatte das unangenehme Gefühl, den Kürzeren gezogen zu haben. Er überließ es Vargos, sich um das Maultier und seine Traglast zu kümmern, durchquerte, vorbei an zwei bellenden Hunden und einer Schar auseinander stiebender Hühner, den Hof mit den Wasserpfützen und betrat den Vorraum des Gasthauses. Wenn er seinen Geleitbrief vorzeigte, konnte er auch fragen, ob für gutes sarantinisches Geld sofort ein heißes Bad zu bekommen wäre.

Der große Vorraum mit der hohen Decke war einladend sauber. Linker Hand öffnete sich ein Torbogen zur Gaststube, in der zwei Feuer brannten. Fröhliches Stimmengewirr in verschiedenen Sprachen drang zu ihm heraus. Ohne Zweifel verlockend, wenn man den ganzen Tag bei Nässe und Kälte unterwegs gewesen war. Am Ende stand auch noch jemand in der Küche, der kochen konnte. In den Wäldern musste es Hirsche, Wildschweine und vielleicht sogar den scheuen sauradischen Bison geben; ein schmackhaftes Wildgericht und eine oder zwei Flaschen halbwegs trinkbaren Weins, und schon sähe die Welt wieder freundlicher aus.

Crispin blickte sich um und stellte fest, dass der geflieste Fußboden sauber gefegt und trocken war. Vielleicht wäre es tatsächlich angebracht, seinen müden Füßen in diesem Gasthof zwei Tage und Nächte Ruhe zu gönnen. Zoticus hatte ihm eindringlich nahe gelegt, am Fest der Toten an einem Ort zu bleiben und das Haus nicht zu verlassen. Auch wenn er nicht an Märchen glaubte, er durfte nicht leichtsinnig werden, nur um ein Duell mit einem künstlichen Vogel zu gewinnen. Immerhin, fiel ihm plötzlich ein, war Linon der Beweis dafür, dass die Zwischenwelt tatsächlich existierte.

Nicht unbedingt ein tröstlicher Gedanke.

Er wartete, den wertvollen Geleitbrief in der Hand, auf den Wirt und schwelgte bereits in der Aussicht auf trockene Kleider, eine warme Stube und einen Becher Wein. Als er hinter der Treppe aus den Tiefen des Gasthofs ein Geräusch hörte, setzte er ein freundliches Lächeln auf und drehte sich um. Zwar machte er im Moment keinen sehr Vertrauen erweckenden Eindruck. Auch war es kein Zeichen von Wohlstand, wenn man zu Fuß und mit einem Lohndiener unterwegs war. Aber er hatte bereits mehrfach die Erfahrung gemacht, dass ihn sein Geleitbrief, auf dem in schwungvoller Schrift sein – oder vielmehr Martinians – Name sowie das Privatsiegel und die Unterschrift keines Geringeren als des Obersten Kämmerers prangten, schlagartig zu einer angesehenen Persönlichkeit machte.

Doch hinter der Treppe kam nicht der Wirt zum Vorschein, sondern nur eine magere Kellnerin mit strohblondem Haar und bloßen Füßen in einer fleckigen, knielangen, braunen Tunika und mit einem viel zu schweren Weinkrug in den Armen. Bei seinem Anblick blieb sie erschrocken stehen und starrte ihn mit großen Augen an.

Crispin übersah ihren aufdringlichen Blick und lächelte. »Wie nennt man dich, Kind?«

Sie schluckte, schlug die Augen nieder und murmelte: »Kätzchen.«

Aus dem Lächeln wurde ein Grinsen. »Wieso das?«

Sie schluckte wieder. Offenbar fiel ihr das Sprechen schwer. »Weiß nicht«, brachte sie schließlich heraus. »Jemand fand wohl, ich sähe so aus.«

Nach dem ersten ungenierten Blick hob sie die Augen nicht mehr vom Boden. Crispin fiel auf, dass er mit Ausnahme einiger Anweisungen an Vargos den ganzen Tag mit niemandem gesprochen hatte. Es war seltsam, aber er wusste nicht, wie er sich verhalten sollte. Auf jeden Fall sehnte er sich nach einem Bad und hatte keine Lust, mit einer Kellnerin zu plaudern.

»Ich finde das nicht. Und wie heißt du wirklich?«

Jetzt sah sie ihn an, senkte aber gleich wieder den Blick. »Kasia.«

»Nun, Kasia, dann lauf und hol mir den Wirt. Ich bin äußerlich nass und innerlich ausgetrocknet. Und erzähl mir ja nicht, es gebe keine Zimmer mehr.«

Sie rührte sich nicht von der Stelle. Ihre Augen blieben auf den Boden gerichtet, nur die beiden Hände hoben den schweren Weinkrug etwas höher. Ein blutjunges Ding, sehr mager, mit weit auseinanderstehenden blauen Augen. Offenbar von einem der Stämme im Norden. Ob sie ihn und seinen kleinen Scherz wohl verstanden hatte? Sie hatten Rhodianisch gesprochen. Er wollte seine Bitte schon auf Sarantinisch wiederholen und den Witz weglassen, da holte sie tief Luft.

»Sie werden mich morgen töten«, sagte sie, diesmal ganz deutlich. Dann sah sie ihn an. Ihre Augen waren riesengroß und so tief wie der Wald. »Bringt Ihr mich von hier fort?«

Zagnes von Sarnica hatte dieses Ansinnen in der Nacht zuvor kategorisch abgelehnt.

»Du heilige Einfalt!«, hatte er geschrien und Kasia in seiner Erregung aus dem Bett gestoßen. Sie war hart auf dem Boden gelandet, und der war kalt, obwohl darunter das Küchenfeuer brannte. »Was in Jads heiligen Namen sollte ich mit einer Sklavin aus Sauradia anfangen?«

Sie hatte mühsam die Tränen zurückgehalten. »Ich täte alles, was Ihr wollt«, hatte sie gesagt und sich vor das Bett gekniet.

»Natürlich. Was bliebe dir sonst auch übrig? *Darum*

geht es doch nicht.« Zagnes war ganz außer sich gewesen.

Nicht die Bitte, sie zu kaufen und mitzunehmen, hatte ihn so empört. Dergleichen war man als Kaiserlicher Kurier gewöhnt. Es musste ihre Begründung gewesen sein. Der unmittelbare, ganz besondere Anlass. Aber sie hatte es ihm sagen *müssen*… er hätte sonst keinen Grund gehabt, unter all den vielen Bitten ausgerechnet die ihre in Betracht zu ziehen. Alle behaupteten, er sei ein guter Mensch…

Aber so gut – oder so töricht – wohl doch nicht. Der Kurier war vor Schreck totenbleich geworden. Er war kein junger Mann mehr, hatte einen deutlichen Bauchansatz und schütteres Haar. Grausam war er sicher nicht, nur klug genug, um sich nicht in das geheime Leben eines sauradischen Dorfes hineinziehen zu lassen. Auch nicht wegen eines verbotenen Mädchenopfers an einen heidnischen Gott. Vielleicht gerade deshalb nicht. Angenommen, er käme mit der Geschichte zu den Priestern oder in das Heerlager im Osten, was geschähe? Zunächst würde man eine Untersuchung einleiten und schmerzliche, vielleicht sogar gefährliche Fragen stellen. Schließlich ging es um Glaubensdinge. Und dann? Strenge Maßnahmen, um das Wiederaufleben des Heidentums zu verhindern? Wetternde Priester, Soldaten im Dorf, höhere Steuern? Womöglich hätten Morax und andere mit Strafe zu rechnen; der Wirt könnte seinen Gasthof verlieren, vielleicht würde man ihm sogar die Nase aufschlitzen und die Hände abhacken.

Damit wären für Zagnes von Sarnica die guten Zeiten vorüber. Kein Gasthof in Sauradia, in dem er noch das wärmste Zimmer bekäme. An den Hauptstraßen verbreiteten sich solche Nachrichten wie der Wind und Denunzianten waren nirgendwo beliebt. Zwar war er Kaiserlicher Beamter, aber seine Tage –

und Nächte – verbrachte er zumeist fern von Sarantium.

Und das alles für eine Kellnerin? Hatte sie wirklich Hilfe von ihm erwartet?

Eigentlich nicht. Aber sie wollte nicht sterben und ihre Aussichten schwanden zusehends.

»Komm wieder ins Bett«, hatte Zagnes sie angefahren. »Es nützt mir nichts, wenn du auf dem Boden erfrierst. Zur Zeit ist mir *immer* kalt«, hatte er hinzugefügt. Sein Lachen klang nicht echt. »Wenn man so viele Jahre unterwegs ist, spürt man den Wind und den Regen in allen Knochen. Dann wird es Zeit, sich zur Ruhe zu setzen. Ich hätte auch nichts dagegen, säße zu Hause nicht meine Frau.« Wieder dieses künstliche Lachen. »Kind, ich bin sicher, du ängstigst dich völlig umsonst. Ich kenne Morax seit Jahren. Ihr Mädchen seht *immer* Gespenster, wenn dieses alberne … wenn dieser Tag kommt.«

Schweigend stand Kasia auf, schlüpfte nackt unter das Laken und legte sich neben ihn. Er wich ein wenig zurück. Kein Wunder, dachte sie bitter. Ein kluger Mann schlief nicht mit einem Mädchen, das für den Waldgott Ludan bestimmt war. Am Ende würde er noch mit in den heiligen Tod gerissen.

Aber daran lag es nicht. Zagnes war ein ziemlich nüchterner Mensch. »Deine Füße sind *kalt*, Kind. Du musst sie reiben. Die Hände auch«, fügte er hinzu. »Mir ist immer kalt.«

Kasia stieß einen seltsamen Laut aus, halb Lachen, halb mühsam unterdrückte Panik. Dann rieb sie folgsam die Füße aneinander, um sie zu wärmen und dem Mann an ihrer Seite von ihrer Wärme abgeben zu können. Draußen blies der Wind, ein Ast schlug gegen die Wand. Die Wolken hatten Regen gebracht. Keiner der Monde stand am Himmel.

Sie war die ganze Nacht bei ihm geblieben. Aber er hatte sie nicht angerührt, sondern sich nur fest an sie gekuschelt wie ein Kind. Sie hatte wach gelegen und dem Wind, dem Ast, dem Regen gelauscht. Ein Morgen noch, eine Nacht, dann musste sie sterben. Erstaunlich, dass sie sogar fähig war, einen Zeitplan aufzustellen. Ob sie wohl Deana noch töten könnte, bevor man sie fesselte oder bewusstlos schlug? Sie hätte gern gebetet, aber sie war nicht mit dem Glauben an den Sonnengott Jad aufgewachsen und so fielen ihr die Litaneien nicht so ohne weiteres ein. Und wie betete das Opfer zu dem Gott, dem es dargebracht werden sollte? Worum sollte sie Ludan bitten? Dass er sie sterben ließe, bevor man sie in Stücke schnitt? Sie wusste ja nicht einmal, ob das hier im Süden überhaupt üblich war.

Vor Tagesanbruch stand sie auf. Der Kurier schlief noch. Der dunkle Raum war feucht und kalt. Fröstelnd schlüpfte sie in ihre Unterwäsche, zog sich die Tunika über und stieg in die Küche hinunter. Es regnete immer noch. Aus dem Hof waren Geräusche zu hören: Die Stallburschen sattelten die Ersatzpferde für die Kaiserlichen Kuriere und die Pferde und Maultiere derjenigen Gäste, die ihre Tiere mitgebracht hatten oder abholen wollten. Sie ging dreimal in die hintere Kammer, um einen Arm voll Feuerholz zu holen, dann kniete sie nieder und zündete das Küchenfeuer an. Deana kam gähnend herunter und kümmerte sich um das Feuer in der Gaststube. Sie hatte auf einer Wange einen frischen blauen Fleck.

»Gut geschlafen, du Miststück?«, fragte sie, als sie Kasia sah. »Den kriegst du nie wieder, das verspreche ich dir.«

»Er hat gesagt, du bist genauso schmuddelig wie deine Kleider«, murmelte Kasia, ohne sich umzudrehen. Ob Deana sie wohl schlagen würde? Sie brauchte sich nur nach einem Holzscheit zu bücken.

Aber man legte Wert darauf, dass sie nicht beschädigt wurde. Eigentlich war es zum Lachen... heute konnte sie den ganzen Tag sagen, was sie wollte, ohne Schläge fürchten zu müssen.

Deana blieb kurz stehen stehen, dann ging sie an Kasia vorbei, ohne sie zu berühren.

Sie wurde genau beobachtet. Kasia merkte es, als sie beim Leeren der Nachttöpfe für einen Moment auf die Veranda an der Rückseite des Gasthofs trat, um frische Luft zu schnappen. Es war kalt und feucht. Nebel verhüllte die Berge. Es regnete immer noch, aber der Wind hatte sich gelegt. Der Rauch aus dem Kamin stieg gerade nach oben und verschwand im Grau. Sie konnte kaum den Obstgarten und die Schafe auf den Hängen erkennen. Alle Geräusche waren gedämpft.

Aber an einem Pfeiler am anderen Ende der Veranda lehnte Pharus der Stallmeister und schnitzte mit seinem Messer an einem nassen Stöckchen herum, und Rugash, der alte Schäfer, hatte seine Herde den Jungen überlassen und stand in der offenen Tür der Hütte hinter dem Obstgarten. Als sie zu ihm hinschaute, wandte er sich ab und spuckte durch die Lücke in seinen Schneidezähnen in den Schlamm.

Sie trauten ihr also wirklich zu, dass sie die Flucht ergriff. Aber wo sollte ein Sklavenmädchen hin? Barfuß in die Berge hinauf? In den Alten Wald? Um dort zu erfrieren oder von wilden Tieren zerrissen zu werden? Wäre das besser? Und wenn die Dämonen oder die Toten sie vorher fänden, wäre ihre Seele dann für immer verloren? Kasia überlief ein Schauer. Die Angst war überflüssig: Sie käme nicht einmal bis in den Wald oder auf die Hügel. Und wenn, dann würde man sie rasch finden. Sie hatten ja die Hunde.

Hinter ihr trat Khafa aus der Tür. Kasia erkannte ihren Schritt, ohne sich umdrehen zu müssen.

»Wenn ich das Wirtin sage, sie dich peitschen für Faulheit«, sagte sie. Sie hatte Anweisung, nur Rhodianisch zu sprechen, um die Sprache zu lernen.

»Du kannst mich mal«, sagte Kasia matt. Aber sie drehte sich um und drängte sich an der anderen vorbei ins Haus. Khafa war vermutlich noch die Anständigste von allen.

Sie lief treppauf, treppab, treppauf, treppab, bis alle Nachttöpfe wieder in den Zimmern waren, dann kehrte sie in die Küche zurück, um das Frühstücksgeschirr zu spülen. Das Feuer war zu weit heruntergebrannt; man wurde geschlagen oder zu den Ratten in den Weinkeller gesperrt, wenn man das Feuer vergaß oder zu verschwenderisch mit dem Holz umging. Sie schürte die Glut. Der Rauch brannte ihr in den Augen. Sie wischte sich mit dem Handrücken die Tränen ab.

Das Messer war im Schmiedeschuppen neben dem Stall versteckt. Sie nahm sich vor, im Lauf des Tages hinauszugehen und es zu holen. Wenn sich kein anderer Ausweg ergab, könnte sie sich heute Abend damit erstechen. Dann wären sie alle betrogen. Auch eine Art von Triumph.

Sie fand keine Gelegenheit dazu. Die nächste Gruppe von Händlern machte wegen des Regens schon ziemlich früh Station. Geleitbriefe hatten sie natürlich nicht, aber Morax führte die üblichen Verhandlungen, und als sie zahlten, ließ er sie trotzdem bleiben. Sie setzten sich in die Gaststube ans Feuer und tranken sehr schnell große Mengen Wein. Dann wollten sich drei von ihnen den verregneten Nachmittag mit einem Mädchen vertreiben. Kasia ging mit einem Karcher nach oben; Deana und Syrene übernahmen die anderen. Der Karcher roch nach Wein, nach nassem Pelz und nach Fisch. Er nahm sich keine Zeit zum Ausziehen, sondern warf sie sofort bäuchlings auf das Bett und schob ihr die Tunika hoch. Als er fertig war, blieb er auf ihr liegen und schlief ein. Kasia kroch hervor und sah aus dem Fenster. Der Regen ließ nach. Bald würde er ganz aufhören.

Das Schnarchen des Karchers war bis auf den Gang zu hören. Sie hatte keine Ausrede, noch länger zu bleiben, also ging sie hinunter. Morax war im Vorraum und musterte sie scharf – wahrscheinlich suchte er nach blauen Flecken –, dann deutete er wortlos auf die Küche. Es war Zeit, das Abendessen vorzubereiten. In der Gaststube saßen schon neue Gäste und tranken. Heute Abend würde alles überfüllt sein. Der morgige Tag machte die Leute unruhig, deshalb suchten sie Gesellschaft und betranken sich. Kasia schaute durch den Torbogen. Drei Dorfbewohner an einem Tisch mit vier Gläsern. Morax hatte bei ihnen gesessen.

Deana kam etwas später herunter, sie trat vorsichtig auf, als habe sie Schmerzen. Dann standen sich die beiden gegenüber, schnitten Kartoffeln und Zwiebeln und richteten Schälchen mit Oliven an. Die Wirtin beobachtete sie; keine sprach ein Wort. Morax' Frau schlug die Mädchen, wenn sie bei der Arbeit schwatzten. Jetzt sprach sie mit der Köchin. Kasia verstand nicht, was sie sagte. Die Wirtin beobachtete sie immer noch. Mit gesenktem Kopf trug sie die Olivenschälchen und die Körbe mit den frischen Brötchen aus der Backstube hinaus und stellte sie zu den Ölkrügen auf die Tische. Im Gasthof einer Poststation wurden gewisse Annehmlichkeiten geboten, aber die hatten ihren Preis. Als sie eintrat, begannen die drei Dorfbewohner ein angeregtes Gespräch. Keiner blickte auf, als sie ihnen Oliven und Brot brachte. Beide Feuer waren heruntergebrannt, aber das war Deanas Sache.

In der Küche zerteilte die Köchin mehrere Hühner und warf die Stücke zusammen mit den Kartoffeln und den Zwiebeln in einen Topf. Der Weinkrug war schon fast wieder leer. Ein kalter, nasser Tag. Da tranken die

Männer. Die Wirtin nickte und Kasia nahm den Schlüssel und ging zum zweiten Mal nach hinten zum Vorratskeller. Sie schloss die schwere, in den Boden eingelassene Falltür auf, zog sie hoch und hievte einen neuen Krug aus dem flachen, kalten Loch. Vor einem Jahr, als Morax sie dem Händler abkaufte, war sie dafür noch zu schwach gewesen und hatte Prügel bekommen. Der große Krug war ihr auch jetzt noch zu schwer und behinderte sie. Sie schloss den Keller wieder ab, und als sie durch den Gang kam, sah sie an der Tür zum Vorraum einen Mann stehen.

Es war sein wildes Aussehen, dachte sie später. Der rote Vollbart und das zerzauste Haar, als er die Kapuze seines schlammbespritzten Mantels zurückschob. Die Vertrauen einflößenden großen Hände mit den roten Haaren auf dem Handrücken. Das durchnässte braune Übergewand hatte er, um weiter ausschreiten zu können, mit dem Gürtel so weit hochgebunden, dass es ihm nur bis zu den Knien reichte. Teure Stiefel. Ein schwerer Stab. Neben all den Händlern und Beamten, den uniformierten Offizieren und Kaiserlichen Kurieren, die in Gruppen über diese Straße zogen, erinnerte sie dieser einsame Wanderer an die harten Männer ihres Stammes im fernen Norden.

Darin lag eine ungeheure Ironie, aber das konnte sie natürlich nicht wissen.

Er war ganz allein, kein Begleiter, kein Diener waren zu sehen und seltsamerweise war ausgerechnet in diesem Moment auch sonst niemand in der Nähe. Er sprach sie auf Rhodianisch an. Sie hörte kaum, was er sagte, murmelte irgendeine Antwort. Es ging um ihren Namen. Sie schlug die Augen nieder. Ein seltsames Rauschen war in ihren Ohren, als führe der Wind durch den Raum. Gleich würde sie umfallen und dabei den Weinkrug zerbrechen. Aber, dachte sie plötzlich, das wäre jetzt gleichgültig. Was konnten sie ihr schon tun?

»Sie werden mich morgen töten«, sagte sie und sah ihn an. Ihr Herz pochte wie eine der Trommeln des Nordens. »Bringt Ihr mich von hier fort?«

Er reagierte weder erschrocken noch ungläubig, und er wich auch nicht vor ihr zurück wie Zagnes, sondern sah sie nur eindringlich an. Seine Augen wurden schmal; sie waren von einem eisigen Blau.

»Warum?« Das klang fast barsch.

Kasia kamen die Tränen. Sie kämpfte sie nieder. »Das… das Fest der Toten«, presste sie heraus. Ihr Mund war wie mit Asche gefüllt. »Der… der Eichengott… sie…«

Sie hörte Schritte. Natürlich. Die Zeit war um. Die Zeit reichte nie. Sie hätte zu Hause an der Pest sterben können wie ihr Vater und ihr Bruder. Oder im folgenden Winter am Hunger, wenn ihre Mutter sie nicht für Getreide verkauft hätte. Aber sie *war* verkauft worden. Sie war hier. Als Sklavin. Die Zeit war um. Sie hielt inne, starrte zu Boden, umklammerte den schweren Krug. Morax kam durch den Torbogen aus der Gaststube.

»Das wurde auch Zeit, Wirt«, sagte er Rotbart ruhig. »Lasst Ihr Eure Gäste immer allein im Vorraum stehen?«

»Kätzchen!«, brüllte Morax. »Du kleines Miststück, was *fällt* dir ein, mir einen so vornehmen Gast nicht zu melden?« Kasia hatte die Augen niedergeschlagen, aber sie konnte sich vorstellen, wie er mit geübtem Blick den verwilderten Menschen in seinem Vorraum musterte. Jetzt wurde Morax amtlich. »Gnädiger Herr, Ihr befindet Euch in einer Kaiserlichen Poststation. Ihr wisst doch, dass Ihr für diesen Gasthof eine besondere Genehmigung braucht.«

»Ich hoffe, dass man in solchen Herbergen auf

halbwegs achtbare Gäste trifft«, sagte der Mann kühl. Kasia beobachtete die beiden aus dem Augenwinkel. Er kam natürlich nicht aus dem Norden. Nicht mit diesem Akzent. Welche Närrin sie doch manchmal war! Er hatte Rhodianisch gesprochen und sah Morax unfreundlich an. Nun warf er einen Blick durch den Torbogen in die überfüllte Gaststube. »Erstaunlich, wie viele Leute mit Geleitbriefen an einem so regnerischen Tag so spät im Jahr noch unterwegs sind. Meinen Glückwunsch, Wirt. Eure Gäste müssen sich hier sehr wohl fühlen.«

Morax wurde rot. »Ihr habt also einen Geleitbrief? Wenn das der Fall ist, seid Ihr natürlich herzlich willkommen.«

»Es ist der Fall. Und Ihr könnt Eure Herzlichkeit sogleich unter Beweis stellen. Ich möchte für zwei Nächte das wärmste Zimmer, das Ihr zu bieten habt, einen reinen Strohsack für meinen Diener, wo immer Ihr die Dienstboten unterbringt, außerdem heißes Wasser, Öl und Handtücher. Lasst mir sofort eine Wanne auf mein Zimmer stellen. Ich will noch vor dem Essen baden. Über die Speisenfolge und den Wein können wir uns unterhalten, bis das Bad fertig ist. Ich brauche auch ein Mädchen, das mich wäscht und salbt. Die Kleine hier soll mir recht sein.«

Morax zerfloss förmlich vor Bedauern. Darauf verstand er sich gut. »Oh, du meine Güte! Wir sind gerade dabei, das Abendessen vorzubereiten, gnädiger Herr. Der Gasthof ist voll belegt, wie Ihr seht, und wir haben viel zu wenig Personal. So Leid es mir tut, aber das Bad muss noch etwas warten. Dies ist nur ein einfacher Landgasthof, gnädiger Herr. Und du trägst den Wein in die Küche, Kätzchen. Sofort!«

Der Rotbart hob eine Hand. Zwischen den Fingern steckte ein Blatt Papier. Und eine Münze. Kasia sah es und hob den Kopf. »Ihr habt Euch meinen Geleitbrief noch nicht angesehen, Wirt. Ein Versäumnis. Lest ihn in aller Ruhe. Unterschrift und Siegel des Obersten Kämmerers von Sarantium sind Euch natürlich bekannt. Sicher habt Ihr hier genügend Gäste mit Geleitbriefen, die von Gesius persönlich unterzeichnet wurden.«

Morax' rotes Gesicht wurde schlagartig totenbleich.

Es war fast komisch, aber Kasia hatte nur Angst, den Wein fallen zu lassen. Geleitbriefe wurden gewöhnlich *nicht* vom Kaiserlichen Kämmerer unterzeichnet, sondern von Kaiserlichen Beamten in verschiedenen Städten oder von den Offizieren in den Heerlagern. Sie bekam große Augen. Wer *war* dieser Mann? Sie schloss die Hände fester um den Weinkrug. Ihr zitterten schon die Arme. Morax nahm das Papier – und die Münze. Dann entfaltete er den Geleitbrief und las mit stummen Lippenbewegungen. Als er den Kopf hob, waren seine Augen weit aufgerissen. Langsam kehrte die Farbe in sein Gesicht zurück. Die Münze hatte ihre Wirkung getan.

»Eure... die Diener, von denen Ihr spracht, sind draußen, gnädiger Herr?«

»Es ist nur einer, ich habe ihn an der Grenze gemietet. Er soll mich nach Trakesia bringen. Gesius und der Kaiser wünschen, dass ich ohne großes Gefolge reise. Sie haben ihre Gründe. Als Leiter einer Kaiserlichen Poststation versteht Ihr das gewiss.« Der Mann mit dem roten Bart lächelte kurz und legte den Finger auf die Lippen.

Gesius. Das war der Kämmerer. Der Kerl nannte ihn einfach beim Namen und er hatte einen Geleitbrief mit seinem Privatsiegel und seiner Unterschrift.

In diesem Augenblick begann Kasia stumm zu beten. Zu keinem bestimmten Gott, aber aus tiefstem Herzen. Ihre Arme zitterten noch immer. Morax hatte sie in die Küche geschickt. Sie wandte sich zum Gehen.

Sie sah, wie er den Geleitbrief zurückgab. Die Münze war nicht mehr da. Sie hatte noch nie beobachten können, wie Morax solche Gaben verschwinden ließ. Nun legte er ihr die Hand auf die Schulter und hielt sie zurück.

»Deana!«, bellte er. Das Mädchen ging gerade mit einem Arm voll Feuerholz durch die Gaststube. Rasch legte sie die Scheite ab und eilte herbei. »Trag den Krug in die Küche und sag Breden, er soll unsere größte Badewanne in das Zimmer darüber stellen. Kätzchen, du schaffst mit Breden heißes Wasser aus dem Kessel hinauf. Sofort. Ihr beiden füllt die Wanne. Und mach *schnell,* damit das Wasser nicht kalt wird. Dann wirst du Seine Gnaden bedienen. Und ich will nicht die leiseste Klage hören, sonst verbringst du die Nacht im Weinkeller. Hast du mich verstanden?«

»Ich bitte Euch«, sagte der Rotbart ruhig, »auf alle Titel zu verzichten. Ich habe meine Gründe, als einfacher Mann zu reisen, wisst Ihr nicht mehr?«

»Natürlich«, katzbuckelte Morax. »Selbstverständlich! Vergebt mir! Aber wie soll…«

»Martinian genügt«, sagte der Mann. »Martinian von Varena.«

»Blut und Mäuse! Was hast du vor?«

»Das weiß ich selbst noch nicht genau«, antwortete Crispin aufrichtig. *»Aber du musst mir helfen. Glaubst du, sie spricht die Wahrheit?«*

Nach ihrem ersten Ausbruch war Linon auffallend kleinlaut geworden und schwieg unerwartet lange. Endlich sagte sie: *»Das wohl schon. Aber die Wahrheit ist auch, dass wir uns auf keinen Fall einmischen dürfen. Crispin, mit dem Fest der Toten ist nicht zu spaßen.«* Sie hatte ihn noch nie beim Namen genannt. Gewöhnlich titulierte sie ihn nur als *Schwachkopf.*

»Ich weiß. Lass mich nur machen. Und hilf mir, wenn du kannst.«

Er sah den dicken Wirt mit den hängenden Schultern an und sagte laut: »Martinian genügt. Martinian von Varena.« Nach einer Pause fügte er vertraulich hinzu: »Ich kann mich doch auf Eure Diskretion verlassen?«

»Selbstverständlich!«, rief der Wirt. »Mein Name ist Morax, und ich stehe Euch voll und ganz zu Diensten, Euer... Martinian.« Jetzt zwinkerte er ihm auch noch zu. Welch widerwärtiger kleiner Gierhals!

»Das Zimmer über der Küche ist das beste«, sagte Linon in seinem Kopf. *»Er hält sich an deine Anweisungen.«*

»Du kennst diesen Gasthof?«

»Ich kenne die meisten Herbergen an dieser Straße, Schwachkopf. Du segelst in gefährliche Gewässer.«

»Wie könnte es anders sein? Ich reise nach Sarantium«, gab Crispin stumm zurück. Linon schnaubte verächtlich, dann schwieg sie. Ein zweites Mädchen mit einem dunkelblauen Bluterguss auf der Wange kam aus der Gaststube und nahm der Strohblonden den Weinkrug ab. Beide eilten davon.

»Darf ich Euch zum Essen unseren vorzüglichen candarischen Roten empfehlen?«, fragte der Wirt und rieb sich die Hände, wie es alle Wirte taten. »Er ist natürlich etwas teurer, aber...«

»Ihr habt candarischen Wein? Ausgezeichnet. Bringt ihn mir unvermischt und dazu einen Krug Wasser. Was gibt es zu essen, Freund Morax?«

»Jetzt kehren wir aber doch den gnädigen Herrn heraus!«

»Wir haben köstliche Landwürste aus eigener Herstellung. Und der Geflügeleintopf kocht gerade.«

Crispin entschied sich für den Eintopf.

Auf dem Weg zu dem Zimmer über der Küche überlegte er, warum er so und nicht anders gehandelt hatte, aber er fand keine eindeutige Antwort. Eigentlich hatte er gar nicht gehandelt. Noch nicht. Doch dann überfiel ihn eine Erinnerung, die fast körperlich wehtat. Dieses namenlose Entsetzen hatte er zum letzten Mal in den Augen seiner ältesten Tochter gesehen, als ihre Mutter Blut spuckte und gleich darauf starb. Er hatte nichts tun können. Er war wütend gewesen, fast wahnsinnig vor Schmerz. Aber hilflos.

»Und solche Abscheulichkeiten geschehen in ganz Sauradia?«

Die Zinkwanne stand in seinem Zimmer. Er saß nackt darin und hatte die Knie bis zum Kinn hochgezogen. Die größte Wanne des Gasthofs war nicht besonders groß. Das strohblonde Mädchen hatte ihn nicht sehr fachmännisch mit Salböl eingerieben und scheuerte ihm nun mangels eines Kratzeisens mit einem rauen Tuch den Rücken. Linon lag auf dem Fensterbrett.

»Nein. Nein, Gebieter. Nur hier am Südrand des Alten Waldes… wir nennen ihn Aldwood… und an der Nordgrenze. Es gibt zwei Eichenhaine, die Ludan geweiht sind. Dem… Waldgott.« Sie sprach sehr leise, flüsterte fast. Durch diese Wände hörte man sonst jedes Wort. Sie sprach ganz annehmbares Rhodianisch, aber es fiel ihr nicht leicht. Er wechselte ins Sarantinische zurück.

»Bist du Jadditin, Kind?«

Sie zögerte. »Vergangenes Jahr wurde ich dem Licht geschenkt.«

Zweifellos auf Veranlassung dieses Sklavenhändlers. »Ganz Sauradia ist jadditisch, nicht wahr?«

Wieder zögerte sie. »Ja, Gebieter. Natürlich, Gebieter.«

»Aber diese Heiden holen sich immer noch junge Mädchen, für… irgendwelche Gräueltaten? In einer Provinz des Reiches?«

»Crispin. Es ist besser, wenn du davon nichts weißt.«

»Nicht im Norden, Gebieter«, verbesserte ihn das Mädchen. Jetzt bearbeitete sie mit dem Tuch die Rippen. »Im Norden wird ein Dieb oder eine Frau, die beim Ehebruch ertappt wurde... also jemand, der ohnehin sein Leben verwirkt hätte, an den Baum des Gottes gehängt. Nur aufgehängt. Nicht... mehr.«

»Aha. Eine *mildere* Form der Barbarei. Ich verstehe. Und warum ist es hier anders? Gibt es hier keine Diebe und Ehebrecherinnen?«

»Ich weiß es nicht.« Sie ging auf seinen Sarkasmus nicht ein. Es war nicht recht, sich über sie lustig zu machen. »Das ist sicher nicht der Grund, Gebieter. Aber... es könnte sein, dass Morax bestrebt ist, sich mit dem Dorf gut zu stellen. Er... lässt Reisende ohne Geleitbrief hier wohnen, besonders im Herbst und im Winter. Damit ist er auf Kosten der Dorfgasthäuser reich geworden. Könnte es nicht seine Art von Wiedergutmachung sein, wenn er ihnen eine seiner Sklavinnen überlässt? Für Ludan?«

»Genug. Jedenfalls sieht ein Blinder, dass man dir nie beigebracht hat, wie man einem Gast den Rücken schrubbt. Bei Jads Blut! Ein Kaiserlicher Gasthof, in dem es kein Kratzeisen gibt? Eine Schande. Bring mir ein trockenes Handtuch, Kind.« Crispin spürte, wie ihn der alte Jähzorn packte, und dämpfte die Stimme. »Das ist natürlich ein guter Grund, eine Sklavin zu töten. Gutnachbarliche Beziehungen.«

Sie erhob sich hastig und holte vom Bett ein Handtuch – oder das, was man ihm als Handtuch heraufgeschickt hatte. Er war hier eindeutig nicht in seinem Badehaus in Varena. Das Zimmer war weiter nichts Besonderes, aber halbwegs geräumig, und von der Küche stieg tatsächlich ein wenig Wärme herauf. Er hatte bereits bemerkt, dass die Tür eines von den neuen Eisenschlössern hatte und mit einem Kupferschlüssel zu öffnen war. So etwas gefiel den Händlern. Morax schien sich auf die legale Seite seines Geschäfts ebenso gut zu verstehen wie auf die illegale. Wahrscheinlich war er tatsächlich reich oder befand sich auf dem besten Wege dazu.

Crispin kämpfte seinen Zorn nieder und dachte angestrengt nach. »Dann hatte ich vorhin richtig geraten? Hier halten sich Gäste ohne Geleitbrief auf?«

Er stand auf und stieg tropfnass aus der kleinen Wanne. Sie war bei seinem Tadel rot geworden und bewegte sich unruhig und fahrig. Das ärgerte ihn nur noch mehr. Er nahm das Handtuch und rieb sich Haar und Bart, dann wickelte er sich hinein, denn es war kalt. Plötzlich fluchte er. In dem Fetzen hauste irgendwelches Ungeziefer, das ihn gestochen hatte.

Sie stand verlegen, mit hängenden Armen daneben und schaute zu Boden. »Nun?«, fragte er noch einmal. »Antworte. Hatte ich Recht?«

»Ja, Gebieter.« Wenn sie Sarantinisch sprach, das sie eindeutig besser beherrschte, wirkte sie sogar einigermaßen intelligent. Und wenn sie nicht völlig verschreckt war, sprühten die blauen Augen vor Leben. »Die meisten sind illegal hier. Im Herbst ist es immer ruhig. Wenn Steuereinnehmer oder Soldaten kommen, besticht er sie. Und die Kaiserlichen Kuriere müssen zu oft hier einkehren. Sie beschweren sich nicht... solange sie nicht von den anderen Gästen verdrängt werden. Morax kümmert sich gut um die Kuriere.«

»Das kann ich mir denken. Die Sorte kenne ich. Alles hat seinen Preis.«

Crispin nickte geistesabwesend zu den Worten des Vogels, dann nahm er sich zusammen und kleidete sich an. Man hatte ihm aus seiner Reisetasche trockene Kleidung heraufgebracht. Die nassen Überkleider trockneten unten am Feuer.

»Still, Linon. Ich muss nachdenken!«

»Alle himmlischen Mächte mögen uns beschützen!«

In letzter Zeit war es ihm zunehmend leichter gefallen, solche Sticheleien zu überhören. Doch heute war Linon irgendwie anders als sonst. Crispin verschob das Problem zusammen mit der Frage, warum er sich das alles aufbürdete, auf später. Sklaven starben tagtäglich überall im Reich, sie wurden missbraucht, ausgepeitscht, verkauft – oder zu Wurst verarbeitet. Crispin schüttelte den Kopf: War er wirklich so einfältig, sich in eine Welt hineinziehen zu lassen, die ihm keinerlei Sicherheit bot, nur weil er sich einbildete, in diesem verängstigten Mädchen etwas von seiner Tochter zu sehen? Noch eine schwierige Frage. Später.

Früher, als er noch Freude am Leben gehabt hatte, hatte Crispin viel Talent für Zusammensetzspiele gezeigt. In der Arbeit und zum Vergnügen. Beim Entwurf eines Wandmosaiks, beim Glücksspiel in seinem Badehaus. Auch jetzt fügte er im Geiste einzelne Informationen wie Mosaiksteinchen zu einem Bild zusammen, während er im Halbdunkel fröstelnd in seine Kleider schlüpfte. Jedes Teil wurde wie ein Stück Glas hin und her gedreht und schräg gehalten, um das Licht aus verschiedenen Winkeln einzufangen.

»Was wird mit ihr geschehen?« Die Frage kam ganz spontan.

Diesmal schwieg Linon so lange, dass er schon glaubte, der Vogel rede nicht mehr mit ihm. Crispin zog seine Sandalen an und wartete. Als sich die Stimme in seinem Geist wieder meldete, klang sie so kalt und tonlos, wie er sie noch nie gehört hatte.

»Was immer sie am Morgen trinkt, ist mit Mohnsaft vermischt. Dann holt irgendjemand sie ab. Leute aus dem Dorf wahrscheinlich. Sie wird weggebracht. Manchmal paart man das Mädchen mit einem Tier, für fruchtbare Felder und reiche Jagdbeute. Manchmal fallen die Männer selbst über sie her, einer nach dem anderen. Dabei setzen sie Tiermas-

ken auf. Hinterher schneidet ihr ein Ludan-Priester das Herz heraus. Der Dorfschmied vielleicht oder der Bäcker. Der Wirt da unten. Wir wissen es nicht. Es gilt als gutes Omen, wenn sie am Leben bleibt, bis das Herz entfernt wird. Es wird in den Feldern vergraben. Anschließend zieht man ihr die Haut ab und verbrennt sie – Abfall des Lebens. Bei Sonnenuntergang hängt man sie schließlich mit den Haaren an die heilige Eiche, damit Ludan sie holen kann.«

»Heiliger Jad! Das kann nicht…«

»Schweig! Schwachkopf! Sagte ich nicht, es ist besser, wenn du nichts weißt?«

Das Mädchen hatte erschrocken den Kopf gehoben. Crispin sah sie nur drohend an und sofort schlug sie wieder die Augen nieder. Eine andere Art von Angst hatte sie ergriffen.

Eine widerliche Geschichte, kaum glaubhaft. Crispin rang um Fassung. Wieder begann er, Steinchen zusammenzufügen. Drehte jeden Glaswürfel hin und her, bis er im Licht aufleuchtete. Auch wenn das Licht nur matt und trügerisch war, wie Kerzenflammen im Wind, wie ein Wintersonnenstrahl, der schräg durch eine Schießscharte fiel.

»Ich kann nicht zulassen, dass sie ihr das antun«, sagte er innerlich zu Linon.

»Aha! Soldaten, schlagt die Trommeln! Da kommt Caius Crispus von Varena, der Held unserer Zeit! Du kannst es nicht zulassen? Warum eigentlich nicht? Dann suchen sie sich eben ein anderes Mädchen. Und wenn du dich einmischst, töten sie dich. Was gibt einem einfachen Handwerker das Recht, einem Gott sein Opfer zu verweigern?«

Crispin war mit dem Anziehen fertig und setzte sich wieder auf das Bett. Es knarrte unter seinem Gewicht.

»Darauf habe ich keine Antwort.«

»Natürlich nicht«, sagte Linon.

Das Mädchen flüsterte: »Gebieter. Ich tue alles, was Ihr wollt. Für immer.«

»Was sonst? Du bist eine Sklavin!«, fuhr er sie an. Sie zuckte zurück, als hätte er sie geschlagen. Er holte tief Luft.

»Du musst mir helfen«, sagte er noch einmal zu dem Vogel. Die Steinchen hatten sich zu einem wenn auch noch recht armseligen Bild gefügt. Er wiegte sich hin und her. Das Bett knarrte noch mehr. *»Ich will, dass Folgendes geschieht …«*

Wenige Augenblicke später erklärte er dem Mädchen, was es selbst dazu tun könne, um den morgigen Tag zu überleben. Er vermittelte den Eindruck, als wisse er, was er wolle. Während er sprach und sie allmählich begriff, dass er sie ernsthaft zu retten suchte, trat ein Ausdruck in ihre Augen, den er kaum ertrug. Sie wollte nicht sterben. Sie brannte förmlich vor Lebensgier.

Zu Hause hatte er Martinian erklärt, er habe keine Wünsche mehr. Er wolle nicht einmal mehr leben. Vielleicht, dachte er jetzt, war er gerade deshalb der richtige Mann für dieses aberwitzige Unternehmen.

Er schickte das Mädchen hinunter. Sie kniete vor ihm nieder und sah ihn an, als wolle sie etwas sagen, aber das verbot er ihr mit einem Blick und wies zur Tür. Nachdem sie gegangen war, blieb er noch einen Moment lang sitzen, dann stand er auf und traf die erforderlichen Vorbereitungen für seinen Plan.

»Bist du mir böse?«, wandte er sich plötzlich an Linon. Die Frage überraschte ihn selbst.

Der Vogel zögerte kurz. *»Ja«*, sagte er dann.

»Verrätst du mir auch, warum?«

»Nein.«

»Wirst du mir helfen?«

»Ich bin nur ein Ding aus Leder und Eisen, wie ein gewisser Jemand einmal gesagt hat. Du kannst mich mit einem einzigen Gedanken blind, taub und stumm machen. Was bleibt mir also anderes übrig?«

Crispin stieg die Treppe hinunter. Bevor er die lärmerfüllte warme Gaststube betrat, warf er einen Blick nach draußen. Inzwischen war es vollends dunkel geworden, die Nacht hatte den Wald verschluckt. Der Himmel war wieder bewölkt, kein Mond, kein Stern zeigten sich. Eigentlich sollte er sich in diesem Moment nur auf den guten Roten aus Candaria und vielleicht mit Vorbehalt auf den Geflügeleintopf freuen. Stattdessen hatten jeder Schatten, jede Bewegung vor den schmutzigen Fenstern etwas Unheimliches. *Es gilt als gutes Omen, wenn sie am Leben bleibt, bis das Herz entfernt wird.*

Er hatte sich so gut wie festgelegt. Der Kupferschlüssel hing an seinem Gürtel, aber die Tür zu seinem Zimmer war nur angelehnt. Er war in die Rolle des unfähigen rhodianischen Dummkopfs geschlüpft, der keine Ahnung hatte von den rauen Sitten auf den Straßen, den sehr realen Gefahren des Reisens.

Inzwischen wusste die ganze Gaststube, dass der rotbärtige Rhodianer, der nicht nur sich, sondern auch anderen immer wieder von dem teuren Rotwein nachschenken ließ, mit einem vom Kaiserlichen Kämmerer persönlich signierten Geleitbrief nach Sarantium unterwegs war. Jeder hatte es gehört. Der Mann erwähnte Gesius' Namen schließlich in jedem dritten Satz. Wäre er nicht so freundlich... und so großzügig gewesen, man hätte ihn als lästigen Aufschneider empfunden. Er war wohl ein verweichlichter Stadtmensch, der irgendein Handwerk beherrschte, und sollte an einem der Bauprojekte des Kaisers mitwirken.

Thelon von Megarium hielt sich für erfahren genug, solche Menschen richtig einzuschätzen und die Gelegenheit beim Schopf zu ergreifen.

Zum einen war nicht zu übersehen, dass der Handwerker – er hatte sich als Martinian vorgestellt – seine

Börse nicht bei sich hatte. Folglich trug er den Geleitbrief und alles Geld, das er aus Batiara mitgebracht oder vorgestreckt bekommen hatte – es musste eine größere Summe sein, wenn er sich den teuren candarischen Wein leisten konnte –, nicht am Körper, es sei denn, er hätte es sich in die Unterwäsche gestopft. Thelon stellte sich vor, wie sich der Mann in der nächsten Poststation mit einem zerknitterten, mit Kot verschmierten Pergament auswies, und grinste hinter vorgehaltener Hand. Nein, er würde einiges darauf verwetten, dass der Geleitbrief nicht in Martinians Kleidern versteckt war.

Nur hatte er leider nichts zu verwetten. Thelon war nämlich mittellos. Sein Onkel hatte ihn, wie er unermüdlich betonte, nur aus reiner Herzensgüte in seine Handelskarawane aufgenommen. Sie hatten im Heerlager an der trakesischen Grenze, wo die Vierte und die Erste Sauradische Legion stationiert waren, einträgliche Geschäfte gemacht und waren nun auf dem Rückweg nach Megarium. Einträglich waren die Geschäfte freilich nur für Onkel Erytus. Thelon war an den Gewinnen nicht beteiligt. Diesmal wurde er noch nicht einmal entlohnt. Sein Onkel wollte nur, dass er die Reiseroute und die Leute kennen lernte, mit denen man zu verhandeln hatte. Außerdem sollte er beweisen, dass er sich nicht nur in den Hafenkaschemmen, sondern auch in besseren Kreisen zurechtfände.

Onkel Erytus hatte durchblicken lassen, falls er einigermaßen schnell lerne, werde man ihn *vielleicht* gegen ein auskömmliches Gehalt mit ins Geschäft nehmen und ihm die Leitung kleinerer Handelsexpeditionen übertragen. Wäre er nach einiger Zeit noch weiter gereift, so bestünde sogar die Aussicht, dass ihn sein Onkel und seine Vettern zum Partner machten.

Thelons Eltern hatten Onkel Erytus in einer Weise mit Dankesbezeugungen überschüttet, die geradezu peinlich war. Thelons Gläubiger, darunter etliche besoffene Würfelspieler in einer ganz bestimmten Hafenkneipe, hatten weniger Begeisterung an den Tag gelegt.

Alles in allem musste Thelon zugeben, dass ihm die Reise zu diesem Zeitpunkt recht gelegen kam, auch wenn das Wetter abscheulich war, sein frommer Onkel und seine farblosen Vettern ein Riesentheater um den Lobpreis der aufgehenden Sonne machten und empört die Stirn runzelten, wenn man eine Hure nur erwähnte. Thelon war bereits fest entschlossen gewesen, noch am gleichen Abend ein Stelldichein mit der hübschen blonden Kellnerin zu vereinbaren, um gewisse Spannungen abzubauen, doch dann hatte der geschwätzige Handwerker am Nebentisch seine Gedanken in eine ganz neue Richtung gelenkt.

An gewissen Tatsachen kam man bedauerlicherweise nicht vorbei. In wenigen allzu kurzen Tagen wollten sie wieder zu Hause sein. Er war von verschiedener Seite darauf hingewiesen worden, dass es ratsam sei, eine größere Summe zur Bezahlung seiner Spielschulden aufzubringen, wenn er Wert darauf lege, seine Beine weiterhin ohne Schmerzen gebrauchen zu können. Thelons Onkel hatte in Bezug auf das Glücksspiel nicht weniger engstirnige Ansichten als in Bezug auf Mädchen und würde ihm nicht den kleinsten Vorschuss geben. Daran gab es nichts zu rütteln, auch wenn Onkel Erytus im Moment fast gegen seinen Willen bester Laune war. Er hatte nicht nur mit Erfolg seine Stiefel, Mäntel und anderen Heeresbedarf an den Mann gebracht, sondern in einer Stadt im Osten des Heerlagers auch eine Partie primitiver religiöser Schnitzereien erworben. Hölzerne Sonnenscheiben aus Trakesia seien *sehr* begehrt, hatte er seinem Neffen erklärt, nicht nur in Megarium, sondern mehr noch jenseits der Bucht in Batiara. Die Gewinnaussichten seien nicht schlecht, nach Abzug aller Unkosten bis zu fünfzehn Prozent. Thelon hatte sich eisern beherrscht, um nicht zu gähnen.

Lange vorher hatte er sich schon entschlossen, kein Wort darüber zu verlieren, dass sein Onkel bei aller Frömmigkeit und allen moralischen Grundsätzen keine Skrupel hatte, die Wirte der Kaiserlichen Poststationen zu bestechen. Auf diese Weise hatten sie in einer ganzen Reihe von Gasthöfen – Erytus war überall bekannt – Unterkunft gefunden, wo dies eigentlich verboten war. Thelon lag nichts ferner, als sich zu beklagen, aber irgendwo ging es doch auch um das *Prinzip*.

»Ich weiß, es ist vermessen«, sagte Onkel Erytus gerade zu dem rotbärtigen Mann, »aber könntet Ihr mir nicht die Ehre erweisen, mich einen Blick auf Euren einzigartigen Geleitbrief werfen zu lassen?« Das klang so liebesdienerisch und ölig, dass Thelon am liebsten in den Erdboden versunken wäre. Es war kein erbaulicher Anblick, wenn sein Onkel jemandem die Stiefel leckte.

Die Miene des Handwerkers verfinsterte sich. »Ihr glaubt wohl, ich *hätte* ihn gar nicht?«, knurrte er gekränkt.

Wieder hielt sich Thelon rasch die Hand vor den Mund, um ein Grinsen zu verbergen. Sein Onkel, der sich von dem Rotbart zu einem Becher Candarier hatte einladen lassen, wurde so rot wie der Wein. »Nein, *nein*, kein Gedanke! Ich bin ganz *sicher*... natürlich habt Ihr... es ist nur, ich habe das Siegel oder die Unterschrift des erhabenen Gesius noch nie mit eigenen Augen *gesehen*. Welch *großartiger* Mann! Drei Kaisern dient er nun schon. Es wäre eine große Ehre für mich, gnädiger Herr! Ein Blick nur... die Handschrift einer so berühmten Persönlichkeit... ein Vorbild für meine Söhne.«

Sein Onkel, überlegte Thelon verdrossen, hatte alle

Eigenschaften, die man bei einem mäßig erfolgreichen Provinzkaufmann mit gesellschaftlichen Ambitionen erwarten konnte. Er wäre im Stande, seine Familie bis in alle Ewigkeit mit der unsäglich banalen Geschichte dieses Geleitbriefs zu langweilen, falls er ihn überhaupt zu sehen bekam, und fände wahrscheinlich auch noch eine religiöse Nutzanweisung darin. Der Lohn der Tugend oder so ähnlich. Amüsanter war es schon, sich auszumalen, inwiefern ein Eunuch seinen Vettern als Vorbild dienen konnte.

»Schon gut«, sagte der batiaranische Handwerker und hob gebieterisch die Hand. Fast hätte er dabei die eben aufgetragene Flasche Wein umgeworfen. »Morgen sollt Ihr'n sehen. Is oben in meinem Zimmer, der Brief. *Bestes* Zimmer im Haus. Über der Küche. Is mir heut Abend viel ssu weit weg.« Er lachte. Offenbar hielt er sich für umwerfend komisch. Onkel Erytus atmete sichtlich auf und lachte ebenfalls. Thelon fand sein Lachen unangenehm gekünstelt. Der Rotbart erhob sich schwankend, trat an ihren Tisch und schenkte Erytus noch einmal ein. Als er fragend die Flasche hob, deckten Thelons Vettern hastig die Hände über ihre Gläser. Was blieb ihm anderes übrig, als ihrem Beispiel zu folgen?

Doch damit war die Grenze des Erträglichen erreicht. Wieso musste er ablehnen, wenn es kostenlos candarischen Wein gab? Und wieso saß er völlig mittellos in dieser gottverlassenen Gegend und hatte in wenigen Tagen ein Treffen vor sich, das beträchtliche Gefahren für seine Beine – und Jad wusste, was sonst noch – verhieß? Thelon fasste einen Entschluss. Sein Verdacht hatte sich soeben jedenfalls bestätigt. Der Mann war ein ausgemachter Dummkopf!

»Verzeih, Onkel.« Thelon stand auf und hielt sich den Bauch. »Die Wurst war zu viel. Ich fürchte, sie will wieder hinaus.«

»Mäßigung«, sagte sein Onkel und hob wie erwartet mahnend den Zeigefinger, »ist auch bei Tisch eine Tugend.«

»Ganz richtig!«, rief der einfältige Handwerker und verschüttete dabei seinen Wein.

Thelon strebte dem Torbogen und dem halbdunklen Vorraum zu. Das wird ein Spaß!, dachte er. Er suchte nicht die Latrine jenseits des Ganges auf, sondern stieg leise die Treppe hinauf. Wie es der Zufall wollte, hatte er ein Händchen für Schlösser.

Und wie es der Zufall wollte, war das gar nicht nötig.

»Halte dich bereit«, sagte Crispin lautlos. *»Ich denke, wir haben den Fisch an der Angel.«*

»Wie seemännisch«, antwortete Linon zynisch. *»Wie essen wir ihn, gesalzen oder mit Sauce?«*

»Keine Witze bitte. Ich brauche dich.«

»Ohne Witz?«

Crispin ging nicht darauf ein. *»Ich schicke jetzt das Mädchen hinauf.«*

»Kätzchen!«, rief er – zu laut und mit undeutlicher Aussprache. »Kätzchen!«

Das Mädchen, das eigentlich Kasia hieß, wischte sich die Hände an der Tunika ab, kam schnell herüber und sah ihn aus blauen Augen angstvoll an. Crispin warf ihr rasch einen vielsagenden Blick zu, dann beugte er sich zur Seite, wobei er noch mehr Wein verschüttete, und zog den Zimmerschlüssel von seinem Gürtel.

Er hatte wirklich keine Ahnung gehabt, wer auf die verschiedenen Köder anbeißen könnte... die unverschlossene Tür, das betrunkene Geschwätz, die faustdicken Hinweise beim Essen und beim Wein. Es wäre durchaus möglich gewesen, dass niemand darauf hereinfiel. Und einen Ersatzplan hatte er nicht. Es war kein kunstvoll durchkomponiertes Mosaik. Nur eine Tür, die aus Nachlässigkeit offen stand, ein paar achtlose Bemerkungen über die Börse in seinem Zimmer… mehr war ihm nicht eingefallen.

Aber der Köder war geschluckt worden. Der mürrische Neffe, den er schon seit längerem beobachtete, stand auf und entschuldigte sich mit einem allzu durchsichtigen Blick auf ihn. Crispin vermied es, über die Moral seines Handelns nachzudenken.

Er schielte zu der Kleinen auf und wies mit zittrigem Finger auf Erytus von Megarium. »Guter Freund von mir, will mein Brief sehen. Gesius sein Siegel. Inner Lederbörse. Auf'm Bett. Kennst ja das Zimmer, über der Küche. Geh und hol ihn. Und, Kätzchen…« Er wackelte mahnend mit dem Finger. »Ich weiß *ganz* genau, wie viel Geld noch drin is. Also Vorsicht, Kätzchen.«

Der megarianische Händler wollte widersprechen, aber Crispin zwinkerte ihm zu. Als Kasia den Schlüssel nahm, kniff er sie ins Hinterteil. »Das Zimmer is nich weit«, lachte er. »Und sie hat noch so *junge* Beine. Gut möglich, dass ich mich heut noch von ihr einwickeln lasse.« Einer der Händlersöhne kicherte überspannt. Nach dem strafenden Blick des Vaters errötete er heftig.

Am anderen Ende der Gaststube lachte ein Karcher laut auf und prostete ihnen mit seinem Bierkrug zu. Als Crispin den Raum betrat, hatte er gedacht, jemand aus dieser Gruppe könnte sich nach oben schleichen. Laut genug hatte er ja gesprochen… aber die Männer tranken schon seit dem Nachmittag. Zwei von ihnen hatten bereits den Kopf zwischen die Teller auf den Tisch gelegt und waren eingeschlafen. Und auch die anderen würden nicht mehr weit laufen.

Erytus' Neffe, ein verstockter junger Mann mit schmalen Lippen und langen, nervösen Fingern, wollte angeblich auf die Latrine. Aber Crispin war sicher, dass das nicht stimmte. Er war der Fisch und er saß fest am Haken.

Wenn er in ein Zimmer geht, um etwas zu stehlen, sagte sich Crispin, dann hat er nichts Besseres verdient. So ganz glaubte er daran freilich selbst nicht. Er war völlig nüchtern – er hatte den Wein zum größten Teil verschüttet oder ausgeteilt. Vielleicht – der Gedanke kam ganz plötzlich und ließ sich nicht verdrängen –, vielleicht hatte der junge Mann irgendwo noch eine Mutter, die ihn liebte.

»Da ist er«, sagte Linon von oben.

Wieder stieg sie die Treppe hinauf. Diesmal eilte sie so rasch an den Wandfackeln vorbei, dass der Luftzug die Flammen erfasste und sie sich wie in einer flimmernden Aura bewegte, und sie hatte einen Schlüssel in der Hand. Das Herzklopfen fühlte sich anders an, denn jetzt hatte sie eine wenn auch schwache Hoffnung. In vollkommener Dunkelheit verändert schon eine Kerzenflamme die Welt. Vor den Fenstern war nichts zu sehen. Draußen heulte der Wind.

Oben angekommen, ging sie schnurstracks auf den Raum über der Küche zu. Die Tür sei angelehnt, hatte er gesagt, ohne zu erklären, warum. Nur, dass er sie hinaufschicken werde. Und wenn jemand, ganz gleich, wer, im Zimmer sei, solle sie seine Anweisungen genau befolgen.

Sie trat ein. Blieb in der Tür stehen. Erkannte im Dunkeln die Umrisse einer Gestalt, die sich erschrocken umdrehte. Hörte jemanden fluchen. Hatte keine Ahnung, wer es war.

Und schrie, wie er es ihr befohlen hatte.

Der Schrei des Mädchens gellte durch das ganze Haus. Er übertönte sogar den Lärm in der Gaststube. Alle waren wie erstarrt und in der plötzlichen Stille waren die nächsten verzweifelten Worte deutlich zu verstehen: »Ein Dieb! *Helft* mir! *Zu Hilfe!*«

Der Rotbart reagierte als Erster. »Dass Jad ihm die Augen ausbrenne!«, brüllte er und sprang auf. Gleich darauf kam Morax aus der Küche gestürzt und eilte zur Treppe. Doch der Handwerker war noch vor ihm am Torbogen und wandte sich seltsamerweise in die andere Richtung. Er griff sich einen schweren Stock, der neben der Tür lehnte, und rannte hinaus in die Finsternis.

»Blut und Mäuse!«, keuchte Linon. *»Wir springen!«* Die innere Stimme meldete sich unmittelbar nach dem Aufschrei des Mädchens.

»Wohin?«, fragte Crispin in der Gaststube, während er aufsprang und einen Fluch zischte, den auch die anderen in der Gaststube hören konnten.

»Wohin wohl, Schwachkopf? Aus dem Fenster in den Hof. Mach schnell!«

Das verdammte Weib hatte ihn mit seinem Schrei zu Tode erschreckt, das war das Problem. Er war zu laut, zu durchdringend, zu… voller Entsetzen. Niemand schrie mit solcher Verzweiflung, nur weil er in einem Zimmer einen Dieb ertappte. Aber Thelon hatte keine Zeit, der Sache auf den Grund zu gehen; er reagierte blind und erkannte gleich darauf, dass er sich falsch verhalten hatte. Richtig wäre gewesen, sich lachend umzudrehen und sie nach einem Licht zu schicken. Der Kaiserliche Geleitbrief, den der Rhodianer seinem Onkel zeigen wolle, sei im Dunkeln so schwer zu finden. Er hätte sich so einfach aus der Affäre ziehen können. Warum hatte er nicht erklärt, er sei ganz spontan hier heraufgekommen, er habe nur behilflich sein wollen? Immerhin sei er ein ehrenwerter Mann und mit angesehenen Kaufleuten unterwegs. Was *glaube* sie eigentlich, was er hier suche?

Das hätte er tun sollen.

Stattdessen geriet er in Panik. Sein Magen tat einen Satz. Er klammerte sich daran, dass sie ihn im Dunkeln nicht deutlich sehen konnte, schnappte sich die Ledertasche mit den Papieren, dem Geld und einem Schmuckstück, das zur Hälfte herausragte, und stürzte damit zum Fenster. Er stieß mit aller Kraft den Holzladen auf, schwang die Füße über das Sims und sprang.

Eine mutige Tat. Es war völlig dunkel, und er wusste nicht, was unter ihm war. Wäre er auf einem Fass gelandet, er hätte sich ein Bein oder das Genick brechen können. Aber er fiel auf den Misthaufen und sank bis zu den Knien ein, blieb aber unverletzt. Die Tasche hatte er nicht losgelassen. Rasch rappelte er sich auf und stolperte durch den schlammigen Hof auf die Scheune zu. Dabei entwickelte er in Windeseile eine Strategie. Er musste die Tasche dort ins Stroh werfen und zum Vordereingang des Gasthofs zurücklaufen. Wenn er behauptete, einen Dieb gesehen zu haben, als er gleich nach dem Schrei des Mädchens aus der Latrine kam, könnte er sich an die Spitze der Verfolger setzen und sie hinaus auf die Straße locken. Die Tasche – oder was daran wertvoll war – konnte er kurz vor der Abreise wieder an sich nehmen.

Der Plan, Ausgeburt eines Gehirns, das unter höchsten Druck stand, war an sich *gut*.

Vielleicht wäre er sogar geglückt. Doch als Thelon im schwachen Licht einiger Sterne, die nur sichtbar wurden, wenn der Wind die Wolken auseinander riss, dem Schatten der Scheune zustrebte, traf ihn ein Schlag auf den Kopf, der ihm das Bewusstsein raubte und ihn fast getötet hätte.

»Schwachkopf! Du hättest auch mich treffen können!«

»Dann zieh den Kopf ein«, fauchte Crispin. Er atmete schwer. *»Es tut mir Leid. Ich konnte kaum etwas sehen.«* Durch die Fensterläden der Gaststube drang nur wenig Licht.

»Hierher!«, rief er. »Ich habe ihn! Bringt ein Licht mit! Dass Jad euch verbrenne, ich brauche Licht!«

Männerstimmen, ein Durcheinander von Sprachen und Akzenten, dazwischen ein unbekannter rauer Dialekt. Über ihm am Fenster seines eigenen Zimmers erschien eine Fackel. Schritte näherten sich, die Stimmen wurden lauter. Männer strömten aus der Gaststube, von der anderen Seite kamen die Diener durch die Tür und rannten auf ihn zu. In dieser regnerischen Herbstnacht war jede Aufregung willkommen.

Crispin sagte nichts mehr, er schaute nur im rötlichen Schein der einzelnen Fackel zu Boden. Allmählich wurde es heller. Ein Kreis von Männern hatte sich gebildet und einige trugen ebenfalls Fackeln in den Händen.

Zu seinen Füßen lag der Neffe des Händlers, von seiner Schläfe sickerte ein schwarzes Rinnsal in den Schlamm. Das musste Blut sein. Den Riemen von Crispins Tasche hatte er noch um eine Hand geschlungen.

»Der heilige Jad bewahre uns!«, sagte Morax der Wirt. Er war die Treppe hinauf und wieder herunter gelaufen und keuchte vor Anstrengung. Diebstähle waren in einem Gasthof sicher nichts Ungewöhnliches, aber hier lag die Sache doch etwas anders. Diesmal war kein Diener oder Sklave der Schuldige. In Crispins Brust kämpften verschiedenste Empfindungen miteinander und dabei war dies erst der Anfang. Er drehte sich um. Der Wirt hatte ihn ängstlich beobachtet, nun huschte sein Blick zum Gesicht des Händlers Erytus, der sich, ohne eine Miene zu verziehen, über seinen Neffen beugte.

»Ist er tot?«, fragte Erytus nach langem Schweigen. Crispin entging nicht, dass er nicht niederkniete, um sich selbst zu vergewissern.

»Was ist los? Ich kann nichts sehen! Er hat mich in die Tasche gestopft!«

»Dann sperr die Ohren auf. Es gibt nicht viel zu sehen. Aber halt den Schnabel. Ich muss jetzt gut aufpassen.«

»Jetzt musst du gut aufpassen? Nachdem ich deinetwegen fast zerbrochen wäre?«

»Bitte, meine Liebe.«

So hatte er den Vogel noch nie angesprochen. Vielleicht fiel das auch Linon auf. Jedenfalls verstummte sie.

Einer der Vettern kniete nieder und legte das Ohr an die Brust des Verletzten. »Er lebt«, sagte er und schaute zu seinem Vater auf. Crispin schloss kurz die Augen. Er hatte fest zugeschlagen, aber nicht mit aller Kraft. Den Stab hielt er immer noch in der Hand.

Im Hof war es kalt. Der Wind kam von Norden. Niemand hatte Zeit gefunden, sich einen Umhang oder Mantel zu holen. Crispin versank mit seinen Sandalen im zähen Schlamm. Der Wind fühlte sich feucht an, obwohl es im Augenblick nicht regnete. Von den Monden war keiner zu sehen, nur im Süden über den unsichtbaren Bergen, wo sich die jagenden Wolken teilten, tauchten immer wieder einige Sterne auf.

Crispin holte tief Luft. Es war Zeit für den nächsten Schritt und dazu brauchte er Publikum. Er sah den Wirt fest an und sagte mit jener Eisesstimme, mit der er zu Hause die Lehrlinge einzuschüchtern pflegte: »Eine Frage an Euch, Wirt. Ist dieser Dieb, ja, ist die ganze Gruppe im Besitz von Geleitbriefen und damit berechtigt, im Gasthof einer Kaiserlichen Poststation zu nächtigen? Ich verlange auf der Stelle eine Antwort.«

Tiefe Stille senkte sich über den Hof. Nur das Schlurfen der Füße war zu hören. Morax schwankte wie unter einem Schlag. Darauf war er *nicht* gefasst. Er öffnete den Mund. Kein Wort kam heraus.

Jetzt ließen sich neue Stimmen vernehmen. Gestalten traten aus dem Dunkeln in den Fackelschein. Crispin erkannte Kasia, die Kellnerin. Zwei Diener aus dem Gasthof hatten sie unsanft an den Armen gepackt und zerrten sie rücksichtslos weiter, als sie stolperte.

»Was ist los? Ich kann nichts sehen!«

»Das Mädchen ist hier.«

»Mach sie zur Heldin.«

»Natürlich. Wozu hätte ich sie sonst hinaufgeschickt?«

»Aha! Dann hast du heute Nachmittag doch nachgedacht.«

»Ich weiß, das beunruhigt dich!«

»Bei Jads Feuer, lasst sie los!«, fuhr er die beiden Grobiane an. »Die Kleine hat mir meinen Geleitbrief und meine Börse gerettet.« Die Diener gaben das Mädchen rasch frei. Crispin sah, dass sie barfuß war. Kaum ein Dienstbote trug Schuhe.

Wieder wandte er sich an Morax. »Ich warte noch immer auf eine Antwort, Wirt.« Morax zuckte die Achseln, dann faltete er flehentlich die Hände. Seine Frau stand hinter ihm. Ihre Augen brannten, doch ihre mörderische Wut hatte im Moment noch kein Ziel.

»Ich werde antworten. Wir haben keinen Geleitbrief, Martinian.« Das war Erytus, der Onkel. Sein schmales Gesicht war bleich geworden. »Es ist Herbst. Wenn wenig Betrieb herrscht, gestattet uns Morax freundlicherweise, an seinem Feuer zu sitzen und in seinen Räumen zu schlafen.«

»Der Gasthof ist voll, Händler. Und ich gehe gewiss nicht fehl in der Annahme, dass Morax' Freundlichkeit ihren Preis hat, ohne dass die Kaiserliche Post davon profitieren würde. An deinen Neffen sollte ich wohl noch eine Sondergebühr entrichten?«

»Gut gemacht! Zwei Treffer mit einem Schuss!«

»Linon! Schweig!«

Thelon von Megarium hielt noch immer den Riemen der Tasche in der Hand. Niemand hatte gewagt, sie ihm wegzunehmen. Erytus' Neffe lag im Schlamm und hatte sich nicht bewegt, seit Crispin ihn niedergeschlagen hatte. Aber Crispin sah erleichtert, dass er regelmäßig atmete. Er hatte nicht geplant, den Mann zu töten, obwohl er natürlich in Kauf genommen hatte, dass jemand anderer das übernahm. *Im Norden hängt man Diebe an den Baum des Gottes.* Alles musste sehr schnell geschehen. Er hatte wenig Zeit zu überlegen oder gar seine eigenen Motive zu ergründen.

Erytus schluckte und schwieg. Morax räusperte sich. Sein Blick huschte zwischen dem Händler und Crispin hin und her. Seine Frau stand dicht hinter ihm, er spürte es deutlich und ließ die Schultern hängen. Er sah aus wie ein Gejagter.

Crispin war nicht mehr der Fischer mit der Angel, sondern spielte jetzt den Jäger mit dem Bogen. »Damit ist erwiesen«, sagte er kalt, »dass dieser elende Dieb unrechtmäßig, aber mit Billigung des amtlich bestallten Inhabers Gast einer Kaiserlichen Poststation ist. Wie viel bezahlt man Euch dafür, Morax? Falls Gesius mich danach fragt. Oder Faustinus, der Magister der Kaiserlichen Behörden.«

»Euer Gnaden! Ihr wollt mich *verraten*?«, quiekte Morax, dann versagte ihm die Stimme. Unter anderen Umständen wäre es komisch gewesen.

»Elender!« Crispin brachte die nötige Empörung mühelos auf. »Ein Mann, der *nur* dank Eurer Habgier in diesem Hause wohnt, stiehlt mir Geleitbrief und Börse, und Ihr fragt, ob ich mich beschweren will? Ich habe von Euch noch kein Wort von einer angemessenen Strafe gehört. Hart angefasst wurde nur das Mädchen, das die Untat verhinderte! Dabei ist es ihr allein zu verdanken, dass er nicht entkommen ist!

Wie verfährt man hier in Sauradia mit ertappten Dieben, Morax? Ich weiß nur, was man in der Stadt mit Kaiserlichen Posthaltern anstellt, die aus Gewinnsucht ihre Verträge brechen. Ihr seid ein Schwachkopf!«

»Ha! Trotzdem musst du dich in Acht nehmen. Er könnte dich töten. Sein Lebensunterhalt steht auf dem Spiel.«

»Ich weiß. Aber es gibt zu viele Zeugen.«

Crispin wusste freilich sehr genau, dass er in diesem Hof keinen Verbündeten hatte. Die meisten Anwesenden waren widerrechtlich hier und wollten auch weiterhin Aufnahme finden. Er stellte also nicht nur für Morax eine Bedrohung dar.

»Alle… Euer Gnaden, im Herbst und Winter nehmen fast alle Kaiserlichen Poststationen ehrliche Reisende auf. Aus Gefälligkeit.«

»Ehrliche Reisende. So, so. Ich verstehe. Sollte sich der Kämmerer danach erkundigen, so werde ich das natürlich zu Eurer Rechtfertigung vorbringen. Aber ich hatte Euch noch eine zweite Frage gestellt: Wie verfährt man hier mit Dieben? Und was hat ein geschädigter Gast, der sich rechtmäßig hier aufhält, an Wiedergutmachung zu erwarten?«

Wieder huschten die Augen des Wirtes zu Erytus. Der Mann war außer sich vor Angst.

Der Händler ergriff das Wort. »Womit ließe sich denn Euer Zorn beschwichtigen, Martinian? Ich bin bereit, für meinen Neffen geradezustehen.«

Auf diese Frage hatte Crispin inständig gehofft. Nur deshalb hatte er das Thema Wiedergutmachung überhaupt angeschnitten. Er sah Erytus an und seine Stimme wurde deutlich milder. »Sehr ehrenwert von Euch, aber er ist mündig, nicht wahr? Dann kann er auch selbst für sich einstehen.«

»An sich schon. Aber seine… Schwächen sind offenkundig. Er bereitet seinen Eltern viel Kummer. Und auch mir, das kann ich Euch versichern. Wie lässt sich seine Tat sühnen?«

»Bei uns zu Hause werden Diebe gehängt«, brummte einer der Karcher. Crispin schaute auf. Es war derselbe, der ihm mit seinem Bierkrug zugeprostet hatte. Seine Augen hatten einen trunkenen Glanz. Gewalt lag in der Luft, ein Lichtblick in dieser öden Nacht.

»Das ist auch hier der Brauch!«, meldete sich eine Stimme von hinten. Ein Raunen erhob sich. Erregung breitete sich aus. Die Fackeln tanzten, die Männer rückten in der Kälte enger zusammen.

»Meinethalben schneidet ihr ihnen auch die Hände ab.« Crispin gab sich gleichgültig. Eine Fackel kam seinem Gesicht zu nahe und er schob sie weg. »Eure Gesetze hier kümmern mich nicht. Tut mit ihm, was Ihr wollt. Euch, Erytus, halte ich für einen ehrlichen Mann. Ihr könnt nicht ungeschehen machen, dass mein Geleitbrief in Gefahr geriet, aber wenn Ihr mir den gleichen Betrag bezahlt, den meine Börse enthält – und den ich verloren hätte –, will ich mich zufrieden geben.«

»Abgemacht«, sagte der Händler prompt. Er war ein Pedant ohne jeden Humor, aber ein Mann von beeindruckendem Charakter.

Auch Crispin bemühte sich um einen sachlichen Ton. »Außerdem kauft Ihr für mich das Mädchen, das mir die Börse gerettet hat. Den Preis könnt Ihr mit dem Wirt aushandeln. Lasst Euch nicht betrügen.«

»*Was?*«, fragte Morax.

»Das *Mädchen*!«, rief seine Frau erschrocken. »Aber…«

»Abgemacht!«, wiederholte Erytus ruhig. Er wirkte erleichtert, ohne seine Missbilligung ganz verbergen zu können.

»Ich brauche Haussklaven, wenn ich in die Stadt komme, und ich schulde ihr Dank.« Jetzt hielt man ihn sicher für ein lüsternes rhodianisches Schwein, aber das war gut so, das war ganz in seinem Sinne. Crispin bückte sich und nahm dem Mann am Boden den Riemen seiner Tasche aus der Hand. Als er sich aufrichtete, sah er Morax an.

»Ich weiß, dass Ihr nicht der einzige Wirt seid, der so etwas tut. Und es liegt mir auch nicht, den Zuträger zu spielen. Deshalb mache ich Euch folgenden Vorschlag: Ihr verkauft das Mädchen *ausnehmend* günstig an Erytus von Megarium, dann werde ich berichten, dass nur dank des Eingreifens einer Eurer ehrlichen und gut ausgebildeten Kellnerinnen kein größerer Schaden entstanden sei.«

»Und gehängt wird er nicht?«, protestierte der Karcher. Erytus sah mit starrem Blick zu ihm hinüber.

Crispin lächelte schmal. »Ich habe keine Ahnung, was sie mit ihm anstellen und es kümmert mich auch nicht. Ich werde nicht dabei sein. Der Kaiser ruft mich nach Sarantium, da kann ich nicht säumen. Auch nicht, um einen Mann zu richten oder zu hängen. Aber so viel ich weiß, ist unser guter Morax *sehr* zerknirscht darüber, dass wir alle in die Kälte hinausgetrieben wurden. Deshalb schenkt er an jeden, der Wärme braucht, von seinem Candarier aus. Das ist doch richtig, Wirt?«

Die Umstehenden begrüßten das Angebot mit brüllendem Gelächter. Crispin erwiderte ihre Blicke und lächelte noch freundlicher.

»Auch das war gut gemacht. Blut und Mäuse! Ich bekomme noch richtig Respekt vor dir!«

»Das wäre ja nicht zu ertragen!«

»Mann! Mann!«, drängte die Frau schon zum dritten oder vierten Mal. Im Schein der Fackeln zeigten sich rote Flecken auf ihrem Gesicht. Crispin sah, wie sie Kasia anstarrte. Das Mädchen war wie betäubt und verstand offenbar gar nichts. Oder sie war eine glänzende Schauspielerin.

Morax nahm keine Notiz von seiner Frau. Mit einem zittrigen Atemzug fasste er Crispin am Arm und zog ihn ein Stück in die Dunkelheit hinein.

»Der Kämmerer? Der Magister der Kaiserlichen Behörden…?«, flüsterte er.

»…haben dringendere Probleme. Ich werde sie mit dieser Sache nicht behelligen. Erytus entschädigt mich für die Gefährdung meines Vermögens, und Ihr verkauft ihm das Mädchen mit allen Papieren – gegengezeichnet. Macht ihm einen anständigen Preis, Morax.«

»Euer Gnaden… Ihr wollt… ausgerechnet *dieses* Mädchen? Von allen, die wir haben?«

»Ich kann nicht alle gebrauchen, Wirt. Und sie hat mir meine Börse gerettet.« Wieder setzte er ein Lächeln auf. »Liegt sie Euch denn so am Herzen?«

Der Wirt zögerte. »So ist es, Euer Gnaden.«

»Gut«, sagte Crispin forsch. »Ganz ungeschoren solltet Ihr auch nicht davonkommen. Nun verliert Ihr wenigstens Eure strohblonde Bettgespielin. Ihr könnt ja ein anderes von Euren Mädchen besteigen, wenn Eure Frau schläft.« Er hielt inne, das Lächeln erlosch. »Mein Angebot ist großzügig, Wirt.«

Er hatte Recht und das wusste auch der Wirt. »Sie ist nicht… das heißt, ich habe nicht… meine Frau…« Der Wirt verstummte. Wieder ein zittriger Atemzug. »Ja, Euer Gnaden«, sagte er dann. Und rang sich ein Lächeln ab. »Es gibt auch noch andere Mädchen hier.«

Crispin verstand sofort, was er damit meinte.

»Ich hab's dir gesagt«, meldete sich Linon.

»Nicht zu ändern«, antwortete er lautlos. Das waren schwierige Fragen, mit denen er sich jetzt nicht auseinander setzen konnte. Laut sagte er: »Morax, es ist mein Ernst… Ihr macht Erytus einen *sehr* anständigen Preis. Und Ihr schenkt den Wein aus.«

Morax schluckte, dann nickte er kläglich. Crispin empfand kein Mitleid. Abgesehen von dem teuren

Wein hatte der Wirt keinen realen Verlust, Crispin musste sich das Wohlwollen der übrigen Gäste sichern, und Morax musste klar sein, wie sie dachten.

Es fing zu regnen an. Crispin schaute zum Himmel. Eine dunkle Wolkendecke. Der Wald im Norden war zum Greifen nahe. Jemand näherte sich dem Fackelkreis: eine beruhigend kräftige Gestalt, die Crispins Mantel in Händen hielt. Crispin bedankte sich mit einem kurzen Lächeln. »Schon gut, Vargos. Wir gehen ins Haus.« Vargos nickte. Doch seine Augen waren wachsam.

Man hatte Thelon von Megarium aufgehoben und trug ihn hinein. Sein Onkel und die Vettern gingen neben ihm her; die Diener leuchteten mit Fackeln. Das Mädchen Kasia zögerte noch. Auch die Frau des Wirtes schien auf etwas zu warten und warf giftige Blicke in die Runde.

»Was geschieht jetzt?«

»Du hast es gehört. Wir gehen ins Haus.«

»Geh nach oben, Kätzchen«, sagte Crispin freundlich und schlenderte auf das Licht zu. »Du wirst an mich verkauft. Damit hast du in diesem Gasthof keinerlei Pflichten mehr, hast du verstanden?« Sie blieb noch einen Moment lang reglos stehen und sah ihn mit riesigen Augen an, dann nickte sie einmal mit dem Kopf, so ruckartig wie ein Kaninchen. Crispin sah, dass sie vor Kälte zitterte. »Du wartest in meinem Zimmer auf mich. Man hat mir einen guten Tropfen versprochen, danach komme ich zu dir. Du kannst schon das Bett vorwärmen. Aber schlaf nicht ein.« Er durfte auf keinen Fall Gefühle zeigen. Sie war eine Sklavin, er hatte sie aus einer Laune heraus gekauft. Mehr wusste er nicht über sie.

»Eine Frage wegen des Weins, Euer Gnaden.« Morax stand neben ihm. Er flüsterte wie ein Verschwörer. »Muss es wirklich der Candarier sein? Kaum einer von denen wüsste ihn zu schätzen, Euer Gnaden.« Er sprach die Wahrheit.

»Das spielt keine Rolle«, gab Crispin ungerührt zurück.

Er sprach nicht die Wahrheit. In Wirklichkeit litt er unter der Vorstellung. Der berühmte Wein von der Insel Candaria war *viel* zu gut, um ihn an Leute zu verschwenden, die ihn nicht zu schätzen wussten. Unter gewöhnlichen Umständen.

»Blut und Mäuse, Handwerker. Du bist und bleibst ein Schwachkopf. Weißt du, was das für morgen bedeutet?«

»Natürlich. Wir können hier nicht bleiben. Nicht zu ändern. Aber du kannst uns sicher alle beschützen.« Es klang nicht ganz so ironisch, wie es gemeint war. Der Vogel erwiderte nichts.

Irgendwo in dem Wald jenseits der Straße stand ein Baum des Gottes und morgen war das Fest der Toten. Doch sie mussten Zoticus' Ratschläge in den Wind schlagen und den Gasthof möglichst noch vor Sonnenaufgang verlassen, um ihre Reise fortzusetzen.

Er trat mit dem Wirt ins Haus. Dem Mädchen gab er den Schlüssel und schickte es nach oben. Dann kehrte er in die Gaststube und an seinen Tisch zurück. Er wollte noch eine oder zwei Flaschen Wein trinken, vorsichtshalber mit Wasser vermischt, um sich bei allen, die das großzügige Geschenk mit ihm teilten, möglichst beliebt zu machen. Diesmal behielt er die Tasche mit seinem Geld, seinem Geleitbrief und dem Vogel bei sich.

Nach einer Weile tauchte Erytus von Megarium wieder auf. Er war mit Morax handelseins geworden und überreichte Crispin die Papiere, aus denen hervorging, dass die inicische Sklavin Kasia dem Handwerker Martinian von Varena übereignet worden war. Erytus ließ es sich auch nicht nehmen, die vereinbarte Entschädigungssumme sofort zu entrichten. Crispin erlaubte ihm, den Inhalt seiner Börse zu zählen; Erytus zog seinen eigenen Geldbeutel und entnahm ihm den gleichen Betrag. Die karchischen Händler schauten herüber, waren aber zu weit weg, um deutlich sehen zu können.

Erytus trank nur einen kleinen Becher Wein zum Zeichen der Versöhnung. Er wirkte müde und bedrückt. Wenig später erhob er sich und entschuldigte sich noch einmal für das schändliche Verhalten seines Neffen. Auch Crispin stand auf und beide verbeugten sich. Der Mann hatte sich tadellos benommen. Das war Teil von Crispins Plan gewesen.

Crispin trank von dem guten Wein und betrachtete die Papiere und die schwere Börse, die vor ihm auf dem Tisch lagen. Die Karawane aus Megarium wollte morgen früh vermutlich noch vor ihm aufbrechen – vorausgesetzt, man ließ den Neffen gehen. Erytus würde wohl noch einmal seine Börse öffnen müssen, falls er es nicht schon getan hatte. Hoffentlich wäre die Sache damit erledigt. Der junge Mann war ein Galgenstrick, aber zu diesem Verbrechen war er verführt worden. Zur Strafe hatte er einen kräftigen Schlag auf den Schädel bekommen und von seiner Familie hatte er sicher noch erhebliche Unannehmlichkeiten zu erwarten. Crispin wollte nicht dafür verantwortlich sein, dass man ihn in Sauradia an eine heidnische Eiche hängte.

Er sah sich um. Die Karcher waren wieder hellwach und schütteten mit mehreren anderen Gästen – darunter einem sehr fidelen Kurier in grauer Uniform – den unvermischten candarischen Rotwein wie Bier in sich hinein. Er unterdrückte einen Schauer, hob sein Glas und trank ihnen freundlich zu. Seine eigene Welt war sehr weit weg. Sein gewohntes Leben hatte er hinter den Mauern seiner Stadt zurückgelassen. Auch er wäre besser dort geblieben, um mit dem, was eben zur

Hand war, Schönheit zu gestalten. Hier war keine Schönheit zu finden.

Vielleicht sollte er seine neue Sklavin nicht zu lange allein lassen, auch nicht mit dem Schloss an der Tür. Wenn sie jetzt verschwände und nie wieder auftauchte, könnte er kaum etwas tun. Er ging nach oben.

»Jetzt willst du ihn wohl in sie hineinstecken?«, gackerte Linon plötzlich. Die Obszönität, die aristokratische Stimme und Crispins Stimmung – ein schärferer Kontrast war kaum denkbar. Er erwiderte nichts.

Das Mädchen hatte den Schlüssel. Er klopfte leise und rief ihren Namen. Als sie seine Stimme erkannte, zog sie den Riegel zurück und öffnete ihm. Er trat ein, drückte die Tür ins Schloss und schob den Riegel wieder vor. Im Zimmer war es sehr dunkel. Sie hatte die Läden zugezogen und befestigt, aber keine Kerzen angezündet. Draußen plätscherte der Regen. Sie stand dicht vor ihm und sagte kein Wort. Ihre Nähe machte ihn verlegen und weckte unerwartete Gefühle. Er wusste noch immer nicht, warum er heute Nacht so und nicht anders gehandelt hatte. Ein Rascheln. Die schemenhafte Frauengestalt kniete nieder, beugte den Kopf und küsste ihm den Fuß, bevor er ihn wegziehen konnte. Er räusperte sich und trat zurück. Er wusste nicht, was er sagen sollte.

Er gab ihr die oberste Decke von seinem Bett und hieß sie auf dem Dienerstrohsack an der Wand schlafen. Sie sagte kein Wort. Und nach dieser Anweisung schwieg auch er. Er lag lange wach, lauschte auf den Regen und dachte an die Königin der Antae. Ihr hatte *er* den Fuß geküsst, bevor er diese Reise antrat. Die Senatorengattin kam ihm in den Sinn, die an seine Tür geklopft hatte. In einem anderen Gasthof. Einem anderen Land. Endlich schlief er ein und träumte von Sarantium. Er schuf in einer gewaltigen Kuppel ein Mosaik. Mit Tessellae in leuchtenden Farben und so vielen blitzenden Edelsteinen, wie er nur brauchte, zauberte er eine Eiche in einem Hain und ließ Blitze über einen bleigrauen Himmel zucken.

Ein gottloses Werk. In der großen Stadt würde man ihn dafür verbrennen. Aber es war ja nur ein Traum. Niemand musste für seine Träume sterben.

Er erwachte noch vor Tagesanbruch. Es war dunkel. Zunächst war er verwirrt, dann sprang er aus dem Bett, lief über den kalten Boden zum Fenster und stieß die Läden auf. Wieder hatte der Regen aufgehört, aber das Wasser tropfte noch immer vom Dach. Dichter Nebel war aufgekommen; er sah kaum bis in den Hof hinunter. Unten bewegten sich Gestalten. Vargos war sicher dabei und machte das Maultier reisefertig, aber alle Geräusche waren gedämpft und weit weg. Das Mädchen war wach. Bleich und schmal wie ein Gespenst stand es neben ihrem Strohsack und beobachtete ihn stumm.

»Gehen wir«, sagte er.

Wenig später waren die drei in einer nebelverhangenen Zwischenwelt nach Osten unterwegs. Ein Tag ohne Sonnenaufgang brach an – das Fest der Toten.

KAPITEL IV

Vargos der Inicier war kein Sklave.

Viele der Diener, die man in den Poststationen entlang der Kaiserlichen Hauptstraßen mieten konnte, waren natürlich gekauft, aber Vargos hatte sich die Stellung selbst ausgesucht und wies auch jeden darauf hin, der eine falsche Anrede gebrauchte. Vor drei Jahren hatte er seinen zweiten Fünf-Jahres-Kontrakt mit der Kaiserlichen Post unterzeichnet. Eine Kopie des Dokuments trug er stets bei sich, obwohl er es nicht lesen konnte. Neben Unterkunft und Verpflegung hatte er zweimal im Jahr Anspruch auf eine Summe Geldes. Viel war es nicht, aber im Lauf der Jahre hatte er sich doch zwei Paar neue Stiefel, einen Wollmantel, mehrere Tuniken und ein esperanisches Messer angeschafft und er konnte sich auch jederzeit für ein oder zwei Kupfermünzen eine Hure leisten. Die Kaiserliche Post zog Sklaven natürlich vor, doch die waren knapp geworden, seit der Kaiser Apius die Barbaren im Norden befriedet hatte, anstatt sie zu besiegen, und für die Reisegruppen auf den Straßen wurden dringend kräftige Männer gebraucht. Einige dieser kräftigen Männer waren wie Vargos Barbaren aus dem Norden.

Zu Hause hatte Vargos' Vater oft genug – nicht ohne dabei mit der Faust auf den Tisch zu schlagen und sein Bier zu verschütten – seine Ansichten über Menschen kundgetan, die sich bei den degenerierten Fettärschen von Sarantium als Arbeitskräfte oder Söldner verdingten, aber Vargos war mit seinen Eltern nicht immer einer Meinung. Die letzte Auseinandersetzung mit seinem Vater hatte dazu geführt, dass er eines Nachts sein Dorf verließ und nach Süden wanderte.

Er wusste gar nicht mehr genau, worum der Streit im Einzelnen gegangen war; Auslöser war irgendein Aberglaube gewesen, der das Pflügen bei blauem Vollmond verbot. Geendet hatte er jedenfalls damit, dass Vargos von seinen älteren Brüdern und seinen Onkeln begeistert festgehalten wurde, während ihm der Alte, aus einer Kopfwunde blutend, mit seinem Jagdmesser ein Schandmal in die Wange ritzte. Vargos hatte sich heftig gewehrt und aus Leibeskräften geflucht, auch wenn er hinterher einsah, dass er die Narbe wahrscheinlich verdient hatte. Bei den Iniciern ging es einfach nicht an, dass ein Sohn seinen Vater wegen einer Meinungsverschiedenheit über Methoden des Ackerbaus mit einem Holzscheit fast zu Tode prügelte.

Dennoch hatte er beschlossen, sich weiteren Debatten und innerfamiliären Züchtigungen zu entziehen. Das Dorf war nicht die Welt und es hatte einem jüngeren Sohn wenig zu bieten. So hatte er noch in derselben Frühlingsnacht – die beiden Monde leuchteten fast voll über den frisch bestellten Feldern und den dichten Wäldern, die ihm so vertraut waren – mit seinem entstellten Gesicht das Haus verlassen und sich, ohne sich noch einmal umzusehen, nach Süden gewandt.

Zunächst hatte er natürlich vorgehabt, ins Kaiserliche Heer einzutreten, doch dann hörte er in einer Straßenkneipe, bei den Poststationen gebe es freie Stellen, und beschloss, es für ein paar Monate damit zu versuchen.

Acht Sommer war das jetzt her. Erstaunlich, wenn man überlegte, wie eine so spontane Entscheidung ein ganzes Leben bestimmte. Inzwischen hatte Vargos noch einige Narben mehr, denn das Leben auf den Straßen war gefährlich, und in Sauradia wurden hungrige Menschen schnell zu Verbrechern, aber die Arbeit lag ihm. Er war gern im Freien unterwegs und brauchte vor keinem Herrn das Haupt zu beugen. Auch teilte er nicht den unversöhnlichen Hass seines Vaters auf alle Imperien – mochte es nun das sarantinische Reich oder das alte Regime in Batiara sein.

Obwohl als Einzelgänger bekannt, hatte er an der Straße von Batiara bis zur trakesischen Grenze inzwischen in jeder Poststation und in jeder Schenke seine Freunde. Das bedeutete halbwegs sauberes Stroh oder einen Strohsack zum Schlafen, im Winter manchmal einen Platz am Feuer und reichlich Essen und Bier. Auch die Mädchen waren durchaus entgegenkommend, wenn sie, selten genug, nicht anderweitig vergeben waren. Dass er kein Sklave war und ein paar Münzen springen lassen konnte, erleichterte dabei natürlich manches. Über Sauradia war er nie hinausgekommen. Die meisten Diener der Kaiserlichen Post blieben in ihrer Provinz, und Vargos hatte nie den Wunsch verspürt, noch weiter zu wandern als damals vor acht Jahren, als er mit blutiger Wange von Norden gekommen war.

Nicht bis zu diesem Fest der Toten jedenfalls, an dem der rothaarige Rhodianer, der ihn in Lauzens Gasthof an der Grenze angeheuert hatte, mit einer für den Eichengott bestimmten Sklavin am frühen Morgen im Nebel Morax' Poststation verließ.

Vargos war zwei Jahre zuvor zum jadditischen Glauben übergetreten, aber das hieß noch lange nicht, dass er ein Opfer für den Baum nicht erkannt hätte.

Immerhin stammte er aus den nördlichen Regionen des Alten Waldes. Auch sie war Inicierin. Vielleicht hatte sie ganz in seiner Nähe in einem Dorf oder Gehöft gelebt, bis man sie an einen Sklavenhändler verkaufte. Was er wusste, hatte er am Abend zuvor ihren Augen und den Blicken der Männer und Frauen bei Morax entnommen. Niemand hatte ein Wort gesagt, aber das war auch nicht nötig. Was heute für ein Fest gefeiert wurde, war schließlich jedem bekannt.

Vargos nahm seinen neuen Glauben an den Sonnengott und dessen umstrittenen sterblichen Sohn Heladikos durchaus ernst. Er sprach jeden Morgen und Abend seine Gebete, entzündete in den Kapellen Kerzen für die Heiligen Blutzeugen und hielt auch die Fasttage ein. Und er verabscheute die alten Sitten und Gebräuche sowie die Gottheiten, denen er abgeschworen hatte: den Eichengott und die Kornmaid mit ihrer schier unersättlichen Gier nach Blut und rohen Menschenherzen. Aber es wäre ihm nie in den Sinn gekommen, sich einzumischen, obwohl er diesen Tag schon zweimal hier bei Morax unweit des südlichen Gottesbaumes verbracht hatte.

Nicht meine Sache, hätte er gesagt, wäre ihm der Gedanke überhaupt gekommen oder von außen an ihn herangetragen worden. Wer als Diener angestellt war, rief weder die Kaiserlichen Soldaten noch die Priester zu Hilfe, um ein heidnisches Opfer zu verhindern. Es sei denn, er wäre seines Lebens müde und wollte die Arbeit an dieser Straße aufgeben. Es gab so viele Mädchen, was zählte da eins im Jahr? Zwei Sommer hintereinander hatte die Pest gewütet. Der Tod war überall.

Der rothaarige Batiaraner hatte Vargos mit keinem derartigen Ansinnen behelligt. Er hatte die junge Frau einfach gekauft – oder für sich kaufen lassen – und brachte sie nun fort, um ihr das Leben zu retten. Dass er gerade sie gewählt hatte, schien Zufall zu sein, aber Vargos ahnte, dass mehr dahinter steckte.

Ursprünglich hatten sie zwei Nächte in diesem Gasthof bleiben wollen, um am heutigen Tag nicht unterwegs zu sein.

Jeder halbwegs vernünftige Mensch, der am Fest der Toten Sauradia bereiste, hätte es so eingerichtet. Doch bevor Martinian von Varena gestern am späten Abend nach der merkwürdigen Episode mit dem Dieb nach oben gegangen war, hatte er Vargos von seinem Strohsack in der Dienstbotenkammer holen lassen. Draußen auf dem Korridor hatte er ihm dann erklärt, sie würden doch morgen schon aufbrechen, vor Sonnenaufgang noch und mit dem Mädchen.

»Morgen?«, hatte Vargos trotz seiner notorischen Schweigsamkeit wiederholt.

Der Rhodianer war in Anbetracht der Weinmengen, die er mit den anderen Gästen unter viel Geschrei getrunken hatte, erstaunlich nüchtern gewesen. Er hatte Vargos im Halbdunkel des Korridors lange angesehen. Sein Gesichtsausdruck war hinter dem Vollbart und im Schatten schwer zu erkennen. »Ich glaube nicht, dass wir hier noch sicher sind«, hatte er dann auf Rhodianisch gesagt. »Nach allem, was heute geschehen ist.«

Draußen sind wir erst recht nicht sicher, dachte Vargos, aber er sprach es nicht aus. Er hielt es für denkbar, dass ihn sein Auftraggeber auf die Probe stellen oder ihm etwas mitteilen wollte, ohne es in Worte zu fassen. Doch was dann kam, traf ihn unvorbereitet.

»Morgen ist das Fest der Toten«, sagte Martinian sehr langsam. »Ich verlange nicht, dass du uns begleitest. Dazu bist du nicht verpflichtet. Wenn du lieber hier bleibst, entlasse ich dich aus meinen Diensten und nehme mir bei nächster Gelegenheit einen anderen Begleiter.«

Aber bestimmt nicht morgen, dachte Vargos. Man bedauere sehr, würde es heißen, aber leider sei für den Handwerker kein Mann frei. Auch nicht für eine ganze Hand voll Silber-Solidi.

Das hatte niemand nötig.

Vargos traf – nicht zum ersten Mal in seinem Leben – eine rasche Entscheidung. Er schüttelte den Kopf. »Wenn ich mich recht erinnere, wolltet Ihr einen Mann, der mit Euch bis zur trakesischen Grenze reist. Ich erwarte Euch mit dem Maultier vor dem Lobpreis bei Sonnenaufgang. Jads Licht wird uns durch den Tag geleiten.«

Der Batiaraner war kein sonniges Gemüt, aber jetzt lächelte er und legte Vargos kurz die Hand auf die Schulter. »Danke, mein Freund«, sagte er noch, dann stieg er die Treppe hinauf.

Niemand hatte Vargos in den letzten acht Jahren auf diese Weise von seinen Pflichten entbunden, niemand hatte sich je dafür bedankt, dass ein gemieteter Diener seinen Vertrag bis zum Ende erfüllte.

Daraus folgt zweierlei, dachte er, als er sich wieder auf seinen schmalen Strohsack legte und einen schnarchenden Trakesier beiseite schob, der sich allzu breit gemacht hatte. Erstens hatte Martinian – wie auch immer – genau gewusst, was er tat, als er den Händler veranlasste, das Mädchen für ihn zu kaufen. Und zweitens war Vargos jetzt sein Mann.

Mut sprach ihn an. Der Mut des Gottes Jad, der in seinem Feuerwagen Nacht für Nacht unter der Welt gegen Kälte und Finsternis kämpfte, der Mut des Gottessohnes Heladikos, der seine Rosse viel zu weit himmelwärts trieb, um seines Vaters Feuer zu holen, und der Mut eines einzelnen Reisenden, der sein Leben einsetzte, um am Fest der Toten ein Mädchen vor einem barbarischen Schicksal zu retten.

Vargos hatte auf dieser Straße etliche berühmte

Männer kennen gelernt. Reiche Kaufherren, Adlige aus der fernen Stadt in weißgoldenen Prunkgewändern, Soldaten mit Bronzeharnischen und Uniformen in den Regimentsfarben, und Priester des Gottes, die in ihrer asketischen Strenge unerhört beeindruckend waren. Nie hatte er vergessen, wie vor einigen Jahren Strategos Leontes, der Oberbefehlshaber aller Kaiserlichen Heere, mit seiner Leibgarde von Megarium kommend persönlich an ihm vorbeigeritten war. Leontes war auf dem Weg ins Heerlager an der trakesischen Grenze gewesen, um von dort nach Nordosten gegen die aufsässigen Moskav-Stämme zu ziehen. Vargos hatte in einer dichten Menschenmenge am Straßenrand gestanden, als die Leute in Jubelgeschrei ausbrachen, und nur flüchtig ein helmloses goldblondes Haupt gesehen. Das war im Jahr nach dem großen Sieg gegen die Bassaniden bei Eubulus gewesen, für den der Kaiser dem Leontes einen Triumphzug im Hippodrom gewährt hatte. Davon hatte man sogar in Sauradia gehört. Seit Rhodias hatte kein Kaiser seinem Strategos mehr eine solche Ehre zuteil werden lassen.

Doch dieser Handwerker aus Varena, ein Abkömmling der rhodianischen Legionen, die Vargos seit seiner Kindheit hasste, er hatte letzte Nacht und heute Morgen mehr Mut bewiesen, als der Inicier es je erlebt hatte. Vargos würde ihm folgen.

Weit werden wir wahrscheinlich nicht kommen, dachte er bitter. *Jads Licht wird uns geleiten,* hatte er in der Nacht zuvor im Korridor gesagt. Doch als sie, noch im Dunkeln, unter einer dichten Nebeldecke das Maultier aus dem Hof führten, konnte von Licht noch kaum die Rede sein. Und wenn die fahle Herbstsonne in Kürze aufging, würden sie es gar nicht bemerken.

Eine unnatürliche, dumpfe Stille lag über dem Hof. Viele Männer beobachteten – nur als verschwommene Umrisse zu erkennen – den Aufbruch. Niemand bot

Hilfe an, obwohl Vargos jeden Einzelnen kannte. Auf Martinians Anweisung hatten sie weder gegessen noch getrunken. Vargos kannte die Gründe. Woher Martinian sie kannte, war ihm noch immer nicht klar.

Das Mädchen ging barfuß, es trug den zweiten Mantel des Händlers und hatte sich die Kapuze tief ins Gesicht gezogen. Die anderen Reisenden schliefen offenbar noch, nur die Händler aus Megarium hatten sich noch in der Nacht auf den Weg gemacht und den Verwundeten in einer Sänfte mitgenommen. Vargos war schon wach gewesen und hatte sie gesehen, als er im Fackelschein das Maultier belud. Weit würden auch sie heute nicht kommen, aber weiterziehen mussten sie wohl oder übel. Wo Vargos herkam, war es selbstverständlich, einen überführten Dieb an Ludans Baum zu hängen.

Hier war das nicht so sicher. Das Mädchen war zum Opfer bestimmt. Vielleicht suchte man sich Ersatz, oder aber man fürchtete ein Unglücksjahr und gab sie nicht frei. Im Süden war alles anders. Andere Stämme hatten sich hier angesiedelt, eine andere Geschichte hatte dem Land ihren Stempel aufgedrückt. Ob man ihn und den Batiaraner auch töten würde, um die Frau zurückzubekommen? Vermutlich schon, falls man es wirklich auf sie abgesehen hatte und die Männer sich widersetzten. Das Opfer am Fest der Toten war für die alte Religion das heiligste Ritual im ganzen Jahreskreis; es verhindern zu wollen, war gleichbedeutend mit Selbstmord.

Vargos ging davon aus, dass Martinian sich widersetzen würde.

Und er war entschlossen, seinem Beispiel zu folgen, so sehr ihn das selbst überraschte. Ein kalter Zorn hatte ihn erfasst, der stärker war als die Angst. Am Ausgang sah er im Nebel einen großen Schatten: Pharus, den Stallmeister. Er hatte diesen gewissen Ausdruck im Gesicht und seine Haltung ließ jeden Respekt vermissen. Vargos kannte ihn seit vielen Jahren, aber er zögerte nicht. Er blieb kurz stehen und rammte ihm ohne ein Wort das untere Ende seines Stabs zwischen die Beine. Der Stallmeister brach mit einem gellenden Schrei zusammen, presste die Hände auf den Unterleib und wälzte sich im kalten, nassen Schlamm.

Vargos bückte sich und sagte dem Keuchenden leise ins Ohr: »Nur eine Warnung. Lasst sie ziehen, Pharus. Sucht euch eine andere.«

Dann richtete er sich auf und ging weiter, ohne sich noch einmal umzusehen. Er sah sich nie mehr um, seit er von zu Hause fortgegangen war. Martinian und das Mädchen, zwei Schatten auf der kaum erkennbaren Straße, sahen ihn an. Er zuckte nur die Achseln und spuckte aus. »Ein Zwist unter Männern«, sagte er. Sie wussten natürlich, dass das eine Lüge war, aber Vargos hielt es von jeher für besser, gewisse Dinge nicht laut auszusprechen. Er behielt schließlich auch für sich, dass er damit rechnete, noch vor Mittag zu sterben.

Ihre Mutter hatte sie *Erimitsu* genannt, das bedeutete in ihrem Dialekt die ›Kluge‹. Ihre Schwester hieß *Calamitsu,* die ›Schöne‹, und ihr Bruder war natürlich *Sangari,* der ›Geliebte‹. Ihr Bruder und ihr Vater waren vergangenen Sommer gestorben. Am ganzen Körper waren die schwarzen Geschwüre aufgebrochen und beim letzten Schrei floss ihnen das Blut aus dem Mund. Sie hatten sie zu allen anderen in die Grube gelegt. Im Herbst hatte ihre Mutter im Angesicht des Winters und einer drohenden Hungersnot eine ihrer beiden Töchter an die Sklavenhändler verkauft: Sie hatte sich für die klügere entschieden, denn die hatte vermutlich bessere Aussichten, in der rauen fremden Welt zu überleben.

Zu Hause galt Kasia als ein Mädchen, das schwer

zu verheiraten war. Sie war viel zu klug und viel zu mager für einen Stamm, der Frauen mit breiten Hüften und prallen Brüsten schätzte, Frauen, die in den langen Wintern Wärme spendeten und ohne Schwierigkeiten Kinder gebaren. Ihre Mutter hatte eine harte, eine grausame Wahl getroffen, aber als in diesem Jahr der erste Schnee die Gipfel der Berge bedeckte, stand sie damit nicht allein. Die karchischen Sklavenhändler wussten schon, warum sie gerade zu dieser Zeit die Dörfer im Norden Trakesias und anschließend Sauradias bereisten, um neue Ware einzukaufen.

Kasia hatte gelernt, die Welt als Jammertal zu betrachten. Nachdem sie zwei Tage und Nächte mit gefesselten Händen südwärts gewandert war, hatte sie keine Tränen mehr. Der Mensch war zum Elend geboren und für die Frauen galt das noch mehr als für die Männer. Sie hatte mit abgewandten Kopf im Dunkeln auf dem kalten Boden gelegen und in die letzten Funken des erlöschenden Feuers geschaut, als sie ihre Jungfräulichkeit an zwei der Sklavenhändler verlor.

Das Jahr in Morax' Poststation hatte ihr keine Veranlassung gegeben, ihre Meinung zu ändern. Immerhin war sie nicht verhungert und hatte gelernt, wie sie sich verhalten musste, um nicht allzu oft geschlagen zu werden. Sie war noch am Leben. Ob das auch für ihre Mutter und ihre Schwester galt, wusste sie nicht. Woher sollte sie auch? Die Männer im oberen Stockwerk taten ihr manchmal weh, aber nicht immer und auch längst nicht alle. Wer klug war, lernte rasch, seine Klugheit mit einer ausdruckslosen Miene zu tarnen und sich mit unerschütterlicher Geduld zu wappnen wie mit einem Schild. So vergingen Tage und Nächte und Tage und Nächte. Der erste Winter im fremden Süden, Frühling, Sommer, und schon brach wieder der Herbst an, die Blätter färbten sich, und Erinnerungen tauchten auf, denen man sich nur ungern stellte.

Man vermied es, an zu Hause zu denken. Dort konnte man das Haus verlassen, wenn die Arbeit getan war, um bachaufwärts zu laufen und ganz allein unter den kreisenden Falken und inmitten der kleinen, flinken Tiere des Waldes zu sitzen, die ihre Beute waren, um dem Herzschlag der Welt zu lauschen und am helllichten Tag mit offenen Augen zu träumen. Hier träumte man nicht. Hier harrte man aus hinter seinem Schild. Wer sagte, das Leben habe mehr zu bieten?

Bis man eines Tages erfuhr, dass man getötet werden sollte, und aufrichtig verwundert feststellte, dass man doch am Leben hing. Dass der Lebenswille stärker war als alles Begehren und alles Leid, dass seine Glut in den Tiefen der Seele noch immer nicht erloschen war.

Und nun wanderte Kasia am Fest der Toten mit zwei Männern durch den grauen Nebel, der alle Geräusche verschluckte, über die kaum sichtbare Straße nach Osten und hätte am liebsten gejubelt. Die beiden kämpften mit der quälenden Angst vor drohenden Gefahren, und sie suchte ihre Freude zu verbergen, wie sie seit einem Jahr jedes Gefühl verborgen hatte. Sie durfte nicht lächeln, sonst hielt man sie am Ende für einfältig oder für verrückt, also blieb sie, eine Hand am Strick, dicht neben dem Maultier und sah die beiden Männer nicht an, wenn ihre Gesichter im wogenden Nebel auftauchten.

Vielleicht wurden sie verfolgt. Vielleicht fanden sie hier auf der Straße den Tod. Heute war der Tag der Opferungen, heute standen die Toten auf. Vielleicht waren auch Dämonen unterwegs, um sterbliche Seelen zu rauben. Ihre Mutter hatte daran geglaubt. Aber Kasia war vor Tagesanbruch durch den Nebel zur Schmiede gehuscht und hatte ihr Messer aus dem Versteck geholt. Nun konnte sie jemanden damit töten, oder sie konnte es sich selbst ins Herz stoßen, bevor man sie Ludan zuführte.

Sie hatte die Gestalt des Stallmeisters Pharus im Hof erkannt. Er hatte sich aufmerksam vorgebeugt und sie scharf beobachtet, nicht anders als seit zwei Tagen. Und sie hatte seine Wut gespürt, obwohl seine Augen in der grauen Masse fast verschwanden. In diesem Augenblick hatte sie sich gefragt, ob er womöglich der Eichenpriester war, der dem Gott beim hiesigen Opfer das Herz darbringen sollte.

Dann war Vargos – bisher nur einer von vielen Dienern auf der Straße, ein Mann, der viele Nächte hier geschlafen hatte, ohne ein einziges Wort mit ihr zu wechseln – vor Pharus stehen geblieben und hatte ihm seinen Stab von unten zwischen die Beine gestoßen.

Seit Pharus mit ersticktem Keuchen zusammengebrochen war, musste Kasia diese wilde Freude in ihrem Innern gewaltsam unterdrücken. Mit jedem Schritt, den sie von da an taten – in Nebel gehüllt wie in eine Decke oder einen Schoß, unfähig, nach hinten oder vorne zehn Schritte weit zu sehen –, wuchs ihr neues Leben zu.

Es war sicher nicht richtig, so glücklich zu sein. Hier draußen lauerte der Tod und kein vernünftiger Mensch sollte sich aus dem Haus wagen. Aber der Tod, der sichere Tod, war bereits im Gasthof gewesen, um dort auf sie zu warten, vielleicht fand er sie nun hier draußen im Nebel nicht mehr. Und von welcher Seite man es auch betrachtete, ein Hoffnungsschimmer war besser als kein Hoffnungsschimmer. Notfalls hatte sie immer noch ihr Messerchen.

Vargos hatte die Führung übernommen, der Rhodianer ging am Ende. Keiner sprach ein Wort, nur das gedämpfte Schnauben des Maultiers und das Knarren seiner Traglast unterbrachen die Stille. Sie lauschten. Nach vorn und nach hinten. Die Welt war zu einem

Nichts zusammengeschrumpft. Blind wanderten sie im endlosen Grau auf jener schnurgeraden Straße, die die Rhodianer vor fünfhundert Jahren in der ruhmreichsten Zeit ihrer Herrschaft gebaut hatten.

Kasia dachte über den Handwerker nach. Nach allem, was er für sie getan hatte, sollte sie eigentlich bereit sein, für ihn zu sterben. Im Ernstfall wäre sie vielleicht auch bereit gewesen. Aber sie war die *Erimitsu* und grübelte mehr, als gut für sie war. Das hatte ihre Mutter immer gesagt, aber auch ihr Vater, ihr Bruder, ihre Tanten, im Grunde jeder, der sie kannte.

Warum er sie letzte Nacht wohl nicht angerührt hatte? Vielleicht bevorzugte er Knaben, vielleicht war sie ihm zu mager oder er war einfach müde gewesen. Vielleicht wollte er auch nur gut zu ihr sein. Mit Güte hatte sie wenig Erfahrung.

Mitten in der Nacht hatte er einen Namen gerufen. Sie war in ihren Kleidern auf dem Strohsack eingenickt und seine Stimme hatte sie aufgeschreckt. Den Namen hatte sie vergessen, und er war nicht ganz wach geworden, obwohl sie eine Weile gewartet und gelauscht hatte.

Unverständlich war ihr auch, woher er gewusst hatte, dass er in den Hof laufen musste, während alle anderen nach ihrem Schrei die Treppe hinaufrannten. Sonst wäre der Dieb am Ende entkommen. Im Raum war es dunkel gewesen. Sie hätte ihn nicht erkannt. Kasia ging neben dem Maultier her und nagte an diesem Rätsel wie ein Hund an einem Knochen, an dem noch ein Fetzen Fleisch hing. Endlich gab sie auf. Sie zog Martinians Mantel fester um sich. Die feuchte Kälte drang ihr bis in die Knochen. Sie trug keine Schuhe, aber daran war sie gewöhnt. Vergeblich schaute sie nach links und nach rechts, sie sah ja kaum die Straße unter ihren Füßen. Man konnte ganz leicht in einen der Gräben fallen. Sie wusste, dass sich der

Wald zu ihrer Linken befand und immer näher rücken würde, je weiter sie nach Osten kamen.

Am späteren Vormittag – sie konnten die Zeit nur schätzen – erreichten sie eine der kleinen Kapellen am Wegesrand. Kasia hätte sie gar nicht bemerkt, aber auf einen leisen Hinweis von Vargos blieben sie stehen, und als sie durch das Grau spähte, erkannte sie die dunklen Umrisse des kleinen Gotteshauses. Vargos hatte danach gesucht, sonst wären sie vorbeigelaufen. Martinian ordnete eine Pause an. Sie aßen im Stehen und horchten ständig nach allen Richtungen auf Geräusche. Jeder bekam einen Kanten schwarzes Brot und einen Schluck Bier. Dazu teilten sie sich einen Laib Käse, den Vargos vom Dienertisch mitgenommen hatte. Als sie fertig waren, schaute Vargos Martinian fragend an. Kasia sah, wie der Rotbart zögerte. Dann nickte er, und sie betraten die leere Kapelle, um den Lobpreis an Jad zu sprechen. Irgendwo war inzwischen die Sonne aufgegangen und schien auf die Erde. Die beiden Männer spulten hastig die Litanei herunter. Kasia hörte zu und sprach die Responsorien mit, wie sie es gelernt hatte: *Lasse dein Licht leuchten über unser Leben, o Herr, und in der Ewigkeit, wenn wir dereinst eingehen zu dir.*

Sie traten wieder in den Nebel hinaus, banden das Maultier los und setzten ihren Weg fort. Zu sehen war immer noch nichts. Nach vorn endete die Welt mit Vargos. Man ging dahin wie in einem Traum, ohne Gefühl für die Zeit, für die Bewegung; nur die kalten Steinplatten spürte man, während man unentwegt einen Fuß vor den anderen setzte.

Kasia hatte ein besonders scharfes Gehör und vernahm die Stimmen noch vor den beiden Männern.

Sie streckte die Hand nach hinten, berührte Martinian am Arm und zeigte auf die Straße. Im gleichen Augenblick sagte Vargos leise: »Sie kommen. Wir müssen weg. Gleich hier nach links.«

Eine kurze, flache Karrenbrücke führte über den Straßengraben in die Felder. Kasia hätte auch sie nicht gesehen. Sie führten das Maultier hinüber, drangen über Lehm und Stoppeln ein Stück weit in das undurchdringlich dichte Grau vor, hielten an und lauschten. Kasia klopfte das Herz bis zum Hals. Nun kam man sie doch noch holen. Es war nicht vorüber. Wir hätten keine Zeit mit dem Gebet vergeuden sollen, dachte sie.

Lasse dein Licht leuchten. Es gab kein Licht. Kein einziges Fünkchen.

Martinian stand auf der anderen Seite des Maultiers. Sein rotes Haar und der Bart leuchteten nur gedämpft durch das Grau. Kasia sah, wie er zögerte und dann lautlos ein schweres altes Schwert zog, das mit Stricken an der Flanke des Maultiers festgebunden war. Vargos beobachtete ihn. Die Geräusche näherten sich von Westen und waren jetzt deutlich als Stimmen zu erkennen. Männer, die zu laut sprachen, um sich Mut zu machen. Jetzt schallten auch dumpfe Schritte über die Straße. Acht Menschen? Zehn? Sie waren ganz nahe, gleich hinter dem Graben. Kasia spähte angestrengt ins Grau und hoffte, nichts sehen zu können. Wenn sich der Nebel nur einen Augenblick lichtete, wären sie verloren.

Dann ein Knurren, ein kurzes, aufgeregtes Bellen. Sie hatten die Hunde dabei. Natürlich. Und die kannten ihre Witterung. Sie *waren* verloren.

Kasia legte dem Maultier eine Hand auf den Hals, spürte sein Zittern, zwang es stumm, sich still zu verhalten. Dann tastete sie nach ihrem Messer. Bei aller Machtlosigkeit stand es ihr frei zu sterben, bevor man sie ergriff. Die irre Freude war schon wieder verflogen, ins Grau entschwunden wie ein Vogel.

Sie dachte an ihre Mutter. Vor einem Jahr hatte sie allein im welken Laub am Weg gestanden, einen kleinen Beutel mit Münzen in der Hand, und hatte dem Sklavenzug nachgesehen, der ihre Tochter wegführte. Es war ein strahlend klarer Tag gewesen, von den Bergen leuchtete der Schnee, die Vögel sangen und rot und golden fielen die Blätter von den Bäumen.

Crispin hielt sich für redegewandt und wusste, dass er einigermaßen gebildet war. Nach dem Tod seines Vaters hatte er auf Betreiben seiner Mutter und seines Onkels viele Jahre lang einen Hauslehrer gehabt. Er hatte sich durch die Klassiker der Rhetorik und der Ethik und die Tragödien von Arethae gekämpft, dem größten Stadtstaat Trakesias: tausend Jahre alte Auseinandersetzungen zwischen Menschen und Göttern, geschrieben in einer fast vergessenen Form der Sprache, die die Menschen heute Sarantinisch nannten. Zeugnisse aus einer anderen Welt, bevor sich das strenge Rhodias ein Reich formte und Trakesias Städte zu kleinen Inseln heidnischer Philosophie schrumpften und später mit der Schließung der Akademien ganz verschwanden. Heute war Trakesia nur eine von vielen sarantinischen Provinzen, im Norden und jenseits der nördlichen Grenzen hausten die Barbaren, und Arethae war ein Dorf im Schatten prächtiger Ruinen.

Noch mehr als jede geregelte Ausbildung, dachte Crispin, hätten fünfzehn Jahre Arbeit für und später mit Martinian von Varena den Verstand jedes Mannes geschärft. So sanft und freundlich sein älterer Partner auch sein mochte, wenn es darum ging, einen Gedanken dialektisch bis zu einer Schlussfolgerung zu jagen, legte Martinian eine geradezu gnadenlose Begeisterung an den Tag. Crispin hatte lernen müssen, mit gleicher Münze zurückzuzahlen und mit einem gewissen Vergnügen nach den rechten Worten zu suchen, um These und Antithese zur Synthese zu führen. Stets waren Farbe, Licht und Form, das Reich seiner eigenen Gaben, die Erscheinungsformen der Welt gewesen, die ihn am meisten entzückten, aber es erfüllte ihn durchaus mit Stolz, auch seine Gedanken ordnen und darlegen zu können.

Deshalb war er tief erschrocken, als er heute Morgen feststellen musste, dass er das Unbehagen, das ihn hier draußen im Nebel quälte, nicht annähernd in Worte zu fassen vermochte. Er konnte nicht ausdrücken, mit welcher Inbrunst er sich wünschte, irgendwo anders zu sein, nur nicht hier in Sauradia auf einer kaum erkennbaren Straße. Was ihn lähmte, war mehr als Angst, mehr als das Bewusstsein einer drohenden Gefahr: Es war die Not einer Seele in einer Welt, die ganz und gar nicht die ihre war.

Und das waren seine Gefühle gewesen, *bevor* sie die Männer und die Hunde hörten.

Jetzt standen sie schweigend auf der nassen Erde eines kahlen Felds. Er spürte das Mädchen neben sich, spürte, wie es mit der Hand das Maultier beruhigte. Vargos stand mit seinem Stab wie ein Gespenst vor ihnen. Crispin hatte einen Einfall, drehte sich um und zog vorsichtig sein Schwert unter den Stricken hervor, mit denen die Waffe auf dem Rücken des Maultiers festgehalten wurde. Es lag schwer in seiner Hand, er kam sich damit vor wie ein Narr und fürchtete sich zugleich. Wenn irgendetwas von der Fechtkunst eines Caius Crispus von Varena abhinge… Er erwartete eine sarkastische Bemerkung von Linon, die er an ihrem Riemen um den Hals trug, aber der Vogel schwieg, seit sie heute Morgen aufgewacht waren.

Das Schwert hatte er erst im letzten Moment eingepackt, auf eine Eingebung hin. Es hatte seinem Vater gehört,und nun ging er von zu Hause fort und zog in die Ferne. Seine Mutter hatte sich nicht zu seiner Bitte geäußert, doch die Art, wie sie die Augenbrauen hochzog, sprach Bände – wie immer. Dann hatte sie einen Diener nach der schweren Infanteristenwaffe geschickt, die Horius bei der Bürgermiliz getragen hatte.

Als Crispin das Schwert in seinem Elternhaus aus der Scheide zog, stellte er überrascht fest, dass Klinge und Lederzeug sauber und sorgsam eingefettet waren, und das nach einem Vierteljahrhundert. Er hatte dies kommentarlos hingenommen und lediglich seinerseits die Augenbrauen hochgezogen. Dann hatte er im Empfangsraum seiner Mutter ein paar dramatische Hiebe geführt und in martialischer Pose eine Schale mit Äpfeln auf dem Tisch bedroht.

Avita Crispina war zusammengezuckt, um dann in trockenem Ton zu bemerken: »Du wirst dir noch wehtun, mein Lieber.« Crispin hatte gelacht, das Schwert in die Scheide gesteckt und nach einem Becher Wein gegriffen.

»Müsstest du mich jetzt nicht ermahnen, entweder mit dem Ding oder auf dem Ding zurückzukommen?«, hatte er gekränkt gefragt.

»Das war ein Schild, mein Lieber«, hatte ihn seine Mutter freundlich verbessert.

Er hatte keinen Schild, mit dem Schwert wusste er nicht richtig umzugehen und die Jäger hatten Hunde dabei. Ob der Nebel oder das Wasser im Straßengraben sie aufhalten konnte? Vielleicht folgten die Jagdhunde auch einfach der Witterung des Mädchens über die kleine Brücke und führten die Männer geradewegs zu ihnen? In diesem Moment wurde das Gebell schriller und eine Stimme rief fast genau vor ihnen:

»Sie sind auf das Feld hinüber! Kommt!«

Damit war immerhin eine Frage beantwortet. Crispin holte tief Luft und hob das Schwert seines Vaters. Er betete nicht. Er dachte wie immer an Ilandra, aber er betete nicht. Vargos stellte sich breitbeinig hin und fasste seinen Stab mit beiden Händen.

»Er ist gekommen!«, sagte Linon plötzlich. In diesem Ton hatte Crispin den Vogel noch nie sprechen hören. *»O du Herr aller Welten, ich wusste es! Crispin, keine Bewegung. Auch die anderen dürfen sich nicht bewegen.«*

Crispin gehorchte instinktiv. »Stillhalten!«, befahl er Vargos und dem Mädchen.

Dann geschahen mehrere Dinge zugleich. Das verfluchte Maultier wieherte durchdringend und seine Beine wurden steif wie Holz. Das triumphierende Gebell der Hunde schlug um in ein schrilles panisches Winseln. Und der Anführer der Männer stieß einen Schrei des Entsetzens aus, der sogar den Nebel zerriss.

Über der Straße geriet das Grau in Bewegung und lichtete sich für einen Moment.

Und Crispin hatte eine unglaubliche Vision. Ein Bild, aus Qualen geboren, ein Albtraum. Sein Verstand schottete sich ab, leugnete verzweifelt, was seine Augen ihm soeben gezeigt hatten. Von Vargos kam ein heiseres Krächzen, vermutlich ein Gebet. Dann schloss sich der Nebel wieder wie ein Vorhang. Sie sahen nichts mehr. Von der verschwundenen Straße gellten immer noch grässliche Schreie herüber. Ein Zittern durchlief die verkrampften Glieder des Maultiers. Crispin vernahm das Plätschern seines Urinstrahls. Die Hunde winselten wie geprügelte Welpen und wandten sich nach Westen, zur Flucht.

Ein tiefes Grollen erschütterte die Erde unter ihren Füßen. Crispin stockte der Atem. Vor ihnen, inmitten der Jäger, schraubte sich der Schrei des Anführers wild in die Höhe und riss plötzlich ab. Das Grollen verebbte. Schritte, Schreie und Hundegewinsel entfernten sich in die Richtung, aus der sie gekommen waren. Vargos lag auf den Knien auf der kalten, nassen Erde, der Stab war seinen Händen entglitten. Das Mädchen versuchte mit fahrigen Bewegungen, das verängstigte Maultier zu beruhigen.

Crispin sah, dass die Hand, in der er sein Schwert hielt, haltlos zitterte.

»Was ist das? Linon! Was ist das?«

Bevor der Vogel antworten konnte, teilte sich der Nebel abermals. Diesmal war die Bewegung stärker, das Grau zog sich zurück und gab zum ersten Mal an diesem Morgen den Blick auf die Straße jenseits des schmalen Grabens frei. Nun sah Crispin in aller Deutlichkeit, was am heutigen Tag tatsächlich über sie gekommen war. Dieser Augenblick schenkte ihm für alle Zeit ein neues Verständnis der Welt und der Zwischenwelt. Auch er sank in den Schlamm und das Schwert seines Vaters fiel ihm aus den Händen. Das Mädchen stand wie versteinert neben dem Maultier. Das Bild sollte ihm für immer unvergesslich bleiben.

Zur gleichen Zeit war weiter im Westen unweit von Varena längst die Herbstsonne über die Wälder gestiegen. Der Himmel war blau, das rote Laub der Eichen und die letzten Äpfel an den Bäumen eines Obstgartens neben einem Feldweg, der etwas weiter südlich in die große Straße nach Rhodias mündete, leuchteten im goldenen Licht.

Im Hof des Bauernhauses hinter besagtem Obstgarten saß ein alter Mann, zum Schutz vor dem frischen Wind in einen Wollmantel gehüllt, neben seiner Tür auf einer Steinbank und genoss die Morgensonne und die Farbenpracht. Um sich die Finger zu wärmen, hielt er in beiden Händen eine irdene Schale mit Kräutertee. Ein ewig murrender Diener fütterte die Hühner. Das Tor stand offen und daneben lagen zwei Hunde schlafend in der Sonne. In der Ferne grasten Schafe auf einem Feld, der Schäfer war nicht zu sehen. Die Luft war so klar, dass man im Nordwesten die Türme von Varena erkennen konnte. Auf dem Dach des Bauernhauses saß ein Vogel und zwitscherte.

Mit einem Mal stand Zoticus auf und stellte die Schale so heftig auf die Bank, dass der Tee überschwappte. Ein Beobachter hätte sehen können, dass ihm die Hände zitterten. Aber der Diener schaute nicht zu ihm hin. Der Alchimist ging ein oder zwei Schritte auf sein Hoftor zu, dann wandte er sich nach Osten. Tiefer Ernst stand in seinen verwitterten Zügen.

»Was ist das?«, rief er laut. »Linon! Was ist das?«

Er konnte unmöglich wissen, dass ein anderer Mann soeben die gleiche Frage gestellt hatte. Und auch er erhielt keine Antwort. Natürlich nicht. Nur einer der Hunde stand auf und sah ihn mit schief gelegtem Kopf fragend an.

Lange blieb Zoticus reglos stehen und schien zu lauschen. Die Augen hatte er geschlossen. Der Diener war Kummer gewöhnt und beachtete ihn nicht. Erst wurden die Hühner gefüttert, dann die Ziege. Er molk die einzige Kuh und sammelte die Eier ein. Sechs waren es heute Morgen. Der Diener trug sie ins Haus. Der Alchimist regte sich immer noch nicht. Der Hund zögerte, dann tappte er herüber und legte sich neben ihn. Der zweite Hund blieb neben dem Tor in der Sonne liegen.

Zoticus wartete. Aber aus der Welt oder der Zwischenwelt drang nichts mehr zu ihm. Nur dieses eine Beben, das ihn bis auf den Grund seiner Seele erschütterte. Ein Geschenk – oder eine Strafe – für einen, der in Schattenreichen gewandelt war und mehr gesehen hatte, als den meisten Menschen je gewährt wurde.

»Linon«, wiederholte er endlich, ganz leise diesmal, ein Flüstern nur. Dann öffnete er die Augen und sah durch das Tor vor seinem Haus zum fernen Wald hinüber. Diesmal richteten sich beide Hunde auf und beobachteten ihn. Er bückte sich und streichelte ohne hinzusehen den, der neben ihm saß. Nach einer Weile kehrte er ins Haus zurück. Sein Tee stand vergessen auf der Steinbank und wurde kalt. Im klaren Blau des wolkenlosen Herbsthimmels wanderte die Sonne dem Mittag entgegen.

Vargos glaubte (ganz sicher war er sich nie) zweimal in seinen Leben einen von den *Zubir* gesehen zu haben. In beiden Fällen war ihm der sauradische Bison, Herr des Alten Waldes und aller anderen großen Wälder, Wappentier eines Gottes, nur für einen flüchtigen Moment im Zwielicht erschienen.

Eines Sommerabends – er arbeitete allein auf dem Feld seines Vaters – hatte er aufgeschaut und mit zusammengekniffenen Lidern am Waldrand eine massige, zottige Gestalt entdeckt. Es dämmerte bereits, und die Entfernung war groß, aber vor dem dunklen Hintergrund bewegte sich ein riesiger Schatten und verschwand. Für einen Hirsch war er zu groß, außerdem fehlte das hohe, vielfach verzweigte Gehörn.

Sein Vater hatte Vargos mit einem Axtstiel verprügelt, als er zu Hause andeutete, ihm sei vielleicht eines der heiligen Tiere des Waldes begegnet. Ein *Zubir* war ein Ehrfurcht einflößendes Wesen, das Priestern und heiligen Kriegern erscheinen mochte, die sich Ludan geweiht hatten. Für vierzehnjährige Jungen mit einem Hang zur Respektlosigkeit war eine solche Gnade nach Ansicht der Inicier – und insbesondere von Vargos' Vater – im großen Weltenplan nicht vorgesehen.

Die zweite Begegnung lag acht Jahre zurück. Es war in jenem Frühling gewesen, als er mit dem Schandmal auf der Wange, durchglüht von einem tiefen, nährenden Zorn, allein nach Süden wanderte. Beim Geheul der Wölfe war er eingeschlafen, doch dann war er im Mondschein aufgewacht, weil er im Wald etwas brüllen hörte. Als ganz in seiner Nähe eine Antwort erscholl, wurde es Vargos im Licht des blauen Mondes unheimlich zumute. Als er ins Dunkel spähte, sah er wieder eine mächtige Gestalt am Waldrand verschwinden. Danach lag er noch lange wach und lauschte, aber das Gebrüll wiederholte sich nicht, und so weit sein Blick reichte, gab es auch keine Erscheinungen mehr. Der blaue Mond folgte dem weißen nach Westen und ging unter. Zurück blieben ein sternenübersäter Himmel, fernes Wolfsgeheul und das Raunen des schwarzen Bachs neben ihm.

Zweimal also und keine Gewissheit.

Diesmal gab es keinen Zweifel mehr. Die Angst fuhr Vargos wie ein Messer zwischen die Rippen. Er stand am Fest der Toten im kalten, feuchten Nebel auf einem Stoppelfeld zwischen der alten rhodianischen Hauptstraße und dem südlichsten Rand des noch viel älteren Waldes, und was er sah, als sich der Nebel teilte, warf ihn auf die Knie.

Auf der Straße lag ein Toter. Die anderen Verfolger waren bereits geflohen, ebenso die Hunde. Vargos erkannte Morax' Stallmeister Pharus. Er lag flach auf dem Rücken, Arme und Beine weit ausgestreckt, wie eine weggeworfene Puppe. Selbst aus dieser Entfernung war zu sehen, dass ihm die Eingeweide aus dem Leib quollen. Brust und Bauch waren aufgerissen. Eine Blutlache breitete sich aus.

Aber nicht deshalb brach Vargos zusammen wie unter einem Schlag. Er hatte schon öfter übel zugerichtete Leichen gesehen. Das andere war es, was noch auf der Straße stand. Das Wesen, das den Mann so misshandelt hatte – der *Zubir*. In diesem Augenblick wusste Vargos so sicher, wie er seinen eigenen Namen kannte, dass er doch mehr war als ein noch so eindrucksvolles Wappentier. Und alle seine Vorstellungen von Macht und Glauben zerbrachen auf diesem kalten, schlammigen Feld.

Vargos hatte sich bald nach seiner Ankunft im Süden zu den Lehren des Sonnengottes bekehrt und betete seither zu Jad und seinem Sohn Heladikos. Den Göttern seines Stammes und ihren blutigen Ritualen hatte er ebenso entsagt wie seiner Heimat.

Und nun stand Ludan, der Alte, der Eichengott, in einer seiner bekannten Erscheinungsformen im grauen Nebelgewölk auf der Kaiserlichen Straße vor ihm. Als *Zubir*. Als Bison. Als Herr des Waldes.

Dies *war* ein Gott, der Blut verlangte. Und heute war der Tag des Opfers. Vargos klopfte das Herz bis zum Hals. Er sah, dass ihm die Hände zitterten, und schämte sich nicht. Er hatte nur Angst. Ein Sterblicher hatte an diesem Ort nichts zu suchen.

Wieder geriet der Nebel in Bewegung und legte sich wie ein Mantel über die Straße. Der alles vernichtende Bison verschwand. Und verschwand doch nicht. Denn plötzlich stand er, erdrückend schwarz und mächtig, neben ihnen auf dem Feld und verströmte einen abscheulichen Geruch nach Tierblut, nassem Fell und verrottender Erde. Der tote Mann mit dem aufgerissenem Leib lag allein auf der Straße und bot dem Tag sein Herz dar.

Kasia hatte dem zitternden Maultier die Hand auf den Hals gelegt, und als sie sah, wie sich der Nebel teilte, als sie sah, was auf der Straße geschehen war, da überwand sie mit einem Schlag ihre Angst und wuchs über sich hinaus.

Sie war wie in Trance. Ohne jedes Gefühl beobachtete sie, wie der Nebel wieder herabsank. Als der *Zubir* neben ihnen auf dem Feld materialisierte, war sie nicht im Mindesten überrascht. Vargos war auf die Knie gefallen.

Wie sollte man auch überrascht sein, wenn man mit einem Gott zu tun hatte? Sie merkte plötzlich, dass das Maultier nicht mehr zitterte und ganz still stand. Unnatürlich still in Anbetracht des Ungeheuers, das jetzt keine zehn Schritte entfernt stand, und seines Geruchs. Aber was war schon natürlich, was konnte noch *unnatürlich* sein, wenn man so weit von den bekannten Pfaden abwich und sich in die Welt der geheimen Mächte vorwagte? Vor ihnen stand ein Bison, so groß, dass er die halbe Straße verdeckt hätte, wäre diese nicht ohnehin im Nebel verschwunden. Zwischen den scharfen, kurzen Krummhörnern konnten drei Männer sitzen. Blut klebte an den Hörnern und eine zähe Masse tropfte in langen Fäden daran herab. Auch Kasia hatte den zerfleischten Stallmeister auf der Straße gesehen.

Und heute Morgen hatte sie sich noch der törichten Hoffnung hingegeben, sie käme davon.

Dabei wusste sie – o ja, nur zu gut! –, dass man Ludan nicht entkam. Jedenfalls nicht so. Nicht mit dem raffinierten Plan eines Rhodianers. Nicht, wenn man für den Gott erkoren war, so ungerecht, so grausam das auch sein mochte. Grausamkeit spielte keine… *Rolle* auf diesem Feld. Ein Wort ohne Sinn, ohne *Zusammenhang*. Der Gott war, was er war, und tat, was er tat.

Gelassen, der Zeit entrückt, sah Kasia dem *Zubir* in die Augen. Sie waren von einem tiefen Braun, das fast schwarz wirkte und auch im Nebel deutlich zu erkennen war. Im Schauen gab sie ihren sterblichen Willen, den Sinn ihres Daseins preis und überließ sich dem alten Gott ihres Volkes. Welcher Mann – mehr noch, welche Frau – wäre je gefeit gegen das Schicksal? Wohin konnte man noch fliehen, wenn man für einen Gott bestimmt war? Der Heidenpriester, der im Verborgenen wirkte, die tuschelnden Dorfbewohner, Morax' feiste Frau mit den schmalen Augen… sie alle zählten nicht. Auf jeden von ihnen wartete ein Schicksal oder hatte bereits zugeschlagen. Nur Ludan zählte und er war hier.

So heiter und gelöst, als hätte sie Mohnsaft getrunken, beobachtete Kasia, wie der Bison auf den Wald zu stapfte. Langsam drehte er den dicken, zottigen Kopf und schaute zu den dreien zurück. Kasia glaubte zu verstehen. Sie war das erkorene Opfer. Er kannte sie. Alle Wege der Welt führten hierher. So folgte sie ihm. Auf bloßen Füßen schritt sie sicher durch den Schlamm, über die geknickten Stoppeln. Die Angst ließ sie hinter sich, in einer anderen Welt. Viele Fragen gingen ihr durch den Kopf. Ob sie wohl noch Zeit fände für ein wirksames Gebet, ein Gebet für ihre Mutter und ihre Schwester im fernen Norden? Ob man ihr dies gestattete? Waren die beiden noch am Leben? Hatte das Opfer Einfluss auf das, was sie war? Sie brauchte sich nicht umzudrehen, sie wusste auch so, dass die beiden Männer nachkamen. Hier hatte niemand eine Wahl.

So folgten sie dem *Zubir* am Fest der Toten in den Alten Wald und die schwarzen Bäume verschluckten sie noch gründlicher als zuvor der Nebel.

»Das Numinosum«, hatte der Philosoph Archilochus von Arethae neunhundert Jahre zuvor geschrieben, »ist nicht unmittelbar zu fürchten. Tatsächlich genügt es, wenn sich die Götter dem Menschen zeigen, den sie zu zerstören suchen.«

Crispin bemühte sich, seine Seele mit einer Barrikade antiker Gelehrsamkeit zu schützen. Verzweifelt beschwor er das Bild einer sonnendurchfluteten marmornen Säulenhalle in Trakesias berühmtestem Stadtstaat herauf, wo ein weiß gekleideter Lehrer mit weißem Bart in heiterer Gelassenheit seinen andächtig lauschenden Schülern die Welt erklärte.

Es gelang ihm nicht. Entsetzen breitete sich aus, gewann zunehmend Macht über ihn, während er dem Mädchen und diesem unglaublichen Geschöpf folgte, das er… nicht zu fassen vermochte. Ein Gott? Seine Erscheinungsform? Das Numinosum? Jetzt trug ihm der Wind seinen Gestank zu. Das dicke, verfilzte Fell, das dem Bison von Kinn, Hals und Schultern, ja sogar von Brust und Knien hing, wimmelte von schleimigem, kriechendem Getier. Seine Größe war überwältigend, er war größer als Crispin, breit wie ein Haus, das mächtige, gehörnte Haupt erschreckend in seiner Massigkeit. Doch sobald sie den Wald betraten, sobald die ersten schwarzen Stämme Wachposten gleich vor ihnen aufragten und ringsum das feuchte Laub herniederregnete, da bewegte sich das Wesen leichtfüßig und geschickt. Nach jenem ersten Blick zurück drehte es sich nicht mehr um – es war sicher, dass sie ihm folgten.

Und so war es auch. Hätte Caius Crispus von Varena, Sohn des Steinmetzen Horius Crispus, irgendetwas zu sagen, zu bestimmen gehabt, er wäre lieber auf dem nassen, kalten Feld tot umgefallen und zu seiner Frau und seinen Töchtern in die Nachwelt eingegangen – wie immer es dort auch aussehen mochte –, als den Alten Wald als Lebender zu betreten. Diesen Wald, der ihm schon von ferne und im Sonnenschein unheimlich gewesen war, schon in Batiara, wo man auf der Straße noch in Sicherheit war. Heute, da Sauradia vom Jenseits bestimmt wurde, gab es auf des Gottes weiter Erde keinen Platz, wo er nicht lieber gewesen wäre als hier in dieser nasskalten, menschenfeindlichen Wildnis, wo sogar die *Gerüche* Entsetzen auslösten.

Des Gottes weite Erde? Welches Gottes? Welche Macht beherrschte die Welt, die er kannte? Die er gekannt *hatte*: Denn als diese übernatürliche Erscheinung im Nebel auf der Straße auftauchte, war alles anders geworden. Wieder versuchte Crispin, im Geist den Vogel anzusprechen, aber Linon schwieg wie die

Toten und hing ihm um den Hals, als wäre sie tatsächlich nur ein Talisman, ein wertloses Ding aus Leder und Eisen mit einem gewissen Erinnerungswert.

Spontan hob er die Hand, berührte das Werk des Alchimisten und zuckte zusammen. Der Vogel war glühend heiß. Und das – eine Veränderung, die im Grunde unmöglich war – zwang Crispin mehr als alles andere, sich damit abzufinden, dass er die Welt, wie er sie kannte, endgültig und auf Nimmerwiedersehen verlassen hatte. Vergangene Nacht hatte er eine Entscheidung getroffen, er hatte sich eingemischt. Linon hatte ihn gewarnt. Plötzlich tat es ihm um Vargos Leid: Ein solches Schicksal hatte der Mann nicht verdient. Schließlich war er in jenem Gasthof an der Grenze nur durch Zufall an einen Handwerker geraten, der bis zur trakesischen Grenze einen Begleiter suchte.

Kein Mensch verdient ein solches Schicksal, dachte Crispin. Seine Kehle war wie ausgedörrt; er konnte kaum schlucken. Der Nebel wirbelte und wogte, Bäume verschwanden darin, nur um unversehens dicht vor ihnen wieder aufzutauchen. Ein Pfad mit zahllosen Windungen, gesäumt von nassem Laub und nasser Erde. Der Bison ging immer weiter; der Wald verschlang sie wie ein riesiges Maul. Wie die sichtbare Welt, so verlor auch die Zeit alle Konturen; Crispin hatte keine Vorstellung, wie lange sie schon gingen. Scheu und ängstlich, aber unwiderstehlich angezogen, hob er abermals die Hand und berührte Linon. Er konnte sie nicht halten. Inzwischen spürte er die Wärme durch Mantel und Tunika. Der Vogel lag ihm wie ein glühender Kohlebrocken auf der Brust.

»Linon?«, fragte er erneut. Doch in seinem Bewusstsein blieb alles still.

Da begann er stumm zu Jad dem Sonnengott zu beten. Er war selbst überrascht. Er betete für seine eigene Seele, für seine Mutter und seine Freunde, für Ilandra und seine beiden Töchter, deren Seelen der Gott bereits zu sich genommen hatte. Auf dass das Licht sie alle und auch ihn erleuchte.

Kaum zwei Wochen waren vergangen, seit er Martinian erklärt hatte, er erwarte nichts mehr vom Leben, er habe keine Wünsche mehr und wolle auch nicht reisen, denn es gebe für ihn kein Ziel in dieser hohlen, zerrissenen Welt. Warum zitterte er dann, warum ängstigten ihn die unsteten Bäume, der Nebel, der ihm wie mit klebrigen Fingern über das Gesicht strich, das Wesen, das sie immer tiefer in den Wald hineinführte? Wenn er damals die Wahrheit gesprochen hatte, müsste er dem Tod jetzt gefasst ins Auge sehen. Doch dem war nicht so und das war für Crispin eine Entdeckung. Wie ein Hammerschlag ging die Erkenntnis auf sein wild klopfendes Herz nieder und zerschmetterte die Illusionen, die er über ein Jahr genährt hatte. Noch war sein irdisches Haus nicht bis ins Letzte vollendet. Noch gab es etwas für ihn zu tun.

Und er wusste auch, was dies war. In dieser Welt, die dem Auge kaum noch etwas zu bieten hatte – Baumstämme und krumme Äste im Nebelgrau, nasses Laub, das schwer zu Boden fiel, der schwarze, massige Bison –, sah er jetzt wie im Schein eines großen Feuers, was er wirklich wollte. Bei aller Angst war er klug genug, auch die Ironie des Geschehens zu erfassen. In ihrer ganzen Vielfalt. Doch darüber hinaus hatte er in diesem Wald den Drang seines Herzens erkannt, ein Werk zu schaffen, und er war nicht nur klug, sondern weise genug, sich nicht dagegen zu sträuben.

Crispin wollte ein Werk von unvergleichlicher Schönheit schaffen, ein Werk, das Bestand hatte. Mit Glas, Stein und Halbedelsteinen, auf einer Kuppel, mit Hilfe des Lichts, das durch die Fenster einströmte oder flackernd von unzähligen Kerzen nach oben stieg.

Ein Werk, das bewies, dass er, der Mosaikleger Caius Crispus von Varena, geboren worden war, dass er gelebt und gelernt hatte, das Wesen der Welt ein Stück weit zu erfassen. Dass er begriffen hatte, was in den Seelen der Menschen vor sich ging, wovon ihr Handeln durchzogen und getragen wurde in ihrem kurzen, von Schönheit und Leid geprägten Leben unter der Sonne.

Ein Mosaik wollte er schaffen, das die Zeiten überdauerte. Die Menschen in späteren Tagen sollten wissen, dass er es gemacht hatte, und ihn dafür ehren. Denn das, so dachte er, während das Wasser von den schwarzen Bäumen tropfte und er mit den Füßen das nasse, tote Laub vor sich her schob, würde bedeuten, dass er seine Spur in der Welt hinterlassen hatte, dass er gewesen war.

Seltsam, dass man erst am Rand des Abgrunds, an der Grenze zur Finsternis oder zum heiligen Licht des Gottes stehen musste, um zu erkennen und zuzugeben, wie man sich aus tiefstem Herzen danach sehnte, mehr von der Welt zu besitzen. Und vom Leben.

Erstaunt stellte Crispin fest, dass das Entsetzen von ihm gewichen war. Der Wald mit seinen dichten Schatten erschreckte ihn nicht mehr. Was immer sich ringsum versteckte, es konnte nicht halb so überwältigend sein wie das Geschöpf, dem er folgte. Anstelle der Angst war eine namenlose Traurigkeit getreten. Als wanderten alle Menschen, die in diese Welt hineingeboren wurden, um darin zu sterben, mit ihnen durch die Nebelschleier, jeder mit einer Sehnsucht im Herzen, die unerkannt blieb. Wieder berührte er den Vogel. Diese Wärme, wie ein Funken Leben in der feuchten grauen Kälte. Aber keine sichtbare Glut. Linon war immer noch graubraun und unscheinbar. Im Alten Wald leuchtete kein Licht.

Hier gab es nur dieses Ungeheuer, das sie mit erstaunlich leichtem Schritt unermesslich lange durch den stummen Hochwald führte, bis sie endlich an eine Lichtung kamen. Nacheinander traten sie ins Freie. Kein Wort wurde gesprochen, kein Laut war zu hören, aber Crispin wusste, dass sie die Opferstätte erreicht hatten. Archilochus von Arethae, dachte er, war noch nicht geboren, als in diesem Hain schon Männer und Frauen für Ludan sterben mussten.

Der Bison drehte sich um.

In einer Reihe standen sie vor ihm. Die beiden Männer hatten Kasia in die Mitte genommen. Crispin holte tief Atem und sah an dem Mädchen vorbei. Vargos erwiderte seinen Blick. Der Nebel war dünner geworden. Alles war grau und kalt, aber hier war die Sicht klar. Crispin sah die Angst in Vargos' Augen, und er sah auch, wie der andere sie bekämpfte. In diesem Moment bewunderte er ihn sehr.

»Es tut mir Leid«, sagte er. Worte im Wald. Sie auszusprechen war wichtig. Etwas Greifbares, eine Bestätigung, dass es die Welt außerhalb dieser Lichtung, dieser Bäume, dieser nassen Blätter, die lautlos ins nasse, kalte Gras fielen, noch gab. Vargos nickte.

Das Mädchen sank auf die Knie. Es wirkte sehr klein in seinem Mantel, fast wie ein Kind. Crispins Herz zog sich vor Mitleid zusammen. Er sah das Ungeheuer an, blickte in seine riesengroßen, schwarzen, uralten Augen und sagte leise: »Du hast schon auf der Straße deinen Blutzoll gefordert und dir ein Leben geholt. Brauchst du auch noch sie? Und uns?«

Die Worte waren ihm wie von selbst über die Lippen gekommen. Vargos zog zischend den Atem ein. Crispin machte sich für den Tod bereit. Wartete auf das Beben der Erde, auf die Hörner, die ihm das Fleisch aufrissen. Dabei sah er, die mutigste Tat seines ganzen bisherigen Lebens, dem Bison unverwandt weiter in die Augen.

Und darin stand, ein Irrtum war nicht möglich, kein Zorn, keine Drohung, sondern tiefe Trauer.

In diesem Augenblick meldete sich endlich Linon zu Wort.

»Er will nicht das Mädchen«, sagte der Vogel sanft, fast zärtlich in seinem Bewusstsein. *»Er ist meinetwegen gekommen. Leg mich auf die Erde, Crispin.«*

»Was?« Er war so fassungslos, dass er laut sprach.

Der Bison regte sich nicht. Er sah ihn nur an. Oder eigentlich nicht ihn, sondern den kleinen Vogel, den er an seinem schäbigen Lederriemen um den Hals trug.

»Tu es, mein Lieber. Es ist wohl schon seit langem so bestimmt. Du bist nicht der erste Mann aus dem Westen, der Ludan sein Opfer zu entreißen sucht.«

»Wie? Zoticus? Was hat …«

Crispins Gedanken überstürzten sich. Doch dann erhaschte er eine Erinnerung und klammerte sich daran wie ein Ertrinkender. Das lange Gespräch im Haus des Alchimisten bei einem Becher Kräutertee, die Stimme des alten Mannes: »Ich glaube, den einzigen Zugang zu einer bestimmten Kraft entdeckt zu haben … Ich fand ihn auf meinen Reisen, unter großen Gefahren, an einem … streng bewachten Ort.«

Ganz allmählich klärte sich sein Blick. Ein Nebel anderer Art lichtete sich. Er spürte den Schlag seines Herzens, seines Lebens.

»Natürlich Zoticus«, sagte Linon immer noch freundlich. *»Denk nach, mein Lieber. Woher hätte ich sonst die Rituale gekannt? Die Zeit drängt, Crispin. Noch hängt alles in der Schwebe. Er wartet, aber dieser Ort ist mit Blut getränkt. Nimm mich ab. Leg mich auf die Erde. Dann geh und nimm die anderen mit. Du hast mich zurückgebracht. Ich denke, er wird dich ziehen lassen.«*

Wieder wurde Crispin der Mund trocken, als hätte er Asche gegessen. Seit das Mädchen in die Knie gesunken war, hatte sich niemand geregt. Crispin stellte fest, dass es auf der Lichtung völlig windstill war. Der Nebel hing in den Ästen der Bäume. Wenn die Blätter fielen, sanken sie wie auf Wolken herab. Der Atem des Bisons gefror in der Kälte zu weißen Schwaden.

»Und was ist mit dir?«, fragte er stumm. *»Soll ich dich zurücklassen, um sie zu retten?«*

Er hörte innerlich ihr leises Lachen. Erstaunlich. *»Oh, mein Lieber, für diese Frage danke ich dir. Crispin, mein Körper starb hier, als du draußen in der Welt noch ein Kind warst. Zoticus glaubte, nachdem das Opfer dargebracht war, stehe es ihm frei, die entwichene Seele an sich zu binden. In diesem einen Augenblick der Macht. Er hatte wohl Recht und Unrecht zugleich. Du brauchst kein Mitleid mit mir zu haben. Aber berichte ihm, was geschehen ist. Und sag ihm auch, dass ich …«*

In seinem Innern wurde es so still wie auf der grauen Lichtung. Und dann: *»Nicht nötig. Er kann sich denken, was ich sagen wollte. Sag du ihm nur Lebewohl. Und jetzt leg mich auf die Erde, mein Lieber. Dann müsst ihr gehen, sonst ist es zu spät.«*

Crispin sah den Bison an, der sich noch immer nicht bewegte. Ein solches Ungeheuer, eine so gewaltige, rohe Kraft – sein Verstand vermochte es noch immer nicht zu fassen. Die braunen Augen hatten sich nicht verändert, uraltes Leid spiegelte sich im grauen Licht, doch an den Hörnern klebte Blut. Crispin nahm einen zittrigen Atemzug, hob beide Hände und streifte sich die Schnur über den Kopf. Dann kniete er nieder – das hielt er für angemessen – und legte Linon sanft auf die kalte Erde. Sie glühte nicht mehr, aber sie fühlte sich warm an, so warm wie ein lebendes Wesen. Ein Opfer. Ein tiefer Schmerz brannte in ihm; und er hatte geglaubt, nach Ilandra, nach den Mädchen nicht mehr trauern zu können.

Und als er den Vogel ablegte, sagte dieser mit einer ernsten, ruhigen Frauenstimme, die Crispin noch nie von ihm gehört hatte: »Ich bin Euer, mein Gebieter, wie ich es immer war, seit man mich einst hierherbrachte.«

Die Stille war so tief, als stünde die Zeit still. Dann senkte der Bison zustimmend den Kopf, und als er ihn wieder hob, lief die Zeit weiter. Das Mädchen Kasia wimmerte leise. Vargos hielt sich wie ein Kind die Hand vor den Mund.

»Geh jetzt, schnell. Nimm die beiden mit und geh. Vergiss mich nicht.« Auch zu ihm sprach Linon nun mit dieser sanften Frauenstimme, der Stimme des einstigen Opfers. Man hatte ihr die Brust aufgeschnitten, die Haut abgezogen und das zuckende Herz herausgerissen. Der Alchimist hatte sich in der Nähe versteckt und alles beobachtet, und dann hatte er eine Tat vollbracht, eine Kunst ausgeübt, wie sie Crispin fremder nicht sein konnte. Gut oder böse? Was hatten die Worte hier zu bedeuten? *Eins zum anderen. Die Toten zum Leben erwecken. Die Versetzung einer Seele.* Er dachte an Zoticus. Eine unglaublich mutige Tat und eine Vermessenheit ohnegleichen.

Unsicher erhob er sich und blieb zögernd stehen. Die Regeln, die Rituale der Zwischenwelt waren ihm unbekannt. Doch dann verneigte er sich vor dem riesigen, stinkenden Geschöpf, das ein Waldgott sein mochte oder das Fleisch gewordene Symbol eines Gottes, nahm Kasias Arm und zog sie in die Höhe. Sie machte ein erschrockenes Gesicht. Er sah Vargos an und nickte. Der Diener riss nur verständnislos die Augen auf.

Crispin räusperte sich. »Du musst uns führen«, sagte er zu Vargos. Seine Stimme klang ungewohnt schrill. »Zur Straße zurück.« Er selbst hätte sich nach zehn Schritten im Wald verirrt.

Der Bison regte sich nicht. Der kleine Vogel lag im Gras. Nebelschwaden schwebten durch die unbewegte Luft. Ein Blatt fiel zu Boden, ein zweites. *»Leb wohl«*, sagte Crispin stumm. *»Ich werde dich nicht vergessen.«* Er merkte, dass er weinte. Zum ersten Mal seit mehr als einem Jahr.

Als sie hinter Vargos die Lichtung verließen, drehte der Bison langsam den mächtigen Kopf und sah ihnen nach. Die schwarzen Augen waren jetzt unergründlich. Nass und blutverschmiert ragten die Hörner zwischen den Bäumen auf. Das Ungeheuer machte keine Anstalten, sie zu verfolgen, und als sie weiterstolperten, blieb es zurück.

Vargos fand den Weg und der Alte Wald hielt sie nicht auf. Kein Raubtier, kein Dämon, kein Geist der Luft oder der Finsternis traten ihnen entgegen. Der Nebel kehrte zurück und mit ihm das Gefühl, sich außerhalb der Zeit zu bewegen. Sie verließen den Wald genau da, wo sie ihn betreten hatten, und gingen über das Feld. Das Maultier hatte sich nicht von der Stelle gerührt. Crispin bückte sich und hob sein Schwert auf; Vargos nahm seinen Stab an sich. Sie überquerten den Graben auf der kleinen Brücke und erreichten die Straße. Vor der Leiche blieben sie stehen. Der Körper war blutüberströmt, aber Crispin sah, dass die Brust von unten nach oben und nach beiden Seiten hin aufgerissen war. Das Herz fehlte. Kasia wandte sich ab und übergab sich in den Graben. Vargos reichte ihr mit zitternden Händen eine Feldflasche mit Wasser. Sie trank, wischte sich den Mund ab. Nickte ihm zu.

Sie setzten ihren Weg fort, allein auf der Straße, allein in der grauen Welt.

Wenig später lichtete sich der Nebel. Zum ersten Mal an diesem Tag kam bleich und matt die Sonne hinter den Wolken hervor. Sie blieben stehen und sahen wortlos zu ihr auf. In diesem Augenblick hörten sie von Norden, aus dem Wald rein und klar einen einzigen Ton, ein Lied ohne Worte. Die Stimme einer Frau.

»Linon?«, rief Crispin im Geiste. Er konnte nicht anders. *»Linon?«*

Keine Antwort. Das Schweigen war absolut. Der geisterhaft langgezogene Ton schwebte zwischen Wald und Feld, Erde und Himmel, bis er sich so allmählich auflöste wie der Nebel.

Am gleichen Tag gegen Abend fuhr weit im Westen ein grauhaariger, graubärtiger Mann auf einem ungefederten Bauernkarren den Stadtmauern von Varena entgegen.

Der Bauer verdankte seinem Fahrgast die Rettung mehrerer Tiere und zeigte sich gern erkenntlich, indem er ihn hin und wieder in die Stadt kutschierte. Der Fahrgast wirkte im Augenblick weder glücklich noch zufrieden, sondern nur zerstreut. Als sie sich den Mauern näherten und in den Verkehrsstrom einfädelten, der Varenas Tore kurz vor Sonnenuntergang in beiden Richtungen passierte, wurde er von etlichen Leuten erkannt. Die einen grüßten ihn mit scheuer Ehrerbietung, andere wechselten rasch die Straßenseite, wenn sich der Bauernkarren mit dem Alchimisten näherte, oder wichen zurück und machten das Zeichen des Sonnenkreises. Beide Reaktionen waren Zoticus seit langem vertraut und er wusste damit umzugehen. Heute nahm er sie kaum wahr.

Der Schock von heute Morgen hatte den ironischen Gleichmut tief erschüttert, mit dem er die Welt und alles, was darin geschah, zu betrachten pflegte. Er war noch immer nicht ganz darüber hinweg.

»Ich finde, du solltest in die Stadt fahren«, hatte der Falke im Laufe des Tages gesagt. Er hatte die Seele Tiresa genannt, als er sie in Besitz nahm. *»Das wäre heute Nacht das Beste für dich.«*

»Geh zu Martinian und Carissa«, hatte die kleine Mirelle leise hinzugefügt. *»Mit ihnen kannst du reden.«* Das zustimmende Gemurmel der anderen zog wie Blätterrascheln durch sein Bewusstsein.

»Reden kann ich auch mit euch«, hatte er laut gesagt. Es ärgerte und kränkte ihn, wenn ihn die Vögel behandelten wie einen gebrechlichen Greis, der überwacht werden musste. Bald würden sie ihn ermahnen, seine Stiefel anzuziehen.

»Das ist nicht das Gleiche«, hatte Tiresa sofort widersprochen. *»Und das weißt du genau.«*

Sie hatte Recht, aber das konnte ihn nicht versöhnen.

Er versuchte zu lesen – ausgerechnet Archilochus, wie der Zufall es wollte –, aber er konnte sich nicht konzentrieren und so gab er bald auf und unternahm stattdessen einen Spaziergang durch seinen Obstgarten. In seinem Innern war eine merkwürdige Leere. Linon war fort. Natürlich hatte er sie ohnehin diesem Crispin geschenkt, und der hatte sie mitgenommen, aber jetzt war es… anders. Er hatte vom ersten Moment an bereut, dem Mosaikmeister so spontan einen Vogel angeboten zu haben. Der Mann reiste nach Osten – und nicht nur nach Osten, sondern nach Sarantium. In die Stadt, die er selbst nie gesehen hatte und auch nie mehr sehen würde. Er hatte in seinem Leben eine Kraft entdeckt, die ihn befähigte, die Seelen seiner Vögel in Besitz zu nehmen. Dafür sollten ihm andere Dinge offenbar versagt bleiben.

Außerdem waren die Vögel eigentlich nicht *sein Eigentum.* Aber was waren sie dann? Wo war Linon, und wie war es möglich, dass er heute Morgen aus weiter Ferne ihre Stimme vernommen hatte?

Wie kam er überhaupt dazu, an einem windigen, kalten Herbsttag ohne Mantel und ohne seinen Stock frierend in seinem Garten zu stehen? Wenigstens hatte er seine Stiefel angezogen.

Schließlich hatte er doch beschlossen, dem Rat seiner Vögel zu folgen. Er war ins Haus gegangen und hatte den murrenden Clovis zu Silavin geschickt, dem Bauern unten an der Straße, um sich in die Stadt fahren zu lassen.

Zwar konnte er mit seinen Freunden nicht darüber reden, was ihm wirklich auf der Seele lag, aber manchmal half es auch, über irgendetwas anderes zu sprechen. Manchmal genügten der Klang menschlicher Stimmen, Carissas Lächeln, Martinians sanfter Spott, ein warmes Feuer, ein Bett für die Nacht in ihrem Haus und morgen früh der Markt mit seinem bunten Treiben…

Auch in der Philosophie ließ sich Trost finden, wenn sie versuchte, die Stellung des Menschen in der göttlichen Schöpfung zu erklären und zu verstehen. Aber nicht *immer*. Manchmal lag die einzige Rettung im Lachen einer Frau, im vertrauten Gesicht, der Stimme eines Freundes, im Austausch von Gerüchten über den Hof der Antae oder in so einfachen Genüssen wie einer Schale mit dampfender Erbsensuppe an einem Tisch in geselliger Runde.

Wenn die Schatten der Zwischenwelt zu nahe rückten, brauchte man bisweilen die Welt.

Am Stadttor verabschiedete er sich von Silavin und ging zu Fuß zu Martinians Haus. Wie erwartet hieß man ihn freudig willkommen. Seine Besuche waren selten; sein Leben spielte sich vor den Mauern ab. Seine Freunde luden ihn ein, über Nacht zu bleiben, und gaben ihm das Gefühl, als erweise er ihnen damit eine große Ehre. Sie sahen, dass ihn etwas bedrückte, aber nach Freundesart drangen sie nicht in ihn. Sie gaben nur, was sie zu geben hatten, und das war in diesem Moment eine ganze Menge.

In dieser Nacht erwachte er in einem fremden Bett und trat im Dunkeln zum Fenster. Im Palast brannte Licht, in den oberen Stockwerken, in den Räumen der schwer geprüften jungen Königin. Er war offenbar nicht der Einzige, der keinen Schlaf fand. Aber dieser Kummer ging ihn nichts an. Sein Blick wanderte nach Osten. Über Varena war der Himmel klar und die Sterne funkelten. Doch als er so dastand und die Erinnerung an sich drückte wie ein Kind, verschwammen sie ihm vor den Augen.

KAPITEL V

Lange gingen sie weiter, und je mehr der Nebel sich lichtete, desto vertrauter wurde die Welt. Doch trotz dieser Rückkehr zum Alltäglichen hatte sich die Landschaft für Crispin in einer Weise verändert, die er nicht beschreiben konnte. Wo er den Vogel um den Hals getragen hatte, spürte er die Leere wie ein Gewicht. Auf dem Feld vor dem Wald saßen wieder die Krähen und im Gestrüpp südlich der Straße zwitscherte ein Singvogel. Ein Fuchs huschte vorbei wie ein roter Blitz, doch den Hasen, den er verfolgte, sahen sie nicht.

Es musste später Nachmittag sein, als sie Halt machten. Wieder packte Vargos das Essen aus. Brot, Käse und Bier für jeden. Crispin trank in langen, durstigen Zügen. Dann wanderte sein Blick nach Süden. Die Berge waren wieder zu sehen, auf den Gipfeln lag Schnee und darüber leuchtete der blaue Himmel durch die Wolkenlücken. Licht und Farbe hielten wieder Einzug in der Welt.

Er spürte, wie Kasia ihn ansah.

»Sie… der Vogel hat gesprochen«, sagte sie. Im Wald und im grauen Nebel auf dem Feld war sie furchtlos gewesen. Jetzt stand Angst stand in ihrem Gesicht.

Er nickte. Er hatte sich gedacht, dass diese Frage

kommen würde, kommen musste, und hatte sich während des langen schweigenden Marsches darauf vorbereitet.

»Ich habe es auch gehört«, sagte er. »Du hast Recht.«

»Wie konnte er? Gebieter?«

Vargos hatte die Flasche abgesetzt und beobachtete die beiden.

»Ich weiß nicht«, log Crispin. »Der Vogel war ein Talisman. Ich bekam ihn von einem Mann, der sich als Alchimisten bezeichnete. Meine Freunde meinten, ich brauchte etwas zu meinem Schutz. Sie glauben an Kräfte, an die ich nicht glaube. Jedenfalls bisher nicht. Was heute geschah, kann ich mir nicht… erklären.«

Das war nicht mehr gelogen. Schon jetzt erinnerte er sich vor allem an den Nebel, der ihn einhüllte, an den Alten Wald und an ein Wesen, das größer war als die Welt und sein Bild von ihr. Im Rückblick war das rote Blut an den Hörnern des Bisons der einzige Farbfleck in der ganzen Szene.

»Er hat sie… an meiner Stelle geholt.«

»Er hat auch Pharus geholt«, sagte Vargos ruhig und verkorkte seine Flasche. »Wir haben heute Ludan oder seinen Schatten gesehen.« Das Gesicht mit der Narbe wirkte fast zornig. »Wie sollen wir jetzt noch zu Jad und seinem Sohn beten?«

Der Mann quälte sich wirklich. Crispin war gerührt. Sie hatten heute Morgen ein gemeinsames Erlebnis gehabt. Dass sie auf ganz verschiedenen Wegen zu dieser Lichtung gekommen waren, zählte offenbar weniger, als er erwartet hätte.

Er atmete tief ein. »Wir verehren sie als die Mächte, die wir wahrnehmen, wenn sie zu unserer Seele sprechen.« Er war selbst überrascht. »Zugleich wissen wir, dass die Welt, die Zwischenwelt und womöglich noch andere Welten unser Begriffsvermögen übersteigen. Das haben wir immer gewusst. Wir können nicht einmal verhindern, dass Kinder sterben müssen, wäre es da nicht vermessen, die Wahrheit ergründen zu wollen? Die Wahrheit hinter den Dingen? Schließt denn die Existenz einer Macht alle anderen aus?« Es war eine rhetorische Frage, eine Floskel, doch sie hielt sich lange in der wachsenden Helligkeit. Eine Amsel flog vom Stoppelfeld auf und flatterte mit wild schlagenden Flügeln dicht über dem Boden nach Westen davon.

»Ich weiß es nicht«, sagte Vargos endlich. »Ich bin nicht gebildet. Als ich jünger war, glaubte ich zweimal, den *Zubir*, den Bison, gesehen zu haben. Sicher war ich nie. Ob ich damals gezeichnet wurde? Auserwählt für den heutigen Tag?«

»Ich bin nicht der Mann, der darauf antworten könnte«, sagte Crispin.

»Sind wir jetzt… in Sicherheit?«, fragte das Mädchen.

»Bis zur nächsten Begegnung«, gab Crispin zurück und fuhr in freundlicherem Ton fort. »In Sicherheit vor unseren Verfolgern, ja, das wohl schon. Vor dem Wesen im Wald? Auch das… glaube ich.« *Er will nicht das Mädchen. Er ist meinetwegen gekommen.*

Es kostete ihn einige Überwindung, nicht noch einen lautlosen Ruf in die Stille zu schicken, aber er beherrschte sich. Linon, eine schroffe, unnachgiebige Stimme, mochte nur kurz *bei* ihm gewesen sein, aber niemand, nicht einmal Ilandra, war jemals auf diese Weise *in* ihm gewesen. *Mein Lieber,* hatte sie am Ende gesagt. *Vergiss mich nicht.*

Er glaubte begriffen zu haben, dass Linon eine Frau gewesen war, die man wie Kasia zum Opfer für den Waldgott bestimmt hatte, nur war sie vor langer Zeit auf dieser Lichtung *gestorben.* Man hatte ihr das Herz herausgeschnitten und ihren Körper an einen heiligen Baum gehängt. Und die Seele…? Die Seele hatte ein

Sterblicher an sich gebunden, der das Opfer beobachtete, eine wahnwitzige Tat, ausgeführt mit magischen Kräften, die Crispins Vorstellungsvermögen weit überstiegen.

Unversehens kam ihm Zoticus' Gesicht in den Sinn, als sich herausstellte, dass Crispin von allen seinen Vögeln ausgerechnet Linons innere Stimme gehört hatte. *Sie war die Erste,* dachte Crispin und wusste, dass er Recht hatte.

»Sag ihm Lebewohl«, hatte ihn Linon am Ende gebeten, mit einer Stimme, die wohl einst ihre eigene gewesen war. Crispin schüttelte den Kopf. Woher hatte er nur die Anmaßung genommen, sich einzubilden, er verstehe etwas von den Beziehungen zwischen Männern und Frauen?

»Wir kommen bald an eine Kapelle«, sagte Vargos. Crispin zwang seine Gedanken in die Gegenwart zurück. Die beiden beobachteten ihn wohl schon seit längerem. »Noch vor Sonnenuntergang. Ein richtiges Gotteshaus, nicht nur ein Schrein am Straßenrand.«

»Dann gehen wir hinein und beten«, sagte Crispin.

Er spürte jetzt, dass auch abgegriffene Rituale Trost spenden konnten. Sie führten zurück in den Alltag, wo gewöhnliche Menschen lebten. Leben *mussten.* Dieser Tag hatte alles getan, was er konnte, die Welt hatte ihm alles enthüllt, was er derzeit erfahren sollte. Nun kehrte wieder Ruhe ein, er konnte seine Gedanken ordnen und sich allmählich daran gewöhnen, dass er nichts mehr um den Hals trug und keine Stimme mehr in seinem Bewusstsein hörte. Er hatte einen schwierigen Brief an Zoticus zu schreiben, der einiger Überlegung bedurfte, und vielleicht durfte er sich sogar auf einen Becher Wein und eine warme Mahlzeit in der nächsten Herberge freuen. Die Rückkehr in den Alltag, fürwahr, wie nach einer langen Reise.

Wenn Menschen so denken – wenn sie glauben, die

Krise, der Augenblick, in dem die Macht sich offenbart, sei vorüber –, sind sie verwundbarer denn je. Jeder gute Heerführer weiß das, jeder fähige Schauspieler, jeder Dramatiker. Die Geistlichen wissen es, die Priester und vielleicht auch die Chiromanten. Nach einer besonders tiefen Erschütterung ist der Mensch weit offen für die nächste Sternschnuppe, die vom Himmel fällt. Nicht der Augenblick der Geburt, das Zerbrechen der Schale, der Eintritt in die Welt, prägt das neugeborene Küken, sondern was danach kommt, das erste Bild brennt sich in die Seele ein.

Die beiden Männer und die Frau gingen weiter. Die Welt öffnete sich. Sie waren allein auf der Straße. Es war das Fest der Toten. Die Sonne wanderte nur noch leicht verschleiert westwärts und das Herbstlicht wurde weicher. Ein kühler Wind trieb die Wolken vor sich her. Immer häufiger war das Himmelsblau zu sehen. Auf den Feldern tummelten sich Krähen und Häher, und rechter Hand entdeckte Crispin flinke Vögelchen mit blutrotem Schwanz, die er nicht kannte. In der Ferne tauchte ein schneebedeckter Berggipfel nach dem anderen auf. Dahinter lag das Meer. Er hätte ein Schiff nehmen können, wenn der Kurier…

Bald erreichten sie die Kapelle, von der Vargos gesprochen hatte. Sie stand etwas südlich der Straße hinter einem Eisentor. Der Eingang lag zum Wald hin. Die Kapelle war viel größer als die üblichen Straßenschreine. Ein richtiges Gotteshaus, wie Vargos gesagt hatte, ein achteckiges Gebäude aus grauem Stein, mit einer Kuppel gekrönt, umgeben von sauber gemähtem Rasen. Daneben lag ein Dormitorium, dahinter waren die die Wirtschaftsgebäude und der Friedhof zu sehen. Es war sehr friedlich. Auf der Wiese hinter den Gräbern grasten Kühe und eine Ziege.

Hätte Crispin nicht Ort und Zeit vergessen, während er im Geist mit dem Unsichtbaren rang, er hätte vielleicht bemerkt, wo sie sich befanden, und sich darauf eingestellt. Doch es kam anders.

Sie banden das Maultier neben der niedrigen Mauer fest, traten durch das unverschlossene Tor und schritten den gepflasterten Weg entlang. Zu beiden Seiten wuchsen Herbstblumen in liebevoll gepflegten Beeten. Weiter links, zu den Wiesen hin, sah Crispin einen Kräutergarten. Sie öffneten die schwere Holztür und betraten zu dritt die Kapelle. Crispin richtete den Blick auf die Wände, bis sich seine Augen an das Dämmerlicht gewöhnt hatten, dann trat er vor und schaute zur Kuppel empor.

Spaltungen innerhalb des jadditischen Glaubens hatten fast von Anfang an zu Verbrennungen, Folterungen und Kriegen geführt. Die Lehre und die Liturgie des Sonnengottes setzten sich in der Frühzeit des rhodianischen Imperiums nach und nach vom bunten Götterhimmel Trakesias ab, und das ging nicht ohne ein gerütteltes Maß an Schismen und Ketzereien ab, denen häufig mit rücksichtsloser Gewalt begegnet wurde. Der Gott war in der Sonne oder hinter der Sonne. Die Welt war im Licht entstanden oder vom heiligen Licht aus Eis und Finsternis befreit worden. Einmal hieß es, der Gott sterbe im Winter und werde im Frühling wiedergeboren, doch der sanftmütige Verkünder dieser Lehre wurde auf Befehl eines Obersten Patriarchen in Rhodias alsbald zwischen Kavalleriepferde gespannt und in Stücke gerissen. Anderswo verehrte man für kurze Zeit die beiden Monde als Jads Kinder, eine Richtung, die dem Glauben der Kindath sehr nahe kam, wo die beiden Monde als Schwestern des Gottes galten und ihm in verwirrender Weise gleichgestellt waren. Auch die Ausrottung dieser unseligen Irrlehre forderte zahlreiche Menschenleben.

Um die verschiedenen Formen des Heladikos-

Glaubens – Heladikos als sterblicher Sohn, als halbsterbliches Kind oder als Gott – tobten nur die erbittertsten und langwierigsten Konflikte in Jads heiligem Namen. Zuerst in Rhodias und dann in Sarantium zauderten Kaiser und Patriarchen, gelangten zu festen Standpunkten, revidierten sie wieder und duldeten keine Gegenposition. Heladikos der Wagenlenker wurde abwechselnd anerkannt und abgelehnt, kam in und aus der Mode, tauchte auf und verschwand wieder wie die Sonne hinter den Wolken an einem windigen Tag.

Im Zuge dieser wilden Schlachten mit Worten und mit Feuer und Schwert war auch Jads Bildnis zu einer Demarkationslinie auf dem Schlachtfeld der Kunst und des Glaubens geworden. Hier standen sich verschiedene Darstellungen des Gottes gegenüber, der das Leben spendende Licht sandte und Nacht für Nacht unter der Welt die Finsternis bekämpfte, während die bedrohten Menschen schliefen.

Und in dieser schlichten, aber wunderschönen alten Kapelle, die so still und einsam an der alten Kaiserlichen Straße in Sauradia stand, manifestierte sich die Trennung.

Crispin war völlig ahnungslos. Er trat im zart gedämpften Licht der Kapelle einige Schritte nach vorn, nahm zerstreut die altmodischen Mosaiken mit dem verschlungenen Blumenmuster an den Wänden wahr und hob den Blick nach oben.

Im nächsten Augenblick lag er auf dem kalten Steinboden und schaute nach Atem ringend auf zu seinem Gott.

Er hätte wissen müssen, was hier seiner harrte. Schon beim Aufbruch von Varena war ihm eingefallen, dass er auf dem Weg durch Sauradia irgendwann an dieser Kapelle vorbeikommen würde – er wusste, dass sie an der Kaiserlichen Straße lag, aber nicht genau, wo –, und er hatte sich sogar gefreut, einmal zu sehen, wie die alten Mosaikmeister mit ihren primitiven Mitteln den Gott im Stil des Ostens dargestellt hatten.

Aber das Geschehen im Nebel und im Wald heute Morgen hatte ihn tief erschüttert und alle derartigen Gedanken in den Hintergrund gedrängt. Nun lag seine Seele offen da, der ungeheuren Ausstrahlung des Bildes, das sterbliche Menschen an dieser Kuppel geschaffen hatten, schutzlos ausgeliefert. Nach dem Alten Wald, dem Bison und Linon hatte Crispin keine Barrieren mehr in sich, keine Zuflucht, und so brach die Macht des Kunstwerks ungehindert über ihn herein. Die Kräfte verließen ihn und er fiel zu Boden wie ein schlechter Pantomime oder ein hilflos Betrunkener vor dem Hintereingang einer Kneipe.

Flach auf dem Rücken liegend schaute er auf zum Abbild des Gottes: Jads bärtiges Gesicht und sein breiter Oberkörper nahmen fast die gesamte Kuppeloberfläche ein. Eine hagere Gestalt, kampfesmüde und finster, niedergedrückt – er bemerkte den schweren Mantel, die gebeugten Schultern – von der eigenen Last und den schweren Sünden seiner Kinder. In dieser Absolutheit nicht weniger erschreckend als der Bison: auch hier ein gewaltiges, dunkles Haupt vor einer Sonne aus blassgoldenen Tessellae. Ein Richter, der jeden Augenblick herabzusteigen drohte, um sein Urteil zu sprechen. Die Darstellung begnügte sich mit Kopf und Schultern sowie den erhobenen Händen. Für mehr bot die Kuppel keinen *Raum*. Wie sie die schwach beleuchtete Fläche bedeckte, wie sie mit diesen Augen, die ebenso groß waren wie einige Gestalten, die Crispin in seinem Leben geschaffen hatte, auf ihn herunterblickte, sprengte sie dermaßen alle Proportionen, dass sie eigentlich misslungen hätte sein müssen. Dennoch hatte Crispin im Leben noch kein Werk von vergleichbarer Kraft gesehen.

Er hatte *gewusst*, dass diese westlichste aller östlichen Darstellungen des Gottes mit dem schwarzen Vollbart und den gequälten schwarzen Augen hier zu finden war: Jad der Richter, der abgekämpfte, schwer bedrängte Krieger im tödlichen Kampf, nicht die strahlende blauäugige Sonnengestalt, wie er sie aus dem Westen gewöhnt war. Aber Wissen und *Sehen* lagen so weit auseinander wie… wie die Welt und die Zwischenwelt der geheimen Mächte.

Die alten Mosaikmeister. Mit ihren primitiven Mitteln.

So hatte er zu Hause gedacht. Crispin zog sich das Herz zusammen vor so viel Torheit. Hier wurden die Grenzen seines Verständnisses, seines Könnens offenbar. Er fühlte sich nackt vor diesem Werk sterblicher Menschen an der Kuppel einer Kapelle und begriff, dass es nicht weniger eine Manifestation des Heiligen und nicht weniger erschreckend war als der Bison mit seinen blutbeschmierten Hörnern im Wald. Die wilde, ungebändigte Macht eines Ludan, der in seinem Wald ein Opfer annahm, stand gegen die alles überragende Kunstfertigkeit, die tiefe Einsicht, mit der an dieser Kuppel eine gleichermaßen überwältigende Gottheit in Glas und Stein dargestellt wurde. Wie gelangte man von einem dieser Pole zum anderen? Wie konnte die Menschheit zwischen solchen Extremen *leben*?

Denn jetzt erkannte Crispin, auf dem Rücken liegend, wie gelähmt von der Erkenntnis, das tiefste Mysterium, das pulsierende Herz des Rätsels: Die Augen waren die gleichen. Die grenzenlose Trauer im Blick des *Zubir* stand auch in den Augen des Sonnengottes über ihm, geläutert von namenlosen Künstlern mit klaren Visionen und einem schlichten Glauben, der ihm allen Mut raubte. Einen Augenblick lang war Crispin nicht sicher, ob er sich jemals wieder so weit in die Gewalt bekäme, um aus eigenem Willen vom Boden aufzustehen.

Angestrengt versuchte er, das Werk in seine Elemente zu zerlegen, um auf diese Weise einen gewissen Einfluss darüber und über sich selbst zu gewinnen. Schwarzbraun und Obsidian für die Augen, damit sie dunkler und kräftiger wirkten als das schulterlange braune Haar. Ein langes Gesicht, das durch das glatte Haar und den Bart noch weiter verlängert wurde; schwere, stark gewölbte Augenbrauen, tiefe Stirnfalten, die Wangen von Furchen durchzogen – die Haut zwischen Bart und Haar so blass, dass sie fast grau erschien. Darunter das satte Blau des Gottesgewandes unter dem Mantel, der aus einer verwirrenden Vielzahl von Kontrastfarben zusammengesetzt war. Damit wurde nicht nur die Webstruktur angedeutet, sondern auch das Spiel, die Macht des Lichtes an einem Gott demonstriert, dessen Macht das Licht *war*.

Und dann die Hände. Sie brachen ihm fast das Herz. Es war nicht allein die durchgeistigte Askese, die sich in den verkrümmten, überlangen Fingern ausdrückte: Dies waren keine Priesterhände, die friedlich zur Meditation gefaltet wurden. Beide waren von Narben gezeichnet. Ein Finger der linken Hand war einmal gebrochen; nun war er krumm, und der Knöchel war geschwollen: rote und braune Tessellae vor Weiß und Grau. Diese Hände hatten Waffen geführt, sie hatten Verletzungen und Erfrierungen davongetragen im barbarischen Krieg gegen Eis und Kälte und Leere, jenem ewigen Krieg zur Verteidigung sterblicher Kinder, die doch nur den Verstand… von Kindern hatten.

Und das Leid, der Vorwurf in diesen schwarzen Augen standen in Zusammenhang damit, was diese Hände erduldet hatten. Crispin sah – und der Handwerker in ihm staunte –, wie die Farben Hände und Augen untrennbar miteinander verbanden. Für die unnatürlich plastisch hervortretenden Adern an den blassen Handgelenken war das gleiche Braun und Obsidian verwendet worden wie in den Augen. Er spürte, dass eine so exakte Paarung nirgendwo sonst in der Kuppel existierte. Die Augen sprachen von Trauer und Verdammung, die Hände von Leid und Kampf. Ein Gott, der sich zwischen seine unwürdigen Kinder und die Finsternis stellte, der ihnen an jedem Morgen ihres kurzen Lebens den Schein der Sonne schenkte und die Würdigen im Jenseits in seinem eigenen, reinen Licht wandeln ließ.

Crispin lag auf dem kalten Stein unter Jads Bildnis und dachte an Ilandra, an seine Töchter, an die Pest, die wie ein tollwütiges Tier durch die ganze Welt tobte. Und er begriff, was es ihm, was es allen sagen wollte, die hier unten lebten: Der Sieg des Gottes war nie gewiss und sollte nie für selbstverständlich gehalten werden. *Das* wollten die unbekannten Mosaikleger längst vergangener Zeiten ihren Brüdern mit dem gewaltigen, müden Gott vor seiner mattgoldenen Sonne begreiflich machen.

»Was habt Ihr? *Gebieter!* Geht es Euch gut?«

Nur langsam drang Vargos' drängende Stimme in sein Bewusstsein. Nach allem, was sie heute überstanden hatten, mutete die Besorgnis des Dieners fast komisch an. Es lag sich nicht unbequem auf diesen Steinen, nur kalt. Crispin winkte matt mit der Hand. Tatsächlich litt er noch immer unter Atemnot. Wenn er nicht nach oben schaute, war es besser. Er drehte den Kopf und sah, dass Kasia etwas abseits stand und zur Kuppel hinaufstarrte.

Dabei wurde ihm noch etwas klar: Vargos kannte das Gotteshaus. Er reiste schon seit Jahren auf dieser Straße. Aber das Mädchen hatte die Inkarnation Jads wohl auch noch nicht gesehen, wahrscheinlich nicht einmal davon gehört. Sie war erst vor einem Jahr von

Norden gekommen. In die Sklaverei verkauft und zwangsbekehrt zum Glauben an den Sonnengott, *kannte* sie Jad nur als jungen, blonden, blauäugigen Gott, als direkten Nachfahren (was sie freilich nicht wissen konnte) der Sonnengottheit im Pantheon der Trakesier vor hunderten von Jahren.

»Was siehst du?«, fragte er. Seine Stimme klang heiser. Auch Vargos wandte sich dem Mädchen zu. Kasia sah ihn ängstlich an, dann schlug sie die Augen nieder. Sie war sehr bleich.

»Ich… er…« Sie zögerte. Schritte waren zu hören. Crispin kämpfte sich zum Sitzen hoch. Ein Priester in den weißen Gewändern des Ordens der Schlaflosen kam auf sie zu. Jetzt verstand er, warum es hier so still war. Die heiligen Mönche verbrachten die ganze Nacht, während der Gott unter der Welt gegen die Dämonen kämpfte, wachend und im Gebet. Die Menschheit hat Pflichten, sagte das Bild an der Kuppel, dieser Krieg geht nie zu Ende. Daran glaubten diese Männer, das verkörperten ihre Rituale. Das Bild in der Kuppel und die Ordenspriester und ihre Gebete in den langen Nächten passten zusammen. Und das hatten die Männer gewusst, die vor langer Zeit das Mosaik geschaffen hatten.

»Sprich«, sagte er leise zu Kasia, bevor die weiß gekleidete Gestalt, ein kleiner Mann mit rundem Gesicht und Vollbart, sie erreichte.

»Er… glaubt nicht, dass er sie gewinnt«, sagte sie endlich. »Die Schlacht.«

Bei diesen Worten blieb der Priester stehen und sah die drei ernst an. Dass da ein Mann auf dem Boden saß, schien ihn nicht weiter zu erstaunen.

»Er ist nicht *sicher*«, sagte er zu Kasia. Er sprach Sarantinisch wie sie. »Es gibt Feinde, und der Mensch unterstützt sie noch, indem er Böses tut. Dies ist und bleibt ein Kampf mit ungewissem Ausgang. Deshalb müssen wir uns daran beteiligen.«

»Wisst Ihr, wer das geschaffen hat?«, fragte Crispin ruhig.

Der Priester schien überrascht. »Die Namen? Die Mosaikleger?« Er schüttelte den Kopf. »Nein. Vermutlich waren es mehrere. Es waren Meister ihres Handwerks… und sie standen für einige Zeit unter dem Einfluss eines heiligen Geistes.«

»Gewiss.« Crispin stand auf. Dann zögerte er. »Heute wird hier das Fest der Toten gefeiert«, murmelte er, ohne recht zu wissen, warum er das sagte. Vargos nahm seinen Arm, bis er das Gleichgewicht gefunden hatte, dann trat er zurück.

»Das ist mir bekannt«, sagte der Priester nachsichtig. Sein freundliches Gesicht war faltenlos. »Wir sind von Heiden und Ketzern umgeben. Sie schaden dem Gott.«

»Mehr sind sie nicht für Euch?«, fragte Crispin. In seinem Kopf ertönte eine Stimme, eine junge Frau, ein künstlicher Vogel, eine Seele: »Ich bin Euer, mein Gebieter, wie ich es immer war, seit man mich einst hierher brachte.«

»Was sollten sie sonst für mich sein?«, fragte der weiße Mönch und zog die Augenbrauen hoch.

Die Frage war vermutlich berechtigt. Crispin bemerkte Vargos' ängstlichen Blick und ließ die Sache auf sich beruhen. »Es tut mir Leid… dass Ihr mich so angetroffen habt«, sagte er. »Das Bild hatte sehr stark auf mich gewirkt.«

Der Priester lächelte. »Da seid Ihr nicht der Erste. Ich nehme an, Ihr kommt aus dem Westen… aus Batiara?«

Crispin nickte. Das war nicht schwer zu erraten. Man hörte es sicher an seinem Akzent.

»Wo der Gott strohblond ist und wohlgestalt und seine blauen Augen so sorglos erstrahlen wie der Sommerhimmel?« Der Mann in der weißen Kutte lächelte selbstgefällig.

»Ich weiß, wie Jad im Westen dargestellt wird.« Crispin ließ sich nicht gern belehren.

»Und eine letzte Vermutung – ich darf davon ausgehen, dass Ihr selbst ein Handwerk irgendwelcher Art ausübt?«

Kasia schien erstaunt, Vargos' Blick verriet Misstrauen. Crispin betrachtete den Priester kühl. »Wie klug von Euch«, sagte er. »Woran wollt Ihr das erkennen?«

Der Mann hatte die Hände vor dem Bauch gefaltet. »Wie gesagt, Ihr seid nicht der erste Mann aus dem Westen, der so auf das Bildnis anspricht. Und oft sind gerade Menschen, die sich selbst an solchen Darstellungen versuchen… am tiefsten betroffen.«

Crispin blinzelte. Das Bild an der Kuppel mochte ihn noch so tief beeindrucken, aber dass man ihn zu den Menschen zählte, ›die sich selbst an solchen Darstellungen versuchten‹, das konnte er nicht auf sich sitzen lassen.

»Ich bewundere Euren Scharfsinn. Es ist wirklich eine schöne Arbeit. Ich habe einige Aufträge für den Kaiser in Sarantium zu erledigen, doch danach wäre ich vielleicht bereit, hierher zurückzukehren und die dringend nötigen Ausbesserungsarbeiten zu überwachen. Der Untergrund an der Kuppel lässt sehr zu wünschen übrig.«

Er hatte die Genugtuung, den Priester stutzen zu sehen. »Das Werk wurde von heiligen Männern mit einer heiligen Vision geschaffen«, sagte er gekränkt.

»Daran zweifle ich nicht. Ein Jammer, dass wir ihre Namen nicht kennen und ihnen deshalb die nötige Ehre verweigern müssen, ein Jammer aber auch, dass ihnen die richtige Technik zu ihrer Vision fehlte. Ihr wisst natürlich, dass sich auf der rechten Kuppelseite zum Altar hin die Steine zu lösen beginnen. Teile vom Mantel des Gottes und von seinem linken Unterarm haben offenbar den verwegenen Entschluss gefasst, sich von seiner erhabenen Gestalt zu trennen.«

Fast widerstrebend hob der Priester den Blick.

»Aber vielleicht lassen sich die Tatsachen ja mit einer Parabel oder einer liturgischen Erklärung bemänteln«, fügte Crispin hinzu. Seltsamerweise gab ihm der Schlagabtausch mit diesem Mann sein Gleichgewicht zurück. Ihn anzugreifen, *gehörte* sich vielleicht nicht unbedingt, war aber genau das, was er jetzt brauchte.

»Ihr denkt daran, das Bild des Gottes zu *verändern*?« Der Mann war aufrichtig entsetzt.

Crispin seufzte. »Es hat sich längst verändert, mein guter Mann. Als Eure ach so frommen Handwerker vor Jahrhunderten dieses Werk schufen, hatte Jad noch ein Gewand und einen linken Arm.« Er wies auf die Stelle. »Nicht nur Reste eines ausgetrockneten Untergrunds.«

Der Priester schüttelte den Kopf. Er war rot geworden. »Was seid Ihr für ein Mensch, dass Ihr zu einem solchen Wunder aufblickt und Euch anmaßt, Hand daran zu legen?«

Crispin war jetzt ganz ruhig. »Ein Nachkomme derer, die das Werk einst schufen. Mag sein, dass sie mir an Frömmigkeit voraus waren, aber von der Technik des Mosaiklegens verstehe ich mehr. Ich darf Euch auch darauf aufmerksam machen, dass Eure Kuppel etwas weiter links im Begriff ist, Teile ihrer goldenen Sonne zu verlieren. Ich müsste auf ein Gerüst steigen, um sicherzugehen, aber mir scheint, als hätten sich auch dort einige Tessellae verschoben. Kommen sie herunter, dann dauert es nicht mehr lange, und dem Gott fällt leider auch das Haar aus. Ihr solltet Euch darauf gefasst machen, dass Jad nicht in Blitz und Donner zu Euch herabsteigt, sondern in einem Regen aus Glas und Steinen.«

»Welch lästerliche Ketzerei!«, fauchte der Priester und machte das Zeichen des Sonnenkreises.

Crispin seufzte. »Schade, dass Ihr es so seht. Ich will Euch nicht herausfordern. Jedenfalls nicht nur. Der Untergrund der Kuppel wurde auf eine Art und Weise aufgebracht, die veraltet ist. Er besteht nur aus einer Schicht, und wahrscheinlich wurde eine Mischung von Materialien verwendet, die, wie wir heute wissen, nicht so dauerhaft ist wie manche andere. Hier über uns thront – das ist uns allen bekannt – nicht der heilige Jad persönlich, sondern nur ein Werk, von sterblichen Menschen gemacht. Und wir verehren bekanntlich den Gott selbst und nicht sein Bildnis.« Er hielt inne. Die Frage war bei einigen Fraktionen heftig umstritten. Der Priester öffnete den Mund wie zu einer Antwort, dann schloss er ihn wieder.

Crispin fuhr fort. »Wir Sterblichen haben unsere Grenzen, auch das ist bekannt. Manchmal kommt es zu neuen Entdeckungen. Das ist keine Kritik an den Schöpfern dieser Kuppel. Auch ein Geringerer kann das Werk seines großen Vorgängers erhalten. Mit fähigen Helfern könnte ich dieses Bildnis so restaurieren, dass es noch mehrere Jahrhunderte überdauert. Eine Arbeit für einen Sommer. Etwas mehr vielleicht oder auch weniger. Wird dagegen nichts unternommen, so kann ich Euch versichern, dass diese Augen, diese Hände und dieses Haar schon bald hier unten auf dem Boden liegen. Und das würde ich sehr bedauern, denn dieses Werk ist einzigartig.«

»Es hat auf der ganzen Welt nicht seinesgleichen!«

»Das will ich Euch gern glauben.«

Der Priester zögerte. Crispin sah, wie Kasia und Vargos ihn erstaunt betrachteten. Er begriff – die Erheiterung verlieh ihm neue Kräfte –, dass die beiden bisher keinen Anlass gesehen hatten, ihm handwerkliche Fähigkeiten gleich welcher Art zuzutrauen. Ein

Mosaikleger, der die Weiten Sauradias durchwanderte, fand kaum Gelegenheit, sein Talent oder sein Können unter Beweis zu stellen.

In diesem Augenblick fiel – es war fast wie eine göttliche Fügung – mit leisem Klirren etwas zu Boden. Crispin unterdrückte ein Lächeln, ging dem Geräusch nach, kniete nieder und sah sich sorgfältig um. Ohne Mühe fand er ein bräunliches Steinchen. Er drehte es um. Die Unterseite war trocken und brüchig. Als er sie mit dem Finger berührte, zerfiel sie zu Staub. Er stand auf, kehrte zu den drei anderen zurück und reichte dem Priester den Mosaikwürfel.

»Eine himmlische Botschaft?«, fragte er trocken. »Oder nur ein Stück Stein vom…« Er blickte nach oben. »Wahrscheinlich wieder vom Gewand, auf der rechten Seite?«

Der Priester öffnete den Mund und schloss ihn, ohne etwas zu sagen. Inzwischen bedauerte er sicher, dass gerade er heute die Tagwache versehen und sich um die Besucher der Kapelle kümmern musste. Crispin blickte abermals zu dem strengen Gottesantlitz auf und bereute seinen spöttischen Ton. Die Bemerkung *›Menschen, die sich selbst an solchen Darstellungen versuchen‹* hatte ihn getroffen, aber der Priester hatte sie nicht persönlich gemeint, und er selbst sollte über kleinliche Rachegelüste eigentlich erhaben sein. Besonders an diesem Tag.

Wir Menschen, dachte er – besonders der Mensch Caius Crispus von Varena –, können uns nur selten von den Sorgen und den kleinen Ärgernissen des Alltags befreien. Am heutigen Tag hätte ihm das eigentlich gelingen müssen. Aber vielleicht, ein ganz neuer Gedanke, vielleicht war er dem Alltag schon so weit entrückt, dass er auf diese Weise den Weg zurück zu finden suchte?

Er sah erst den Priester und dann wieder den Gott

an. Das Bildnis des Gottes. Mit guten Leuten *wäre* es zu machen. Aber bei realistischer Einschätzung hinge wohl fast ein halbes Jahr Arbeit daran. Spontan beschloss er, hier zu übernachten. Er wollte mit dem Führer des heiligen Ordens sprechen, um Abbitte zu leisten für seine leichtfertigen Spötteleien. Wenn er den Mönchen begreiflich machen könnte, was ihrer Kuppel drohte, und sie ihm einen Brief in die Stadt mitgäben, vielleicht ließe sich dann der Kämmerer oder der Kaiserliche Mosaikmeister dafür gewinnen, sich für die Rettung des glanzvollen Werkes einzusetzen. Er hatte mit Respektlosigkeit auf eine vermeintliche Kränkung geantwortet. Vielleicht konnte er Buße tun, indem er zum Andenken an diesen Tag und vielleicht auch zu Ehren seiner eigenen Toten die Kuppel restaurierte.

Vieles kann die Entwicklung eines Geschehens oder eines Menschenlebens stören. Crispin sollte seine Heladikos-Fackel im Heiligtum vor Varenas Mauern nie im Schein des Kerzenlichts sehen, und er sollte auch diese Aufgabe niemals übernehmen, obwohl er in diesem Augenblick in aller Aufrichtigkeit, mit fast schon frommem Eifer dazu entschlossen war. Es war ihnen nicht einmal vergönnt, die Nacht im Dormitorium des alten Klosters zu verbringen.

Der Priester steckte die braune Tessella in die Tasche seiner Kutte. Doch bevor noch jemand etwas sagen konnte, näherte sich auf der Straße lautes Hufgetrappel.

Der Priester schaute erschrocken zu den Türen. Crispin und Vargos wechselten einen besorgten Blick. Dann ertönte, noch weit entfernt, aber dennoch durch die geschlossenen Türen zu hören, ein lautes Haltekommando. Die Hufschläge verstummten. Zaumzeug klirrte, Schritte und Männerstimmen kamen über den Pfad.

Die Türen flogen auf und ein Strahl Tageslicht sowie ein halbes Dutzend Reitersoldaten drangen in die Kapelle ein. Der Steinboden erzitterte unter schweren Tritten. Die Männer gönnten der Kuppel keinen Blick. Ihr Anführer, ein stämmiger schwarzhaariger Hüne, der seinen Helm unter dem Arm trug, blieb vor den vieren stehen. Er nickte dem Priester zu, dann starrte er Crispin an.

»Carullus, Tribun der Vierten Sauradischen Reiterlegion. Seid mir gegrüßt. Sah draußen das Maultier. Wir suchen jemanden auf dieser Straße. Seid Ihr zufällig Martinian von Varena?«

Crispin sah keinen Grund, sich zu verleugnen, und nickte nur mit dem Kopf. Die Überraschung hatte ihm die Sprache verschlagen.

Carullus von der Vierten ließ auf der Stelle seine Amtsmiene fallen. Nun spiegelte sein Gesicht eine bemerkenswerte Mischung aus Triumph und Verachtung, die jeder Mosaikmeister als künstlerische Herausforderung empfinden musste. Vorwurfsvoll zeigte er mit seinem dicken Zeigefinger auf Crispin. »Verdammt, wo bist du gewesen, du kotbeschmierte rhodianische Schnecke? Hast ihn wohl in jede einzelne blatternarbige Hure reingesteckt, die dir über den Weg gelaufen ist? Was hast du überhaupt auf der Straße zu suchen? Warum hast du kein Schiff genommen? Du wirst seit *Wochen* von seiner Dreifach Erhabenen Majestät, seiner Kaiserlichen Hoheit, dem verdammten Valerius II., persönlich in der Drecksstadt erwartet. Du Haufen Scheiße!«

»Du bist doch nur ein schwachsinniger Narr von einem Rhodianer.«

Die Worte beschworen ein längst vergessenes Kindheitserlebnis aus den Tiefen von Crispins Erinnerung herauf. Erstaunlich, was das Bewusstsein immer wieder zu Tage förderte, wenn man nichts Böses ahnte. Und immer im unpassendsten Moment. Mit etwa neun Jahren hatte er mit seinen Freunden auf und um einen Holzschuppen ›Belagerung‹ gespielt. Bei einem heftigen Barbarenangriff zweier älterer Jungen, den er nicht zurückschlagen konnte, war er vom Dach zwischen die Holzscheite gestürzt und hatte sich den Kopf so hart angeschlagen, dass er das Bewusstsein verlor.

Diese Erfahrung hatte sich erst in diesem Herbst wiederholt, als ihm Königin Gisels Gardisten einen Mehlsack über den Kopf stülpten und so lange auf ihn einprügelten, bis er seinen Widerstand aufgab.

Und nun war es schon wieder geschehen, so viel begriff Crispin trotz der quälenden Kopfschmerzen, die ihm das Gehirn vernebelten. Er war sehr durcheinander. Im ersten Moment hatte er die obszöne Beschimpfung Linon zugeschrieben. Doch Linon war zynisch, aber sie fluchte nicht, sie nannte ihn *Schwachkopf* und nicht *Narr*, sie sprach Rhodianisch und nicht Sarantinisch, und sie war nicht mehr bei ihm.

Er war so verwegen, die Augen zu öffnen. Die Welt drehte sich und wogte beängstigend auf und ab. Rasch kniff er die Lider wieder zu, bevor er sich übergeben musste.

»Ein ausgemachter Narr«, fuhr die derbe Stimme unerbittlich fort, »den man nicht allein aus dem Haus lassen sollte. Was beim heiligen Donner *erwartest* du eigentlich, wenn du als Fremder – noch dazu als *Rhodianer!* – den Tribun einer sarantinischen Legion vor seinen eigenen Männern einen arschgesichtigen Ziegenficker nennst?«

Das war nicht Linon. Es war der Soldat.

Das Schwein hieß Carullus. Von der Vierten Sauradischen Legion.

Und es fuhr jetzt in übertrieben geduldigem Ton fort: »Ist dir eigentlich bewusst, in welche Lage du mich bringst? Die Autorität der Kaiserlichen Armee stützt sich *ausschließlich* auf den Respekt ihrer Männer... und natürlich auf regelmäßige Soldzahlungen... und du hast mir keine Wahl gelassen. Ich konnte in der Kapelle kein Schwert ziehen. Ich konnte dir auch keinen Fausthieb versetzen... das wäre zu viel der Ehre gewesen. Dich mit dem Helm niederzustrecken, war so ungefähr die einzige Möglichkeit, die mir blieb. Ich habe noch nicht einmal voll zugeschlagen. Du kannst froh sein, dass ich für meine Gutmütigkeit bekannt bin, du rotznäsiger rhodianischer Schnösel, und dass du einen Bart hast. Da fällt der Bluterguss nicht so sehr auf und du bist damit nicht hässlicher als sonst.«

Carullus von der Vierten lachte leise. Tatsächlich, er lachte.

Allmählich kehrte die Erinnerung zurück. Crispin hatte einen Helm ins Gesicht bekommen. Gegen Jochbein und Unterkiefer. Ein kräftiger Arm war auf ihn zugerast, dann war es dunkel geworden. Vorsichtig bewegte er den Kiefer auf und ab und dann zur Seite. Immerhin, er ließ sich bewegen, auch wenn ihm ein stechender Schmerz den Atem nahm. Wieder versuchte er, die Augen zu öffnen, aber die Welt wollte ihre Schwindel erregenden Drehbewegungen nicht einstellen.

»Es ist nichts gebrochen«, bemerkte Carullus wie nebenbei. »Ich sage ja, ich bin ein gutmütiger Mensch. Schlecht für die Disziplin, aber was soll man machen? Was soll man machen? Der Gott hat mich eben so geschaffen. Aber wenn du meinst, du könntest über die Straßen des sarantinischen Reiches wandern und – wie einfallsreich auch immer – einen Offizier in Anwesenheit seiner Soldaten beschimpfen, mein westlicher Freund, dann irrst du dich. Andere Tribune und Chiliarchen hätten dich kurzerhand auf den Friedhof geschleppt und dich dort erstochen, um keine Scherereien mit deiner Leiche zu haben. Andererseits teile ich den Abscheu und die Verachtung der meisten Soldaten des Reiches für die scheinheiligen, feigen, kotbeschmierten rhodianischen Lustknaben nicht unbedingt. Ich finde euch hin und wieder sogar ganz amüsant, und außerdem bin ich, wie bereits erwähnt, ein gutmütiger Mensch. Frag meine Soldaten.«

Carullus, Tribun der Vierten Sauradischen Legion, hörte sich offensichtlich gern reden. Crispin juckte es in den Fingern, diesem gutmütigen Menschen den Garaus zu machen.

»Wo... bin ich?« Jedes Wort war eine Qual.

»In einer Sänfte. Auf dem Weg nach Osten.«

Crispin fiel ein Stein vom Herzen: Demnach bewegte sich die Welt tatsächlich; das Auf und Ab der Landschaft und die hüpfenden Bewegungen seines militärischen Gesprächspartners waren nicht nur darauf zurückzuführen, das sein Gehirn erneut durchgeschüttelt worden war.

Er musste dringend etwas klären. Nur mit Mühe fiel ihm wieder ein, was es war. Er zwang sich abermals, die Augen zu öffnen. Diesmal begriff er endlich, dass Carullus neben ihm her ritt, auf einem dunkelgrauen Pferd. »Mein Diener?«, fragte Crispin und bewegte dabei den Unterkiefer so wenig wie möglich. »Vargos.«

Carullus schüttelte den Kopf. Wie ein schmaler Strich teilten seine Lippen das glatt rasierte Gesicht. »Ein Sklave, der sich an einem Soldaten vergreift, und das gilt natürlich erst recht für einen Offizier, wird öffentlich in Stücke gerissen. Jedermann weiß das. Dein Sklave hätte mich fast niedergeschlagen.«

»Er ist kein Sklave, du elender Scheißkerl.«

Carullus mahnte freundlich: »Vorsicht. Wenn meine Männer dich hören, muss ich etwas unternehmen. Ich weiß, dass er kein Sklave ist. Wir haben uns seine Papiere angesehen. Deshalb wird er auch nicht zwischen die Pferde gespannt, wenn wir ins Lager kommen, sondern nur ausgepeitscht und dann kastriert.«

Crispin spürte, wie sein Herz schneller schlug. »Er ist ein freier Mann und Bürger des Reiches und steht zurzeit in meinen Diensten. Ich rate dir nicht, ihm ein Haar zu krümmen. Das ist mein voller Ernst. Wo ist das Mädchen? Was ist mit ihr geschehen?«

»Sie *ist* eine Sklavin aus einem der Gasthöfe. Und noch recht jung. Im Lager können wir sie gut gebrauchen. Sie hat mir nämlich ins Gesicht gespuckt.«

Crispin zwang sich zur Ruhe; wenn er sich aufregte, wurde ihm nur wieder übel, und dann richtete er gar nichts aus. »Der Gasthof hat sie verkauft. Jetzt gehört sie mir. Und wenn du dir die Papiere angesehen hast, dann weißt du das auch, du pickliges Scheusal. Wenn sie oder der Mann in irgendeiner Weise zu Schaden kommen, wenn ihnen auch nur das Geringste zustößt, werde ich mir vom Kaiser als Erstes deine abgeschnittenen Hoden erbitten, in Bronze gegossen und zu Würfeln verarbeitet. Nur damit das klar ist.«

Carullus schien sich prächtig zu amüsieren. »Du bist wirklich ein Narr, wie? Wobei *pickliges Scheusal* nicht schlecht ist, das muss ich dir lassen. Was willst du eigentlich dem Kaiser erzählen, wenn wir ihm melden, unser Trupp hätte dich und deine Reisegefährten heute ausgeraubt, mehrfach geschändet und grausam ermordet auf der Straße aufgefunden? Ich wiederhole, der Mann und das Mädchen haben nur die übliche Behandlung zu erwarten.«

Crispin rang immer noch um Selbstbeherrschung. »Hier gibt es nur einen Narren, und der liegt nicht in der Sänfte, sondern sitzt auf dem Pferd. Die Schlaflosen werden einen ausführlichen Bericht über unsere Begegnung an den Kaiser schicken und ihn dringend ersuchen, mich zur Überwachung der Restaurierungsarbeiten an dem Jad-Bildnis in der Kuppel zurückzuschicken. Darüber sprachen wir nämlich gerade, als ihr hereingeplatzt seid. Wir wurden weder ausgeraubt noch getötet, sondern an heiliger Stätte von liederlichen Reitern unter einem unfähigen Tribun mit einem Gesicht wie ein Misthaufen überfallen. Ein Mann, den Valerius II. persönlich nach Sarantium berief, wurde mit einer Waffe ins Gesicht geschlagen. Was ist dir lieber, Tribun: eine Rüge, die sich abmildern lässt, indem ich zugebe, dich herausgefordert zu haben, oder Kastration und Tod?«

Eine erfreulich lange Pause trat ein. Crispin hob die Hand und befühlte vorsichtig seinen Unterkiefer.

Dann schaute er zu dem Reiter hinauf. Das Licht blendete ihn und vor seinen Augen tanzten seltsame bunte Flecken. »Ihr könntet natürlich«, fuhr er fort, »nach Westen zurückreiten, die Priester töten – inzwischen hat sicher jeder von ihnen die Geschichte gehört – und behaupten, die bösen Straßenräuber hätten uns *alle* ausgeplündert, geschändet und umgebracht. Die Möglichkeit hättest du noch, du ausgedörrtes Stück Rattenkot.«

»Hör auf, mich zu beschimpfen«, sagte Carullus, aber ohne großen Nachdruck. Wieder schwieg er lange. Endlich gestand er: »Den verdammten Priester hatte ich vergessen.«

»Du hast auch die Unterschrift auf meinem Geleitbrief vergessen«, sagte Crispin. »Und du hast vergessen, wer mich in die Stadt eingeladen hat. Dabei hast du doch die Papiere gelesen. Nun komm schon, Tribun: Tu irgendetwas, um mich versöhnlich zu stimmen. Du könntest zum Beispiel ein wenig betteln.«

Aber Carullus von der Vierten Sauradischen Legion begann lange und ausgiebig zu fluchen. Sein Wortschatz war beeindruckend. Endlich sprang er vom Pferd und winkte jemandem zu, den Crispin nicht sehen konnte. Ein Soldat eilte herbei und nahm die Zügel. Carullus ging zu Fuß neben Crispins Sänfte her. »Dass Jad dir die Augen ausbrenne, Rhodianer. Wir *können* nicht zulassen, dass ein Zivilist, noch dazu ein Ausländer, einen Offizier des Heeres beleidigt! Das musst du doch *begreifen*! Das Reich ist mit dem Sold sechs Monate im Rückstand. Sechs Monate und der Winter steht vor der Tür! Alles Geld wird *verbaut*.« Er spie das Wort aus wie einen Fluch. »Kannst du dir vorstellen, wie sich das auf die Moral auswirkt?«

»Der Mann. Das Mädchen«, sagte Crispin, als hätte er nichts gehört. »Wo sind sie? Sind sie verletzt?«

»Sie sind hier, sie sind hier. Niemand hat das Mädchen angerührt, für solche Spielchen fehlt uns die Zeit. Ich sage dir doch, du hast dich *verspätet*. Deshalb mussten wir ja nach dir suchen. Der schmählichste, jadverfluchteste Befehl, den ich je erhalten habe.«

»Nun mach dir nicht in die Hose! Der *Kurier* kam zu spät. Ich habe nur meine Angelegenheiten geordnet und bin fünf Tage später aufgebrochen! Aber die Zeit für Schiffsreisen war schon vorbei. Glaubst du, ich hätte mich danach gedrängt, den ganzen Weg zu Fuß zu gehen? Such ihn dir doch und frag ihn selbst. Er heißt Titaticus oder so ähnlich. Ein Tölpel mit einer roten Nase. Schlag ihm ruhig mit deinem Helm den Schädel ein. Wie geht es Vargos?«

Carullus schaute über die Schulter. »Er ist auf einem Pferd.«

»Was? Er reitet?«

Der Tribun seufzte. »Quer über den Rücken gebunden. Man hat ihn… ein wenig durch die Mangel gedreht. Als du umgefallen bist, hat er mich *geschlagen*. Das kann er sich nicht erlauben!«

Crispin wollte sich aufsetzen, aber der Versuch misslang kläglich. Er schloss die Augen und wagte sie erst nach einer Weile wieder zu öffnen. »Nun hör mir gut zu. Wenn der Mann schwer verletzt ist, kostet dich das Rang und Pension. Wenn nicht sogar das Leben. Das schwöre ich dir. Und jetzt legst du ihn in eine Sänfte und kümmerst dich darum, dass er behandelt wird. Wo ist der nächste Arzt, der seine Patienten nicht gleich umbringt?«

»Im Lager. Er hat mich *geschlagen*«, wiederholte Carullus in jammervollem Ton. Aber dann drehte er sich doch um und winkte nach hinten. Als ein Soldat auf seinem Pferd angetrabt kam, ließ der Tribun ein ganzes Feuerwerk von Befehlen vom Stapel, aber so leise, dass Crispin sie nicht verstand. Der Reiter murrte zwar, aber er machte gehorsam kehrt und sprengte davon.

»Erledigt«, sagte Carullus und widmete sich wieder Crispin. »Sie sagen, er habe nichts gebrochen. Er wird eine Zeit lang nur unter Schmerzen laufen und pissen können, aber das geht vorüber. Sind wir Freunde?«

»Fick dich mit deinem Schwert. Wann erreichen wir euer Lager?«

»Morgen Abend. Ich sage dir doch, ihm fehlt nichts weiter. Ich lüge nicht.«

»Nein, du scheißt dir nur die Uniform voll, sobald du merkst, dass du den Fehler deines Lebens gemacht hast.«

»Jads Blut! Du fluchst noch schlimmer als ich! Martinian, wir haben beide Fehler gemacht. Aber ich bemühe mich, besonnen zu bleiben.«

»Nur weil ein heiliger Mann alles mit angesehen hat, du aufgeblasener Furz, du elender Hanswurst.«

Carullus musste lachen. »Du hast ganz Recht. Es muss einer von deinen Glückstagen gewesen sein. Du solltest den Schlaflosen bis zu deinem Sterbetag Geld spenden. *Aufgeblasener Furz* ist übrigens auch nicht schlecht. Gefällt mir. Werde ich mir merken. Hast du übrigens Durst?«

Es war eine ungeheuerliche Situation, und Crispin war über Vargos' Zustand nicht völlig beruhigt, aber allmählich zeigte sich doch, dass dieser Carullus von der Vierten Sauradischen kein ausgesprochener Rüpel war. Außerdem hatte er tatsächlich Durst.

Er nickte vorsichtig mit dem Kopf.

Man brachte ihm eine Feldflasche, und als der Trupp etwas später eine kurze Rast einlegte, wusch ihm ein Bursche des Tribuns einigermaßen behutsam das Blut von Wange und Unterkiefer. Bei dieser Gelegenheit sah er auch Vargos. Die Soldaten hatten ihn tatsächlich kräftig in die Mangel genommen, sich aber die eigentliche Züchtigung für später aufgehoben, um das ganze Lager an dem Spaß teilhaben zu lassen. Vargos war inzwischen aufgewacht. Sein Gesicht war von Schlägen verschwollen, und auf der Stirn hatte er eine hässliche Platzwunde, aber er lag jetzt in einer Sänfte. Auch Kasia wurde gebracht, sie war äußerlich unverletzt, aber ihr Blick erinnerte wieder an ein verschrecktes Reh, das in den Fackelschein nächtlicher Jäger geraten war. So hatte Crispin sie auch zum ersten Mal gesehen. Gestern etwa um diese Zeit im Vorraum von Morax' Gasthof. *Gestern erst?* Unglaublich. Er durfte nicht weiter darüber nachdenken, sonst wurden die Kopfschmerzen noch schlimmer. Er war ein Narr. Ein Schwachkopf.

Linon war fort, eingegangen zu ihrem Gott, im Alten Wald für immer verstummt.

»Bis zum Heerlager haben wir Geleitschutz«, sagte Crispin zu den beiden. Er bemühte sich immer noch, den Unterkiefer möglichst wenig zu bewegen. »Ich bin mit dem Tribun zu einer Einigung gelangt. Wir haben weiter nichts mehr zu befürchten. Dafür lasse ich ihn als Mann und als Soldat bestehen. Es tut mir Leid, wenn man euch verletzt oder erschreckt hat. Offenbar soll ich sogar bis nach Sarantium gebracht werden.

Man ist dort mehr an mir interessiert, als die Dokumente oder ihr Überbringer erkennen ließen. Vargos, man hat mir versprochen, dass sich morgen Abend im Lager ein Arzt um dich kümmern wird. Danach entlasse ich dich aus meinen Diensten. Der Tribun schwört, du würdest keinen Schaden davontragen, und ich halte ihn für ehrlich. Ein grobes Schwein, aber ehrlich.«

Vargos schüttelte den Kopf und gab ein unverständliches Gemurmel von sich. Seine Lippen waren so dick geschwollen, dass er nicht deutlich sprechen konnte.

»Er will bei Euch bleiben«, sagte Kasia leise. Die Sonne stand tief hinter ihr und schien fast waagerecht über die Straße. Es wurde kälter und bald würde es dämmern. »Er sagt, nach allem, was heute geschehen ist, kann er an dieser Straße nicht mehr arbeiten. Man würde ihn töten.«

Crispin überlegte kurz und sah ein, dass die Befürchtung wohl berechtigt war. Heute Morgen vor Tagesanbruch hatte Vargos im dunklen Hof der Poststation einen Mann geschlagen. Damit hatte auch er das Opfer gestört. Offenbar war er selbst nicht der Einzige, dessen Leben an einem Wendepunkt stand. Das letzte Sonnenlicht verwandelte die Unterseite der Wolken in Bronze. Crispin sah den Mann in der anderen Sänfte scharf an. »Ist das richtig? Du willst in meinen Diensten bleiben, bis wir die Stadt erreichen?«

Vargos nickte.

»Sarantium ist eine andere Welt«, sagte Crispin. »Das ist dir doch klar?«

»Klar«, sagte Vargos, und diesmal verstand ihn Crispin ganz deutlich. »Euer Mann.«

In diesem Augenblick durchzuckte ihn ein Gefühl, das wie ein Lichtstrahl das Geschehen dieses Tages erhellte. Er erkannte nicht sofort, dass es Glück war.

Crispin streckte eine Hand aus der Sänfte und Vargos griff herüber und berührte sie.

»Ruh dich aus«, sagte Crispin. Er konnte die Augen kaum noch offen halten und sein Kopf schmerzte unerträglich. »Alles wird gut.« Er wusste nicht recht, ob er selbst daran glaubte, doch dann sah er, dass Vargos tatsächlich die Augen geschlossen hatte und eingeschlafen war. Wieder berührte Crispin seinen schmerzenden Unterkiefer und unterdrückte ein Gähnen: Es tat weh, wenn er den Mund zu weit öffnete. Er sah das Mädchen an. »Wir reden heute Abend weiter«, murmelte er. »Wir werden sehen, ob wir nicht auch dein Leben in Ordnung bringen können.«

Wieder flammte die Angst in ihren Augen auf. Eigentlich kein Wunder bei diesem Leben und allem, was ihr im letzten Jahr und heute Morgen widerfahren war. Carullus kam mit langen Schritten auf ihn zu. Sein Schatten fiel hinter ihm auf die Straße. Eigentlich kein übler Kerl. Ein herzhaftes Lachen, nicht ohne Humor. Er hatte Recht. Crispin *hatte* ihn provoziert. Vor seinen Soldaten. War nicht sehr klug gewesen. Vielleicht gestand er das später noch ein. Oder auch nicht. Wohl besser nicht.

Er war eingeschlafen, bevor der Tribun die Sänfte erreichte.

»Tut ihm nichts!«, sagte Kasia zu dem Offizier, obwohl Crispin sie nicht hören konnte, und trat rasch zwischen die Sänfte und den Soldaten.

»Ich *kann* ihm gar nichts tun, Kind«, sagte der Tribun der Vierten Sauradischen kopfschüttelnd und sah sie verwirrt an. »Er hat meine beiden Eier auf einem Amboss liegen und hält den Hammer schon in der Hand.«

»Gut!«, sagte sie. »Vergesst es nur nicht.« Der Blick des scheuen Rehs war verschwunden, jetzt kam die wilde Nordländerin zum Vorschein.

Der Soldat lachte laut auf. »Dass Jad den Moment verbrenne, an dem ich euch dreien in seiner Kapelle begegnet bin«, sagte er. »Muss ich mir jetzt schon von inicischen Sklavinnen vorschreiben lassen, was ich zu tun habe? Wie kommt ihr überhaupt dazu, an diesem verdammten Fest der Toten unterwegs zu sein? Wisst ihr denn nicht, wie gefährlich Sauradia heute ist?«

Er sah, dass sie blass wurde, aber sie gab keine Antwort. Sein Instinkt sagte ihm, dass es hier eine Geschichte zu erzählen gab, aber er sagte ihm auch, dass er sie wohl nicht zu hören bekäme. Er hätte sie für ihre Respektlosigkeit auspeitschen lassen können, aber das würde er nicht tun. Ich bin wirklich ein gutmütiger Mensch, dachte Carullus. Der Rhodianer wusste gar nicht, wie viel Glück er hatte.

Carullus hatte allerdings auch einen – natürlich nur ganz schwachen – Verdacht, die Begegnung in der Kapelle könne womöglich auch seine Zukunft gefährden. Er hatte den Geleitbrief des Rhodianers, die Unterschrift darauf und die Erläuterungen zur Kaiserlichen Einladung an einen gewissen Martinian von Varena leider erst etwas zu spät gesehen.

Ein Handwerker. Ein einfacher Handwerker, der aber vom Kaiser persönlich in die Stadt gerufen wurde, um seine *große Erfahrung und Fachkenntnis* in den Dienst des neuen Heiligtums, des Tempels von Jads Heiliger Weisheit, zu stellen. Noch ein Bauwerk. Noch so ein verdammtes Bauwerk.

Die Weisheit, ob heilig oder ganz und gar praktisch, riet Carullus, in diesem Fall Vorsicht walten zu lassen. Der Mann gab sich *sehr* selbstbewusst und er hatte auch die entsprechenden Papiere. Das Mädchen gehörte ihm tatsächlich; auch die Besitzurkunde hatte in seiner Tasche gesteckt. Wobei er sie erst letzte Nacht erworben hatte. Das war wohl ein Teil der Geschichte, die er nicht erfahren würde. Das Mädchen starrte ihn immer noch aus ihren blauen Nordländeraugen an. Sie hatte ein kluges Gesicht mit kräftigen Zügen. Strohblondes Haar.

Wäre der Priester nicht Zeuge des Geschehens gewesen, dann hätte Carullus die drei töten und in einen Graben werfen lassen können. Wahrscheinlich hätte er es auch dann nicht getan. Er war eben viel zu weich. Sonst hätte er dem Rhodianer mit seinem Helm wenigstens den Kiefer gebrochen. Eigentlich eine Schande. Diese Generation hatte allen Respekt vor dem Heer verloren. Ob daran der Kaiser schuld war? Schon möglich, obwohl man das besser nicht laut sagte, wollte man nicht unter Trommelwirbel mit aufgeschlitzter Nase aus dem Heer gejagt werden. Heutzutage floss alles Geld in Bauwerke, in die Taschen rhodianischer Künstler oder in die Schandtribute an die arschfickenden Bassaniden im Osten, und die ehrlichen Soldaten, die für die Sicherheit der Stadt und des Reiches sorgten, gingen leer aus. Angeblich hielt sich sogar Leontes, der Liebling des Heeres, der Oberste Strategos mit dem Goldhaar, inzwischen die ganze Zeit in der Stadt im Kaiserlichen Bezirk auf und schwänzelte um den Kaiser und die Kaiserin herum. Anstatt auf das Feindespack einzuschlagen, die Bassaniden oder die Barbaren im Norden, nahm er jeden Morgen an den Reiterspielen teil und jagte mit einem kleinen Schläger hinter einem Ball her. Inzwischen hatte er sogar eine reiche Frau. Auch eine Belohnung. Eine Frau kann einem Soldaten ungeheuer viel Ärger bereiten, dachte Carullus. Er hatte schon immer so gedacht. Mit Huren hatte man *viel* weniger Ärger, vorausgesetzt, sie hielten sich sauber.

Sie hatten lange genug gerastet. Er winkte seinem Stellvertreter. Es wurde bald dunkel, der nächste Gasthof war noch weit, und die Sänften bestimmten das

Marschtempo. Nun wurden sie angehoben, man fing die Pferde der Träger ein und führte sie mit. Das Mädchen setzte sich mit einem letzten drohenden Blick auf Carullus zwischen den zwei Schlafenden in Bewegung. Sie ging barfuß und wirkte im Halbdunkel in ihrem braunen, viel zu großen Umhang klein und zerbrechlich. Ein hübsches Ding. Zu mager für seinen Geschmack, aber ein feuriges Temperament. Man konnte nicht alles haben. Der Handwerker war heute Nacht sicher zu nichts zu gebrauchen. Bei den Leibsklaven anderer Männer hieß es taktvoll zu Werke gehen, dennoch überlegte Carullus flüchtig, ob sich mit seinem berühmten Lächeln hier nichts ausrichten ließe. Aber er versuchte vergeblich, ihren Blick zu erhaschen.

Er hatte heftige Schmerzen, aber sein Vater und seine Brüder hatten ihn schon schlimmer verprügelt, und Vargos war kein Mann, der in Selbstmitleid schwelgte oder vor Unannehmlichkeiten kapitulierte. Er hatte einem Tribun des kaiserlichen Heeres einen Hieb vor die Brust versetzt und ihn dabei fast umgeworfen; dafür konnten sie ihn von Rechts wegen töten. Ursprünglich hatten sie das auch vorgehabt, sobald sie das Lager erreicht hätten. Doch dann hatte Martinian sich eingeschaltet, irgendwie. Martinian war immer… für eine Überraschung gut. Vargos lag mit vielen anderen im dunklen Schlafsaal des Gasthofs und schüttelte den Kopf. Gestern hatte er noch bei Morax geschlafen. Und wie viel war seitdem geschehen!

Heute Morgen hatte er wohl den alten Gott gesehen. Ludan in Gestalt des *Zubir* im Alten Wald. In einem heiligen Hain. Er hatte in diesem Hain gestanden, er war auf die Knie gefallen… und er hatte den Wald lebend wieder verlassen und war auf das nebelverhangene Feld zurückgelangt, weil Martinian von Varena einen verzauberten Vogel um den Hals trug.

Der *Zubir*. Was bedeuteten ein paar Blutergüsse, ein geschwollener Mund oder der rote Bach heute Abend beim Pissen gegen diese Erinnerung? Er hatte ihn gesehen und die Begegnung überlebt. War er ein Gesegneter? *Konnte* jemand wie er ein Gesegneter sein? Oder war es eine Warnung gewesen – der Gedanke kam ganz unvermittelt –, den anderen Gott aufzugeben, den Gott hinter der Sonne, Jad und seinen Sohn, den Wagenlenker?

Vielleicht hatte Martinian ja auch damit Recht: Vielleicht musste man nicht zwangsläufig eine Macht verleugnen, wenn man die andere anerkannte? Vargos kannte keinen Priester, der darauf eingegangen wäre, aber er war inzwischen sicher, dass es sich lohnte, auf den Rhodianer zu hören. Und bei ihm zu bleiben.

Auch bis nach Sarantium. Der Gedanke weckte tiefes Unbehagen. Die Küstenstadt Megarium im Westen von Sauradia war die größte Stadt, die Vargos je besucht hatte, und sie gefiel ihm nicht. Enge Mauern, übervölkerte, schmutzige, lärmende Straßen. Die ganze Nacht polterten Karren vorbei, und die Betrunkenen stolperten grölend aus den Tavernen; nicht einmal im Dunkeln unter den Monden fand man Ruhe und Frieden. Und wie es in Sarantium zuging, wusste Vargos vom Hörensagen: Es stand etwa so hoch über der Provinzstadt Megarium wie der goldhaarige Leontes, Strategos des Reiches, über Vargos dem Inicier.

Hier konnte er allerdings nicht bleiben. Das war ganz klar. Er hatte gestern spät nachts in einem von Morax' dunklen Gängen eine Entscheidung getroffen und sie vor Tagesanbruch im Nebel und im trüben Fackelschein mit seinem Stab besiegelt. Wer nicht mehr zurück kann und auch nicht stehen bleiben darf, muss weitergehen. Also überlege nicht lange, mach voran. Das hätte sein Vater sagen können, während er eine Flasche selbst gebrautes Bier leerte, sich mit dem feuchten Ärmel über den Schnurrbart wischte und mit seinem dicken Arm einer der Frauen bedeutete, die nächste Flasche zu bringen. Wenn man es richtig betrachtete, war die Entscheidung nicht schwierig, zudem war es eine Gnade, einen Mann zu haben, dem man folgen, und einen Ort, an den man gehen konnte.

Vargos lag auf einem makellos sauberen Feldbett im Gasthof der nächsten Poststation nach der von Morax und lauschte auf das Schnarchen der Soldaten und das Gelächter aus der Gaststube, wo Martinian und der Tribun noch immer saßen und tranken.

Er konnte nicht einschlafen, aber er lag ganz still und dachte wieder an den Alten Wald. Der *Zubir* hatte mitten auf der Kaiserlichen Straße im brodelnden Nebel gestanden und im nächsten Moment, unbegreiflich, direkt neben ihnen auf dem Feld. Das würde Vargos sein Leben lang nicht vergessen. Auch wie Pharus bei ihrer Rückkehr auf der Straße gelegen hatte, war in sein Gedächtnis eingebrannt.

Der Stallmeister war schon tot gewesen, bevor sie in den Wald gingen, aber wie er zugerichtet war, sahen sie erst hinterher, als sie vor seiner Leiche standen. Vargos hätte beim Leben seiner Mutter und bei seiner eigenen Seele geschworen, dass sich kein Mensch dem Toten genähert hatte. Was immer dem Mann des Herz aus der Brust gerissen hatte, war nicht von dieser Welt gewesen.

Er hatte einen künstlichen Vogel mit der Stimme einer Frau laut mit dem *Zubir* sprechen hören. Er hatte einen Mann und eine Frau durch den Alten Wald und ins Freie geführt. Er hatte sogar – und hier schickte Vargos ein erstes Lächeln in die schwüle Dunkelheit – einen sarantinischen Offizier geschlagen, einen *Tribun*, und hatte dafür nur eine gewöhnliche Tracht Prügel bezogen. Und dann hatte man ihn sogar in eine Sänfte – eine Sänfte! – gelegt und bis zu diesem Gasthof getragen. Weil Martinian es verlangt hatte. Auch das würde ihm in Erinnerung bleiben. Sein jadverfluchter Vater hätte sehen sollen, wie die Reitersoldaten absaßen, um ihn über die Kaiserliche Straße zu tragen wie einen Senator oder einen reichen Kaufherrn.

Vargos schloss die Augen. Das waren unwürdige Gedanken, fort damit. Gerade heute war in seiner Seele kein Platz für solche Eitelkeiten. Er rang um die passenden Worte für ein Gebet an Jad und seinen Sohn, den Feuerträger, eine Bitte um Führung und Vergebung. Doch im Geist sah er immer noch den Toten mit der aufgerissenen Brust vor sich und den schwarzen *Zubir,* dem das Blut an den kurzen Krummhörnern klebte. Zu wem sollte man da beten?

Er war auf dem Weg in die Große Stadt. Nach Sarantium. Zum Kaiserlichen Palast und dem Kaiser, zur Dreifachen Mauer und zum Hippodrom. Von hundert Heiligtümern hatte er gehört, und von einer halben Million Menschen. Wobei er an die letzte Zahl nicht wirklich glaubte. Er war nicht mehr der Bauer aus dem Norden, dem man jedes Schauermärchen auftischen konnte. Die Menschen neigten zu Übertreibungen, wenn sie auf etwas stolz waren.

Als Kind hatte er sich ein Leben außerhalb seines Dorfes nicht vorstellen können. Das hatte sich in einer lauen, blutigen Frühlingsnacht schlagartig geändert. Danach hatte er sich darauf eingestellt, so lange die sauradische Etappe der Kaiserlichen Straße zu bereisen, bis er dafür zu alt würde und Arbeit im Stall oder in der Schmiede eines Gasthofs fände.

Das Leben enttäuscht alle Erwartungen, dachte Vargos der Inicier im dunklen Schlafsaal. Du triffst eine Entscheidung, du oder jemand anderer, und schon ist es passiert. Schon ist es passiert. Er hörte vertraute Geräusche, ein Rascheln, dann Grunzen und Seufzen; am anderen Ende des Raumes hatte jemand eine Frau bei sich. Vorsichtig wälzte er sich auf die Seite. Er hatte einen Tritt ins Kreuz bekommen. Deshalb war sein Urin rot, und es tat weh, wenn er sich umdrehte.

Entlang der Kaiserlichen Straße gab es eine Redensart, die jeder kannte. *Er reist nach Sarantium,* hieß es, wenn sich jemand sehenden Auges in ein großes Risiko stürzte, alles aufs Spiel setzte, sein ganzes Leben umkrempelte, wie ein verzweifelter Würfelspieler den vollen Einsatz auf den Tisch legte. Genau wie er jetzt.

Er hatte nicht damit gerechnet. Eigentlich war es nicht seine Art. Aber aufregend, das musste er zugeben. Wann hatte er eigentlich zum letzten Mal *Aufregung* verspürt? Bei einem Mädchen vielleicht, aber das war etwas anderes. Trotzdem nicht zu verachten. Schade, dass er sich so elend fühlte. Er kannte zwei von den Mädchen hier und sie mochten ihn gut leiden. Allerdings durfte er die Soldaten nicht vergessen. Die Mädchen waren sicher die ganze Nacht beschäftigt. Auch gut. Er brauchte seinen Schlaf.

Aus der Gaststube drang immer noch Gelächter – jetzt fingen sie auch noch zu singen an. Er wurde allmählich schläfrig. Martinian saß mit diesem bulligen, glatt rasierten Tribun zusammen. Schwer zu glauben.

In dieser Nacht träumte er vom Fliegen. Er flog aus dem Gasthof hinaus und schwebte unter den beiden Monden und allen Sternen über die Straße. Zunächst hielt er sich nach Westen. Über dem Kloster der Schlaflosen schallten die getragenen Gesänge durch die Nacht und hinter den Fenstern der Kuppel brannten die Kerzen. Er ließ das Bildnis des heiligen Jad hinter sich und strebte nach Norden, dem Alten Wald zu.

Meile um Meile flog er über darüber hin, immer weiter nach Norden. Das Licht der beiden Monde mischte sich und streifte die schwarzen Bäume. Die Kälte war wie Eisen. Meile um Meile wogte der riesige Wald unter ihm dahin, und im Traum verstand Vargos nicht mehr, wie jemand die Macht, die ihm innewohnte, nicht verehren konnte.

Eine Weile ging es über sanfte, grasbewachsene Hügel und einen breiten Fluss, der sich träge neben der Straße südwärts schlängelte, nach Westen. Jenseits des glänzenden Wassers begann, ebenso schwarz, ebenso riesig, ein zweiter Wald. Hier wandte sich Vargos in der klaren, kalten Nacht wieder nach Norden. Die Eichen wurden von Kiefern abgelöst und endlich erkannte er im Schein der Monde eine vertraute Gebirgskette. Er ging tiefer, flog über die Felder, die er in seiner Kindheit selbst beackert hatte, über einen Bach, in dem er in lange zurückliegenden Sommern geschwommen war, und über die ersten Häuschen des Dorfes. Neben dem kleinen Schrein und dem Haus des Ältesten mit dem Ast über der Tür erblickte er sein Elternhaus und schließlich gelangte er im Traum auf den Friedhof und sah seines Vaters Grab.

Es war nicht üblich, dass ein Mann über längere Strecken mit einer Sklavin reiste, aber die Soldaten der Vierten Sauradischen Legion hatten gehört, das Mädchen sei erst am Abend zuvor in den Besitz des Handwerkers übergegangen – angeblich hatte er sie bei einer Wette gewonnen –, und dass ein Mann in stürmischen Herbstnächten einen warmen Körper neben sich haben wollte, war durchaus üblich. Warum für eine Hure bezahlen, wenn man eine eigene Frau mit sich führte? Das Mädchen war zu mager, um richtig zu wärmen, aber sie war jung und hatte strohblondes Haar und vermutlich noch andere Vorzüge.

Die Soldaten hatten inzwischen begriffen, dass der Rhodianer wichtiger war, als er aussah. Außerdem hatte ihr Tribun beim Essen Freundschaft mit ihm geschlossen. Das allein war so ungewöhnlich, dass es dem Handwerker einen gewissen Respekt verschaffte, und so brachten sie das Mädchen in sein Zimmer, ohne es anzurühren. Die Befehle waren unmissverständlich gewesen. Und es war bekannt, dass Carullus, der jedem, der es hören wollte, von seiner Gutmütigkeit erzählte, schon Männer hatte verstümmeln und ohne einen roten Heller aus seiner Kompanie werfen lassen, weil sie bei einem Einsatz die Befehle missachtet hatten. Freilich war dies nur ein einziges Mal vorgekommen, kurz nach Carullus' Beförderung zum Tribun, bei der ihm zugleich fünfhundert Mann unterstellt wurden, aber das wusste nur sein Zenturio. Und der hatte Anweisung, dafür zu sorgen, dass alle Rekruten die Geschichte mit den erforderlichen Ausschmückungen erzählt bekamen. Es konnte nicht schaden, wenn die Soldaten Angst vor ihren Vorgesetzten hatten.

Kasia sollte zum ersten Mal seit einem Jahr nicht unter Morax' Dach schlafen. Sie kauerte sich im Schlafzimmer ans Feuer, legte hin und wieder ein Stück Holz nach und wartete auf den Mann, dem sie jetzt gehörte. Der Raum war kleiner als die besseren Zimmer bei Morax, aber dafür hatte er dieses Feuer. Sie saß auf ihrem Mantel – Martinians Mantel – und schaute in die Flammen. Ihre Großmutter hatte aus Feuerzungen die Zukunft lesen können, aber Kasia besaß diese Gabe nicht, sie verlor sich nur in ihren Gedanken, während sie den Tanz des Feuers beobachtete. Sie war schläfrig, aber es gab im Raum keinen Strohsack, nur das eine Bett, und sie wusste nicht, was sie zu erwarten hatte, wenn der Rhodianer heraufkam. Von unten war Gesang zu hören: Martinian und der Mann, der ihn niedergeschlagen hatte. Männer waren seltsame Wesen. Die letzte Nacht bei Morax kam ihr in den Sinn. Martinian hatte sie in sein Zimmer geschickt, damit sie einen Dieb auf frischer Tat ertappte. Von da an hatte alles eine neue Wendung genommen. Nun hatte er ihr schon zweimal das Leben gerettet. Zuerst im Gasthof und dann – wie auch immer – mit seinem Zaubervogel im Alten Wald.

Sie war heute im Alten Wald gewesen.

Und war dort einem der mächtigen Wesen begegnet, die sonst nur in den Geschichten vorkamen, die ihre Großmutter im Norden an einem anderen qualmenden Feuer erzählte. Danach hatte sie, das erkorene Opfer, die heilige Lichtung, den schwarzen Wald heil und unversehrt verlassen, nur um auf einen Leichnam zu stoßen, dem an ihrer Stelle das Herz aus der Brust gerissen worden war. Ein Mann, den sie gekannt, mit dem sie mehr als einmal unfreiwillig geschlafen hatte. Beim Anblick von Pharus' Überresten hatte sie eine heftige Übelkeit gepackt. Allzu lebhaft rief ihr der Anblick seines zerfleischten Körpers in Erinnerung, wie er den ihren missbraucht hatte. Wieder sah sie den Nebel auf dem Feld, spürte das Maultier unter ihrer Hand. Hörte Stimmen, vernahm das Kläffen der Jagdhunde. Sah Martinian sein Schwert ziehen.

Die Szene im Wald trat seltsamerweise bereits in den Hintergrund, wurde unscharf, verschwand im Nebel. Zu schwierig war es, sie zu beherrschen oder zu bewahren. Hatte sie tatsächlich einen *Zubir* gesehen, einen alles überragenden *Zubir* mit schwarzen Augen? War er tatsächlich so groß gewesen? Todmüde und halb in Trance starrte sie ins Feuer, ganz im Banne der unheimlichen Erkenntnis, eigentlich tot sein zu müssen. Sie fühlte sich… entwurzelt und merkwürdig leicht. Ein Funken flog auf ihren Mantel; sie streifte ihn rasch ab. Konnte man jemandem wie ihr die Zukunft lesen? Hätte ihre Großmutter in diesem Feuer etwas gesehen, oder war Kasia von heute an ein leeres Blatt, auf dem nichts geschrieben, nichts zu lesen stand? Ein lebendes Gespenst? Vielleicht hatte das Schicksal in Zukunft keine Macht mehr über sie? *Wir reden heute Abend weiter*, hatte Martinian in der Sänfte gesagt. *Wir werden sehen, ob wir nicht auch dein Leben in Ordnung bringen können.*

Ihr Leben. Draußen blies der Nordwind. Die Nacht war klar und kalt. Der Wind brachte den Winter mit. Sie legte – welche Verschwendung! – mehr Holz nach. Ihre Hände zitterten. Sie drückte eine Handfläche an die Brust, suchte nach ihrem Herzen, ertastete seinen Schlag. Nach einer Weile bemerkte sie, dass ihre Wangen nass waren, und wischte sich die Tränen ab.

Sie war in einen leichten, unruhigen Schlaf gefallen, doch dann kamen die Männer mit viel Lärm die Treppe herauf. Im Zimmer gegenüber begann einer der Händler zu zetern, worauf ein Soldat erbost gegen die Tür des Schreihalses hämmerte und damit seine Kollegen zu weiterem Gelächter animierte. Kasia stand daher mitten im Raum, als die unverschlossene Tür aufgestoßen wurde und Martinian hereinstolperte. Zwei Soldaten der Vierten Sauradischen stützten – ja trugen ihn fast, und zwei weitere folgten ihnen.

Haltlos hin- und her schwankend führten sie ihn zum Bett und legten ihn dort ab. Aus dem Zimmer gegenüber kam eine neue Salve von Beschimpfungen, aber das konnte ihnen die gute Laune nicht verderben, es erheiterte sie sogar. Trotz der späten Stunde dachten sie nicht daran, Ruhe zu halten. Kasia wusste Bescheid: Die Gasthöfe der Kaiserlichen Poststationen waren verpflichtet, bis zu zwanzig Soldaten kostenlos aufzunehmen und die Zimmer der zahlenden Gäste doppelt zu belegen, um Platz zu schaffen. Man fügte sich ins Unvermeidliche, aber wer wäre schon *erfreut* über eine gestörte Nachtruhe?

Einer der Soldaten, ein Soriyyaner, seiner Haar- und Hautfarbe nach zu schließen, musterte Kasia im flackernden Schein des Feuers. »Da hast du ihn«, sagte er und wies auf den Mann, der quer über dem Bett hing. »Viel hat er dir nich mehr zu bieten. Warum kommst du nicht runter zu uns? 's gibt Männer, die 'ne Menge Wein trinken und trotzdem noch'n Mädchen glücklich machen können.«

»Halt dein verdammtes Maul«, warnte ein anderer. »Befehl ist Befehl.«

Der Soriyyaner schien widersprechen zu wollen, doch in diesem Augenblick begann der Mann auf dem Bett ganz deutlich, wenn auch mit geschlossenen Augen zu deklamieren: »Es gilt als unbestritten, dass die Rednerkunst des Kallimarchos entscheidend am Ausbruch des Ersten Bassaniden-Krieges beteiligt war. Folgt aus dieser Feststellung, dass spätere Generationen die Schuld für die vielen grausamen Verluste an Menschenleben am Grab des Philosophen zu suchen hätten? Eine schwierige Frage.«

Es wurde totenstill, alles war verwirrt, dann lachten zwei von den Soldaten. »Schlaf dich aus, Rhodianer«, sagte einer von ihnen. »Mit etwas Glück kannst du deinen Kopf morgen früh wieder gebrauchen. Unser Tribun hat schon bessere Männer als dich bewusstlos geschlagen oder unter den Tisch getrunken.«

»Aber es gibt nur wenige, denen *beides* passiert ist«, fügte der Soldat aus Soriyya hinzu. »Heil dem Rhodianer!« Neues Gelächter. Der Soriyyaner grinste zufrieden. Dann ging die ganze Gruppe und warf mit lautem Knall die Tür hinter sich zu.

Kasia zuckte zusammen, eilte hin und schob den Riegel vor. Jeder der vier Soldaten schlug mit der Faust gegen die Tür des Händlers, danach trampelten sie alle mit ihren schweren Stiefeln die Treppe hinunter zum Schlafsaal im Erdgeschoss.

Sie zögerte, dann kehrte sie zum Bett zurück und schaute unsicher auf den Mann hinab, der dort lag. Das Feuer warf schwankende Schatten durch den

Raum. Ein Holzscheit verschob sich mit lautem Knacken. Martinian öffnete die Augen. »Ich frage mich allmählich, ob ich nicht für die Bühne geboren bin«, sagte er mit ganz normaler Stimme auf Sarantinisch. »Zwei Nächte hintereinander muss ich jetzt schon Theater spielen. Glaubst du, ich hätte als Pantomime eine Zukunft?«

Kasia blinzelte. »Ihr seid nicht... betrunken, mein Gebieter?«

»Nicht allzu sehr.«

»Aber...?«

»Ich hielt es für ratsam, mich auf irgendeinem Gebiet von Carullus übertreffen zu lassen. Aber er verträgt Unmengen von Wein. Wir hätten womöglich die ganze Nacht dort unten gesessen, und ich brauche meinen Schlaf.«

»Euch *auf irgendeinem Gebiet* übertreffen zu lassen?«, hörte sich Kasia sagen. Ihre Mutter und andere in ihrem Dorf kannten diesen Tonfall nur zu gut. »Er hat Euch bewusstlos geschlagen und hätte Euch beinahe den Kiefer gebrochen.«

»Das hat nichts zu bedeuten. Nicht für ihn.« Martinian rieb sich zerstreut die bärtige Wange. »Er hatte eine Waffe – also keine große Leistung. Kasia, seine Leute haben mich hierher *getragen*. Und sie haben einen Diener getragen, der einen Offizier geschlagen hatte. Ich habe das durchgesetzt. Carullus hat dabei eine Menge Ansehen verloren. Für einen Kaiserlichen Soldaten ist er ein ganz anständiger Mensch. Und ich wollte schlafen.« Er hob einen Fuß, sie zog ihm den Stiefel aus und wiederholte die Prozedur auf der anderen Seite.

»Mein Vater konnte angeblich die meisten Männer in der Taverne unter den Tisch oder bei einem Gastmahl vom Ruhebett trinken. Die Fähigkeit hat er mir wohl vererbt«, nuschelte Martinian und zog sich die

Tunika über den Kopf. Kasia schwieg. Sklaven stellten keine Fragen. »Er ist tot«, fügte Martinian von Varena hinzu. »Bei einem Feldzug gegen die Inicier gefallen. In Ferrieres.« Sie erkannte, dass er trotz seiner Beteuerungen doch nicht mehr *ganz* nüchtern war. Das Gelage hatte zu lange gedauert. Jetzt saß er mit nacktem Oberkörper vor ihr. Sein dichtes Brusthaar war dunkelrot und gelockt. Das hatte sie schon gestern im Bad gesehen.

»Ich bin... Inicierin«, sagte sie zögernd.

»Ich weiß. Vargos auch. Eigentlich seltsam.«

»Die Stämme in Sauradia sind... anders als die, die in den Westen nach Ferrieres gezogen sind. Die Auswanderer waren... wilder.«

»Wilder. Ich weiß. Deshalb sind sie gegangen.«

Es wurde still. Er stützte sich auf einen Ellbogen und spähte in die zuckenden Schatten. »Ein Feuer«, sagte er. »Gut. Leg nach, Kasia.« Er nannte sie nicht ›Kätzchen‹. Sie ging rasch hinüber, kniete nieder und schob mit dem Stock ein neues Scheit in die Glut.

»Sie haben dir kein Feldbett gebracht«, sagte er von der anderen Seite des Zimmers her. »Sie können sich wohl nur einen Grund vorstellen, warum ich dich gekauft habe. Übrigens hat man mir da unten sehr eindringlich klargemacht, dass Inicierinnen, besonders die mageren, bösartig und deshalb reine Geldverschwendung seien. Ist das wahr? Carullus hat mir angeboten, dich heute Nacht in sein Bett zu nehmen, er wolle mich schonen, solange ich noch Schmerzen hätte. Ich fand das sehr rücksichtsvoll von ihm. Trotzdem hätten sie besser ein Feldbett hereingestellt.«

Kasia blieb, wo sie war, und schaute ins Feuer. Manchmal wusste sie seinen Tonfall nicht zu deuten. »Ich kann auf Eurem Mantel schlafen«, sagte sie endlich. »Hier drüben.«

Sie fegte eifrig die Asche ins Feuer. Wahrscheinlich

zog er tatsächlich Knaben vor. Bei reinblütigen Rhodianern war diese Neigung angeblich ähnlich häufig wie bei den Bassaniden. Sie würde ihr die Nächte erleichtern.

»Kasia, woher kommst du? Wo ist dein Zuhause?«, fragte er.

Darauf war sie nicht gefasst. Sie schluckte hart.

Ohne sich von den Knien zu erheben, drehte sie sich um. »Weit im Norden, mein Gebieter. Fast an der Grenze zu Karch.« Sie sah, dass er sich vollends ausgezogen hatte und unter die Decke geschlüpft war. Jetzt saß er, die Arme um die Knie gelegt, aufrecht im Bett. Hinter ihm bewegte sich der flackernde Feuerschein über die Wand.

»Wo wurdest du gefangen genommen? Oder hat man dich verkauft?«

Sie faltete die Hände im Schoß. »Verkauft«, sagte sie. »Vergangenen Herbst. Die Pest hatte meinen Vater und meinen Bruder geholt. Meiner Mutter blieb keine andere Wahl.«

»O nein«, widersprach er prompt. »Man hat immer eine Wahl. Sie hat ihre Tochter verkauft, um selbst nicht zu verhungern? Wie zivilisiert.«

»Nein«, sagte Kasia und ballte die Fäuste. »Sie... wir... haben darüber gesprochen. Als der Sklavenzug kam. Es hieß ich oder meine Schwester, sonst hätte keine von uns den Winter überlebt. Ihr könnt das nicht verstehen. Es gab nicht genügend Männer, um die Felder zu bestellen oder auf die Jagd zu gehen, und die Ernte war nicht eingebracht worden. Sie haben sechs Mädchen aus meinem Dorf gekauft, gegen Getreide und Geld für den Markt. Wir hatten die *Pest*. Das... ändert alles.«

»O ja, ich weiß«, sagte er leise. Dann, nach einer weiteren Pause: »Warum du? Warum nicht deine Schwester?«

Auch darauf war sie nicht gefasst. Niemand hatte ihr je solche Fragen gestellt. »Meine Mutter dachte, sie… hätte bessere Aussichten, einen Mann zu finden. Obwohl sie nichts mitbrachte außer sich selbst.«

»Und was dachtest du?«

Wieder schluckte Kasia. Im matten, flackernden Licht konnte sie seinen Gesichtsausdruck hinter dem dichten Bart nicht erkennen.

»Warum… wieso ist das wichtig?«, fragte sie zaghaft.

Er seufzte. »Du hast Recht. Es spielt keine Rolle. Möchtest du wieder nach Hause?«

»Was?«

»In dein Dorf. Ich werde dich nämlich freilassen. In Sarantium habe ich keinen Bedarf für ein Mädchen, und nach dem, was… wir heute erlebt haben, möchte ich keinen einzigen Gott mehr damit reizen, dass ich noch an dir verdiene.« Eine rhodianische Stimme, ein Zimmer im Feuerschein. Eine Nacht an der Schwelle des Winters. Die ersten Umrisse einer neuen Welt.

Er sagte: »Ich glaube nicht, dass dich… das, was uns heute begegnet ist… verschont hat, damit du ein Haus für mich putzt oder mir über dem Feuer das Badewasser wärmst. Was nicht heißen soll, dass ich wüsste, warum es *mich* verschont hat. Also, möchtest du zurück in dein… O Jad! Bei Jads Blut. Hör sofort damit auf, Weib!«

Sie gab sich alle Mühe, biss sich auf die Unterlippe und wischte sich mit dem rußigen Handrücken über das tränennasse Gesicht. Aber wie sollte man denn in dieser Lage nicht weinen? Letzte Nacht war sie noch sicher gewesen, dass sie heute sterben musste.

»Kasia, ich meine es ernst. Ich werfe dich die Treppe hinunter und überlasse dich Carullus' Männern! Ich *hasse* weinende Frauen!«

Sie glaubte ihm nicht. Er tat wohl nur so, als sei er

zornig auf sie. Was sie sonst denken sollte, wusste sie nicht. Manchmal ging einfach alles zu schnell. Wie erklärt sich der Baum den Blitz, der ihn gespalten hat?

Das Mädchen war in seiner Tunika vor dem niedergebrannten Feuer eingeschlafen. Sie hatte sich in einen Mantel gewickelt und sich den zweiten unter den Kopf geschoben. Außerdem hatte er ihr eine seiner Decken überlassen. Er hätte sie auch in sein Bett holen können, aber allein zu schlafen war ihm seit Ilandras Tod zu einer so festen Gewohnheit geworden, dass er fast abergläubisch daran festhielt. Es ist morbide, so unerklärlich wie ein Talisman, dachte Crispin schläfrig. Aber er wollte nicht gerade heute Nacht mit einer Sklavin davon abgehen, die er erst einen Tag und eine Nacht besaß.

Wobei die Bezeichnung *Sklavin* eigentlich ungerecht war. Noch vor einem Jahr war sie wie er ein freier Mensch gewesen, ein Opfer desselben Pestsommers, der auch sein Leben zerstört hatte. Es gab unzählige Möglichkeiten, ein Leben zu ruinieren.

Linon hätte ihn zum Schwachkopf erklärt, weil er das Mädchen am Feuer schlafen ließ. Aber Linon war nicht mehr da. Er hatte sie heute Morgen in einem Wald ins nasse Gras neben die nassen Blätter gelegt und war gegangen. *Vergiss mich nicht.*

Was geschieht mit einer unbehausten Seele, wenn Körper und Herz einem Gott geopfert werden? Ob Zoticus die Antwort kannte? Was geschieht mit der Seele, wenn der Gott erst später kommt, um sie zu holen? Konnte der Alchimist das wissen? Er hatte einen schwierigen Brief zu schreiben. Sag ihm Lebwohl.

Ein Fensterladen schlug gegen die Wand. Eine stürmische Nacht; morgen auf der Straße würde es kalt sein. Das Mädchen wollte mit ihm nach Osten reisen. Beide Inicier wollten bei ihm bleiben. Seltsam, wie sich das Leben manchmal im Kreis drehte oder bestimmte Muster beschrieb. Jedenfalls hatte es den Anschein. Vielleicht drückten ihm auch die Menschen diese Muster auf, weil sie die Illusion einer Ordnung als tröstlich empfanden?

Als kleiner Junge hatte er in einer Garküche mit angehört, wie sich zwei Männer über den Tod seines Vaters unterhielten. Sein Kopf sei völlig von den Schultern getrennt worden. Durch einen Axthieb. Er sei in hohem Bogen davongeflogen, während der Rumpf noch einige Schritte weitertaumelte. Wie eine rote Fontäne sei das Blut aus dem Hals gespritzt, erzählte einer der Männer mit ehrfürchtig gedämpfter Stimme. Ein entsetzlicher Anblick, sogar für Soldaten, dramatischer Stoff für eine Legende: die Legende vom Tod des Steinmetzen Horius Crispus.

Crispin war damals zehn Jahre alt gewesen. Eine inicische Axt. Die Stämme, die westwärts nach Ferrieres zogen, waren wilder. Das sagte jeder. Auch das Mädchen hatte es heute Abend bestätigt. Ständig waren sie ins südlich gelegene Batiara eingefallen und hatten die Gehöfte und Dörfer an der Nordgrenze geplündert. Fast jedes Jahr hatten die Antae Soldaten nach Ferrieres entsandt, auch die Stadtmiliz wurde herangezogen. Diese Feldzüge waren im Allgemeinen erfolgreich und brachten dringend benötigte Sklaven ein. Aber ohne Verluste ging es nicht ab. Nie. Die Inicier waren tapfere Krieger, auch wenn sie in der Minderheit waren. Eine rote Fontäne. Er hätte das besser nicht gehört. Nicht mit zehn Jahren. Hinterher hatte er lange Zeit Träume gehabt, die er seiner Mutter nicht erzählen konnte. Dabei wusste er schon damals, dass die Männer in der Garküche entsetzt gewesen wären, hätten sie gewusst, dass Horius' Sohn sie belauschte.

Nachdem der Tränenstrom versiegt war, hatte Kasia eines unmissverständlich klargestellt: Zu Hause gab es keinen *Platz* mehr für sie. Ein Mädchen, das verkauft, zur Sklavin gemacht, in einem Gasthof zu jedem Mann aufs Zimmer geschickt worden war, konnte nicht hoffen, beim eigenen Volk noch einmal Aufnahme zu finden. Zurückzukehren, zu heiraten, eine Familie zu gründen, an den Überlieferungen ihres Stammes teilzuhaben, kam nicht in Frage. Man hatte sie gezwungen, zu einer Frau zu werden, die von diesen Überlieferungen ausgeschlossen war, wer immer sie vor der Pest gewesen sein mochte, als sie noch unter dem Schutz von Vater und Bruder stand.

Ein Mann, der gefangen und in die Sklaverei verschleppt worden war, mochte fliehen und in Ehren, als geachteter Mann in sein Dorf zurückkehren, ein lebendes Symbol mutigen Widerstands. Ganz anders ein Mädchen, das man gegen Wintergetreide an die Händler verkauft hatte. Die Rückkehr ins Dorf ihrer Kindheit war ihr verwehrt, es befand sich hinter einer Tür in die Vergangenheit, zu der es keinen Schlüssel gab. Man sollte Bedauern empfinden für das Leid der anderen, dachte Crispin, der wach lag und dem Wind lauschte.

Im Trubel von Sarantiums Straßen, zwischen Laubengängen, Werkstätten und Heiligtümern, inmitten so vieler Menschen aus so vielen Ländern könnte sie sich vielleicht ein neues Leben aufbauen. Das war für eine Frau weder einfach noch ohne Gefahren, aber sie war jung und klug und sie hatte Mut. Dass sie als Kellnerin in einem sauradischen Gasthof gearbeitet hatte, brauchte niemand zu erfahren, und wenn schon … die Kaiserin Alixana war in ihrer Jugend kaum etwas Besseres gewesen, allenfalls teurer, wenn die Gerüchte stimmten.

Aber das darf man nicht laut sagen, sonst wird einem zumindest die Nase aufgeschlitzt, dachte Crispin. Draußen stürmte es. Der Fensterladen klapperte und der Wind heulte. Das Fest der Toten. War es wirklich der Wind?

Das Feuer hatte die Kälte etwas abgemildert und er hatte zwei warme Decken. Plötzlich musste er an die Königin der Antae denken. Eine verängstigte junge Frau, die in seinem Haar wühlte, als er vor ihr kniete. Bei dieser Gelegenheit hatte er das letzte Mal eins über den Schädel bekommen. Er war müde und der Kiefer tat ihm weh. Warum hatte er am Abend unbedingt mit den Soldaten trinken müssen? Eine Riesendummheit. Jemand hätte ihn dafür einen Schwachkopf genannt. Aber dieser Carullus von der Vierten Legion war ein anständiger Bursche. Wer hätte das gedacht? Hörte sich nur gern reden. Das Bildnis des Gottes an der Kuppel der Kapelle. Von Mosaiklegern geschaffen, Handwerkern wie er selbst. Aber nein. Kein Vergleich. Er wünschte, er würde ihre Namen kennen. Er oder irgendjemand sonst. Er musste Martinian davon berichten; und seine Gedanken ordnen. Jetzt sah er die Augen des Gottes im Geiste vor sich. Unglaublich plastisch. Heute Morgen im Nebel hatte man gar nichts gesehen, die Welt hatte alle Farbe verloren. Die Stimmen der Verfolger, das Hundegebell, der Tote. Der Wald und das, was sie hinein führte. Dieser Alte Wald hatte ihm von Anfang an Angst gemacht, schon an der Grenze, und doch war er hineingegangen. Dichte schwarze Bäume, fallende Blätter, ein Opfer auf der Lichtung. Nein. Nicht ganz. Die Vollendung eines Opfers.

Wie kam man mit solchen Erlebnissen zurande? Indem man mit Soldaten Wein trank? Vielleicht. Eine Zuflucht, eine der ältesten. Man konnte sich auch im Bett verkriechen, sich die Decke über das zerschlagene Gesicht ziehen und einschlafen – geschützt vor dem messerscharfen Wind und vor der Nacht. Wenn auch nicht vor der Nacht, die niemals wich.

Auch Caius Crispus hatte in dieser kalten Nacht einen Traum, aber er träumte nicht vom Fliegen, sondern wandelte hallenden Schrittes durch die Gänge eines leeren Palastes. Er wusste sogar, wo er sich befand. Vor Jahren war er mit Martinian in diesem Gebäude gewesen. Es war der Palast des Patriarchen von Rhodias, strahlendstes Sinnbild religiöser Macht und religiösen Reichtums im ganzen Imperium. Jedenfalls früher. In seiner Glanzzeit.

Crispin hatte den Palast lange nach der Plünderung und der Eroberung der Stadt durch die Antae betreten: ein leeres, verfallenes, verstaubtes Gemäuer; die meisten Räume ausgeraubt, leer, verschlossen. Er war mit Martinian – geführt von einem totenbleichen, hustenden Priester – durch die Gänge gewandert, um sich ein berühmtes altes Wandmosaik anzusehen, das sie im Auftrag eines Kunden für dessen Sommerhaus am Meer in Baiana kopieren sollten. Gern hatte man die beiden nicht eingelassen. Nur ein Brief – und wahrscheinlich ein Geldgeschenk – ihres reichen Auftraggebers hatte ihnen Zutritt zu den leeren Gewölben verschafft.

In den beiden oberen Stockwerken lebte und betete der Oberste Patriarch, spann seine Intrigen und diktierte unaufhörlich Briefe an alle Teile der bekannten Welt. Er verließ seine Räume nur selten. Nur an hohen Feiertagen überquerte er auf einer überdachten Brücke die Straße und begab sich zum Großen Heiligtum, um dort im Namen Jads, dessen goldenes Abbild von der Kuppel herabstrahlte, den Gottesdienst abzuhalten.

Eine ganze Ewigkeit lang waren die drei Männer, begleitet vom vorwurfsvollen Echo ihrer eigenen Schritte, zu ebener Erde durch die leeren Gänge gelaufen, bis sie endlich den Raum mit dem Werk erreichten, das sie kopieren sollten. Ein Empfangssaal, murmelte der Priester und durchsuchte mit ungeschickten

Fingern den Schlüsselbund, den er am Gürtel trug. Hustend probierte er mehrere Schlüssel aus, bevor er den richtigen fand. Die beiden Mosaikmeister traten ein, zögerten kurz und öffneten dann die Fensterläden, obwohl sie beide auf den ersten Blick gesehen hatten, dass sich die Mühe nicht lohnte.

Das Mosaik, das eine Wand in ihrer ganzen Höhe und Breite einnahm, war verwüstet, aber das lag nicht am Alter oder an den Folgen mangelhafter Verarbeitung. Jemand war mit Hämmern und Äxten darauf losgegangen, mit Dolchen, Schwertgriffen, Keulen und Stöcken, in der unteren Hälfte auch mit Stiefelabsätzen und mit den Fingern. Sie wussten, dass es eine Meereslandschaft darstellen sollte, und kannten auch die Werkstatt, die den Auftrag ausgeführt hatte, allerdings nicht die Namen der einzelnen Mosaikleger: Der Name des Handwerkers galt nicht als überliefernswert, das war in allen Gilden gleich.

Nahe der holzvertäfelten Decke verrieten Stellen in dunklem Blau und sattem Grün, wie das Werk ursprünglich ausgesehen hatte. Sicher hatte man Edelsteine verwendet: für die Augen eines Tintenfischs oder eines Seepferdchens, für die blitzenden Schuppen eines Fischs, für Korallen, Muscheln, glänzende Aale oder Meerespflanzen. Aber sie waren alle herausgebrochen worden und dabei hatte man das ganze Mosaik in Stücke gehauen. Übel könnte einem werden, dachte Crispin, wäre das alles nach dem Sturz von Rhodias nicht so selbstverständlich gewesen. Irgendwann hatte man dann auch noch Feuer gelegt. Die rußgeschwärzten Wände legten stummes Zeugnis davon ab.

Lange standen sie schweigend im einfallenden Sonnenlicht und schauten, während ihnen der aufgewirbelte Staub in der Nase kribbelte, dann schlossen sie sorgfältig wieder alle Läden. Der kranke Priester führte sie durch dieselben vielfach verzweigten Korridore zum Ausgang, und sie traten hinaus in die weite, fast leere Stadt, die einst der Mittelpunkt der Welt gewesen war, das Zentrum eines Reiches voller Leben, voller Energie und voller Grausamkeit.

In seinem Traum war Crispin allein im Palast, und er fand ihn noch dunkler, noch leerer als bei jenem einzigen Besuch. Doch das war in einem anderen Leben gewesen, das jetzt erschreckend weit entfernt schien. Damals war er jung verheiratet, er befand sich in seiner Gilde auf dem Weg nach oben und stand im Begriff, sich einen gewissen Wohlstand zu erwerben und sich einen Namen zu machen. Vor allem aber schwelgte er in der wundersamen, unglaublichen Gewissheit, die Frau zu vergöttern, die er ein Jahr zuvor geheiratet hatte, und auch von ihr geliebt zu werden. Nun wandelte er durch die Korridore eines Traumpalasts und suchte nach Ilandra, obwohl er doch wusste, dass sie tot war.

Eine Tür nach der anderen öffnete sich dem schweren Eisenschlüssel, den er bei sich trug, ein Raum nach dem anderen erwies sich bis auf Staub und schwarze Brandspuren als leer. Draußen rauschte der Wind, und wo in den Läden die Latten zerbrochen waren, fiel einmal in bläulichen Streifen das Mondlicht herein. Auch Geräusche waren zu hören. Der Lärm eines Festes? Die Plünderung der Stadt? Wenn man weit genug weg ist, dachte er im Traum, klingt beides gleich.

Zimmer für Zimmer ging er ab. Hinter ihm zeigten seine Fußspuren im Staub, wo er gegangen war. Zu sehen war niemand, alle Geräusche kamen von draußen, von anderswoher. Der Palast war unsagbar groß, unerträglich verlassen. Gespenster, Erinnerungen und Geräusche von außerhalb. *Das ist mein Leben,* dachte er. Räume, Gänge, zielloses Umherirren, niemand, der wirklich zählte, niemand, der diese leeren Räume, die so viel größer waren als nötig, mit Leben, mit Licht, mit der *Idee* eines Lachens erfüllen könnte.

Noch eine Tür, die nicht anders aussah als die anderen. Er öffnete sie, betrat einen weiteren Raum und hielt inne. Vor ihm stand der *Zubir*.

Hinter ihm sah er – wie für ein Gastmahl in ein glattes, elfenbeinfarbenes Gewand mit dunkelblauen Bordüren an Kragen und Saum gekleidet, das Haar zurückgenommen und mit Edelsteinen geschmückt, die Kette seiner Mutter um den Hals – seine Frau.

Crispin begriff den Sinn des Traums, obwohl er noch darin gefangen war.

Die Deutung war nicht schwierig; die Traumbotschaft war nicht so verschlüsselt, so unverständlich, dass man einen Chiromanten für eine Auslegung hätte bezahlen müssen. Der Weg zu Ilandra war ihm versperrt. Er musste begreifen, dass sie dahin war. Dahin wie seine Jugend, wie sein Vater, wie die Pracht dieses zerstörten Palastes, wie Rhodias selbst. Sie war fortgegangen. In eine andere Welt. Das verkündete der *Zubir* aus dem Alten Wald, die wilde, barbarische Schreckensgestalt, die sich vor sie gestellt hatte, die schwarze Bestie mit dem verfilzten Fell, dem massigen Kopf, den gewaltigen Hörnern und den Augen, die seit unzähligen Jahrtausenden diese Wahrheit predigten. An ihm kam man nicht vorbei. Man kam von ihm, und man kehrte zu ihm zurück, manchmal holte er einen auch oder gewährte einem noch eine Frist, von der man nicht wusste, wie lang sie war.

Und während Crispin noch solchen Gedanken nachhing und sich bemühte, im Traum mit der Erkenntnis Frieden zu schließen, als er die Hand heben wollte, um der geliebten Frau hinter dem Waldgott zum Abschied zuzuwinken, verschwand der *Zubir* und stiftete damit neue Verwirrung.

Er verschwand so plötzlich wie gestern auf der

Straße im Nebel, aber er tauchte nicht wieder auf. Crispin stockte im Traum der Atem, sein Herz schlug wie ein Hammer, und er schrie laut auf, ohne zu merken, dass er in Sauradia in einem kalten, dunklen Zimmer lag.

Er war im Palast und Ilandra lächelte ihm zu. Sie waren allein. Nichts trennte sie. Ihr Lächeln schnitt ihm ins Herz, als läge er als Leiche mit aufgerissener Brust auf der Straße. Doch dem war nicht so. Leichten Schrittes trat sie vor: Nichts mehr war zwischen ihnen, nichts versperrte den Weg. »Die Vögel singen in den Bäumen«, sagte seine tote Frau und schmiegte sich in seine Arme, »und wir sind noch jung.« Sie stellte sich auf die Zehenspitzen und küsste ihn auf den Mund. Ihre Lippen schmeckten salzig. Er hörte sich etwas sagen, Worte von großer, von gewaltiger Bedeutung, aber er verstand seine eigenen Worte nicht.

Er erwachte. Draußen heulte der Wind, das Feuer war erloschen, und die kleine Inicierin saß – ein Schatten, aber nicht schwerelos – in seinen Mantel gehüllt, die Arme um den Körper geschlungen, neben ihm auf dem Bett.

»Was? Was ist los?«, rief er schmerzlich verwirrt, mit pochendem Herzen. Sie hatten sich geküsst…

»Ihr habt gerufen«, flüsterte das Mädchen.

»O Jad, geliebter Jad. Geh wieder schlafen…« Ihr Name wollte ihm nicht einfallen. Er fühlte sich schwerfällig, wie benommen. Er wollte zurück in diesen Palast, er sehnte sich so unendlich danach, wie manche Menschen sich nach Mohnsaft sehnen.

Sie rührte sich nicht von der Stelle. »Ich habe Angst«, sagte sie.

»Angst haben wir alle. Geh wieder schlafen.«

»Nein. Ich meine, ich würde Euch gern trösten, aber ich traue mich nicht.«

»Oh.« Er musste seine Gedanken ordnen, so sehr es

ihm auch widerstrebte. Er musste zurückkehren ins Hier und Jetzt. Der Kiefer, das Herz taten ihm weh. »Ich habe Menschen verloren, die ich liebte. Du kannst mich nicht trösten. Geh schlafen.«

»Eure … Kinder?«

Jedes Wort zog ihn weiter weg von diesem Palast. »Meine Töchter. Vergangenen Sommer.« Ein tiefer Atemzug. »Ich schäme mich, noch hier zu sein. Ich habe sie sterben lassen.« Das hatte er noch niemals ausgesprochen. Aber es war die Wahrheit. Er hatte versagt. Und er hatte überlebt.

»Ihr habt sie *sterben lassen*? An der *Pest*?«, fragte die kleine Inicierin auf seinem Bett in ungläubigem Ton. »Davor *kann* man niemanden *retten*.«

»Ich weiß. Jad, ich *weiß* es ja. Lassen wir das.«

Sie schwieg einen Augenblick, dann fragte sie: »Und Eure … ihre Mutter?«

Er schüttelte den Kopf.

Der jadverfluchte Laden schlug immer noch gegen die Mauer. Am liebsten wäre er hinausgegangen in die wüste Nacht, hätte ihn heruntergerissen und sich im eisigen Wind zu Ilandra gelegt. »Kasia«, sagte er. Richtig, so hieß sie. »Geh wieder schlafen. Es gehört nicht zu deinen Pflichten, mich zu trösten.«

»Keine Pflicht«, sagte sie.

Er hatte so viel Zorn in sich. »Jads Blut! Was schlägst du vor? Willst du mich mit deinen Liebeskünsten beglücken?«

Sie erstarrte. Ein Atemzug. »Nein. Nein. Nein, ich … davon verstehe ich nichts. Das … das meinte ich nicht.«

Er schloss die Augen. Warum musste er das Thema überhaupt berühren? Der Traum war so bunt gewesen, so voller Leben: seine Frau auf Zehenspitzen, in seinen Armen, in einem Gewand, das er kannte, die Kette, ihr Duft, die weichen, halb geöffneten Lippen.

Aber sie war tot, ein Gespenst, ein Leichnam, dem Grab entstiegen. *Ich habe Angst*, hatte Kasia die Inicierin gesagt. Crispin atmete aus, es klang wie ein Schluchzen. Der Laden schlug immer noch gegen die Mauer. Immer und immer wieder. So sinnlos. So… alltäglich. Er rückte ein wenig zur Seite.

»Dann schläfst du eben hier«, sagte er. »Du hast nichts zu befürchten. Was heute geschah, ist jetzt vorüber.« Eine Lüge. Es ging erst zu Ende, wenn man starb. Das Leben war ein einziger Hinterhalt, es konnte einen jederzeit wieder verletzen.

Er drehte sich zur Seite, mit dem Gesicht zur Tür, und machte ihr Platz. Zuerst rührte sie sich nicht, dann spürte er, wie sie unter die Decken glitt. Als sie mit ihrem Fuß gegen den seinen stieß, zuckte sie hastig zurück, aber die eisige Berührung verriet Crispin, wie sehr sie gefroren haben musste, seit das Feuer erloschen war. Es war tiefe Nacht. Gespenster im Wind? Tote Seelen? Er schloss die Augen. Sie konnten beisammen liegen. Sich menschliche Wärme geben. In manchen Winternächten bezahlten die Männer nur dafür eins der Mädchen in den Schenken.

Der *Zubir* war im Palast gewesen und dann verschwunden. Kein Hindernis. Nichts stand zwischen ihnen. Aber das stimmte nicht. Natürlich nicht. *Schwachkopf*, schalt eine Stimme. *Schwachkopf*. Crispin lag noch einen Augenblick lang still, dann drehte er sich langsam um.

Sie lag auf dem Rücken und starrte ins Dunkel. Sie hatte immer noch Angst. Zu lange hatte sie geglaubt, heute sterben zu müssen. Grausam sterben zu müssen. Er versuchte sich vorzustellen, wie es sich mit einer solchen Aussicht lebte. Mühsam wie im Wasser oder im Traum streckte er die Hand aus, berührte ihre Schulter, ihren Hals, und strich ihr das lange, goldene Haar aus dem Gesicht. Sie war so jung. Wieder holte er Atem. Er war noch immer tief verunsichert, noch immer zur Hälfte in einer anderen Welt, doch dann spürte er unter der dünnen Tunika ihre kleine, feste Brust. Sie ließ ihn keinen Moment aus den Augen.

»Mit Kunst hat das alles wenig zu tun«, sagte er. Seine Stimme hörte sich merkwürdig an. Dann küsste er sie, so sanft er nur konnte.

Ihre Lippen schmeckten salzig wie die Lippen in seinem Traum. Er wich zurück, sah auf sie, auf ihre Tränen hinab. Doch nun hob sie die Hand, berührte sein Haar und zögerte, als wisse sie nicht, wie es weiterging, was sie zu tun, wie sie zu *sein* hatte, wenn sie sich freiwillig hingab. Der Schmerz der anderen, dachte er. Die Nacht ist so dunkel, wenn die Sonne unter der Welt ist. Langsam senkte er den Kopf und küsste sie wieder, dann ging er tiefer und streifte die Brustwarze unter der Tunika mit den Lippen. Ihre Hand blieb in seinem Haar, krallte sich fest. Schlaf ist eine Zuflucht, dachte er, Wände, Wein, Essen, Wärme, und auch dies. Auch dies. Zwei menschliche Körper im Dunkeln.

»Du bist nicht mehr bei Morax«, sagte er. Ihr Herz schlug viel zu schnell, er konnte es spüren. Was musste sie in diesem Jahr erduldet haben! Er wollte vorsichtig, geduldig sein, aber das letzte Mal lag so lange zurück, und sein Verlangen wuchs so schnell, dass es ihn erst überraschte und dann überwältigte. Hinterher drückte sie ihn an sich. Ihr Körper war weicher, als er gedacht hätte, ihre Hände lagen unerwartet fest auf seinem Rücken. In dieser Stellung schliefen sie ein. Später, gegen Morgen, als sie beide erwachten, ging er behutsamer zu Werke, und irgendwann hörte er an einem Atemzug, einem zweiten, wie sie eigene Entdeckungen machte – ein Bergsteiger, der erst einen Gipfel erklomm und dann einen höheren nahm. Bald darauf ging die Sonne auf, zum Zeichen, dass der Gott nach hartem Kampf abermals als Sieger aus der nächtlichen Schlacht hervorgegangen war.

Der ranghöchste Arzt im Heerlager war Bassanide und er verstand sein Handwerk. Ersteres verstieß eindeutig gegen die Dienstvorschrift, aber Letzteres war so selten und wertvoll, dass es den Präfekten für Süd-Sauradia veranlasst hatte, sich über alle einschlägigen bürokratischen und allgemeinen Bestimmungen hinwegzusetzen. Im Übrigen stand er mit dieser Ansicht unter den Militärbefehlshabern des Reiches nicht allein. Im ganzen Heer waren bekennende Heiden als Ärzte tätig, Bassaniden, die Perun und Anahita verehrten, oder Kindath mit ihren Mondgöttinnen. Wenn man zwischen einer Dienstvorschrift und einem guten Arzt zu wählen hatte… fiel die Entscheidung nicht schwer.

Aus praktischer Sicht war es allerdings eher störend, dass der Arzt den inicischen Diener, der lediglich eine sanfte Ermahnung erhalten hatte, eingehend untersuchte, eine Probe seines rot gefärbten Urins nahm und erklärte, der Mann sei für die nächsten vierzehn Tage außer Stande, ein Pferd zu reiten. Das hieß, man musste einen Karren oder Wagen für ihn requirieren. Und da das Mädchen ebenfalls mit nach Osten reisen sollte und Frauen nicht reiten konnten, musste der Wagen groß genug für zwei sein.

Dann brachte auch noch der Handwerker seine mangelnde Begeisterung für das Reiten zum Ausdruck und wenn man ohnehin ein Fahrzeug brauche…

Der Militärpräfekt befahl seinem Sekretär, die Papiere zu unterzeichnen, um mit solchen Belanglosigkeiten nicht mehr Zeit zu vergeuden als unbedingt nötig. Der Kaiser in seiner unermesslichen Weisheit brauchte den Mann für das neueste Heiligtum in Sarantium. Für das neueste, aberwitzig teure Heiligtum.

Er hatte – über die erhabene Behörde des Obersten Kämmerers – Befehl gegeben, einen reisenden rhodianischen Handwerker von tüchtigen Soldaten suchen zu lassen. Welche Rolle spielte da noch ein Heerwagen für vier Personen gegen diese Kränkung.

Unter diesen Umständen fand der Tribun der Vierten Sauradischen Legion, der die Gruppe gefunden hatte, für seinen schüchtern, wenn auch mit vielen Worten vorgetragenen Plan bei seinem Präfekten ein offenes Ohr.

Carullus erbot sich, den Handwerker zu begleiten, und riet dem Präfekten, mit Eilkurier einen Brief vorauszuschicken, in dem er an den Magister der Kaiserlichen Behörden und den Obersten Strategos Leontes persönlich appellierte, den ausstehenden Sold möglichst unverzüglich auf den Weg zu bringen. Reden kann dieser Carullus, das weiß der Gott, dachte der Präfekt bedrückt und diktierte den Brief für den Kurier. Warum sollte man sich sein Mundwerk nicht zunutze machen?

Im Übrigen hatte sich herausgestellt, dass der Rhodianer dem Ruf nach Sarantium doch prompt gefolgt war. Nur der Kurier, der die Kaiserlichen Dokumente überbringen sollte, hatte für die Reise nach Varena unverschämt lange gebraucht. Sein Name und seine Dienstummer waren wie üblich auf dem Umschlag unter dem erbrochenen Siegel vermerkt; der Sekretär des Präfekten hatte sie notiert. Tilliticus. Pronobius Tilliticus.

Kopfschüttelnd überlegte der Präfekt, wie töricht eine Mutter wohl sein müsse, um ihrem Sohn einen Namen zu geben, der dem Soldatenausdruck für gewisse weibliche Geschlechtsorgane zum Verwechseln ähnlich war. Schließlich empfahl er dem Magister der Kaiserlichen Behörden in einem Postskriptum, dem Kurier eine Verwarnung zu erteilen. Und er versagte sich auch nicht den Hinweis, *wichtige* Botschaften an das Antae-Königreich in Batiara seien beim Militär wohl doch besser aufgehoben. Trotz seiner bereits chronischen Magenschmerzen lächelte der Präfekt bei diesem Teil des Briefes säuerlich vor sich hin. Dann schickte er den Boten fort.

Der Handwerker und seine Begleiter blieben nur zwei Nächte im Lager, obwohl der Arzt sie gern länger behalten hätte. Während dieses kurzen Aufenthalts ließ der Rhodianer einen Notar kommen und gab ihm den Auftrag, alle Dokumente auszufertigen und in sein Archiv aufzunehmen, die erforderlich waren, um der Inicierin Kasia den Status einer Freigelassenen zu bescheinigen. Bei Bedarf sollten beglaubigte Kopien an das Standesamt der Stadt weitergeleitet werden.

Zur gleichen Zeit erledigte der Rekrutierungsbeauftragte der Vierten Sauradischen Legion die notwendigen Formalitäten, um den Diener Vargos zum Militärdienst zu verpflichten. Damit wurde der Mann von seinem Vertrag mit der Kaiserlichen Post entbunden und hatte sofort Anspruch auf Auszahlung aller Beträge, die ihm aus diesem Beschäftigungsverhältnis zustanden. Auch die Überweisung der entsprechenden Summen an den Heereszahlmeister in der Stadt wurde veranlasst. Der Zenturio tat dies mit großem Vergnügen… die Beziehungen zwischen Militär- und Zivilbehörden waren hier nicht besser als überall sonst. Das hieß, von Herzlichkeit konnte keine Rede sein.

Mit erheblich geringerer Begeisterung unterzeichnete der Zenturio die Urkunde, die denselben Mann aus seinem allzu kurzen Militärdienst sofort wieder entließ. Hätte er nicht den ausdrücklichen Befehl dazu erhalten, er hätte sich womöglich sogar geweigert. Der Mann war kräftig und gut in Form und hätte, wenn er erst von den Folgen seines Unfalls genesen war, einen ausgezeichneten Soldaten abgegeben. Das Heer hatte mit Fahnenflucht zu kämpfen – kein Wunder bei einem Soldrückstand von mehr als einem halben Jahr – und alle Truppenteile waren unterbesetzt.

Es sollte nicht sein. Nicht nur Carullus, sondern auch der Präfekt konnten es kaum erwarten, den rotbärtigen Rhodianer und seine Begleiter wieder auf die Reise zu schicken. Papiere, die vom Obersten Kämmerer Gesius persönlich unterzeichnet sind, *haben* vermutlich eine durchschlagende Wirkung, dachte der Zenturio. Der Präfekt stand kurz vor der Pensionierung und scheute nichts mehr, als sich in der Stadt unbeliebt zu machen.

Und Carullus wollte offenbar mit dem Handwerker nach Sarantium gehen und die Eskorte selbst anführen. Der Zenturio konnte sich nicht vorstellen, was ihn dazu bewog.

Gründe gibt es mehrere, dachte der Tribun der Vierten Sauradischen Legion, als die kleine Gruppe zunächst nach Osten und dann, nachdem Trakesia erreicht war, in flachem Bogen nach Süden reiste. Erstens hatte ein Tribun, der fünfhundert Mann befehligte, sehr viel mehr Gewicht als einer von vielen Boten mit Beschwerdebriefen. Er hatte berechtigte Aussichten, zumindest empfangen zu werden und eine amtliche Auskunft über den ausstehenden Sold für die sauradischen Truppen zu erhalten. Der Magister der Kaiserlichen Behörden speiste ihn vielleicht nur mit Gemeinplätzen ab, aber Carullus hoffte, entweder mit Leontes selbst oder mit einem Offizier aus dessen persönlichem Kader zu sprechen und ein klareres Bild zu bekommen.

Zweitens war er seit Jahren nicht mehr in Sarantium gewesen, und ein Besuch in der Stadt war zu verlockend, um sich eine solche Gelegenheit entgehen zu lassen. Selbst wenn sie nur langsam vorankamen, müssten sie nach seiner Schätzung vor dem Dykania-Fest in der Stadt eintreffen und damit vor den letzten Rennen der Saison im Hippodrom. Carullus hatte sich zeit seines Lebens für die Wagenrennen und für seine geliebten Grünen begeistert und diese Leidenschaft fand in Sauradia kaum Befriedigung.

Drittens hatte er den rotbärtigen Rhodianer, den er mit seinem Helm niedergestreckt hatte, wider Erwarten aufrichtig ins Herz geschlossen. Dieser Martinian von Varena war zwar eher wortkarg (nicht dass Carullus tatsächlich Hilfe gebraucht hätte, um ein Gespräch in Gang zu halten), aber er war fast so trinkfest wie ein Soldat, kannte eine ganze Reihe von besonders derben Liedern aus dem Westen und ließ die Arroganz, die ein Großteil der Rhodianer gegenüber den Kaiserlichen Soldaten an den Tag legte, völlig vermissen. Außerdem fluchte er mit einer Originalität, die geradezu beispielhaft war.

Und viertens hatte Carullus widerstrebend erkennen müssen – er vergewisserte sich mit einem misstrauischen Blick, dass gewisse Mitreisende nicht in der Nähe waren –, dass er ständig von einem fremden und völlig neuen Gefühl bedrängt wurde.

Und damit hätte er am allerwenigsten gerechnet.

Seit Jahrhunderten verkündeten Tagebücher und Briefe erfahrener Reisender, am eindrucksvollsten sei der erste Blick auf Sarantium bei Sonnenuntergang von Bord eines Schiffes.

Wer von Westen komme, habe die Sonne des Gottes im Rücken, und wenn in ihrem Licht die Kuppeln und Türme, die Seemauern und die Klippen erstrahlten, die den Schlangenzahn säumten, die verrufene Fahrrinne in den berühmten Hafen, werde man unweigerlich von einer tiefen Ehrfurcht vor der Majestät dieser Stadt ergriffen. Darüber waren sich alle Reisenden einig. *Jads Zierde, das Auge der Welt.*

Die Gärten des Kaiserlichen Bezirks und das flache *Churkar*-Gelände, wo sich die Kaiser die bassanidischen Reiterspiele mit Bällen und Schlägern ansahen oder selbst daran teilnahmen, waren auf dem offenen Meer schon von weitem zu erkennen. Ringsum erglänzten die Paläste – der Traversit-, der Attenin-, der Baracian-Palast und wie sie alle hießen – mit ihren Dächern aus Gold und Bronze. Gleich dahinter erhob sich das mächtige Hippodrom, und jenseits davon, am anderen Ende des Forums, erblickte man – erstmals in diesem Jahr der Herrschaft des großen und ruhmreichen Valerius II., Dreifach Erhabener Liebling des Gottes Jad, Kaiser von Sarantium und Erbe von Rhodias – das jüngste Weltwunder, eine gewaltige goldene Kuppel, die den neuen Tempel von Jads Heiliger Weisheit überspannte.

Dies alles und noch mehr breitete sich vor dem Reisenden aus, der sich Sarantium vom Meer her näherte. Ein Fest für das darbende Auge, zu grell, zu vielfältig, zu bunt und lebendig, um es mit einem Blick zu erfassen. So mancher Mann zog sich scheu den Mantel über das Gesicht, schloss die Augen, wandte sich ab, kniete zum Gebet auf den Schiffsplanken nieder oder weinte. *O Stadt, du große Stadt, die Träne steigt mir ins Auge, gedenke ich dein. Mein Herz gleicht einem Vogel, der nach Hause fliegt.*

Dann kamen die kleinen Hafenboote dem Schiff entgegen, und Beamte gingen an Bord, um Papiere zu kontrollieren, Zollerklärungen zu bestätigen und die Fracht zu begutachten und zu besteuern. Endlich wurde der Weg um die Biegung des Schlangenzahns freigegeben – die dicken Sperrketten waren jetzt in Friedenszeiten zurückgezogen –, und der Reisende fuhr zwischen den Klippen hindurch. Er sah die hoch aufragenden Mauern zu beiden Seiten, sah die Wachposten und stellte sich vor, wie sie den ruchlosen Feinden, die Jads heilige und wehrhafte Stadt zu erobern suchten, das Sarantinische Feuer entgegenschleuderten. Berechtigte Furcht bemächtigte sich seiner und verdrängte oder verstärkte die Scheu. Sarantium war keine Stadt, die Schwächlingen Zuflucht bot.

Die Einfahrt in den eigentlichen Hafen vollzog sich nach den Anweisungen des Hafenmeisters, die mit Zurufen, Hornsignalen und Fackelzeichen übermittelt wurden. Noch einmal wurden die Papiere überprüft, dann war das Schiff endgültig abgefertigt, und der Reisende konnte endlich an Land gehen. Auf Sarantiums Docks und Kais herrschten Lärm und Gedränge. Nach der langen Seereise entfernte man sich schwankenden Schrittes vom Wasser und gelangte alsbald in die Stadt, die seit mehr als zweihundert Jahren die Krone Jads und des Ostreiches und zugleich der schmutzigste, gefährlichste, übervölkertste und unruhigste Ort auf der ganzen Erde war.

Wenn man über das Meer kam.

Näherte man sich der Stadt jedoch über Land von Trakesia her, wie der Kaiser selbst vor dreißig Jahren, so sah man als Erstes die Dreifachen Mauern.

Vereinzelte Individualisten, wie sie unter Reisenden stets zu finden sind (diese Sorte Menschen neigt zu sehr entschiedenen Ansichten und hält damit auch nicht hinter dem Berge), behaupten dagegen steif und fest, Sarantiums überwältigende Macht und Größe offenbarten sich am eindrucksvollsten, wenn diese titanischen Mauern im Schein der aufgehenden Sonne erstrahlten. Und so erblickte sie Caius Crispus von Varena eines Morgens. Genau sechs Wochen waren vergangen, seit er seine Heimatstadt verlassen hatte, um einer Einladung des Kaisers zu folgen, die an einen anderen gerichtet war. Und um einen Grund zu finden, sein Leben weiterzuführen, immer vorausgesetzt, der falsche Name brachte ihm nicht ohnehin den Tod.

Hier versteckt sich ein Paradoxon, dachte Crispin angesichts des mächtigen Mauerbogens, der die Landzunge mit der Stadt von dieser Seite her schützte. Aber er war in diesem Moment nicht in der Stimmung für Paradoxa. Er war eingetroffen. Er stand auf der Schwelle. Was immer nun kam, es konnte beginnen.